ANGELIKA GODAU

Granny und die Tote im Wald

VERGESSEN Nur zwei Tage nachdem sie Granny anvertraut hat, von Kohlenhändler Blancke geschändet und geschwängert worden zu sein, verschwindet Kindermädchen Hedwig spurlos. Als Granny deren früheren Dienstherrn mit wirren Haaren und einer Schaufel aus dem Wald kommen sieht, ist sie entschlossen, ihm einen Mord nachzuweisen. Natürlich braucht sie dazu ihre Ururenkelin Sabrina, die von dem Gedanken, »den Teutoburger Wald umgraben zu müssen«, nicht gerade begeistert ist. Sie lässt sich aber überreden und auch »Mam« ist mit von der Partie. Eher zufällig gelingt es den drei Frauen, ein Skelett zu finden und die vermeintliche Tatwaffe gleich dazu.

Den Leichenfund melden sie der Polizei, die Waffe aber behalten sie für sich, denn diese benötigen sie, um Blancke den Mord zu beweisen. Granny hat einen genialen Plan, leider bringt sie sich dadurch selbst in allerhöchste Gefahr …

Foto: © Portraithaus Worms

Angelika Godau wurde zufällig, wie sie betont, in Bayern geboren, verbrachte aber die ersten zehn Lebensjahre im schönen Detmold. Schon ganz früh entdeckte sie ihr Talent, sich schriftlich auszudrücken. Bereits im zarten Alter von neun Jahren wurde ihr erster Artikel über eine Zirkusprinzessin in der Zeitung veröffentlicht. Kein Wunder, dass sie zuerst einmal Journalistin wurde und für verschiedene Tageszeitungen in Deutschland tätig war. Später studierte sie Psychologie und arbeitete als Therapeutin. Das Schreiben blieb aber ihre heimliche Liebe. Im Gmeiner-Verlag erscheint nun der zweite »Granny-Roman«.

Bisherige Veröffentlichungen im Gmeiner-Verlag:
Granny, ein Mord und ich (2015)

ANGELIKA GODAU

Granny und die Tote im Wald

Kriminalroman

GMEINER SPANNUNG

Ausgewählt von
Claudia Senghaas

Besuchen Sie uns im Internet:
www.gmeiner-verlag.de

Im Ehnried 5, 88605 Meßkirch
Telefon 07575/2095-0
info@gmeiner-verlag.de

1. Auflage 2016

Lektorat: Claudia Senghaas, Kirchardt
Herstellung: Mirjam Hecht
Umschlaggestaltung: U.O.R.G. Lutz Eberle, Stuttgart
unter Verwendung eines Fotos von: © nurmalso / photocase.de
Druck: GGP Media GmbH, Pößneck
Printed in Germany
ISBN 978-3-8392-1809-9

Personen und Handlung sind frei erfunden.
Ähnlichkeiten mit lebenden oder toten Personen
sind rein zufällig und nicht beabsichtigt.

»Nein, bitte, das dürfen Sie doch nicht. Bitte, gnädiger Herr, bitte, so lassen Sie mich doch los. Bitte, ich will das nicht, Sie tun mir weh, bitte, bitte, nein …«

Geht das denn schon wieder los? Seit Tagen schlafe ich unruhig, träume wirre Dinge, an die ich mich am Morgen nur bruchstückhaft erinnern kann. Ein Mädchen, sehr jung, altmodisch gekleidet, mit auffällig roten Haaren. Augen und Mund sind weit aufgerissen, das Gesicht verzerrt. Irgendwie kommt mir die Situation bekannt vor, und die Erkenntnis bricht wie eine Sturzwelle über mich herein: Granny! Mit derart wirren Träumen hat sie sich das erste Mal auch angekündigt. Kann es sein, dass sie erneut auf dem Weg zu mir ist?

Es ist jetzt über ein Jahr her, dass ich sie das letzte Mal gesehen habe, und ich habe sie sehr vermisst. Sogar ihre Bibelzitate und ihre ständige Kritik an meinem Lebenswandel. Dabei gab und gibt es an dem überhaupt nichts zu kritisieren, es sei denn, jemand kommt – wie Granny – aus dem 19. Jahrhundert. Na ja, ausgehendes 19. Jahrhundert, sie wurde 1868 geboren und kam 1895 das erste Mal zu mir, ihrer Ururenkelin. Ich lebe zum Glück heute, also im 21. Jahrhundert. Mein Name ist Sabrina Wagner, 35 Jahre alt, immer noch Journalistin bei einer langweiligen Tageszeitung und immer noch nicht auf dem Weg zu George Clooney. Genau das hatte ich mir erträumt, als Granny vor einem Jahr bei mir auftauchte, um meine Hilfe bei der Aufklärung eines

Mordes zu erbitten. Den Mord an ihrem Geliebten Otto von Wolffgramm, Kabinettsminister des Fürsten zur Lippe. Nun, nachdem ich mich erst einmal von meinem Schock erholt hatte, haben wir den Fall aufgeklärt, und Granny verschwand zurück in ihre Zeit. Leider war die Geschichte von einer nur für mich allein sichtbaren Ururgroßmutter, die durch die Zeit reisen kann, so strange, dass niemand sie mir abkaufen wollte. Um nicht Gefahr zu laufen, am Ende für geistig verwirrt zu gelten, habe ich es irgendwann aufgegeben, zu versichern, dass sich alles genauso abgespielt hätte. Nun geht das offensichtlich schon wieder los, Granny kündigt sich an. Was haben wir denn heute überhaupt für einen Tag, und wie spät ist es?

Sonntag, sechs Uhr früh! Natürlich, wie könnte es denn auch anders sein? Da habe ich alle 14 Tage mal einen freien Tag, könnte ausschlafen, und ausgerechnet den muss sie mir schon wieder einmal vermiesen. Nix ist, ich schlafe jetzt weiter.

»Ich weiß auch dieses Mal, dass du wach bist, mein Kind, und du weißt, was ich davon halte, dem lieben Gott den Tag zu stehlen. Guten Morgen, meine liebe Sabrina, wie geht es dir?«

Ich seufze tief und richte mich zum Sitzen auf. Da ist sie in voller Lebensgröße von 1,47 Meter. Diesmal nicht in Schwarz, sondern in einem hübschen, blaugrün karierten Kleid. Auch die klobigen Männerstiefel sind verschwunden und durch ein paar zierliche Lederstiefelchen in Beige ersetzt worden. Auf dem Kopf nicht mehr der schwarze Pfannkuchen, sondern ein überdimensionaler Hut, der mit allerlei Spitzen und Federn dekoriert ist. Er thront souverän auf einer gewaltigen Haarpracht.

Weiße Handschuhe aus Spitze und eine ebenfalls weiße Handtasche vervollständigen das neue Bild von Granny.

Fehlt nur noch der Regenschirm, und wir hätten Mary Poppins, wie sie leibt und lebt.

»Ja, Granny, ich weiß, was du davon hältst, ist mir aber egal. Kannst du das nächste Mal nicht zu einer zivilisierteren Zeit auftauchen? So gegen elf Uhr, das würde alles vereinfachen.«

Granny grinst spitzbübisch mit leicht verzogenem Mund, damit man ihre Zahnlücke nicht sieht, und schüttelt den Kopf. »Nein, mein Kind, das scheint nicht zu funktionieren, warum, das weiß ich natürlich auch nicht. Wie ist es dir ergangen, was hast du erlebt, wie geht es deinen Kindern, deiner Mam? Hast du jetzt den Herrn Cluhnie getroffen, und wie hat er dir gefallen?«

»Langsam, Granny, bitte ganz langsam, ich bin noch nicht einmal richtig wach, und du fragst mir schon ein Loch in den Bauch. Seit wann redest du denn so viel? Also nein, den Herrn Clooney habe ich leider nicht getroffen, auch keinen anderen Mann fürs Leben. Ich arbeite immer noch für die gleiche wenig interessante Zeitung, noch nicht einmal eine

Gehaltserhöhung habe ich bekommen. Den Kindern geht es gut, mein Ex nervt wie eh und je, und meine Eltern sind jetzt in unsere Nähe gezogen. So, ich glaube, das war's, was ich im letzten Jahr Spannendes erlebt habe. Von Amuns Attacken jetzt mal abgesehen.«

Kater Amun ist ein Kapitel für sich. Eher ein Hund als eine Katze versteht er jedes Wort und hört auf kein einziges. Er tyrannisiert mich nach Strich und Faden, aber wenn er dann mit zuckerwattegleichen Schmusepfoten mein Gesicht streichelt, bin ich schnell wieder versöhnt. Er kann beißen wie ein Hai und sanft sein wie ein Lämmchen, alles innerhalb weniger Sekunden. Er kann mich nerven bis zum Gehtnichtmehr und mich trösten, wenn ich traurig bin. Hätte ich die Wahl zwischen ihm und einem Traummann, der leider keine Katzen mag – der Kater würde gewinnen. Wer das jetzt irgendwie komisch findet, der hat keine Katze!

»Okay, Granny, ich glaube, das war es an erwähnenswerten Neuigkeiten. Jetzt du. Wie ist es dir ergangen, was machst du, wo wohnst du, wie geht es deinem Heinz? Na ja, und dann natürlich die allerwichtigste Frage: Was machst du hier?«

»Oh, mein Kind, ich kann wohl sagen, dass es mir sehr viel besser geht als vor einem Jahr. Auch mein Heinz entwickelt sich zu einem prächtigen Jungen, der seiner Mutter nur Freude macht. Fritz hat sein Versprechen gehalten, dass er Otto auf dem Sterbebett gegeben hat, und kümmert sich um uns, sodass es an nichts fehlt. Wir wohnen in seinem Haus, auch wenn das am Anfang etwas schwierig war, weil es seiner Frau nicht wirklich gefallen hat. Sie hat sich sehr vor dem Getratsche der Leute gefürchtet. Aber seine Tochter Emilie hat sich so vehement für uns eingesetzt, da musste sie schließlich nachgeben. Mittlerweile verstehen wir uns aber sehr gut, sie hat ihre Vorbehalte gegen mich aufgegeben, und in Heinz ist sie ganz vernarrt.«

»Hmm, das klingt ja alles ganz wunderbar, wieso habe ich denn das Gefühl, dass da noch mehr ist und du mir etwas verschweigst?«

Granny wird doch tatsächlich rot und ist sichtlich verlegen.

»Raus mit der Sprache, aber ein bisschen plötzlich. Wenn du mich schon vor Tau und Tag aufweckst, dann soll sich das doch zumindest lohnen.«

»Ja nun, du hast recht, da gibt es noch etwas.« Sie zögert und windet sich, aber als sie meinen Blick auffängt, holt sie schnell Luft und redet weiter.

»Ich habe einen Mann kennengelernt. Also genauer gesagt hat er mich kennengelernt, nun ja, wie soll ich dir das erklären …?«

»Granny! Hör auf, rumzueiern und erzähl endlich!«

»Er heißt Willi Sarstedt, ist 38 Jahre alt und arbeitet als Kaufmann in einer Tabakfabrik. Darum hat er mich ja auch kennengelernt. Du weißt doch, ich habe wegen meiner Anschuldigungen gegen das Fürstenhaus zwei Monate im Frauengefängnis gesessen, und als ich entlassen wurde, hat er mir die Pforte aufgehalten. Ich habe das damals gar nicht wirklich bemerkt, ich wollte einfach so schnell, wie es ging, zu Ottos Grab, aber er hat mich gesehen und nicht mehr vergessen.«

Granny errötet doch tatsächlich schon wieder wie ein junges Mädchen, und ihre Augen leuchten heute eher grün als braun. Muss an dem bunten Kleid liegen.

»Was hat denn ein Tabakmensch im Frauengefängnis zu suchen?«

»Ach, das ist eine längere Geschichte, die erzähle ich dir später. Jetzt gibt es etwas Wichtigeres, wozu ich deine Hilfe brauche.«

»Kann gar nicht sein. Ich finde dein Liebesleben durchaus wichtig, also los! Erzähl und spann mich nicht auf die Folter.«

»Du bist immer noch so ungeduldig, mein Kind. Alles zu seiner Zeit, und jetzt ist eben etwas anderes wichtiger.«

»War klar, du drückst dich mal wieder. Nun gut, ich komme darauf zurück, und glaube nur ja nicht, ich würde es vergessen. Okay, also, was ist los? Hat dir jemand die Handtasche geklaut oder Schlimmeres?«

»Mein Kind, ich hatte ganz vergessen, wie despektierlich du doch reden kannst. In erster Linie wollte ich dich natürlich gern wiedersehen, aber, wie ich schon bei meinem ersten Besuch kurz erwähnte, es gibt da wirklich eine Sache, die mich sehr beunruhigt.«

»Stimmt! Jetzt, wo du es sagst, erinnere ich mich wieder. Ich hatte allerdings angenommen, du würdest schneller wiederkommen, wenn es wichtig gewesen wäre.«

»Das ging leider nicht. Zuerst hatte ich ja nur einen Verdacht, und als ich es dann genau wusste, habe ich sie nicht mehr gesehen. Ja, und das mit dem Verschwinden kam erst später und darum …«

»Langsam, Granny, langsam und der Reihe nach. Welchen Verdacht hattest du, und wer ist verschwunden? Noch verstehe ich kein Wort.«

»Gut, entschuldige bitte, ich eile den Ereignissen voraus. Du erinnerst dich doch noch an den Kohlenhändler Blancke, bei dem ich in Stellung war?«

»Der Fiese, der dich in der Silvesternacht begrapscht und dem Otto dann eins auf die Mütze gegeben hat? Klar erinnere ich mich. Gibt es den immer noch?«

»Ja, leider! Seine Frau und er haben seit damals, nachdem der kleine Franz so jämmerlich an Diphtherie gestorben ist, noch drei Kinder bekommen. Zwei Jungen und ein Mädchen, das Jüngste ist jetzt drei Jahre alt. Ich weiß das natürlich alles nicht von ihm, sondern von seinem Kindermädchen Hedwig. Die war gerade einmal 14 Jahre alt, als sie zu Blancke in Stellung gekommen ist, und sollte fast den ganzen großen Haushalt alleine führen. Seine Frau ist schon seit Jahren kränklich, und der Tod ihrer Schwester Hermine ist ihr auch sehr nahegegangen. Dazu die vielen Schwangerschaften, die Geburten, die allesamt nicht leicht verlaufen sind. Außerdem ist sie schon in den 40ern, also nicht mehr jung. Sie ist eine gute und rechtschaffene Frau, kann sich aber gegen ihren Mann nicht durchsetzen, und viel arbeiten kann sie eben auch nicht mehr. Nun, es war ja schon vor Jahren bekannt, dass Blanckes Geschäfte nicht besonders gut gingen, und das Geld, das seine Frau in die Ehe eingebracht hat, wurde immer weniger. Er musste dann sogar das schöne Haus in Hiddesen verkaufen, in dem ich mit Hermine gelebt habe. Niemand weiß genau warum, aber mittlerweile tritt er wieder sehr großspurig auf und schmeißt mit dem Geld förmlich um sich. Die Leute munkeln so dies und das, aber das sind alles Gerüchte, an denen ich mich nicht gern beteiligen möchte.«

»Gerüchte enthalten aber manchmal auch ein Fünkchen Wahrheit. In welche Richtung gehen sie denn, diese Gerüchte?«

»Man redet von Nötigung.« Granny sagt es leise mit sichtlichem Widerwillen, als könnte sie jemand hören.

»Erpressung? Na, das ist ja mal etwas ganz Perfides. Wen soll er denn erpressen oder erpresst haben? Munkelt man darüber auch?«

»Nicht direkt. Die Leute reden drumherum, nennen keine Namen, aber es soll sich um eine hochstehende Persönlichkeit handeln, die viel zu verlieren hat.«

»Dann müsste diese hochstehende Persönlichkeit aber doch auch Dreck am Stecken haben, wenn sie sich erpressen lässt. Ich meine, wenn ich nichts zu verbergen habe, kann es mir doch egal sein, was jemand über mich erzählt, oder nicht?«

»Das sehe ich genauso, aber ich weiß eben nicht, um was und vor allen Dingen um wen es geht. Ich habe es bis heute leider nicht herausfinden können. Dies ist aber auch nicht der Grund für mein Kommen, und wenn du mich nicht immer vom Thema abbringen würdest, wüsstest du das auch.«

»Wie bitte? Ich glaube, du verwechselst da was. *Du* hast doch mit den Gerüchten angefangen, nicht ich. Also spuck's schon aus: Um wen oder was geht es?«

»Es geht um Hedwig, Hedwig Niemeier, sein Kindermädchen oder besser Mädchen für alles. Sie ist nämlich verschwunden, und keiner weiß, wohin.«

»Na, vielleicht hatte sie die Graupen dicke vom dicken Kohlenmann und seiner Kinderschar?«

»Nein, das glaube ich nicht. Sie war ein sehr braves Mädchen, das keinerlei Familie mehr hatte und froh sein musste, ein Dach über dem Kopf zu haben. Wohin hätte sie also gehen sollen?«

»Das weiß ich doch nicht. Wer lebt denn 1897, du oder ich?«

»Wenn du mich nicht schon wieder unterbrochen hättest, wäre ich schon viel weiter.« Granny wird schnippisch, sie lernt offensichtlich dazu.

»Okay, ich schweige ab jetzt wie ein Grab«, sage ich und lasse mich zurück in das Kissen fallen. »Erzähl in Ruhe der Reihe nach und lass ja nichts von dem aus, was alles geschehen ist, seit ich dich das letzte Mal gesehen habe.«

»Oh je, so lange hältst du es sicherlich nicht aus, den Mund zu halten, da bin ich mir ziemlich sicher. Aber gut, ich versuche, es kurz zu machen.«

GRANNY

Als ich vor einem Jahr endgültig in meine Zeit zurückkehrte, war das für mich eine große Umstellung. Ich wusste ja nun, welche Errungenschaften die Zukunft zu bieten hat, musste mich aber wieder mit dem zufriedengeben, was meine Zeit mir bot. Ich gebe freimütig zu, das war nicht immer ganz leicht, aber was sollte ich machen? Am meisten störten mich der Schmutz in den Straßen, die schlechte Beleuchtung, die sanitären Anlagen, die Armut und die unbe-

queme Kleidung … wenn ich da an die Hosen dachte, die Frauen später einmal tragen durften!

So schön das Haus von Fritz auch war, so war es doch kein Vergleich mit deiner Zeit. Mein kleiner Sohn zeigte anfangs fast Scheu vor mir, vielleicht weil er meine Trauer spürte, darum verbrachte er viel Zeit bei Fritz und seiner Familie. Auch die Nachbarn beäugten mich mit Argwohn, spekulierten, wer denn der Vater meines Kindes sein könnte. Die meisten mutmaßten wohl, es sei mein früherer Dienstherr, also Otto, aber es gab auch Stimmen, die Fritz ins Spiel brachten. Nur sehr wenige kamen auf die Idee, dass die Deppes einfach gute Menschen waren, die helfen wollten. Fritz schwieg zu alledem, er stand über diesem Geschwätz, aber seiner Frau Martha setzte es am Anfang sehr zu. Ich weiß daher nicht, wie es ausgegangen wäre, hätte sich Emilie nicht für mich starkgemacht. Fritz' jüngste Tochter hatte noch immer eine sehr romantische Ader und ein Herz aus purem Gold. Sie lachte ihre Mutter aus, die sich Sorgen um den guten Ruf der Familie machte, und erzählte überall, wie großmütig doch ihre Eltern einem kleinen Jungen und seiner Mutter halfen. Nun vergessen Menschen ja schnell, aber einige erinnerten sich durchaus noch daran, dass mein angeblicher Verlobter, den nie ein Mensch zu Gesicht bekommen hatte, mich sitzen gelassen hatte, und mein Kind daher ein Bastard war. Als ich dann ins Haus der Deppes zog, erhoben sich diese bösen Zungen natürlich wieder, und bald waren sich die meisten einig, dass Fritz wohl ein schlechtes Gewissen haben musste, um sich so großmütig zu zeigen. Emilie dementierte unermüdlich und erzählte ihre eigene Version von der romantischen Verbindung zweier Liebender, die der Tod getrennt hatte, so anschaulich, dass es tatsächlich irgendwann geglaubt wurde. Vielleicht fanden die Menschen auch einfach andere Dinge, über die sich besser klatschen ließ. Auf alle Fälle drehte sich plötzlich der Wind, und wo vorher Misstrauen und Missgunst gewesen waren, entstanden nun Bewunderung und Anerkennung. Das Ehepaar Deppe wurde zu ehrenhaften und großmütigen Menschen erklärt, und jeder begegnete ihnen mit Hochachtung.

Ich selber bekam von alledem nicht viel mit. Ich litt ungebrochen furchtbar unter Ottos Tod. Ich konnte nicht essen und nicht schlafen, war besessen von dem Gedanken, Mitschuld zu tragen, dass man ihn ermordet hatte. Hätte ich nicht spüren müssen, was Hermine vorhatte? Ich flehte den Himmel und alle Heiligen an, mir doch zu helfen, mir meinen Geliebten zurückzugeben, aber das passierte natürlich nicht. Otto war tot und begraben. Ich selber musste weiterleben und wusste nicht, wie. Einmal hatte sich der Himmel auf seine Art bereits gnädig gezeigt, als ich eines Tages aus einem kurzen unruhigen Schlummer aufwachte und mich in einer anderen Zeit befand. In einer Zeit, in der ich mich fühlte wie auf einem anderen Planeten. Seltsamerweise geschah das, nachdem ich Ottos Tagebuch aus seinem Versteck geholt und in meine Tasche gesteckt hatte.

Es gab unverständliche, unbekannte Dinge, Gerüche, Geräusche. Menschen ohne Anstand und Moral, Frauen in Hosen, die Männern ins Wort fielen, wann es ihnen gerade gefiel. Die in Männerberufen arbeiteten, völlig nackt schliefen, sich die Beine und die Achseln rasierten und ihren Kindern erlaubten, ständig Widerworte zu geben. Darüber hinaus ließen sie sich einfach scheiden, wenn ihnen ihre Ehe nicht mehr gefiel, und hatten intime Kontakte zu Männern, mit denen sie nicht einmal verlobt, geschweige denn verheiratet waren. Es war ein Schock, wie er größer nicht hätte sein können. Aber, nun ja, ich will nicht verhehlen, dass diese Zeit auch ihre Vorteile bot. Es gab Maschinen, die die Wäsche wuschen und gleich auch noch trockneten. Vehikel, mit denen man sehr schnell von einem Ort zum anderen gelangen konnte, und auch an einem ganz gewöhnlichen Wochentag echten Bohnenkaffee. Es gab diesen internen Kasten, darin befanden sich ganz unglaubliche Dinge. Schreckliche, schockierende Dinge, aber auch ein Bild von meinem Otto. Über all das war ich anfangs sehr verwirrt, am meisten entsetzte mich aber, dass du dich so gar nicht in der Bibel auskanntest, ja nicht einmal an einem Sonntag die Kirche besuchen wolltest. Das war sehr befremdlich für mich und auch deine Erklärung, dass du ausgetreten warst, habe ich nicht wirklich verstanden. Was sollte ich aber machen? Ich war nun einmal da und brauchte Hilfe. Also bemühte ich mich, passte mich an und enthielt mich aller kritischen Äußerungen, von denen ich viele auf der Zunge hatte.

»Das ist jetzt wirklich die Übertreibung schlechthin.« Ich setze mich auf und gucke fassungslos zu Granny rüber, die natürlich wieder in ihrem Sessel unter dem Fenster sitzt.

»Du hast dich jeder Unmutsäußerung enthalten? Ich lach mich schlapp. Du hast mit Bibelzitaten um dich geworfen und mir halbstündlich vorgehalten, wie unmoralisch ich mich verhalte, wie schlecht ich meine Kinder erziehe, wie dekadent mein Wunsch nach Kaffee am Morgen ist und so weiter und so fort. Von deinen Äußerungen über meinen Beruf und meine gescheiterte Ehe will ich gar nicht erst anfangen. Also hör auf, so zu tun, als wäre es anders gewesen. Du und deine Bibelzitate haben mich schließlich fast in den Wahnsinn getrieben.«

Granny räuspert sich und lächelt ein bisschen.

»Nun ja, wie steht es doch geschrieben? ›Der Spötter liebt nicht den, der ihn straft, und geht nicht zu den Weisen.‹ Es mag ja sein, dass ich das eine oder andere Mal meine Meinung gesagt habe, aber so schlimm, wie du es jetzt darstellst, war es ja sicherlich nicht.«

»Nein, es war noch viel schlimmer«, grummle ich und lege mich wieder gemütlich zurecht. »Okay, nachdem wir das jetzt geklärt haben, kannst du weitererzählen. Ich weiß nämlich immer noch nicht, um was es eigentlich geht. Warum kannst du nie auf den Punkt kommen?«

»Weil du mich ständig unterbrichst, und das ist auch so eine Unart deiner Zeit. Früher konnten ältere Menschen ausreden, ohne ständig von jüngeren unterbrochen zu werden.«

»Na dann halte mal deinen Mund, liebe Granny, denn falls du es vergessen haben solltest: Die ältere von uns beiden bin ich! Du magst zwar meine Urgroßmutter sein, aber du bist nun mal momentan erst 29 Jahre alt, ich hingegen bereits 35. Was sagst du nun?«

Sie sagt gar nichts, schüttelt nur ihren Kopf und versteckt ihr Lachen hinter der behandschuhten Hand.

Ich gebe es ja zu, diese Sache ist nicht einfach zu verstehen, schließlich stellt man sich unter Urgroßmüttern im Allgemeinen uralte, krumme, faltige Wesen ohne Zähne vor. Meine ist aber weder uralt noch krumm. Selbst die Kummerfalten, die sie beim letzten Besuch noch hatte, sind heute verschwunden. Sie hat eine gesunde Gesichtsfarbe, strahlende Augen und eine Taille, die einfach unglaublich ist. Außerdem hält sie sich sehr gerade und sitzt, ohne sich anzulehnen. Irgendwie sieht sie aus wie eine Mischung aus Scarlett O'Hara und Mary Poppins. Dass ihr ein Zahn fehlt, sieht man kaum, sie kaschiert das sehr geschickt mit einem etwas schiefen Lächeln. Erinnert mich an Iris Berben und wirkt sexy und charmant. Auch der Schnitt ihres Kleides ist elegant und betont ihre Figur, auch wenn es bis zum Hals geschlossen ist. Nein, dem Bild einer Ururgroßmutter entspricht sie in keiner Weise.

»Kind, Kind, dass du auch immer das letzte Wort haben musst …«

»Woher soll ich wissen, wann du nichts mehr sagen möchtest? Komm, jetzt sei nicht beleidigt, sondern erzähl weiter.«

GRANNY

Mit der Zeit habe ich mich zurechtgefunden und die Annehmlichkeiten dieses Jahrhunderts schätzen gelernt. Du und deine Mam seid mir sehr ans Herz gewachsen. Auch wenn ihr manchmal eine äußerst merkwürdige Sprache führtet und an einem Samstagmorgen Sekt getrunken habt, so wart ihr doch hilfsbereit und unterstütztet mich auf der Suche nach Ottos Mörder.

Nie ablegen konnte ich aber mein Bedauern darüber, dass ich in dieser unbekannten Zeit weder etwas essen noch etwas trinken konnte. Das verursachte mir manchmal direkt Qualen, vor allen Dingen beim Duft von echtem Bohnenkaffee. Nicht wenig habe ich auch darunter gelitten, dass du mich zwar als Einzige sehen, aber trotzdem nicht berühren konntest. Dabei hätte ich an manchen Tagen eine tröstliche Umarmung sehr zu schätzen gewusst.

Nun ja, zurück in meiner eigenen Zeit verblasste die Erinnerung ganz langsam, und auch der Schmerz um Ottos Tod wurde nach und nach etwas milder. Ich fing an, das Leben um mich herum wieder wahrzunehmen, konnte sogar manchmal lachen und unbeschwert mit meinem Heinz spielen.

Emilie wurde für mich zu einer engen Vertrauten und Freundin, und ich überlegte manches Mal, ob ich sie nicht ins Vertrauen ziehen sollte. Zuerst einmal stellte ich aber diesen Gedanken hintan, zu groß war meine Furcht, von ihr vielleicht für geistig verwirrt gehalten zu werden und ihre Freundschaft zu verlieren.

Ich war ja jetzt ein vermögendes Fräulein, denn durch Ottos Großmütigkeit hatte ich viel Geld bekommen und musste mir um meinen Lebensunterhalt keine Sorgen machen. Trotzdem kam ich mit Fritz überein, nach außen hin seine Haushälterin zu spielen, die ein entsprechendes Gehalt bekam. Wir wollten vermeiden, dass der Klatsch und Tratsch neue Nahrung bekam. Diese Maßnahme erschien uns die beste Lösung dagegen zu sein.

Mein Heinz sah schon seinem siebten Geburtstag entgegen und war sehr groß für sein Alter. Seit April des Jahres 1896 ging er natürlich auch in die Schule, lernte fleißig und machte mir wirklich nur Freude. Fritz hatte große Pläne mit dem Jungen, er sollte einmal studieren und vielleicht – wie sein Vater – Politiker werden.

Fritz sagte oft, wie stolz Otto wohl auf seinen Sohn gewesen wäre, und dann weinte ich wieder bittere Tränen.

Schon vor geraumer Zeit, kurz bevor ich das erste Mal in dieses neue Jahrhundert kam, hatte ich eine neue Bekanntschaft gemacht. Ein junges Mädchen, Hedwig Niemeier hieß es, ging mit drei kleinen Kindern im Schlosspark spazieren. Ihre Kleidung machte deutlich, dass es sich um das Kindermädchen und nicht etwa die Mutter handelte. Zuerst dachte ich, sie hüpfe in unangemessener Weise mit den Kindern, aber dann bemerkte ich, dass sie einen kleinen Buckel hatte und ihr etwas merkwürdiger Gang wohl darauf zurückzuführen war. Wir gingen eine Weile auf gleicher Höhe, ich mit meinem Heinz an der Hand und sie mit ihren dreien. Heinz und der etwa gleichaltrige Knabe verdrehten die Köpfe nacheinander, daher kamen wir ins Gespräch, und die Kinder durften ein Weilchen miteinander spielen. Natürlich wurden sie ermahnt, sich nicht schmutzig zu machen und auch die beiden kleineren nicht auszuschließen. Ich setzte mich mit dem jungen Mädchen auf eine Bank und erfuhr ihren Namen und dass sie beim Kohlenhändler Blancke in Stellung war. Ich verschwieg ihr, dass ich eben diese Stellung auch einmal innegehabt und unter welchen Umständen ich sie aufgegeben hatte, und hörte ihr nur zu.

Sie war gerade 15 Jahre alt und schuftete schon seit einem Jahr in diesem vielköpfigen Haushalt. Sie erzählte offen und frei von der kranken Hausfrau, der vielen Arbeit und den Kindern. Über den gnädigen Herrn hingegen verlor sie kein Wort. Ich erfuhr, dass sie eine Waise war und ohne eine Menschenseele auf Gottes Erde lebte. Ich hatte großes Mitleid mit dem Mädchen, das zwar lieb und vertrauensvoll zu sein schien, aber offensichtlich über sehr eingeschränkte geistige Fähigkeiten verfügte. Natürlich war sie nicht geisteskrank, aber eben doch sehr schlicht. Sie sprach das typische Lipperplatt, und oftmals verwechselte sie »mir« und »mich« oder sprach Worte gänzlich falsch aus.

Vielleicht zum Ausgleich für diese Einschränkungen hatte der Herrgott sie mit anderen Gaben bedacht: einem hübschen rosigen Gesicht, freundlichen blauen Augen, die einen beeindruckenden Kontrast zu ihren roten Haaren bildeten. Auch ihre weiblichen Formen waren sehr entwickelt, sie würde daher bestimmt keine Schwierigkeiten haben, einen Verehrer zu finden. Als ich sie aber vorsichtig danach fragte, verstummte sie erschrocken, stand schnell auf und erklärte, gehen zu müssen.

Ich blieb verwundert noch ein Weilchen sitzen, vergaß den Vorfall aber kurze Zeit später, da ich noch genug mit meinen eigenen Gefühlen zu tun hatte.

Vielleicht drei Tage, bevor ich zu dir kam, traf ich sie wieder. Sie erkannte mich und lächelte scheu. Wieder setzten wir uns auf eine Bank, und ich fragte sie allerlei unverfängliche Dinge. Sie kam mir anders vor als bei unserem Kennenlernen, schweigsamer und in sich gekehrter.

Ich traute mich nicht zu fragen, was sie bedrückte, aber berührte ihre Hand. Vielleicht war es diese schlichte Geste, die den Ausschlag gab, sie brach nämlich in bitteres Weinen aus. Dann begann sie zu erzählen, immer darauf bedacht, von den spielenden Kindern nicht gehört zu werden. Sie vergewisserte sich auch etliche Male meiner absoluten Verschwiegenheit, und ich konnte die Angst förmlich mit Händen greifen, unter der sie litt.

Was ich erfuhr, war genau das, was ich in Ansätzen auch schon erlebt hatte. Kohlenhändler Blancke stellte ihr nach, und zwar auf eine ausgesprochen schäbige Art und Weise. Er drohte ihr nämlich mit einer Anzeige wegen Diebstahls, wenn sie sich gegen seine Avancen weiterhin zur Wehr setzen würde. Bislang habe sie es geschafft, das Schlimmste zu verhindern, aber sie wisse nicht, wie lange ihr das noch gelingen würde. Die gnädige Frau wollte sie unter keinen Umständen damit behelligen, die war immer gut zu ihr gewesen, und sie wollte ihr keinen Kummer bereiten.

Sie schlief im Kinderzimmer, aber auch das hielt den Mann nicht davon ab, des Nachts an ihrem Bett aufzutauchen. Bislang war es bei erzwungenen Küssen und unanständigen Berührungen geblieben, aber Blancke wollte mehr, notfalls mit Gewalt.

Wir überlegten zusammen, welche Möglichkeiten es gab, sich dieses Mannes und seiner unmoralischen Gelüste zu erwehren, und mir fiel sofort Pastor Niekrenz ein. Er hatte meinen Heinz getauft, und ich war sicher, in ihm einen gottesfürchtigen und aufrichtigen Mann erkannt zu haben.

Hedwig versprach, sich ihm anzuvertrauen, und wir vereinbarten ein erneutes Treffen im Schlosspark.

Nun kam mir ja meine Reise in ein anderes Jahrhundert dazwischen, aber ich vergaß das Mädchen nicht. Wir trafen uns dann tatsächlich an einem Sonntag im Juni nach der Kirche wieder. Sie sah elend aus, keine Spur mehr von den rosigen Wangen und strahlenden Augen. Ich erschrak heftig und zog sie neben mich auf die Bank.

Was ich erfuhr, übertraf meine schlimmsten Befürchtungen noch um einiges.

Kohlenhändler Blancke hatte sie erwischt, als sie auf dem Weg zu Pastor Niekrenz gewesen war, und geahnt, was sie dort wollte. Wieder hatte er sie massiv bedroht und ihr die Folgen für diese »Verleumdungen« deutlich aufgezeigt. Dass ihr niemand glauben würde, sie mit Schimpf und Schande aus seinem Hause gejagt würde, seine Frau so etwas sicherlich nicht überleben würde usw. Schändlich, einfach schändlich.

Sie war jung und unbedarft und hatte diesem Mann nichts entgegenzusetzen. Sie tat, was er verlangte, ging mit ihm zurück nach Hause und schwieg. In der gleichen Nacht erschien er erneut an ihrem Bett, zerrte sie heraus, schleppte sie hinter sich her in die Waschküche, und dann nahm er sich dort mit Gewalt, was er haben wollte. Ihr verzweifeltes Schluchzen unterdrückte er mit einem schmutzigen Wäschestück, sodass sie zu allem Schmerz fast noch erstickt wäre.

»So ein Drecksack, dem sollte man doch wirklich die Eier abschneiden!« Ich bin empört und schaffe es nicht mehr, mein Versprechen, Granny nicht zu unterbrechen, zu halten.

»Gab es denn zu deiner Zeit noch kein Jugendschutzgesetz oder so was in der Art? Ich meine, es muss doch irgendjemanden gegeben haben, an den sich diese armen Wesen hätten wenden können?«

»Kind! Ich bitte dich sehr, in meiner Gegenwart nicht so gotteslästerlich zu fluchen. Von welchen Eiern redest du denn überhaupt? Und nein, so ein Gesetz gab es wohl nicht, aber sie hätte vielleicht doch zum Pastor oder zur Wache gehen sollen, vielleicht wäre damit Schlimmeres verhindert worden.«

»Noch Schlimmeres? Was kann es denn Schlimmeres geben als eine so schreckliche Vergewaltigung? Es sei denn, er hat sie umgeb…«

Mir stockt der Atem, und ich kann nicht weitersprechen, weil mich der Verdacht, der mir gerade gekommen ist, förmlich verstummen lässt.

Granny sagt gar nichts, schaut mich nur stumm an, dann nickt sie langsam.

»Ja, genau den Verdacht habe ich. Er muss sie umgebracht haben, anders ist ihr plötzliches Verschwinden nicht zu erklären. Und dann dieses mehr als merkwürdige Zusammentreffen mit ihm …«

»Was denn für ein Zusammentreffen jetzt schon wieder? Mein Gott, Granny, wenn du dir weiterhin alles Wichtige so aus der Nase ziehen lässt, weiß ich nächste Woche noch nicht, was du eigentlich von mir willst.«

GRANNY

Ich war sprachlos vor Entsetzen und wusste nicht, was dieser armen gequälten Kreatur zum Trost zu sagen. Schließlich stand ich entschlossen auf, zog sie ebenfalls in die Höhe und erklärte ihr, dass sie unbedingt einem Menschen von diesem abscheulichen Tun erzählen müsse. Ich wollte nicht auf die Wache mit ihr, denn ich konnte mir nur zu gut vorstellen, wie peinlich das für Hedwig sein würde. Nein, ich wollte zu Pastor Niekrenz, von dem ich mir verständnisvolle Hilfe erhoffte. Auch Dr. Pohlmann kam mir in den Sinn, aber ich hatte nicht mit Hedwigs resoluter Ablehnung gerechnet. Sie weigerte sich, irgendjemandem zu erzählen, was ihr geschehen war. Ihre Angst vor Kohlenhändler Blancke war einfach zu groß. Ich redete noch eine ganze Weile auf sie ein, zeigte ihr auf, dass es doch nicht bei diesem einen Mal bleiben, dass er immer wieder seine Gelüste an ihr auslassen würde. Ich konnte sie nicht überzeugen, sie schüttelte nur mit dem Kopf und weinte in ihr Taschentuch. Ich verließ sie schließlich mit einem denkbar schlechten Gefühl, wusste ich doch, was im Hause Blancke weiterhin geschehen würde. In der Nacht konnte ich keinen Schlaf finden, ich grübelte hin und her, welchen Weg es geben könnte, dem ein Ende zu machen. Natürlich hätte ich mit Emilie oder Fritz sprechen und ihren Rat einholen können, aber die Familie war zu einer Reise aufgebrochen und daher nicht im Haus. Ich beschloss, allein zum Pastor zu gehen und ihm zu berichten, was ich wusste. Ich musste ja nicht einmal einen Namen nennen, mir einfach nur einen Rat holen. Das erschien mir vernünftig und auch keine Gefahr für Hedwig zu sein. Ich machte mich schon am nächsten Tag auf in die Schülerstraße und traf Pfarrer Niekrenz in seiner Wohnung an. Seine Kirche war gerade abgerissen worden, sollte aber neu aufgebaut werden. Er erkannte mich und begrüßte mich wohlwollend und freundlich. Nach einigen belanglosen Sätzen kam ich auf mein eigentliches Anliegen zu sprechen und berichtete von einem sehr jungen mir bekannten Mädchen, das von seinem Dienstherrn in unzüchtigster Weise bedrängt wurde. Der Pfarrer hörte mir schweigend zu und schüttelte nur hin und wieder mit dem Kopf. Als ich am Ende angekommen war, seufzte er tief und sagte: »Das ist natürlich furchtbar und gotteslästerlich dazu, aber ohne die Aussage des Mädchens kann ihm wohl niemand helfen.«

Natürlich versuchte ich zu erklären, wie groß die Angst dieses jungen Wesens war, wovor es sich fürchtete, sprach von seiner Scham und der Peinlichkeit der ganzen Situation. Er verstand mich wohl, sah aber auch keine Möglichkeit, diesem Treiben Einhalt zu gebieten, es sei denn, ich sei bereit, Namen zu nennen und als Zeugin auszusagen. Das konnte ich nicht, das hatte ich Hedwig versprochen, und außerdem kannte ich ja nur ihre Version der Geschichte. Natürlich glaubte ich dem Mädchen aufs Wort, aber ob das auch ein Richter tun würde? Immerhin versprach mir Pfarrer Niekrenz, bei seiner nächsten Predigt wieder einmal die christliche Nächstenliebe zum Thema zu machen und was darunter nicht zu verstehen war.

Das beruhigte mich ein bisschen. Auch wenn es nicht viel war, was ich tun konnte, so hatte ich doch nicht tatenlos die Hände in den Schoß gelegt.

Es waren vielleicht vier Wochen vergangen, da traf ich Hedwig wieder. Ich erschrak heftig, denn sie sah wirklich erbarmungswürdig aus. Die Augen rot verweint, eine Wange geschwollen und blaurot verfärbt. Ich nahm sie entschlossen bei der Hand und zog sie zur nächsten Bank. Die Kinder schickte ich spielen mit der Aufforderung, uns nicht zu stören. Ich wartete, aber Hedwig schwieg eisern, schluchzte nur ab und an verzweifelt auf.

»Hedwig«, sagte ich, »jetzt mach den Mund auf. Dein Schweigen hilft doch niemandem. Was hat dieser ruchlose Mensch dir angetan? Hat er dich geschlagen?«

Sie hob unwillkürlich die Hand an die schmerzende Wange und nickte dann zögerlich.

»Ja, dat het heu, heu sitt vuller Nücke. Aber jestern, da war et denn besonders schlimm. Er wollte mir wieder in de Waschküche zerren, aber ich hatte ja noch jenuch vunnet letzte Mal. Da hat er mich sein Gehstock innet Gesicht jehauen. Und mit musst ich dann och noch.«

Mir lief es eiskalt den Rücken hinunter. Hatte dieser Mann denn überhaupt keine Gottesfurcht, keine Moral, kein Herz? Wohl nicht.

»Ja«, fuhr Hedwig fort, »heu jibt keine Ruhe nich, jede Nacht kummt er und fuhrwerkt auf mir rum. Ja und nu hät heu mich donne maken.«

»Donne maken?«, wiederholte ich verständnislos, aber dann begriff ich, was Hedwig mir sagen wollte.

»Du meinst, du bist in anderen Umständen? Du trägst ein Kind von diesem Menschen unter deinem Herzen?«

Hedwig sagte nichts, schluchzte nur und starrte vor sich hin.

Natürlich war sie über die Vorgänge in ihrem Körper nicht wirklich aufgeklärt, aber sie kam vom Land, und da wusste man um die Zusammenhänge von Zeugung und Geburt sehr wohl Bescheid. Nach und nach erfuhr ich, dass sie vor circa sechs Wochen das letzte Mal unwohl gewesen war und sie sich seit ein paar Tagen morgens erbrach.

Jetzt erzählte ich ihr doch von meinem Gespräch mit Pfarrer Niekrenz, und dass auch er der Meinung gewesen war, nur ihre Aussage könne dem schändlichen Treiben des Kohlenhändlers ein Ende machen. Diesmal war sie nicht ganz so entschlossen, es nicht zu tun, wusste aber nicht, an wen sie sich wenden sollte. Ich versprach ihr, sie zum Pfarrer zu begleiten und auch überall da hin, wo sie später noch hingehen musste, um Anklage gegen ihren Dienstherrn zu erheben. Sie schien erleichtert zu sein, auf alle Fälle versiegten die Tränen, und sie lächelte sogar schon wieder zaghaft.

Ich konnte nicht ahnen, dass es das letzte Mal gewesen sein sollte, dass ich Hedwig getroffen hatte. Zu unserer Verabredung am nächsten Nachmittag erschien sie nicht, und auch wenn ich eine Woche lang jeden Tag zur gleichen Zeit in den Schlosspark ging, sie tauchte nicht auf. Dafür traf ich den Kohlenhändler Blancke völlig unverhofft.

»Granny, ehrlich, das darf doch alles nicht wahr sein. Da wird ein 15-jähriges Mädchen brutal vergewaltigt, noch dazu von seinem Arbeitgeber. Das ist ›Unzucht mit Abhängigen‹ und strafbar. Gab es denn wirklich niemanden außer dem Pfaffen, an den sie sich hätte wenden können? Ich meine, es ist ja nett, dass er über christliche Nächstenliebe predigen wollte, aber das hat offensichtlich nicht wirklich Eindruck hinterlassen. Jedenfalls nicht bei diesem Kohlenhändler.«

»Nun, ich glaube, wenn Hedwig sich ihm anvertraut hätte, wäre schon Hilfe möglich gewesen, aber sie war eben nicht bei ihm. Natürlich besuchte ich ihn erneut, um ihn genau danach zu fragen, er hatte sie aber in der letzten Zeit ebenso wenig zu Gesicht bekommen wie ich. Dafür habe ich jemanden gesehen, den ich nicht erwartet habe, schon gar nicht an diesem Ort.«

»Ich kann mir schon denken, wen, aber jetzt brauche ich erst einmal einen Kaffee und – ich weiß, ich weiß, sehr ungesund und geradezu vulgär – eine Zigarette.«

Ich erinnere mich gut an Grannys Meinung zu rauchenden Frauen, die obendrein auch noch Bohnenkaffee trinken, obwohl gerade nicht Weihnachtsabend ist. Auch nackt schlafen, sich die Beine und andere Körperteile rasieren, fluchen, den Namen des Herrn unnützlich führen, Jeans tragen und die Beine übereinanderschlagen, alles das findet sie unpassend für eine Dame. Was sie von meiner sonstigen Sprache, meiner Kindererziehung und meinem Beruf hält, nun ja, dazu wird sie sich bestimmt schon bald wieder persönlich zu Wort melden.

»Komm, Granny, gehen wir ins Wohnzimmer. Ich mache mir vorher einen Kaffee, und dann kannst du weitererzählen, okay? Oder nein, warte, ich springe noch schnell unter die Dusche, dann werde ich jedenfalls wach.« Ich ziehe mir mein T-Shirt über den Kopf und entledige mich meines Slips. Nachdem ich die Teile in den Wäschekorb gesteckt habe, klettere ich in die Duschkabine und lasse heißes Wasser in kräftigem Strahl auf meine Schultern prasseln. Als ich die Augen öffne, sehe ich Granny mit entsetztem Gesichtsausdruck vor der Glaskabine stehen. Sie starrt mich an, als hätte ich plötzlich zwei Köpfe, und ich öffne einen Spalt die Tür und hebe fragend die Augenbrauen.

»Kind, wo hast du denn deine Haare? Da …«

Sie deutet sichtlich peinlich berührt zwischen meine Beine.

»Rasiert, Granny, was denn sonst? Das macht heute jeder, ist in und auch hygienischer. Außerdem hast du das doch bestimmt bei deinem letzten Besuch schon gesehen. Ich weiß natürlich, dass in deiner Zeit der Neandertal-Look ganz weit oben war.«

»Den kenne ich nicht, aber du siehst aus wie ein kleines Mädchen, so ganz ohne Körperbehaarung, das finde ich weder schön, noch dürfte das Gottes Schöpfungsgedanke gewesen sein. Du weißt doch, in der Bibel steht …«

»Nein! *Du* weißt, dass ich nicht weiß, was in der Bibel steht, und dass mich das auch überhaupt nicht interessiert. Die Körperbehaarung, die du meinst, stammt aus Zeiten, als Menschen noch nackt in Höhlen lebten oder auf Bäumen oder wo auch immer. Da war die als Schutz vor Kälte oder so vielleicht auch ganz sinnvoll, aber heutzutage braucht das doch kein Mensch mehr.«

»Ein Körper, so wie Gott ihn geschaffen hat, ist immer schön, da muss man sich doch nicht so entstellen.«

»Okay, ganz wie du meinst, behalte du deine Wolle, ich dusche jetzt mal zu Ende.«

Damit schließe ich mit einem deutlichen Knall die Duschkabine. Wie konnte ich nur vergessen, wie schnell mich Granny auf die Palme bringen kann?

Bis ich fertig bin, mich abgetrocknet, eingecremt und mir einen Turban um den Kopf geschlungen habe, bleibt sie still, beobachtet aber alles, was ich tue. Ich hole mir meinen Kaffee und wandere damit ins Wohnzimmer auf die Couch. Da ich weiß, dass Granny weder essen noch trinken kann, verzichte ich darauf, ihr ebenfalls einen anzubieten. Ich muss lachen, weil die Situation fast die gleiche ist wie vor gut einem Jahr. Nur damals hielt ich meine Ururgroßmutter noch für eine gemeingefährliche Ausbrecherin aus der geschlossenen Abteilung einer psychiatrischen Klinik.

»Granny, weißt du noch, wie misstrauisch ich war, als du das erste Mal zu mir gekommen bist?«

»Wie könnte ich das vergessen? Du warst äußerst unhöflich zu mir, und deine Ausdrucksweise war wirklich sehr unfein.«

»Ich war unfein? Da hört sich doch nun alles auf. Du tauchst hier ohne Vorwarnung in aller Herrgottsfrühe auf, schmeißt mit Bibelzitaten um dich und behauptest, meine Ururgroßmutter zu sein, die eigentlich 1895 gelebt hat. Du kannst von Glück sagen, dass ich nicht die Männer mit den weißen Jacken gerufen habe. Die mit den modisch langen Ärmeln, die auf dem Rücken geschlossen werden.«

»Wie meinst du das? Welche Männer und welche Ärmel?«

»Ach, lassen wir das, ich hab's ja nicht getan, sondern mir deine unglaubliche Geschichte angehört. Klar, zuerst habe ich kein Wort von dem geglaubt, was du da erzählt hast, aber ich dachte eben, daraus könnte ich eine tolle Geschichte machen, mit der ich dann bestimmt bis George Clooney kommen würde, aber dann … Na ja, wir haben es ja am Ende geschafft, ein richtig gutes Team zu werden. Und jetzt erzähl schon endlich weiter, ich sterbe vor Neugierde.«

Granny sitzt wieder auf dem Sofa. So wie immer: Rücken gerade, ohne sich anzulehnen, Füße ordentlich parallel zueinander. Immerhin nimmt sie jetzt diesen monströsen Hut ab und streicht sich über die Haare.

GRANNY

Ja, diese Begegnung war wirklich äußerst merkwürdig, geradezu unheimlich. Es war am späten Abend eines wundervollen Augusttages, ich glaube, es war ein Freitag. Ja, ein Freitag, denn mittags hatte es Fisch gegeben und der lag mir schwer im Magen, sodass ich entgegen meiner Gewohnheit einen ordentlichen Spaziergang machte. Ich ging Richtung Schanze und dann weiter zum Hermannsdenkmal. Als ich auf dem Rückweg war, dämmerte es bereits, und keine Spaziergänger waren mehr zu sehen. Wenige Meter vor einer Weggabelung stand ein Fuhrwerk, das Pferd rupfte ein paar spärliche Halme ab. Mir kam das merkwürdig vor, zumal ja keine Menschenseele in der Nähe war, so blieb ich stehen und schaute mich um. Da knackte es in den Büschen, und ein Mann sprang links von mir aus dem Wald auf den Weg. Ich erschrak fast zu Tode und musste mich an dem Fuhrwerk festhalten. Mein Schreck verstärkte sich noch, als ich erkannte, wen ich vor mir hatte: Kohlenhändler Blancke!

Er sah vollkommen derangiert aus, hatte Schweißperlen auf der Stirn, obwohl es jetzt bereits angenehm kühl war, Blätter und Gras an der Kleidung und war barhäuptig. Was mir erst im Nachhinein auffiel, war: Er hatte eine Kohlenschaufel in der Hand.

Wir standen uns für einige Sekunden regungslos gegenüber, jeder wohl gleichermaßen erschrocken, dann ergriff er das Wort:

»Du? Was machst du hier? Spionierst du mir nach? Das rate ich dir nicht, es würde dir nicht gut bekommen. Alle wissen schließlich, dass du verrückt bist und schon im Gefängnis gesessen hast wegen unhaltbarer Beschuldigungen. Ich kann dir wirklich nur den guten Rat geben, vergiss, dass du mich hier gesehen hast, sonst wirst du es bereuen.«

Damit klopfte er sich die Hose sauber, strich sich durch die Haare, stieg auf den Bock und fuhr Richtung Detmold davon. Mein Herz schlug heftig, und ich musste mich einen Moment ausruhen, bevor auch ich meinen Weg fortsetzen konnte. Natürlich ließ mich die Begegnung nicht los, und ich überlegte hin und her, was Blancke zu dieser Zeit in dieser abgeschiedenen Gegend zu suchen hatte. Vielleicht hatte er sich mit jemandem getroffen? Aber mit wem? Ich hatte niemanden gesehen außer ihm. Und wenn, warum zu dieser Zeit und an diesem Ort? Ich fand keine Antwort, und irgendwann vergaß ich den Vorfall einfach. Erst als Hedwig auch nach über vier Wochen nicht mehr aufgetaucht war, und auch Pfarrer Niekrenz sie nicht zu Gesicht bekommen hatte, erinnerte ich mich an diese Begegnung. Hatten Hedwigs Verschwinden und meine Begegnung mit Blancke vielleicht etwas miteinander zu tun? Wenn ja, in welcher Weise?

Irgendwann hielt ich die Ungewissheit nicht mehr aus und machte mich auf, zu schauen, ob ich in der Umgebung unseres zufälligen Zusammentreffens etwas Verdächtiges entdecken konnte. Ich kam mir selber albern vor, aber ich konnte den Gedanken doch nicht ganz loswerden. Den Gedanken, dass der Kohlenhändler die arme Hedwig gemeuchelt und hier in der Nähe verscharrt hatte.

Es war nicht einfach, voranzukommen, der Wald war dicht und dunkel, einen Weg gab es nicht. Schon nach kurzer Zeit hatte ich überall Tannennadeln und Blätter an Schuhen und Kleidung. Trotzdem suchte ich weiter in einem immer größeren Bogen, ohne irgendetwas zu finden. Den Blick immer auf den Boden gesenkt, suchte ich nach einer Stelle, an der frische Grabungsspuren zu sehen waren, der Boden vielleicht unnatürlich geglättet war oder dergleichen, aber da war nichts. Enttäuscht gab ich schließlich auf und wandte mich wieder Richtung Weg. Da sah ich etwa 20 Meter abseits etwas Weißes am Boden lie-

gen und rannte fast darauf zu. Es war nur ein Stückchen Stoff, aber ich wusste es in dem Moment, in dem ich es aufhob: Es stammte von Hedwigs Schürze. So sicher, wie ich gewusst hatte, dass man meinen Otto ermordet hatte, so sicher wusste ich jetzt, dass Hedwig tot war. Getötet von diesem Mann und hier irgendwo im Wald verscharrt. Mir lief es eiskalt den Rücken herab, und mein Herz schlug rasend schnell. Ich schaute mich hastig um, aber niemand schien in der Nähe zu sein. Trotzdem zuckte ich jetzt, während ich schnell den Rückweg antrat, bei jedem Geräusch zusammen. Es war, als hätte der Wald plötzlich Augen bekommen, und ich spürte gefährliche Blicke in meinem Nacken.

»Du liebe Güte, Granny, du bist aber auch echt leichtsinnig. Wie kann man denn nur so naiv sein, allein in den dunklen Wald zu laufen, um einen Mörder zu überführen! Zumal einen, der ohnehin schon gewarnt ist? Hättest du nicht jemanden mitnehmen können? Emilie, Fritz, den Pfarrer? Du bist doch schließlich nicht Miss Marple.«

»Die kenne ich gar nicht, außerdem, wer hätte mir denn geglaubt? Die Leute hatten ja noch nicht vergessen, welche Anschuldigungen ich wegen Ottos Tod erhoben hatte. Würde ich jetzt hergehen und einen Mann des Mordes beschuldigen, nur mit einem winzigen Stofffetzen als Beweis …«

»Ja, da hast du natürlich recht, aber ich denke, Emilie mit ihrem Sinn für Abenteuer und Romantik, die wäre bestimmt mitgekommen.«

»Ja, das tat sie auch, und sie machte mir die gleichen Vorhaltungen wie du jetzt. Ich erzählte ihr nämlich noch am gleichen Abend die ganze Geschichte, und sie war genauso überzeugt wie ich, dass die arme Hedwig tot und verscharrt worden war, und zwar vom Kohlenhändler. Wir überlegten, wie wir es anstellen könnten, ihn seiner Tat zu überführen, aber es fiel uns leider nichts ein. Wir kamen dann überein, dass wir zuerst einmal einen Beweis finden mussten, einen, der die Gendarmerie überzeugen würde. Wir durften nicht Gefahr laufen, ausgelacht zu werden.«

»Und? Habt ihr einen gefunden? Ich meine, er wird ja kaum eine Anzeige in die Zeitung gesetzt haben: ›Habe mein Dienstmädchen ermordet und verscharrt, weil es von mir schwanger war‹.«

»›Wohl dem, der nicht wandelt im Rat der Gottlosen noch tritt auf den Weg der Sünder noch sitzt, da die Spötter sitzen‹, so steht es geschrieben, mein liebes Kind. Das solltest du dir wirklich merken. Aber nun lass mich weitererzählen.«

GRANNY

Natürlich suchten wir nicht nach so etwas Lächerlichem, aber wir suchten tatsächlich in der Zeitung und wurden auch fündig. Wie gesagt, ich hatte Hedwig im Juli das letzte Mal gesehen, leider wusste ich das genaue Datum nicht mehr. Aber ich wusste ganz genau, wann ich diese schreckliche Begegnung mit dem Kohlenhändler gehabt hatte. Das war am Abend des 21. August, und diesen Tag würde ich sicherlich so schnell nicht vergessen. Zwischenzeitlich schrieben wir ja bereits Oktober, und die alten Zeitungen waren natürlich längst nicht mehr da. Also machten wir uns auf die Suche nach Ausgaben der »Lippischen Landeszeitung« von August, und die fanden wir beim Altwarenhändler. Hübsch säuberlich gebündelt, um 20 Pfennig zu haben. Wir erzählten etwas von Porzellan, das verpackt und geschützt werden musste, obwohl das den guten Mann sicherlich überhaupt nicht interessierte, und zogen mit unserer Beute ab. Zu Hause setzten wir uns an den großen Küchentisch und begannen mit unserer Suche. Es war eine mühevolle Arbeit, aber sie wurde am Ende belohnt. In der Ausgabe vom 22. Juli fanden wir folgende Anzeige: »Junges Mädchen für Arbeit im Haushalt mit Kindern gesucht. Nicht älter als 15 Jahre, Kost und Logis werden geboten.«

Ein Name stand leider nicht dabei, nur der Hinweis, dass Bewerbungen an die Zeitung zu richten wären. Nun waren wir beide überzeugt davon, dass diese Anzeige nur von Kohlenhändler Blancke aufgegeben worden sein konnte, aber wir würden es beweisen müssen, und das war der weit schwierigere Teil. Es blieb uns nichts anderes übrig, als Fritz in unser Geheimnis einzuweihen und ihm alles zu erzählen. Begeistert war er nicht, und das ist noch sehr vorsichtig formuliert. Er machte mir heftige Vorwürfe, und auch seine Tochter bekam ihren Teil ab. Wir baten und flehten, versuchten immer wieder, ihn zu überzeugen, aber erst als ich Otto ins Spiel brachte und wie zuwider auch ihm dieser Mensch gewesen war, lenkte er ein. Zumindest ein ganz kleines bisschen. Er versprach uns halbherzig, einen guten Bekannten zu fragen, der einen Posten bei der Zeitung hatte.

Unsere Geduld wurde auf eine ziemlich harte Probe gestellt, denn erst drei Wochen später kam Fritz auf das Thema, das uns unter den Nägeln brannte, zu sprechen. Mürrisch musste er uns zugestehen, dass unser Verdacht richtig gewesen war. Die Anzeige stammte vom Kohlenhändler. Emilie und ich tanzten um den Tisch, obwohl der Anlass ja nun wirklich ein trauriger war. Darauf wies uns Fritz dann auch hin, und wir waren beide ein bisschen beschämt. Natürlich musste Emilie ihrem Vater versprechen, nun nichts Unüberlegtes zu tun, denn nur weil Blancke ein neues Hausmädchen gesucht habe, sei er noch lange kein hinterhältiger Mörder. Ich hörte aber deutlich, dass auch ihm die ganze Angelegenheit merkwürdig vorkam.

Nun hatten wir ein verschwundenes Dienstmädchen, das von seinem Herrn missbraucht und geschwängert worden war, eine sehr merkwürdige Begegnung im Wald, Drohungen gegen mich und eine Anzeige, die bewies, dass Blancke sich sicher war, dass sein Dienstmädchen nicht wieder zurückkommen würde.

Das reichte leider alles nicht, um eine Anklage gegen ihn auszusprechen. Er konnte einfach behaupten, Hedwig wegen ihrer Schwangerschaft entlassen zu haben und nicht zu wissen, wohin sie gegangen sei. Nichts hätten wir beweisen können, im Gegenteil, wir hätten ihn nur darauf aufmerksam gemacht, dass wir ihn für einen Mörder hielten.

Wie recht wir mit dieser Sorge hatten, sollte ich schon wenige Tage später erfahren. Ich traf das neue Hausmädchen der Blanckes im Park, und da die Kinder sich kannten, war es keine Schwierigkeit, mit ihm ins Gespräch zu kommen. Ihr Name war Irma, und wie ich bald erfuhr, war sie bereits 17 Jahre alt. Sie kam aus Heidenollendorf, und ihre Mutter war seit vielen Jahren tot, der Vater vor Kurzem verstorben.

Sie war mit äußerlichen Gütern reich gesegnet, von schlanker Gestalt mit blondem Haar und blauen Augen.

Ich versuchte vorsichtig, sie zu ihrer Vorgängerin auszuhorchen, aber das hätte ich gar nicht gebraucht. Irma war sehr redselig und offensichtlich glücklich, jemanden zu haben, der ihr zuhörte. Es war, wie ich vermutet hatte: Angeblich war Hedwig durch ein Techtelmechtel mit einem Knecht in Schwierigkeiten geraten. Sie wurde erwischt und dann mit Schimpf und Schande aus dem Hause geworfen.

Irma war rechtschaffen empört, offensichtlich glaubte sie diese Geschichte aufs Wort. Nun ja, sie hatte Hedwig schließlich nicht gekannt, und Blancke hatte sich wohl bislang zurückgehalten. Ich überlegte, ob ich sie vielleicht warnen konnte, aber dann schwieg ich lieber, was hätte es schon genutzt?

Nun hatte sich zwar mein Verdacht bestätigt, was die Geschichte zu Hedwigs Verschwinden anging, aber damit war ich eigentlich noch immer keinen Schritt weitergekommen. Auch Emilie wusste keinen Rat mehr, und Fritz machte uns beiden deutlich klar, dass wir aufhören sollten, in dieser Angelegenheit Nachforschungen anzustellen.

Schweren Herzens mussten wir uns auch eingestehen, dass er recht hatte, wir konnten nichts tun, um den Kohlenhändler des Mordes zu überführen. Wir ließen die Sache auf sich beruhen, nicht ohne vorher noch einmal in das betreffende Waldstück zu gehen. Wir fanden leider wieder nichts. Die Bäume hatten jetzt alle Blätter abgeworfen, und diese bedeckten in einer dicken Schicht den Waldboden. Wir wussten ja auch nicht einmal, in welcher Richtung wir suchen sollten, wie weit entfernt vom Weg. Irgendwann gaben wir auf, nicht, ohne vorher einen großen Findling, von denen es hier Hunderte gab, mithilfe meiner Hutnadel zu kennzeichnen. Auch in einige Bäume ritzten wir mühevoll Kennzeichen. Ich hatte zu dieser Zeit natürlich längst den Plan, dich wieder einmal um Hilfe zu bitten, musste aber lange darauf warten, kommen zu können. Nun ja, wie du siehst, jetzt bin ich da.

»Äh, ach ja? Was soll ich dieses Mal tun? Den Wald umgraben? Die Hundestaffel der Polizei bitten, mir doch bei der Suche nach einem über 100 Jahre alten Grab zu helfen? Du machst mir echt Spaß, Granny, aber du überschätzt meine Möglichkeiten. Vermutlich steht an der Stelle heute eine Neubausiedlung oder ein Riesenparkplatz für die Touristenströme, die sich das Hermannsdenkmal anschauen wollen.«

»Möglich, das weiß ich nicht, aber es steht geschrieben: ›Irret euch nicht. Gott lässt sich nicht spotten. Denn was der Mensch sät, das wird er ernten‹, und Kohlenhändler Blancke hat Mord gesät, also muss er Strafe ernten. Es darf einfach nicht sein, dass er völlig ungestraft davonkommt.«

»Granny, du musst aufhören, alles so wörtlich zu nehmen, was in der Bibel steht. Es kommen so viele Menschen ungestraft mit ihren Verbrechen davon, wieso also dein Kohlenhändler nicht auch?«

»Mein Kind, Gott wird uns helfen, da bin ich ganz sicher. Wenn es so weit ist, wirst auch du das einsehen. Also, was gedenkst du, in dieser Angelegenheit zu tun?«

»Lass mich kurz nachdenken – nichts und dreimal nichts, weil es nämlich nichts zu tun gibt. Ich kann auch mit den heutigen Möglichkeiten kein Grab finden, von dem ich nicht weiß, wo es ist. Ja, nicht einmal weiß, ob es überhaupt existiert.«

»Es existiert, da bin ich ganz sicher. Also hilfst du mir oder hilfst du mir nicht?«

Granny sieht aus wie Jeanne d'Arc auf dem Weg in ihre letzte Schlacht, und das gibt den Ausschlag.

»Okay, okay, du hast gewonnen, ich komme mit und grabe notfalls eigenhändig den Wald um. Aber jetzt mal ehrlich, was ist, wenn wir tatsächlich ein Grab finden? Was dann? Was nützt dir das in deiner Zeit? Sicher, du könntest dann die Polizei dort hinführen und deine Begegnung mit dem Kohlenhändler schildern. Ob sie dir glauben? Und selbst wenn, was hieße das? Richtig! Dann gäbe es heute kein Grab mehr zu finden, oder? Denn ich gehe doch mal schwer davon aus, dass Leichen im Wald auch zu deiner Zeit nicht einfach dort liegen gelassen wurden.«

Mann, was ist das kompliziert, alles, was damals passiert ist, hat Auswirkungen auf heute und umgekehrt. Um das alles in die richtige Reihenfolge zu bringen, brauche ich mehr Kaffee und endlich eine Kippe.

Granny guckt missbilligend zu, während ich rauche, verkneift sich allerdings abfällige Kommentare. Ich grüble darüber nach, wie man es anstellen kann, ein altes Grab zu finden, von dem man nicht weiß, wo genau man es suchen soll. Falls es denn überhaupt vorhanden ist, nicht zu vergessen.

»So, Granny, ich fasse jetzt mal zusammen, wie ich das alles sehe. Lausche und lerne! Du hast den Verdacht, dass diese Hedwig ermordet und anschließend im Wald verscharrt wurde. Dafür hast du zwar keinerlei Beweise, dafür kannst du das Grab auch nicht finden. So weit richtig? Gut, gehen wir davon aus, dass dein Verdacht richtig ist und sich irgendwo dort im Wald ein Grab befindet, vielleicht sogar das von Hedwig. Gehen wir weiter davon aus, dass wir es finden, was fast schon unmöglich ist. Was bedeutet das dann? Es bedeutet, dass du in deiner Zeit darüber eisern schweigen musst. Denn würdest du die Gendarmerie dort hinführen, was glaubst du, was die täte? Richtig! Sie würde die Leiche bergen, sodass wir 100 Jahre später keine Knochen finden können. Kannst du mir folgen? Es gäbe heute kein Grab, und damit wärst du genau da, wo du ja ohnehin schon bist. Klar so weit? Also, was soll das alles bringen?«

»Mein Kind, ›der Mensch denkt, aber Gott lenkt‹.«

»Schön, wenn das so ist, dann soll er dich doch in deiner Zeit lenken, das würde mir eine Menge Arbeit ersparen.«

Granny schüttelt sehr empört über meine gotteslästerliche Antwort den Kopf, enthält sich aber weiterer Bibelzitate.

Ihren unglaublichen Plan aufzugeben, kommt für sie natürlich nicht infrage.

»Können wir das alles nicht besprechen, wenn wir das Grab gefunden haben? Wir werden dann sicherlich einen Weg finden.«

»Dein Wort in Gottes Gehörgang, Granny, ich wünschte, ich hätte auch nur einen Bruchteil deiner Zuversicht.

Wie hast du dir denn das Vorgehen überhaupt gedacht?

Machen wir einen weiteren Ausflug nach Detmold und graben dann survivalmäßig den Teutoburger Wald um? Per Hand, oder mieten wir uns einen Bagger?«

»Über die Einzelheiten habe ich noch nicht nachgedacht, aber natürlich müssen wir zunächst nach Detmold fahren. Dann sehen wir weiter.«

»Ich sehe eher schwarz, wenn ich ehrlich bin. Aber bitte, wenn deine Seligkeit davon abhängt, fahren wir. Nur, bevor ich da mitmache, erzählst du mir, wen du außer Hedwig noch kennengelernt hast. Und lass nichts aus, ich will es ganz genau wissen.«

Granny lächelt still vor sich hin, räuspert sich dann und beginnt.

GRANNY

Es war auf Kaisers Geburtstag, am 27. Januar, einem Mittwoch, als ich Werner kennenlernte. Natürlich war es ein Feiertag, und Detmold war geschmückt wie in jedem Jahr, und jeder, der Beine hatte, war unterwegs. Es gab Musik im Schlosspark, und die Menschen waren gut gelaunt. Viele liefen auf dem zugefrorenen Burggraben Schlittschuh, andere wärmten sich die Hände an heißen Maronen. Ich stand mit Fritz und seiner Familie an einer Bude, an der es heiße Getränke zu kaufen gab, als er auf uns zukam. Fritz kannte ja ohnehin fast alle Leute und wurde oftmals in ein Gespräch verwickelt oder zumindest von Leuten begrüßt. Der Fremde hatte ein breites Lächeln auf dem Gesicht und war offenbar sehr erfreut, uns zu sehen. Er war in einen langen warmen Mantel gekleidet und hatte einen dicken Schal um seinen Hals gewickelt. Auf dem Kopf trug er einen Hut aus weichem Filz. Er war ungewöhnlich groß und überragte uns alle um ein gutes Stück. Während er Fritz und seine Gattin begrüßte, Emilie die Hand küsste, stellte ich fest, dass er braune Augen hatte, die von goldfarbenen Wimpern eingerahmt waren. Sein Bart war braunrot, und ich vermutete, dass sein Haupthaar ähnlich aussah, so er denn noch welches hatte. Auf dem kräftigen Nasenrücken hatte er doch tat-

sächlich Sommersprossen, und das mitten im Winter. Erst als Emilie mich anstieß, merkte ich, dass ich den Mann in wirklich unhöflicher Art und Weise angestarrt hatte. Ich spürte, wie ich errötete, und reichte ihm schnell die Hand, die er formvollendet an seine Lippen führte. Ich erfuhr, dass er Werner Sarstedt hieß und Kaufmann war. Emilie erkundigte sich dann in ihrer vorlauten Art nach der »Gesundheit der werten Gattin« und bekam zur Antwort, dass es eine solche nicht gebe, er leider bisher die richtige noch nicht gefunden habe. Ihr Ellbogen traf wieder meine Seite, und ich hoffte verzweifelt, dass dieser Herr davon nichts mitbekommen hatte. Um sie ein bisschen für ihre vorlaute Art zu strafen, entgegnete ich kurzentschlossen: »Ach wie schade, aber unsere Emilie hier hat den Mann ihres Herzens ja auch noch nicht gefunden.« Diesmal war es an ihr, rot anzulaufen und ihre Verlegenheit zu verbergen, indem sie ein Glas an die Lippen führte. Irgendwann kamen wir dann überein, zusammen in den ›Gasthof zur Krone‹ in die Paulinenstraße zu wandern, um uns dort bei einer kräftigen Mahlzeit aufzuwärmen. Vorbei an unserem schönen Theater wandten wir uns nach links und hatten zehn Minuten später unser Ziel erreicht. Der aufmerksame Wirt beeilte sich, uns zu einem Tisch in einer ruhigen Nische zu führen. Wir waren alle durchgefroren und froh, uns aufwärmen zu können, vor allen Dingen unsere Füße, die meinen spürte ich schon kaum noch. Ob es nun Zufall oder Absicht war, das vermag ich nicht zu sagen, aber ich saß neben Werner Sarstedt und unterhielt mich mit ihm. Ich erfuhr, dass er ursprünglich aus Lemgo stammte, dort noch Eltern und zwei Schwestern hatte. Seit mehr als sieben Jahren lebte und arbeitete er aber nun im schönen Detmold. Seine Firma war sehr bekannt und belieferte mit ihren Zigarren sogar das fürstliche Schloss. Als das Wort »Schloss« fiel, zuckte ich zusammen. Schmerzhaft überfielen mich die Erinnerungen an Otto und alles, was danach geschehen war. Außerdem wurde mir bewusst, dass dieser Mann vielleicht von meiner Vorstrafe wusste. Er tat allerdings, als wäre alles in bester Ordnung, schmeichelte mir sogar und unterhielt mich mit kleinen, lustigen Geschichten aus seinem Berufsalltag. Ich konnte es dann auch nicht verhindern, ein leises Bedauern zu verspüren, als wir uns schließlich verabschieden mussten.

Zu Hause kam Emilie als Erstes auf diesen Mann zu sprechen. Wie er mir gefallen hätte, was er gesagt habe, ob ich ihn wiedersehen würde, und wenn ja, wann.

Ich neckte sie, indem ich antwortete, er habe bereits um meine Hand angehalten, die Hochzeit könne in Bälde stattfinden. Sie lachte aus vollem Halse und warf sich quer über mein Bett. Sie verhielt sich – obwohl mittlerweile schon 19 Jahre alt – immer noch gerne wie ein Kind.

Sie war es dann aber, die mich darauf hinwies, dass dieser Herr Sarstedt uns vielleicht im »Fall Hedwig«

weiterhelfen könne. Schließlich hätte er durch seinen Beruf Kontakte zu allen Kreisen, ich sollte ihm einfach von meinem Verdacht erzählen, und er würde dann schon wissen, was zu tun sei. Ich schüttelte den Kopf und wies sie darauf hin, dass ich ja nicht einmal wisse, ob ich diesen Herrn je wiedersehen würde.

Ich sah ihn wieder, unerwartet schnell sogar. Schon am nächsten Abend brachte Fritz ihn mit von der Arbeit nach Hause. Man habe sich rein zufällig getroffen, und er habe den Herrn überreden können, mit hereinzukommen und das Abendessen mit uns einzunehmen.

Ich schaute an mir hinunter und war sehr froh, ein hübsches, wenn auch schlichtes Tageskleid zu tragen. Nachdem unser Gast seinen Hut abgelegt hatte, konnte ich feststellen, dass ich mit meiner Vermutung richtiggelegen hatte. Er besaß tatsächlich eine dicke rotbraune Haarpracht, die sich offensichtlich allen Bändigungsversuchen widersetzte.

Überhaupt, er hatte ein gefälliges Äußeres, und vor allen Dingen seine Hände waren wunderschön. Schmal mit langen Fingern – Pianistenhände, wie Emilie bemerken musste. Herr Sarstedt verneinte aber lachend dahingehende Fragen und erklärte, zu seinem Bedauern völlig unmusikalisch zu sein. Das war ich leider auch, meine Stimme war kaum dazu geeignet, im trauten Kreise Lieder vorzutragen, und ein Instrument spielen konnte ich ebenfalls nicht. Otto war ein großer Musikliebhaber gewesen, vor allen Dingen Mozart hatte es ihm angetan. Er hatte mir häufig etwas auf dem Klavier vorgespielt, und ich hatte voller Bewunderung zugeschaut, wie seine Finger über die Tasten glitten. Nun spielte Emilie für uns. Sie spielte recht ordentlich, auch wenn es sicherlich nur für den Hausgebrauch reichte. Weitergehende Ambitionen hatte sie aber wohl ohnehin nicht.

»Also, Granny, so genau wollte ich es nun auch wieder nicht wissen. Ob deine Emilie Klavier spielen kann oder nicht, geht mir echt am Ar… vorbei. Was mich interessiert, ist, ob du und dieser Werner mal über einen Handkuss hinausgekommen seid. Also, komm auf den Punkt.«

»Kind, in meiner Zeit ist es nicht üblich, übereinander herzufallen, kaum dass man seine Vornamen kennt. Wir hielten gewisse Spielregeln ein, die sehr genau festgelegt waren. Nun waren wir einander vorgestellt worden und konnten als Nächstes einen Spaziergang zusammen machen. Am besten an einem Sonntagvormittag, das war so üblich. Genau das taten wir auch. Werner hatte mich sehr höflich und formvollendet darum gebeten, und ich hatte mit züchtig zu Boden geschlagenen Augen zugestimmt. Damit wussten wir beide, dass wir Interesse an einer weitergehenden Beziehung hatten.«

»Aha, nun gut, und wie ging's weiter?«

»Wir gingen spazieren. Die Lange Straße hinauf und weiter bis zur Obernmühle. Mein Begleiter wurde von vielen Menschen gegrüßt, und ich natürlich sehr genau gemustert. Du musst wissen, es gibt viel weniger Junggesellen als junge Mädchen, die verheiratet werden müssen. Die gehen alle am Sonntagmorgen mit ihren Eltern spazieren, so werden sie gesehen und können sich auch selber unauffällig umschauen.«

»Großer Gott, das war ja wie auf einer Viehausstellung. Wie schrecklich ist das denn?«

»Das ist nicht schrecklich, das ist üblich, jeder macht das so. Wie lernen sich denn junge Menschen in eurer Zeit kennen?«

»Auf der Arbeit, in der Kneipe, in der Disco, im Fitnessstudio, beim Joggen, Tennisspielen, beim Yoga oder im Internet. Da gibt es unendlich viele Möglichkeiten, dazu muss ich doch nicht wie auf dem Sklavenmarkt ausgestellt werden.«

»Ach, und warum bist du dann immer noch ohne einen Mann?« Granny kann widerlich sarkastisch werden.

»Weil ich gar keinen suche, ich habe von Männern, speziell von Ehemännern, nämlich die Nase gestrichen voll. Wer sagt dir außerdem, dass ich keinen habe? Vielleicht habe ich einen, und du kennst ihn nur noch nicht?«

»Kind, das wäre ja wunderschön, und ich würde mich sehr für dich freuen! Es tut nicht gut, ›dass der

Mensch alleine sei‹, steht doch schon in der Bibel. Wie heißt er, was macht er, wer sind seine Eltern, hat er schon um deine Hand angehalten?«

»Granny, komm wieder runter und hör auf, Hochzeitsglocken läuten zu hören. Ich sagte doch schon, ich habe von Ehemännern die Nase voll. Von Männern im Allgemeinen und im Besonderen aber nicht.«

»Willst du damit andeuten, dass du mit diesem Herrn bereits eine intime Beziehung unterhältst, ohne mit ihm auch nur …«

»Hör auf, dich mal wieder als Hüterin meiner Moral aufzuspielen. Fass dich an die eigene Nase und erzähl deine Geschichte weiter, sonst erfährst du von mir nämlich überhaupt gar nichts. Und bitte lass alles aus, was nicht wirklich interessant ist, ich will die schmutzigen Details hören, sonst nichts.«

Granny presst auf ihre ganz eigene Art die Lippen zusammen und schaut mich missbilligend an, entgegnet aber nichts mehr, sondern erzählt tatsächlich weiter.

Nach diesem ersten Sonntag trafen wir uns regelmäßig, und es war bald allen klar, dass Werner Sarstedt mein Verehrer war.

Nach etwa vier Wochen küsste er mich das erste Mal, und auch wenn er wirklich nett und zärtlich war, löste dieser Kuss in mir nichts von der Leidenschaft aus, die ich bei Otto empfunden hatte. Ich sagte mir, dass das mit der Zeit schon noch kommen würde, aber ich konnte mich nicht wirklich überzeugen. Irgendwie fühlte ich mich in Werners Gegenwart immer wie ein Kind. Er bestimmte, wo wir hingingen, er bestimmte, was gegessen oder getrunken wurde. Natürlich fragte er mich nach meinen Wünschen, aber ich hatte immer das Gefühl, dass ihn meine Antworten nicht wirklich interessierten.

Als wir uns etwa zwei Monate kannten, brachte er das erste Mal das Gespräch auf Heinz und seinen unbekannten Vater. Ich erschrak, weil ich nicht wusste, wie viel Fritz ihm von mir erzählt hatte. Es stellte sich dann aber schnell heraus, dass er an den unbekannten Verlobten glaubte, der mich schließlich »sitzen gelassen« hatte. Die Art und Weise, wie er darüber sprach, machte mich betroffen und zugleich wütend.

Er war sehr gönnerhaft und ließ durchblicken, dass er eigentlich überhaupt kein Verständnis für Frauen hatte, die in eine solche Situation gerieten. Dann sprach er bewundernd von Otto, der mich »großherzig und in bewunderungswürdiger Art und Weise weiterhin in seinem Haus beschäftigt hatte«. Das war der Punkt, an dem es mir zu viel wurde. Ich empfand plötzlich nur noch Zorn und Verachtung für diesen Mann. Ich blieb mitten auf der Straße stehen, sah ihm ins Gesicht und sagte: »Du hast keinerlei Ahnung davon, wie großherzig und bewunderungswürdig seine Exzellenz war, also rede nicht darüber. Du hast auch keine Ahnung davon, wie Frauen in eine solche Lage geraten können, also rede auch davon nicht. Am besten ist, du redest überhaupt nicht mehr, zumindest nicht mit mir. Auf Wiedersehen!«

Damit drehte ich mich um und ließ ihn stehen, wo er stand.

Ich ging mit schnellen Schritten nach Hause und war mir sicher, diesen Mann in meinem Leben nicht wiedersehen zu wollen. Ich hatte ihn brüskiert, so viel war klar, aber es war mir egal, mir lag nichts an ihm und seiner Meinung über mich. Ich war allerdings ein wenig verwundert über meine Reaktion, die ich so von mir gar nicht kannte. Ich dachte eine Weile darüber nach und kam schließlich zu dem Ergebnis, dass es wohl auf deinen Einfluss zurückzuführen war. Auch wenn ich den Lebensstil in deinem Jahrhundert in keiner Weise gutheißen konnte, in manchen Dingen sind die Frauen doch eindeutig besser dran als heutzutage.

Ich war dann auch sehr verwundert, als er schon am gleichen Abend auftauchte, mit einer großen Bonbonniere unter dem Arm. Er überreichte mir diese und bat dann Fritz, mit mir unter vier Augen sprechen zu dürfen. Ich war unsicher und wusste nicht, wie ich mich verhalten sollte, also schwieg ich erst einmal, als wir alleine waren, und schaute ihn auch nicht an.

Er räusperte sich schließlich entschlossen und sagte: »Luise, ich bedauere ehrlich, wenn ich etwas gesagt haben sollte, was deinen Unmut erregt hat. Auch wenn ich die Art und Weise, mit der du darauf reagiert hast, nicht angemessen finden kann. Es ist schließlich so, dass du eine Frau bist, die ein Kind hat, ohne verheiratet zu sein. Damit hast du gewisse gesellschaftliche Regeln außer Acht gelassen, und darüber müssen wir reden, bevor ich mich zu einer ernsthaften Bindung entschließen kann. Ich hoffe, du verstehst das?«

Er sah keineswegs so aus, als täte ihm irgendetwas leid, ganz im Gegenteil, er wirkte eher selbstzufrieden.

Ich musste mir wirklich heftig auf die Zunge beißen, um die Worte, die mir in den Sinn kamen, nicht laut auszusprechen. Ich hätte diesen selbstgerechten Klotz schütteln mögen. Nach einer Weile sagte ich dann in angemessenem Ton: »›Richtet nicht, auf dass ihr nicht gerichtet werdet‹, so steht es in der Bibel geschrieben. Warum maßt sich dann ein Mensch, den ich kaum kenne, an, über mich zu richten?«

»Der dich kaum kennt? Luise! Das geht nun wirklich zu weit, schließlich habe ich in Erwägung gezogen, um deine Hand anzuhalten. Obwohl, und das sage ich dir in aller Offenheit, meine Mutter und auch meine Schwestern darüber keineswegs erfreut waren.«

»Waren sie nicht? Wie gut, dass du es nur in Erwägung gezogen und nicht in die Tat umgesetzt hast. Das hat dir nämlich eine Zurückweisung erspart. Ich möchte dich nicht heiraten und lege auch keinen Wert mehr auf ein weiteres Wiedersehen. Guten Tag, mein Herr.«

Damit drehte ich mich um und rauschte aus dem Zimmer, die Fäuste ans Herz gepresst, so wütend war ich auf diesen bornierten … Kaufmann.

Kaum war er aus der Haustür, kam Emilie in mein Zimmer und wollte wissen, was vorgefallen wäre. Ich erzählte es ihr und auch, dass ich unglaublich wütend auf diesen Mann war. Sie zuckte mit den Schultern und lachte. »Na und«, sagte sie, »so sind doch die meisten. Scheinheilige, die von ihrer Zukünftigen erwarten, ein Leben wie eine Heilige geführt zu haben. Was sie selber getrieben haben und immer noch treiben, steht auf einem ganz anderen Blatt.«

Emilie war wirklich nicht das typische Mädchen meiner Zeit, vermutlich war sie von ihrem vernarrten Vater zu sehr verwöhnt worden. Sie durfte alles, bekam alles, war klug und hübsch und außerdem vermögend. Sie konnte wohl jeden Mann haben und wollte doch keinen. Sie fand an jedem ihrer Bewerber umgehend etwas auszusetzen und machte sich heimlich über sie lustig. »Ich werde niemals heiraten, das steht fest«, war eine ihrer üblichen Redensarten. »Ich habe keine Lust, zu Hause zu versauern, einen Haufen Kinder zu bekommen, vor meiner Zeit zu altern, während mein Ehemann sich mit leichten Mädchen amüsiert.«

Reagierte ich dann entsetzt auf solche Äußerungen, zuckte sie nur die Schultern und wechselte das Thema. Heute war ihre Reaktion eine andere und sehr heftig entgegnete sie: »Meinst du, ich weiß nicht, wohin Papa regelmäßig geht? Glaubst du, ich weiß nicht, was er dort tut? Oh, ich weiß genau, was Männer treiben, während ihre braven Ehefrauen zu Hause sitzen und sticken. Nein, meine Liebe, das ist nichts für mich. Ich will meine Freiheit behalten, vielleicht finde ich ja mal einen amüsanten Geliebten, der mir die Welt zu Füßen legt, ohne mich einzuengen mit einer Heirat. Außerdem habe ich Geld genug, bin also nicht auf die Versorgung durch einen Mann angewiesen, und auf einen, der mein Geld mit anderen Weibern durchbringt, schon mal gar nicht.«

Ich wusste nicht so recht, ob sie nur altklug daherredete, oder ob sie ernst meinte, was sie sagte. Tatsache aber war, dass sie bislang jeden, wirklich jeden ihrer nicht gerade wenigen Verehrer sehr schnell zum Rückzug gebracht hatte. Ihre Mutter machte sich deswegen große Sorgen und sah ihre jüngste Toch-

ter schon als alte Jungfer enden, während ihr stolzer Vater nur lachte und seinem Liebling über die Haare strich. Ob er wohl ahnte, wie viel Anteil er daran hatte, dass Emilie sich eine Ehe so überhaupt nicht vorstellen konnte? Ich glaube nicht.

Natürlich fragte auch Fritz mich, was vorgefallen sei, als Werner nicht mehr kam.

»War er dir zu ernst? Zu wenig wie Otto? Ist es, weil niemand Otto ersetzen kann? So was in der Art?«

»Nein, nicht in der Art. Genau so«, lächelte ich, dankbar, dass er mich verstand. »Er war einfach ein bornierter Laffe, der meinte, sich über meine mangelnde Moral entrüsten zu müssen.«

»Ach du meine Güte, das hätte ich jetzt wirklich nicht von Werner gedacht, aber gut, wenn es so war, vergiss ihn einfach. Dein Herz scheint er ja nicht gebrochen zu haben, wie ich sehe.«

Ich schüttelte nur lächelnd den Kopf.

»Nee, ich glaube auch, den hättest du dir noch nicht einmal zurechttrinken können. Seine Mutter und die Schwestern waren dagegen, das war ein echter Wichser!«

»Ich trinke nur sehr selten Alkohol, höchstens hin und wieder ein Gläschen Sherry oder Likör. Zu Weihnachten oder anderen feierlichen Gelegenheiten auch mal ein Glas Champagner, aber ich war noch niemals betrunken. Außerdem war Werner Kaufmann und nicht Wichser, ich glaube, den Beruf gibt es in meiner Zeit noch nicht.«

Ich kann mich nicht beherrschen und pruste los. Unterhaltungen mit Granny haben einfach was Groteskes. Da ich aber keine Lust habe, eine nähere Erklärung zu diesem »Beruf« abzugehen, sage ich:

»Ja, ich weiß, du führst ein echt aufregendes Leben, um das ich dich glühend beneide. Aber ehrlich, Granny, was hast du vor? Du sagst ja selber, du wirst bald 30 Jahre alt. Würdest du heutzutage leben, wärst du damit mal gerade trocken hinter den Ohren, aber 1897? Da war man mit 30 ja fast schon ein Uhu, oder nicht?«

»Ich bin ein Vogel? Was meinst du damit?«

»Kein Vogel, ein Uhu – unter hundert – also eigentlich jenseits von Gut und Böse, alt eben.«

»Na ja, alt ist man auch zu meiner Zeit nicht mit 30, es sei denn, man ist immer noch ledig. Zum Heiraten ist es für eine Frau in diesem Alter wirklich schon fast zu spät. Aber natürlich heiraten auch ältere Frauen, jedenfalls manchmal. Meist einen Witwer, der eine Mutter für seine Kinder braucht.«

»Hört sich ja toll an, aber na ja, auch heute ziehen Männer jenseits der 50 oftmals Frauen vor, die locker ihre Töchter sein könnten. Scheint eine zeitlose Erscheinung zu sein.«

»Siehst du, das meine ich. Du musst dich wirklich beeilen, wenn du noch einen guten Mann finden willst, schließlich bist du schon Mitte 30, und außerdem hast du zwei Kinder, das ist für einen Mann nicht einfach.«

»Wie jetzt? Nur weil ich Mitte 30 bin und Kinder habe, soll ich jeden nehmen, der eventuell gewillt ist? Jemanden, der Mahatma Gandhi für ein indisches Nationalgericht hält, ohne zu wissen, wo Indien überhaupt liegt? Nee, Granny, dann lieber für den Rest meines Lebens ledig und alleinerziehend. Ich habe einen Beruf, verdiene mein eigenes Geld, stehe damit auf meinen eigenen zwei Beinen. Ich brauche vieles, aber eine Versorgungsehe gehört nicht dazu. Ende der Diskussion.«

»Gut, wem nicht zu raten ist, dem ist auch nicht zu helfen. Möchtest du jetzt vielleicht hören, wie es weitergeht?«

»Was glaubst du denn, worauf ich warte? Auf deine Ratschläge aus der guten alten Zeit oder auf Bibelzitate? Nein, ich sitze hier, weil ich nun endlich wissen will, welchen Part du mir zugedacht hast.«

»Nicht so ungeduldig, mein Kind, meine Geschichte ist noch nicht zu Ende, auch wenn ich Werner tatsächlich nie wiedergesehen habe, jedenfalls nicht allein.«

GRANNY

Das Schicksal ist ein launischer Geselle, denn nur wenige Wochen später war ich verliebt. So verliebt, dass ich mich wie ein junges Mädchen fühlte und am liebsten den ganzen Tag gesungen und getanzt hätte.

»Ist nicht wahr? Und damit kommst du jetzt erst um die Ecke? Diese ganzen Wernergeschichten waren einfach nur die Präluminarien? Das Spannende kommt erst noch? Ist das denn zu fassen?«

»Nun, wer wollte denn *alles* hören? Wer hat gesagt, ich solle ja nichts auslassen? Das warst doch wohl du, mein liebes Kind. Also habe ich dir auch von Werner erzählt.«

»Ja, schon gut, schon gut. Aber es wäre wirklich mehr als reizend von dir, wenn du jetzt zum interessanteren Teil deiner Story kommen könntest.«

»Den Gefallen kann ich dir gern tun, aber es gibt ja noch kaum etwas zu erzählen. Es ist schließlich gerade eine Woche her, dass ich Heinrich kennengelernt habe.«

»Was denn? Diese eine Woche hat gereicht, dass du tanzen und singen möchtest? Na, das muss ja ein echtes Cremeschnittchen sein. Los, raus damit, wie sieht er aus, wie alt ist er, was macht er?«

»Ich erzähle erst weiter, wenn du mir sagst, dass du mir hilfst und wann wir nach Detmold fahren. Vorher erfährst du von mir kein Wort mehr.«

»Granny! Das ist Erpressung, und das heißt die Bibel bestimmt nicht gut. Trotzdem, weil du es bist: Dieses Wochenende sind die Kinder bei ihrem Vater, das heißt, bei mir geht es erst wieder in 14 Tagen. Lass mich mal überlegen … Sollen wir Mam einweihen, dann haben wir zwei Augen mehr, graben wird sie wohl nicht wollen.«

»Deine Mam kann gern mitkommen, vielleicht kann uns ja auch ihr Hund bei der Suche helfen.«

»Teddy? Der würde ein Grab nicht einmal finden, wenn er drin läge. Außerdem könnten nach über 100 Jahren selbst Rin-Tin-Tin oder Lassie mit ihren Supernasen nichts mehr ausrichten. Und selbst wenn, sollen wir zu Teddy sagen: Jetzt such mal bitte nach Hedwig? Nein, auf den würde ich nicht bauen.«

»Gut, dann müssen wir den Stein suchen, in den ich die Markierung geritzt habe.«

»Okay, das dürfte ja vielleicht machbar sein, aber was dann? Du hast doch selber erzählt, dass du den nur markiert hast, um zumindest die ungefähre Stelle wiederzufinden.«

»Stimmt, aber wenn wir den Stein finden, wissen wir zumindest, dass wir in der richtigen Gegend sind, das ist doch immerhin schon etwas.«

»Deinen Optimismus möchte ich haben. Stell dich darauf ein, dass wir außer Bäumen überhaupt nichts finden. Und das wäre schon der positive Fall, im negativen finden wir eine Siedlung oder einen Parkplatz – wie ich schon erwähnt habe.«

»Abwarten, mein Kind, der liebe Gott wird uns in einer gerechten Sache nicht verlassen. Welches Datum haben wir denn in 14 Tagen?«

»Der betreffende Freitag ist der 23. Mai. Warum, hast du eine Verabredung?«

»Woher weißt du das? In der Tat möchte ich mich am 15. Mai mit einem Herrn zu einem Spaziergang treffen.«

»Granny, wenn du mir jetzt nicht endlich verrätst, was ...«

»Schon gut, mein Kind, schon gut. Ich erzähle ja schon.«

GRANNY

Es war am 9. Mai, einem Sonntag, das Wetter wundervoll und die ganze Familie ging flanieren. Heinz blieb bei seinem Kindermädchen, für einen Jungen seines Alters war das einfach noch nichts. Ich hatte mir ein neues, sehr elegantes Tageskleid schneidern lassen. Es war aus taubenblauem Crêpe de Chine, und um die Hüfte herum sehr eng anliegend. Darunter trug ich lediglich einen kostbaren Unterrock, der eine Winzigkeit länger war als mein Kleid und bei jedem Schritt hervorblitzte. Dazu hatte ich einen sehr großen Hut mit vielen Verzierungen aus echter Spitze und einem kleinen Schleier aufgesetzt. Ich war also sehr elegant, und darüber war ich besonders froh, als dieser Mann bei uns stehen blieb, um Fritz zu begrüßen. Ich kann es einfach nicht anders ausdrücken, er sah aus wie ein Prinz, ach, was sage ich, wie ein König! Er war nicht sehr groß, aber gut gebaut. Seine Kleidung war von schlichter Eleganz und entsprach der allerneuesten Mode. Die gestreiften Beinkleider saßen ebenso perfekt wie das Sakko. Er trug keinen Mantel, was trotz der Frühlingswärme ungewöhnlich war. Seine dunklen Haare waren akkurat gescheitelt und der modisch kurze Bart sauber geschnitten. Nichts störte das harmonische Gesamtbild seiner Erscheinung. Selbst seine Stimme klang in meinen Ohren wie Musik, und ich musste mich selber energisch zur Ordnung rufen, um ihn nicht mit offenem Mund immerzu anzustarren. Auch Emilie schien beeindruckt zu sein, jedenfalls war sie ungewohnt liebenswürdig. »Mein lieber Freund, welch eine wundervolle Überraschung. Seit wann sind Sie zurück von Ihren Reisen? Ich hoffe doch, noch nicht allzu lange, sonst hätten Sie es doch sicher nicht versäumt, uns mit Ihrem Besuch zu erfreuen?«

Sie vergaß vor lauter Schmeichelei sogar, dass ich neben ihr stand. Fritz besann sich aber auf die Höflichkeit, ergriff meine Hand und sagte: »Meine liebe Luise, darf ich dir meinen alten Kriegskameraden Heinrich von Raden vorstellen. Heinrich, das ist unsere liebe Freundin Luise Klewe, die seit einiger Zeit in unserem Hause wohnt. Zusammen mit ihrem Sohn Heinz.«

Herr von Raden ergriff meine Hand und führte sie an seine Lippen. »Gnädige Frau, ich bin entzückt. Welch ein Glück muss es doch sein, einen solchen Engel unter seinem Dach beherbergen zu dürfen. Ich wüsste nicht, womit mein Freund Fritz eine solche Gunst verdient hätte.«

Mir war das furchtbar unangenehm, und ich entzog ihm meine Hand ungehörig schnell. Bevor ich die Augen niederschlug, glaubte ich ein anzügliches Lächeln auf seinem Gesicht gesehen zu haben.

Natürlich hatten die Herren sich viel zu erzählen, und so spazierten wir gemeinsam weiter. Emilie und ich blieben einige Schritte zurück, und ich erfuhr, dass Herr von Raden im Dienste Seiner Majestät des Kaisers stand und daher in Berlin wohnte. Jetzt war er gerade von einer längeren Reise aus Paris zurückgekehrt. Er kam in unregelmäßigen Abständen zurück nach Detmold, weil seine Familie hier ansässig war. Vater, Mutter und eine jüngere unverheiratete Schwester. Wispernd und mit roten Wangen erzählte sie mir von einer geplatzten Verlobung, da dieser feine Herr sich in flagranti hatte erwischen lassen. »Es war ein Skandal, kann ich dir sagen. Die Eltern des armen Mädchens hätten ihn verklagt, aber um dem Gerede nicht immer neue Nahrung zu geben, wurde darauf verzichtet. Herr von Raden allerdings musste erst einmal aus Detmold verschwinden. Nun ja, das hat er getan, und mittlerweile dürfte Gras über die Geschichte gewachsen sein.«

Ich konnte mir einen Menschen mit einem solchen Aussehen beim besten Willen nicht als Betrüger vorstellen und hegte völlig unbegründet eine direkte Abneigung gegen die betroffene Braut. Wer weiß, was sie dazu beigetragen hatte, ihn in die Arme einer anderen zu treiben.

»Nee, ist klar! Wenn Männer fremdgehen, ist niemals der Mann schuld, sondern immer die Frau. Das ist doch Unsinn, vermutlich wollte er an ihre Jungfernschaft, und die wollte sie ihm halt nicht vor der Ehe geben. Da hat er sich eine zum Überbrücken der Wartezeit gesucht. Das kann man ihm zwar nicht verdenken, aber das arme Mädchen hat schließlich nur getan, was Erziehung und Moral ihr vorschrieben.«

»Wenn du mich immer unterbrichst, musst du dich aber nicht wieder beklagen, wenn ich nicht fertig werde mit meiner Geschichte.«

»Gut, ich bin schon still, erzähl einfach weiter.«

»Na ja, so viel gibt es eigentlich nicht zu erzählen in der Kürze der Zeit, aber ich hoffe, dass sich das bald ändert.«

GRANNY

Wir gingen zusammen in den Frankfurter Hof und nahmen dort unser Mittagessen ein. Herr von Raden erzählte unterhaltsam und weltgewandt von seinem Leben in Berlin. Ja, er war schon in Rom, Neapel und natürlich Paris gewesen. Er schilderte uns diese Welt so schillernd, dass man meinte, sie wahrhaftig vor Augen zu haben. Den Eiffelturm, den Vatikan, ja selbst den Papst hatte er leibhaftig gesehen. Ich bekam vor lauter Staunen kaum einen Bissen hinunter. Aber das bemerkte er und lächelte mich an: »Sie haben offensichtlich gar keinen Appetit, ich hoffe nicht, dass ich der Grund dafür bin, dass es Ihnen so gar nicht schmeckt. Ich finde die Küche hier ausgezeichnet, ich liebe die gute deutsche Hausmannskost.«

Ich stammelte irgendwas von leichten Magenproblemen und hätte mich gleich darauf dafür ohrfeigen mögen. Ich benahm mich wie eine alberne Gans und ein kränkliches spätes Mädchen. Also sammelte ich mich und sagte: »Nun, gegen die Küche hier ist sicherlich nichts einzuwenden, obwohl mir an der Soße ein wenig Sherry fehlt, und das Gemüse könnte eine Prise Muskat vertragen.«

Ich sah, wie es in seinen Augen aufblitzte, und er neigte sich mir zu: »Oha, eine Feinschmeckerin. Das gefällt mir. Schöne Frauen sollten auch etwas vom Kochen verstehen, das unterstreicht ihre Weiblichkeit.«

Ich lächelte ihn sanft an, klimperte mit den Wimpern und antwortete: »Es tut mir leid, aber da werde ich Ihrem charmanten Kompliment nicht gerecht. Ich habe nicht behauptet, etwas vom Kochen zu verstehen, aber ich verstehe etwas vom Essen und von gutem Geschmack. Das ist ein großer Unterschied.«

Emilie neben mir zog scharf die Luft ein und versuchte, ihr Lachen hinter einem Hüsteln zu verstecken. Martha Deppe kniff die Lippen zusammen, und Fritz erhob schnell sein Glas und beendete damit vorläufig unsere heikle Diskussion.

Erst zum Nachtisch beugte sich Herr von Raden erneut zu mir und fragte betont höflich: »Habe ich das richtig verstanden, dass Sie Mutter eines Sohnes sind? Der muss aber wohl sehr jung sein, ein Säugling, nehme ich an? Der werte Herr Gemahl ist sicherlich sehr stolz auf seinen Sprössling?«

Ich brauchte keine zwei Sekunden, dann tupfte ich mir die Lippen mit der Serviette ab und antwor-

tete lächelnd: »Darauf kann ich Ihnen leider keine verbindliche Antwort geben, er hat es vorgezogen, mich vor der Geburt seines Sohnes zu verlassen. Aus diesem Grund bin ich zwar Mutter, aber weiterhin ledig, und mein Sohn wird in Bälde sieben Jahre alt. Möchten Sie sonst noch etwas wissen, mein Herr?«

An unserem Tisch sagte niemand ein Wort, jeder starrte vor sich hin und tat, als wäre er sehr beschäftigt, nicht einmal Emilie schaute von ihrem Teller hoch. Ich weiß wirklich nicht, was in mich gefahren war, aber irgendetwas an der Art dieses Herrn reizte meinen Widerspruch. Vielleicht war es die Geschichte mit der betrogenen Verlobten, vielleicht seine Selbstsicherheit und sein weltmännisches Gehabe. Ich war weit über jedes schickliche Ziel hinausgeschossen, das war mir durchaus klar, und hatte damit auch die Deppes in eine peinliche Situation gebracht, aber ich hatte nicht anders gekonnt.

Mein Gesprächspartner tat, was keiner von ihm erwartet hatte. Er lachte laut heraus und sagte mit vergnügter Stimme: »Das war ein Konter, wie er mir gefällt. Endlich eine Frau, die sich traut, zu sagen, was sie denkt. Bravo, und entschuldigen Sie bitte vielmals meine völlig unangebrachten und indiskreten Fragen. Ich kann Sie einfach nur mit meinem Interesse an Ihrer Person rechtfertigen. Wenn ich mir also mit meinem unverzeihlichen Benehmen noch nicht alle Chancen verdorben habe, würden Sie mir vielleicht die Ehre erweisen, am heutigen Abend eine Thea-

teraufführung mit mir zu besuchen? Ich habe zufällig noch zwei Karten erstehen können. Fritz, gnädige Frau, Sie sind doch einverstanden?«

Und wieder redete ich, bevor ich nachgedacht hatte:

»Was machen Sie, wenn die Herrschaften einverstanden sind und ich sage Nein? Wen von ihnen nehmen Sie dann mit?«

»Luise, ich bitte dich, was ist denn heute nur in dich gefahren. Sei bitte nicht so vorlaut.«

Das war Martha, und ich wusste, dass ich den Bogen endgültig überspannt hatte, denn sie sagte nur selten etwas und überließ das Reden lieber ihrem Mann und Emilie.

Trotzdem war ich nicht bereit, mich zu entschuldigen. So über meinen Kopf hinweg die Deppes um Erlaubnis zu bitten, war zwar durchaus üblich, ja sogar vorgeschriebener Umgang, aber mich störte es plötzlich ungemein.

Wieder lächelte Herr von Raden verbindlich, neigte seinen Kopf und sagte: »Mea culpa, ich bin untröstlich und lasse es wirklich an gutem Benehmen vermissen. Verzeihen Sie mir, und als Beweis dafür sagen Sie bitte Ja.«

Seine Augen ließen mich nicht los, und ich fühlte mich wie die Maus, die der Kater zwischen den Pfoten hat, wollte aber nicht kneifen. Daher lächelte ich freundlich und nickte. »Aber gerne, mein Herr, ich war noch nie im Theater und bin sehr neugierig, was mich erwartet.«

Natürlich erwartete mich, nachdem wir wieder allein waren, zuerst einmal ein wahres Feuerwerk an Vorwürfen, die allesamt nicht unberechtigt waren. Daher zog ich es vor, zu schweigen und schuldbewusst auszusehen. Selbst Emilie ließ etwas von ihrer üblichen Neugier und Begeisterung vermissen, und ich fürchtete, sie brüskiert zu haben. Als sie schließlich kam, fragte ich sie ohne Zögern, ob sie selber Interesse an Herrn von Raden hätte, dann würde selbstverständlich sie mit ihm ins Theater gehen und nicht ich. Sie war merkwürdig unsicher, verneinte aber sehr entschieden und lenkte dann das Gespräch auf meine Garderobe.

Ich besaß kein passendes Kleid, aber Emilie gleich mehrere, die mir zum Glück passten. Wir entschieden uns für eines mit einem geradezu erschreckend tiefen Ausschnitt. Es war aus dunkelgrüner Seide und hatte eine kleine Schleppe. In der Taille war ich allerdings nicht so schmal wie das junge Mädchen, also musste mein Korsett sehr, sehr eng gezogen werden. Ich bekam kaum Luft und war fast einer Ohnmacht nahe. Bei meiner Frisur half mir dann sogar Martha, und als ich schließlich fertig herausgeputzt war, erkannte ich mich selber kaum wieder.

Gegen 19.30 Uhr fuhr Herr von Raden vor, und mir verschlug es ob seiner eleganten Erscheinung fast den Atem. Er trug natürlich Frack und Zylinder, dazu Abendschuhe und einen Mantel. Er küsste meine Hand und versicherte mir, dass ich einfach hin-

reißend aussähe. Er half mir in seinen Einspänner, und schon wenige Minuten später stiegen wir vor dem Fürstlichen Hoftheater wieder aus.

Höflich bot er mir seinen Arm und führte mich die Stufen hinauf. Als sich die Türen öffneten, schlug mir eine Wolke aus warmer Luft entgegen, deren Ursache sicherlich die vielen Kerzen waren. Dazu gab es eine geradezu unglaubliche Mischung aus den unterschiedlichsten Düften, mit denen sich die anwesenden Damen parfümiert hatten. Ich ließ mich führen und sah nicht nach rechts und nicht nach links, bis wir in einer Loge angekommen waren. Ich sank in einen sehr bequemen Polstersessel aus rotem Samt. Auch sonst bestand hier vieles aus rotem Samt, selbst der Vorhang vor der Bühne. Ich war geblendet von dieser Pracht und Eleganz. Als sich mein Herz wieder etwas beruhigt hatte, schaute ich mich ein bisschen um und war sehr froh um Emilies schönes Kleid. Alle Damen trugen prunkvolle Roben mit tiefen Ausschnitten und alle Herren Frack. Ich hatte wirklich noch nie ein Theater besucht, obwohl Otto ein sehr großer Freund der Oper gewesen war. Für einen Moment drohte die Erinnerung sich erneut meiner zu bemächtigen, aber ich schob die Traurigkeit von mir und beschloss, diesen Abend zu genießen.

Ich verstand nicht viel von Musik, aber was ich dann zu hören bekam, war wie Engelgesang. Dass Menschen aus ihrer Kehle solche Töne hervorzubringen imstande waren, hätte ich nie gedacht. Es gab

»La Bohème« von einem Herrn Puccini, wie mich mein Begleiter informierte. Diese Oper war erst ein Jahr zuvor uraufgeführt worden und noch nicht so bekannt. Sie handelt von einem armen Maler, der sich in eine Mimì verliebt, die schließlich an Tuberkulose stirbt. Trotzdem konnte sie noch sehr lange und sehr laut singen. Sie sangen sogar beide zusammen, und das klang einfach wundervoll. Am Ende applaudierten alle Leute voller Begeisterung, und der rote Samtvorhang wurde viele Male geschlossen, um wenig später erneut hochgezogen zu werden. Obwohl es eine traurige Geschichte war, hatte sie mir gut gefallen, und ich applaudierte ebenfalls lange mit.

Herr von Raden sagte, dass er einen Tisch im »Detmolder Hof« habe reservieren lassen, wo ich mit ein bisschen Glück der toten Mimì und ihrem unglücklichen Rodolfo beim Abendessen zuschauen könne.

Ich konnte es kaum glauben, aber es war, wie er gesagt hatte: Das gesamte Ensemble saß direkt neben uns und unterhielt sich angeregt. Allerdings sah die Mimì aus der Nähe gar nicht mehr so jung und hübsch aus, und ich war ein bisschen enttäuscht. Der Ober kam mit einem Eiskübel und einer Flasche Champagner und füllte zwei Kristallgläser. Nachdem wir auf diesen schönen Abend angestoßen hatten, fragte mich Herr von Raden nach meinen Wünschen zum Essen. Ich wusste nicht, was ich sagen sollte, ich hatte noch niemals zu einer solchen Uhrzeit etwas gegessen, war aber tatsächlich hungrig, denn das Abendessen zu Hause hatte ich vor lauter Aufregung verpasst.

Als er keine Antwort bekam, beugte er sich näher zu mir und flüsterte verschwörerisch: »Vertrauen Sie mir so weit, dass ich die Bestellung übernehme, oder bekomme ich dann wieder Schelte?«

Ich musste lachen, auch, weil ich mich an die vielen guten Ratschläge und Mahnungen erinnerte, die Martha und Fritz mir mit auf den Weg gegeben hatten.

»Nur zu, bestellen Sie. Wenn es mir dann nicht schmeckt, müssen Sie alles allein aufessen«, scherzte ich, und er nickte lachend.

Kurze Zeit später kam eine dampfende Terrine mit einer duftenden Bouillon auf den Tisch und danach ein Rinderbraten mit Gemüse. Als Nachtisch gab es mein Lieblingsgericht: Milchreis mit Zucker und Zimt. Ich war selig, aß aber von all diesen Köstlichkeiten nur sehr wenig, weil mich das Korsett so sehr einschnürte. Dafür trank ich von dem prickelnden Champagner, bis der Raum anfing, sich um mich zu drehen. Ich fühlte mich wunderbar leicht und frei, glücklich wie schon lange nicht mehr. Oder sogar wie noch nie.

Herr von Raden plauderte charmant, war aufmerksam und wunderbar um mich bemüht. Er machte mir viele Komplimente und schien sich für das, was ich erzählte, wirklich zu interessieren.

Von sich selber erzählte er nicht viel, nur von seinem Beruf, seinen Reisen und von der Hauptstadt

Berlin. Er hatte sogar den Kaiser gesehen, ja, war mit ihm in einem Raum gewesen und ihm vorgestellt worden. Ich konnte immer weniger glauben, dass ein solcher Mann mit mir hier saß und Champagner trank.

»Na ja, so ein kleines bisschen erinnert mich dieser Herr an den Wolf, der Kreide gefressen hat. Sei bloß vorsichtig, auf was du dich da einlässt. Nicht, dass du dann mit einem zweiten Kind zurückbleibst, während er wieder nach Berlin verschwindet. Die Pille gab es ja zu deiner Zeit noch nicht, gab es überhaupt Verhütung? Ich meine, mal abgesehen von Ottos ›Ich war doch immer vorsichtig‹! Bist du sicher, dass nicht in der Hauptstadt eine Frau und viele liebe Kinderchen auf diesen Charmebolzen warten? Wer garantiert dir, dass es nicht so ist? Ich meine, Vertrauen ist gut, Kontrolle ist besser, oder? Abgesehen davon hast du offensichtlich schon eine ganze Menge von mir gelernt. Wie du dem Kontra gegeben hast, allererste Sahne. Ich bin stolz auf dich, Granny.«

»Von einem gemeinsamen Theaterbesuch werde ich schwerlich ein Kind bekommen und von einem Abendessen auch nicht, das solltest du doch eigentlich wissen. Außerdem hat mich Herr von Raden formvollendet mit einem Handkuss vor meiner Tür verabschiedet, sich für den wundervollen Abend bedankt und ist dann gegangen. Ach nein, ich vergaß, er bat mich um ein Wiedersehen, und ich habe ihm das gewährt. Darum muss ich ja auch am 15. unbedingt in meiner Zeit sein. Das verstehst du doch sicher, oder?«

»Oh ja, das verstehe ich, und du kannst dir gar nicht vorstellen, wie gern ich bei diesem Treffen Mäuschen spielen würde. Komm danach umgehend her und berichte mir, jetzt wird es schließlich endlich mal spannend!«

»Ich komme, wann es mir möglich ist, das weißt du doch. Immerhin habe ich jetzt eine Ahnung, wie das mit meinen Reisen zu dir vonstattengeht. Wenn ich mich abends in mein Zimmer begebe und mich in meinen Sessel setze, muss ich ganz fest an das denken, was ich herausfinden will, dann klappt es meistens. Glaube ich zumindest. Wann und wodurch ich wieder in meine eigene Zeit zurückkomme, weiß ich noch nicht genau. Ich glaube aber, das passiert genau dann, wenn ich sehr müde bin. Jedenfalls erwache ich immer schlafend in meinem Sessel, und es ist einige Zeit vergangen.«

»Na, das ist doch ein Anfang, vielleicht erfährst du es ja noch genauer. Jetzt muss ich was kochen, die Kinder kommen gleich von ihrem Vater zurück. Ach, du heilige Scheiße, es ist ja schon fast eins, und ich sitze immer noch mit dem Handtuch um den Kopf hier rum! Angezogen bin ich auch nicht.«

Ich sprinte ins Bad und greife nach dem Föhn, aber meine Haare sind mittlerweile trocken. So wird das nichts mehr mit Frisur, daher halte ich meinen Kopf noch einmal unter die Dusche. Nach dem Trocknen renne ich ins Schlafzimmer, um mich anzuziehen. Granny sitzt im Sessel und schaut mir zu, die Augen mal wieder groß wie Untertassen.

»Kind, ist das immer noch alles, was du unter deiner Kleidung trägst? Kein Korsett, keine Strümpfe, nicht einmal einen Unterrock?«

»Kannst du mir verraten, wie ich einen Unterrock in meinen Jeans unterbringen soll? Und ein Korsett habe ich in meinem ganzen Leben weder gesehen noch getragen. So etwas gibt es heute nicht mehr, aber ich kann ja mal Mam fragen, ob sie so was noch kennt. Tragen tut sie es auf jeden Fall nicht, das wüsste ich.«

Granny seufzt, und ich bin sicher, in diesem Moment beneidet sie mich glühend.

Kaum, dass ich angezogen bin, reißen meine beiden Sprösslinge auch schon die Klingel ab. Sie poltern die Treppe hoch wie der Weihnachtsmann und schmeißen sich unter Geschubse und Gekreische in meine Arme. Zumindest 30 Sekunden lang darf ich das Gefühl genießen, sehr vermisst worden zu sein, dann haben sie Wichtigeres zu tun. Luise, meine Siebenjährige, muss sofort nach Pünktchen schauen, ihrem Kaninchen, und Lasses Weg führt umgehend in die Küche. Er kann eigentlich immer essen, zum Glück ist er nicht dick, nur groß und stämmig für seine fünf Jahre, aber so kam er schon auf die Welt. Er ist dann auch tief empört, weil ich nichts gekocht habe und er doch »so einen Hunger hat«. Dabei bin ich mir sicher, dass er vor einer knappen Stunde noch am Mittagstisch der Großeltern saß. Andererseits, wenn ich an die Kochkünste meiner Exschwiegermutter denke …

Ein verstohlener Blick ins Schlafzimmer zeigt mir, dass Granny in ihre Zeit verschwunden ist, also sage ich:

»Überraschung! Wir gehen Pizza essen.« Es soll Kinder geben, die darauf mit Begeisterungsschreien reagieren, meine nicht.

Luise will lieber zu McDonald's und Lasse ein Eis. Okay, also auf zum Fastfood fassen, einmal ist keinmal. Noch bevor alle aus der Wohnungstür sind, erscheint Amun auf der Bildfläche. Der bildschöne Kater sieht nur äußerlich aus wie eine Katze, benehmen tut er sich wie sein Namensvetter, der Pharao Tutanchamun, er herrscht, und das von früh bis spät. Er kann maulen, schimpfen, knurren, aber auch gurren und schmusen, dass man ihm alles verzeiht. Jetzt ist er auf Krawall gebürstet, sein imposanter Schwanz ragt senkrecht in die Luft und zuckt missmutig hin und her. Aus seiner Kehle dringen Knurrlaute, die Ohren sind angelegt und die Augen zusammengekniffen. Au weia, welche Laus ist dem denn über die Leber gelaufen? Die Türkisch Angora gelten als die Hunde unter den Katzen. Sie sind sehr menschenbezogen, sehr anhänglich und verschmust, sanft, lieb und rücksichtsvoll. Nun ja, bei Amun trifft davon nicht alles zu. Menschenbezogen ist er, anhänglich auch, er verfolgt mich sogar bis unter die Dusche, aber sanft, lieb und rücksichtsvoll? Diesen Teil seines Charakters scheint er vergessen zu haben. In der Regel ist er dreist, aufdringlich und unverschämt. Wenn ihm das Futter nicht passt, springt er mir gern mal ins Gesicht und beißt in meine Nase. Nicht sanft, sondern äußerst schmerzhaft, nicht *ein*mal, sondern dreimal hintereinander, wenn es denn sein muss. Tja, ich weiß, der Kater ist schlecht erzogen, aber ich liebe ihn nun einmal so, wie er ist. Bin ich traurig, rollt er sich um meinen Nacken und reibt seinen Kopf an meiner Wange, putzt mit Samtpfoten meine Tränen ab und gurrt dabei wie eine Taube. Wer könnte einem solchen Verhalten schon widerstehen?

Jetzt greife ich vorsorglich gleich zum Notfallprogramm und schmeiße ihm zwei von seinen geliebten Stängelchen hoch in den Kratzbaum. Das klappt immer, egal, wie er gerade drauf ist. Ich nutze die Gelegenheit und ziehe schnell die Tür hinter mir zu.

Am nächsten Morgen komme ich nur schwer aus dem Bett, zu lange hat mich Grannys erneutes Erscheinen beschäftigt. Außerdem musste ich mit meiner Mam telefonieren und ihr mitteilen, dass wir demnächst eigenhändig den Teutoburger Wald umgraben sollen. Die Idee, ihren Teddy als Suchhund einzusetzen, erheiterte sie derart, dass sie spontan zusagte, mitzukommen.

Als jetzt der Wecker klingelt, kriege ich kaum die Augen auf. Hilft aber alles nichts, Luise muss zur Schule, Lasse in den Kindergarten und ich in die Redaktion. Okay, raus aus dem Bett und das allmorgendliche Routineprogramm ablaufen lassen. Ich schaffe es mit knapper Not, pünktlich an meinem Arbeitsplatz zu erscheinen und meinem Chef zuvorzukommen.

Montagmorgen heißt immer viel Arbeit. Alles abklappern an Polizei, Krankenhäusern etc., ob irgendetwas Erwähnenswertes passiert ist. Notfalls persönlich hinfahren, die Geschichte rundmachen und dann zurück und schreiben. Journalistenalltag an Tageszeitungen. Nicht wirklich spannend, darum hatte ich ja so darauf gehofft, mit Grannys Geschichte, wenn schon nicht den Pulitzerpreis, so doch einen Job bei einer großen Illustrierten zu ergattern. Bekannt und berühmt zu werden, George Clooney zu interviewen oder zumindest Brad Pitt. Leider ging mein Plan nicht auf, niemand hat mir diese haarsträubende Geschichte abgenommen. Als die Andeutungen in Richtung Burn-out immer lauter wurden, habe ich es vorgezogen, zu schweigen, um nicht am Ende noch für gänzlich übergeschnappt gehalten zu werden. Nun also wieder die Briefmarkensammler- und Kaninchenzüchtervereine.

Natürlich google ich sämtliche Namen, die Granny erwähnt hat, ohne auch nur einen einzigen zu finden. Nicht einmal den angeblich doch so berühmten Heinrich von Radon gibt es. Sehr seltsam.

Nach Feierabend sammle ich die Kinder ein und trete aufs Gas, ich muss dringend mal für kleine Mädchen. Zu viel Kaffee rächt sich eben immer. Ich schließe die Wohnungstür auf, schiebe die Kids aus dem Weg, renne ins Bad und pralle fast mit Granny zusammen. Die steht vor der Badewanne, ein Bein auf dem Rand, ein schwarzer Strumpf ringelt sich um ihren Knöchel. In der Hand hält sie das kleine Teil, mit dem aus haarigen Beinen glatte werden. Haarsträhnen haben sich aus ihrer unglaublichen Frisur gelöst, sie pustet dagegen und seufzt: »Ich wollte es eben auch einmal versuchen, aber ich traue mich nicht.«

Ich erledige erst einmal mein eigenes dringendes Bedürfnis, dann zeige ich Granny, wie das Teil funktioniert.

»Mama, mit wem redest du da?«

»Mit mir selber, Isi, hier ist ja sonst niemand.«

Ich muss einfach mehr aufpassen, habe ich im letzten Jahr völlig vergessen.

Erheblich leiser frage ich dann: »Wieso bist du denn schon wieder hier? Ich dachte, dein Treffen ist erst am Donnerstag?«

»Wieso am Donnerstag? Mein Treffen ist am Sonnabend, dem 15. Mai. Aber mir haben deine schönen glatten Beine so sehr gefallen, und da dachte ich …«

»Da dachtest du, du könntest einfach mal hier

reinmarschieren und ungesehen wieder verschwinden? Schäme dich, Granny! Aber du hast natürlich recht, in deiner Zeit sind Datum und der dazugehörige Wochentag anders als heute. Schaltjahre und so.«

»Schämen? Ich mich? Dazu habe ich keinen Grund, schließlich sind wir eine Familie, da muss man wohl nicht immer fragen, ob man kommen darf oder nicht.«

»Als ob du jemals gefragt hättest! Du erscheinst und verschwindest doch immer, wie es dir gerade passt. Aber gut, lass uns nicht streiten, rasiere dir deine Beine und was immer du sonst noch enthaart haben möchtest. Meinst du, dein Herr von Radon bekommt davon schon etwas zu sehen?«

»Natürlich nicht. Was du auch immer denkst! Außerdem heißt er von Raden und nicht Radon, du hörst mir nie richtig zu.«

»Ah, darum habe ich den Guten nicht gefunden, muss ich gleich nachher noch einmal schauen. Bleibst du und schaust mit?«

»Meinst du, er ist genau wie Otto in dem internen Kasten? Oh ja, lass uns gleich einmal nachsehen.«

»Langsam, langsam, erst einmal müssen die Kinder etwas zum Abendessen bekommen, dann ihre Spiel- und Schmusestunde und dann, wenn sie im Bett liegen und schlafen, dann bist du dran.«

Darüber wird es fast halb zehn, Luise hat noch tausend Fragen, während Lasse seit 20 Uhr tief und fest schläft.

Ich fahre den Laptop hoch, Granny sitzt neben mir und starrt fasziniert auf den Bildschirm. Also, Heinrich von Raden, aha, na also, da haben wir den Mann ja, sogar mit Bild. Wow, den würde ich jetzt auch nicht von der Bettkante schubsen. Er sitzt auf einem Stuhl, ein Bein lässig über die Lehne geschlagen, und strahlt in die Kamera. Na gut, seine Frisur käme heute vielleicht nicht so gut rüber, aber der Rest ist durchaus einer näheren Betrachtung wert.

»Hey, das ist ja ein echtes Schnuckelchen, der hätte mir auch gefallen, wenn ich du wäre. Lass mal lesen, was da steht:

›Heinrich von Raden, geboren am 12. November 1858 in Detmold, gestorben 1932 in Wien. Die 1896 erhobene Anklage wegen Spionage wurde ohne Begründung zurückgezogen. Stand in hoher Gunst bei Kaiser Wilhelm I. Im 1. Weltkrieg zeichnete er sich durch großen Mut vor dem Feind aus und erhielt zahlreiche Orden, die ihm teilweise vom Kaiser persönlich verliehen wurden. Im letzten Kriegsjahr wurde er schwer verwundet und blieb daher bis Kriegsende in Berlin.

1920 zog er mit Frau und Kindern nach Wien, wo er 1932 starb.‹

Na, so was. Erst Spion, dann Held, so schnell kann's gehen.

Auf alle Fälle mal kein Langweiler, dafür ein interessanter Mensch. Aber ungefährlich für Frauen ist der ganz bestimmt nicht gewesen, der hat sicher alles mitgenommen, was sich ihm bot. Pass bloß auf dich auf, der frisst dich sonst mit Haut und Haaren, liebe Granny.«

Granny lächelt verklärt den Bildschirm an und hört meinen Ururenkelinnen-Warnungen nicht einmal zu.

»Steht da nicht, wen er geheiratet hat?«

»Nein, liebe Granny, das steht da leider nicht. Frauen waren damals eine ziemliche Nebensache, die wurden nur selten namentlich erwähnt. Hofftest du darauf, deinen Namen zu lesen?«

Granny lächelt verlegen und schweigt.

Nach einer ganzen Weile räuspert sie sich mal wieder und sagt dann: »Kind, ich muss dich etwas fragen, aber du darfst mich nicht auslachen, bitte.«

»Tue ich nicht, versprochen. Spuck's aus, was willst du wissen?«

»Woran merkt eine Frau, dass ein Mann es nicht ernst mit ihr meint?«

»Ach, du lieber Himmel, das ist wirklich eine schwierige Frage. Wenn eine Frau das immer merken würde, hätten Heiratsschwindler ein echt hartes Leben. Man merkt es eben manchmal gar nicht oder erst, wenn es zu spät ist. Vielleicht war es in deinem Jahrhundert ja einfacher, zumal im kleinen Detmold. Da kannten sich die Menschen doch, es war nicht so anonym wie heute. Also ich würde mal sagen, wenn dieser Heinrich sich in aller Öffentlichkeit mit dir trifft, dann ist das schon mal ein gutes Zeichen.

Ihr wart im Theater und in einem Restaurant, viele Menschen haben euch da zusammen gesehen – also ich glaube nicht, dass der unlautere Absichten hegt.«

Granny ist sichtlich erleichtert und strahlt über das ganze Gesicht.

»Das ist schön, dass du das sagst. Könntest du mir dann vielleicht noch dieses Duftdings ausleihen?«

»Welches Duftdings? Ach so, du meinst das Deospray? Na ja, von mir aus kannst du das gern mitnehmen, aber ich glaube, Spraydosen waren zu deiner Zeit noch nicht bekannt, was, wenn einer sie findet?«

»Ich passe gut auf und verstecke sie in meinem Zimmer unter der Wäsche.«

»Gut, achte aber vor allen Dingen darauf, dass dein Heinz das Deo nicht in die Finger bekommt und sich vielleicht aus Versehen in die Augen sprüht. Das kann echt gefährlich werden.«

»Mein Heinz würde ohne meine Erlaubnis niemals an einen meiner Schränke gehen. Du weißt doch, ich habe einen sehr gut erzogenen Jungen.«

»Jaja, ich vergaß, er ist der reinste Engel. So, ich gehe jetzt ins Bett, denn ich muss morgen früh aufstehen, um die Brötchen für *meine* Engel zu verdienen. Also, was immer du machst, mach es gut. Geruhsame Nacht, Granny!«

Die nächsten Tage vergehen mit alltäglicher Routine, Granny lässt sich nicht ein einziges Mal sehen, obwohl ich jeden Morgen und jeden Abend hoffe, sie vorzufinden. Wie kann man sich bloß um seine Ururgroßmutter solche Sorgen machen?

Am Freitag ist sie dann plötzlich wieder da. Sieht aus wie das blühende Leben, ihr Riesenhut auch. Auf dem prangen die merkwürdigsten Dinge, und ich wundere mich, dass sie bei dem Gewicht überhaupt den Kopf aufrecht halten kann. Sie trägt ein tolles weinrotes Kleid aus einem schimmernden Stoff. Es ist allerdings bis zum Hals geschlossen und hat lange Ärmel. Für die augenblickliche Wetterlage ist das eindeutig ungeeignet.

Ich lege bei ihrem Anblick schnell den Finger auf den Mund, denn noch sind meine Kids nicht im Bett, und eine Unterhaltung mit einer Unsichtbaren fänden sie zumindest merkwürdig.

Gerade stürmt Isi ins Zimmer und redet mal wieder so schnell, dass sie kaum Luft bekommt.

»Mama, die Oma hat gesagt, wenn ich 18 bin, kriege ich von ihr einen Führerschein. Aber das dauert ja noch so lange, bis dahin ist sie bestimmt längst gestorben. Kann sie dir nicht den Führerschein geben, und du gibst ihn dann mir, wenn ich 18 bin?«

Oh Gott, ich habe eine krasse Egoistin großgezogen, der der Führerschein wichtiger ist als ihre Großmutter. Ach Quatsch, sie ist schließlich erst sieben und spricht aus, was sie denkt. Ich erkläre ihr kurz, dass man einen Führerschein nicht einfach geschenkt bekommt, und dass meine Mam bestimmt gemeint hat, sie würde ihr dann die Fahrstunden bezahlen. Isi dementiert vehement und behauptet, sie habe gesagt, sie bekomme von ihr den Führerschein, von Fahrstunden habe sie kein Wort gesagt. Granny verzieht schon wieder den Mund, und ich kann förmlich ihre Gedanken lesen, die sich mit meiner Kindererziehung befassen.

Ich versuche es noch einmal mit Erklärungen, meine entzückende Tochter interessiert das nicht, sie beginnt zu heulen und zu schimpfen. Am Ende bin ich mal wieder ganz gemein, und sie ein Fall für den Kinderschutzbund. Warum? Weil sie in elf Jahren den Führerschein nun doch nicht geschenkt bekommt, sondern nur die Fahrstunden. Jaja, Granny, ich weiß, so würde sich dein Heinz nie benehmen, und wenn doch, müsste er mal wieder ohne Essen ins Bett. Ach, und vorher bekäme er natürlich noch die obligatorische Tracht Prügel.

Als ich die zwei endlich in den Betten habe, mache ich es mir auf der Couch bequem, und Granny setzt sich neben mich.

GRANNY

Ich war sehr nervös vor meinem erneuten Treffen mit Herrn von Raden, und Emilie machte sich schon lustig über mich. Am 15. sollte in der Arminiushalle eine Tanzveranstaltung stattfinden, was sehr ungewöhnlich war. Eigentlich war es eine Wirtschaft, in der Bier ausgeschenkt wurde und in deren hinterem Teil man auch etwas zu essen bekam. Tanzveranstaltungen gab es sonst hier nicht. An diesem Tag wurde eine Ausnahme gemacht, weil »Hähnchen« Brüggemeyer, der Wirt, heiratete. Halb Detmold war eingeladen und offensichtlich auch mein neuer Bekannter. Ich verbrachte lange Zeit damit, mir zu überlegen, was ich anziehen sollte, und fragte wieder einmal Emilie um Rat.

Sie riet mir zu einem bordeauxroten hochgeschlossenen Kleid mit langen, sehr eng anliegenden Ärmeln. Dazu trug ich knöchelhohe schwarze Stiefelchen und natürlich einen großen Hut. Das war elegant, aber nicht zu mondän, schließlich war es ein ganz normaler Wochentag und das Lokal eher bürgerlich als vornehm.

Heinrich von Raden kam gegen 16 Uhr, um mich abzuholen, und ich war wieder völlig überwältigt von seinem guten Aussehen. Seine gestreiften Hosen passten wunderbar zu dem taubengrauen Sakko, dem weißen Hemd und der bunten Krawatte. Er war ein ausgesprochen schöner Mann. Natürlich hatte ich mich aus deiner Duftdose eingesprüht, und er kommentierte es sofort: »Meine Liebe, sie duften einfach wunderbar, besser als die Damen in Paris. Wer hätte gedacht, dass eine solche Rose in Detmold blüht.«

Ich wusste nicht, was ich daraufhin erwidern sollte, daher lächelte ich und schwieg.

Als wir schließlich unser Ziel erreicht hatten, herrschte dort schon reges Treiben, und wir schafften es kaum durch die Tür ins Innere. Herr von Raden nahm meinen Arm und bahnte sich einen Weg, wieder einmal darum bemüht, mich nicht anrempeln zu lassen. Das war nicht einfach, denn die Gäste waren überwiegend derbe Bauern, Marktleute, Fuhrleute und Gastwirte. Das Stimmengewirr war überwältigend, und neben mir schrie gerade ein Mann mit hochrotem Kopf:

»Wat? Du olle Sufnickel, scher dui up'n Blocksberg.«

Den Rest verstand ich nicht mehr, ich wurde schon weitergeschoben. Hier wurde natürlich Lipperplatt gesprochen, wer Hochdeutsch sprach, wurde scheel angeguckt. Trotzdem war ich sehr verwundert, als auch mein Begleiter auf Platt zwei Bier bestellte. Er lachte mich an und schrie mir ins Ohr:

»Haben Sie vielleicht gedacht, ich könnte das nicht mehr? Und wie ist das mit Ihnen? Verstehen Sie Platt?«

»Natürlich«, antwortete ich, »und ich spreche es auch. Meine Mutter hatte es zwar nicht gern, aber mein Vater wollte, dass wir sprechen wie er. So bin ich im Grunde genommen zweisprachig aufgewachsen.«

Herr von Raden lachte und prostete mir zu.

Kurz darauf begann die Musik zu spielen, und viele Menschen tanzten, mehr vergnügt als gekonnt. Auch ich tanzte mit meinem Begleiter, und wir amüsierten uns prächtig. Gegen sieben fragte er mich, ob ich ihm die Ehre erweisen würde, im »Detmolder Hof« noch eine Kleinigkeit mit ihm essen zu gehen. Ich zögerte, wie man das von einer Dame erwartete, nickte dann aber und sagte: »Warum eigentlich nicht?«

Wir gingen die wenigen Schritte über die Straße, und der Gegensatz der Örtlichkeiten hätte krasser kaum sein können. Im »Detmolder Hof« war es ruhig und sehr gediegen. Dicke Teppiche, schwarz gekleidete Ober und kleine Nischen, in denen man vollkommen ungestört war, bestimmten das Bild.

Wir wurden zu einer solchen Nische geführt, und Herr von Raden bestellte Champagner, aber ich wollte lieber ein frisches Bier. Er lachte wieder und bestellte für sich gleich eins mit.

Wir aßen Hirschgulasch mit Kartoffelklößen, delikat und schmackhaft. Diesmal war mein Korsett nicht so fest geschnürt, und ich konnte richtig zulangen. Erst als ich den erstaunten Blick meines Begleiters wahrnahm, wurde mir bewusst, dass ich mich völ-

lig undamenhaft benahm. Ich ließ erschrocken Messer und Gabel sinken und spürte, wie ich rot wurde. Da legte er mir die Hand auf den Arm: »Um Himmels willen, hören Sie nicht auf. Ich finde es geradezu wundervoll, endlich mal mit einer Dame zu speisen, die nicht nur in ihrem Essen rumpickt, sondern der es offensichtlich schmeckt. Das erlebt man viel zu selten. Warum ist das nur so?«

Ich dachte gar nicht lange über eine passende Antwort nach und sagte doch tatsächlich: »Das kann ich Ihnen gern beantworten, Herr von Raden. Es liegt an den viel zu eng geschnürten Korsetts, in denen man kaum atmen, geschweige denn essen kann.«

Er blickte mich einen Moment nur stumm an, und ich hätte mir am liebsten meine Zunge abgebissen, aber da begann er schon wieder laut und fröhlich loszulachen:

»Luise, ach bitte, darf ich Luise zu Ihnen sagen? Sie sind einfach wunderbar. So natürlich, so lebendig und sehr unterhaltsam. Und bitte, wenn Sie mich auch nur ein kleines bisschen sympathisch finden, dann hören Sie auf mit dem ›Herrn von Raden‹ und nennen mich Heinrich.«

»Gut«, sagte ich und nahm mein Besteck wieder zur Hand, »wenn Sie Frauen mögen, die wie ein Bauer essen können, dann nenne ich Sie gern bei Ihrem Vornamen. Und wenn ich dann zum Nachtisch noch einen Milchreis mit Zucker und Zimt bekomme, dürfen Sie mich nennen, wie Sie wollen.«

Er lachte wieder und wirkte plötzlich wie ein Junge, ausgelassen und unbeschwert. Wir stießen mit unserem Bier an, störten uns nicht an dem, was wohl die anderen Gäste über uns denken mochten, und fühlten uns sehr wohl miteinander.

Heinrich erzählte mir von seinen Eltern und seiner kleinen Schwester, die allerdings auch schon über 30 Jahre alt war.

Er selber war 1858 in Detmold geboren worden, hatte hier auch die Schule besucht, war später zum Militär gegangen und hatte dann die Beamtenlaufbahn eingeschlagen.

Ich musste sehr an mich halten, ihn nicht auf den Spionageverdacht anzusprechen, von dem ich ja nun wirklich gar nichts wissen konnte. Auch über seine Heldentaten im 1. Weltkrieg, der erst in 17 Jahren ausbrechen würde, schwieg ich wohlweislich. Schließlich sollte er mich für unwiderstehlich und nicht für verrückt halten.

Was er mir sonst so von sich erzählte, deckte sich glücklicherweise mit dem, was ich in dem internen Kasten gelesen hatte. Er schien also kein Lügner zu sein. Und dann sagte er plötzlich: »Luise, ich will ehrlich zu Ihnen sein. Es gab hier in Detmold eine sehr hässliche Affäre mit einer Frau, und ich musste von heute auf morgen nach Berlin verschwinden, um dem Gerede ein Ende zu machen. Ich bin sicher, irgendjemand hat sich schon gefunden, Ihnen davon zu berichten, stimmt's?«

»Ja, das stimmt«, sagte ich, »aber ich gebe nicht so viel auf Gerede. Ich würde viel lieber aus Ihrem eigenen Mund hören, was da wirklich vorgefallen ist.«

Er nickte, schwieg eine ganze Weile, bevor er dann begann: »Wie Sie ja sicher auch wissen, haben Eltern auf die Wahl der oder des Zukünftigen einen erheblichen Einfluss, dem man sich manchmal, aus den unterschiedlichsten Gründen, nur schwer entziehen kann. Mein Vater hatte einen sehr guten Geschäftsfreund und dieser wiederum eine unverheiratete Tochter. Wir kannten uns schon eine Ewigkeit, bereits als wir noch Kinder waren. Für sie war es wohl ganz selbstverständlich, dass wir eines Tages heiraten würden, für mich jedoch nicht. Sicher, ich ahnte den Wunsch meiner Eltern nach dieser Verbindung, weigerte mich aber, offiziell um die Hand der Dame anzuhalten. Wir wurden, da unsere Eltern ja gut miteinander befreundet waren, natürlich oft zusammen eingeladen und häufig zusammen gesehen, und so gingen alle davon aus, dass wir einander versprochen waren. Nun, ich will nicht abstreiten, dass es hier und da zum Austausch von kleinen Zärtlichkeiten kam, schließlich war die junge Dame hübsch und ich nicht aus Holz. Wir küssten uns, hielten uns an den Händen, aber mehr ist nicht vorgefallen. Wirklich nicht.

Dann lernte ich eine Frau kennen, ich war gerade 22 Jahre alt, noch nicht besonders welterfahren, aber dafür umso begeisterungsfähiger. Sie war etliche Jahre älter als ich, eine lebenslustige Witwe, die leichtes Spiel mit mir hatte. Sie verführte mich nach allen Regeln der Kunst, und ich war über beide Ohren verliebt und entschlossen, sie gegen Gott und die Welt zu verteidigen und selbstverständlich umgehend zu heiraten, um ihren guten Ruf nicht zu gefährden.

Ich teilte meinen Eltern meinen Entschluss mit, und die waren natürlich, gelinde gesagt, entsetzt. Meine Mutter weinte, Vater brüllte, ganz, wie man das erwarten darf. Sie hielten mir vor, meine Verlobte betrogen zu haben, und mein Einwand, dass es nie eine Verlobung gegeben hatte, wurde mit einer Handbewegung beiseitegewischt. Jeder sei davon ausgegangen, dass wir heiraten würden, und das sei dann schließlich so gut wie verlobt. Die beiden Familien trafen sich, die Frauen weinten, die Männer tobten, es war bühnenreif. Man verlangte von mir die sofortige Beendigung dieser unsäglichen Liaison und dann die Bekanntgabe meiner Verlobung. Ich weigerte mich, spielte den dramatischen Helden und merkte nicht, dass ich der jugendliche Tölpel war. Das begriff ich erst an dem Tag, an dem ich meine Angebetete eines Abends in einer nicht misszuverstehenden Situation mit einem anderen Mann antraf.

Ich reagierte wie Othello, aber sie lachte mich einfach aus und gab meinem ohnehin schon gebrochenen Herzen den Rest. Um noch zu retten, was zu retten war, musste ich aus Detmold verschwinden und ging nach Berlin. So lange, bis Gras über diese unselige

Geschichte gewachsen war. Leider scheint es immer noch einige kahle Stellen auf diesem Rasen zu geben.«

»Wie ist denn die junge Dame mit Ihrer Zurückweisung umgegangen? War sie sehr traurig, sehr verletzt, oder hat sie es gut überstanden?«

»Ich denke, sie ist darüber hinweggekommen, denn zwischenzeitlich ist sie schon lange verheiratet und Mutter dreier Kinder.«

»Und Sie haben durch diese Geschichte auf ewig den Frauen entsagt?«, neckte ich ihn, und er lachte laut auf.

»Nein, nicht direkt, nur um Verlobung und nachfolgende Heirat habe ich bis heute einen großen Bogen gemacht. Sehr zum Leidwesen meiner Mutter, die so gerne Enkelkinder hätte. Meine Schwester ist nämlich ebenfalls unverheiratet, was mir ein Rätsel ist, denn sie vereint sämtliche weiblichen Tugenden in sich. Sie ist sehr hübsch, hat eine wundervolle Stimme, spielt Klavier, kann kochen, einen Haushalt führen und ist keineswegs dumm. Warum sie bis heute keinen Mann gefunden hat, kann ich überhaupt nicht verstehen.«

»Kann Ihr Fräulein Schwester lesen und schreiben?«

»Selbstverständlich, warum fragen Sie?«

»Weil das in Ihrer Aufzählung der vielen Tugenden leider überhaupt nicht vorkam. Vielleicht will sie keinen Mann finden? Es soll Frauen geben, für die das Glück der Welt nicht nur in einer Heirat zu

finden ist. Und Männer, die lieber eine hübsche als ein kluge Frau heiraten. Können Sie sich das vorstellen?«

»Luise, ich kann mir vieles vorstellen, aber nicht, dass Sie mit den Suffragetten sympathisieren.«

»Ich weiß nicht, wer oder was Suffragetten sind, daher kann ich Ihnen die Frage leider nicht beantworten.«

»Entschuldigen Sie. Dieser Begriff stammt aus England, hier würde man wohl ›Frauenrechtlerin‹ sagen. Also Frauen, die nicht mehr mit ihrer eigentlichen Aufgabe in der Welt zufrieden sind, sondern so merkwürdige Dinge wie Wahlrecht und Recht auf Erwerbsarbeit fordern.«

»Ach ja? Wie wundervoll, dass es solche Frauen gibt. Wie mutig sie sind! Ob Sie es mir jetzt glauben oder nicht, sie werden erfolgreich sein. So erfolgreich, dass Sie es nicht einmal erahnen können.«

Ich musste das einfach sagen, schließlich wusste ich aus erster Hand, dass Frauen eines Tages für ihr eigenes Geld arbeiten gehen durften und vermutlich auch Wahlrecht besaßen, auch wenn ich mit dir über Letzteres noch nicht gesprochen hatte.

»Werden sie?«, unterbrach Heinrich meine Gedanken. »Kann schon sein und warum auch nicht? Wenn ich es mir recht überlege, sind diese Forderungen schließlich nicht unbescheiden, oder?«

»Nein, sind sie nicht, aber Sie als Mann können sich sicherlich nicht vorstellen, wie es ist, den Mund

halten zu müssen, wenn ein Mann spricht, kein eigenes Geld besitzen zu dürfen, eigentlich keinen Schritt ohne einen männlichen Begleiter an seiner Seite tun zu dürfen.«

»Übertreiben Sie jetzt nicht ein bisschen? Sind Frauen wirklich Sklaven ihrer Männer? Das kann ich mir beim besten Willen nicht vorstellen.«

»Vielleicht, weil sie die Welt der Arbeiter nicht kennen. Weil Sie nicht wissen, wie es ist, nie genug Geld zu haben, weil der Mann alles in die Wirtschaft trägt, aus der er betrunken nach Hause kommt und Frau und Kinder verprügelt. Frauen schuften in Fabriken für einen Hungerlohn, den sie dann nach Recht und Gesetz bei ihren Männern abliefern müssen, damit er ihn vertrinken kann. Finden Sie das gerecht? Wo ist da der Unterschied zur Sklaverei? Oh ja, natürlich gibt es einen: Ein Mann darf seine Frau nicht verkaufen.«

»Das sind sicherlich schreckliche Umstände, die Sie da schildern, aber sagen Sie mir bitte: Warum verlässt dann eine Frau einen solchen Mann nicht einfach?«

»Einfach? Wissen Sie, was passiert, wenn eine Frau so etwas wagt? Der Mann wird behaupten, sie habe ihre ehelichen Pflichten nicht erfüllt, sich weder um ihn, die Kinder noch den Haushalt gekümmert. Zeugen dafür findet er für ein paar Bier in der Kneipe. Die arme Frau wird schuldig geschieden, sie verliert die Kinder, ihr Heim, ihre Freunde, und meist distanziert sich auch noch die eigene Familie von ihr. Unterhalt bekommt sie natürlich auch nicht. Sie ist vielleicht den

Mann los, aber eine Schande für die Gesellschaft. Sie ist für immer geächtet. Das ist kein erstrebenswertes Leben, finden Sie nicht auch? Oh ja, und wenn wir schon dabei sind, ledigen Müttern droht ein ähnliches Schicksal, vor allen Dingen in den Städten. Mich hat seine Exzellenz davor bewahrt, und nach seinem Tod die Familie Deppe. Dafür werde ich ihnen ewig dankbar sein.«

»Hmmm, wenn ich ehrlich bin, habe ich über derartige Dinge noch nie nachgedacht. Warum ändert sich an diesen schrecklichen Zuständen nichts?«

»Wer hätte denn ein Interesse daran? Die Männer? Wohl kaum. Es sind hauptsächlich Frauen, denen etwas am Wandel dieser Umstände liegt. Wer aber entscheidet denn im Staat? Die Männer! Es ist ein Kreislauf, aus dem es jetzt noch keinen Ausweg gibt, aber steter Tropfen höhlt den Stein, wie man so schön sagt. Es werden andere Zeiten kommen, in denen Männer und Frauen gleich sein werden, das weiß ich.«

»Oha, können Sie etwa in die Zukunft blicken, sind Sie eine Seherin?«

Heinrich schaute mich geheimnisvoll an und lachte dabei, trotzdem fühlte ich mich nicht ausgelacht von ihm. Ich hätte ihm gern erzählt, was ich wusste und woher, aber ich hielt mich zurück, dazu kenne ich ihn noch lange nicht gut genug.

Wir gingen schließlich zu heitereren Themen über und unterhielten uns so bis weit nach Mitternacht. Als wir irgendwann vor meinem Haus standen und uns voneinander verabschiedeten, sagte er: »Luise, ich habe schon sehr lange keinen Abend mehr so genossen wie diesen. Es war fabelhaft, mit Ihnen zu reden. Ich hoffe inständig, Sie geben mir Gelegenheit zu einem weiteren Treffen?«

Ich täuschte nicht einmal ein Zögern vor, sondern sagte sofort zu.

Daraufhin reichte er mir die Hand, und als ich sie ergriff, beugte er sich vor, schaute mir in die Augen, und mein Mund kam ihm von ganz allein entgegen. Er küsste wundervoll, zärtlich und sanft und einen Augenblick später fest und leidenschaftlich. Meine Knie schienen sich aufzulösen, mein Herz raste, und mein ganzer Körper schien zu fiebern. Ich musste mich mit Gewalt von seinen Lippen lösen und bedauerte es in derselben Sekunde. Ich sammelte mich, stieß die Haustür auf und warf sie fast hinter mir ins Schloss.

Oh, was für ein Mann.

»Mannomann, hat der zufällig einen Ururenkel? Der könnte mir auch gefallen. Attraktiv, charmant, gebildet, unterhaltsam und dann auch noch ein guter Küsser – Herz, was willst du mehr? Ich beneide dich, Granny, obwohl ich dir diesen tollen Typen natürlich aufrichtig gönne. Wenn der sich nicht am Ende noch als Luftnummer entpuppt, hast du entschieden Glück gehabt. In der Regel muss man eine Menge Frösche küssen, bis mal ein Prinz darunter ist.«

»Ach Kind, ich bin ja auch ganz durcheinander. Dass mir so etwas noch einmal passieren würde, in meinem Alter, ich kann es noch gar nicht glauben. Ich sehe ihn am kommenden Sonnabend wieder und kann es kaum erwarten.«

»Glaube ich dir unbesehen. Was habt ihr denn vor?«

»Das weiß ich noch nicht, aber Heinrich wird bestimmt etwas Schönes einfallen.«

»Du vergisst aber nicht unsere Verabredung zum Umgraben des Teutoburger Waldes? Könnte ja passieren, dass du es nicht rechtzeitig hierherschaffst, weil du zu lange gefeiert hast.«

»Nein, nein, das vergesse ich nicht, keine Bange. Mein Treffen ist ja bereits am 22., und wir fahren doch erst am 23. abends.«

»Gut, ich wollte nur sichergehen. Was hast du denn diese Woche noch so vor? Ich meine, nur auf Samstag warten, ist ja ein bisschen wenig. Was mir noch einfällt: Was machst du eigentlich immer mit deinem Heinz? Von dem erzählst du so wenig. Sperrst du den immer einfach so weg, wie du gerade lustig bist?«

»Oh, Heinz ist ja schon fast sieben Jahre alt und sehr vernünftig. Außerdem hat Fritz schon im vorigen Jahr ein Kindermädchen engagiert, und abends ist immer Martha im Haus. Die Deppes nehmen ihn mir gerne ab, sie freuen sich mit mir, wenn ich wieder lachen kann.«

»Schön für dich. Damit *ich* morgen lachen kann, muss ich jetzt allerdings ins Bett. Mach's gut, und wenn du zwischenzeitlich nicht mehr kommst, bis nächsten Freitag. Ach ja, und natürlich einen tollen Abend mit deinem Verehrer!«

In der Nacht werde ich wach, weil Amun mir voller Hingabe die Haare wäscht. Manchmal erwischt er auch mein Ohr, und das tut weh, eine Katzenzunge ist verdammt rau. Ich versuche im Halbschlaf, das pelzige Untier von meinem Kopf wegzubekommen, aber es will nicht. Er maunzt unwirsch und schlägt mit der Pfote nach mir. Ich ziehe mir die Bettdecke über den Kopf und versuche weiterzuschlafen. Nicht mit Amun! Der steigt von oben ebenfalls unter die Decke und beginnt auf meinem Bauch zu treteln. Solange er dazu die Krallen eingefahren lässt, ist das zu ertragen, aber das tut er leider nicht. Er fährt die Dolche aus, und ich springe fluchend aus dem Bett, packe mir das lästige Wesen und schmeiße ihn aus dem Fenster. Ich weiß, ich bin ein Tierquäler, schließlich muss er eine Höhe von bestimmt einem Meter durchfliegen, bevor er auf dem Rasen landet. Er überlebt es auch dieses Mal, und noch bevor ich das Fenster wieder geschlossen habe und zurück im Bett bin, ist er schon wieder da. Das Badezimmerfenster! Amun kennt alle Wege und klappert sie der Reihe nach ab. Ich habe verstanden, ich habe keine Chance auf einen ruhigen Schlaf, bevor er nicht etwas zu futtern bekommen hat. Ich habe Glück, er mag die Matsche aus der Plastikschale ausnahmsweise, und ich schleppe mich zurück in meine Federn. Ich liebe diesen Kater!

Über meine Arbeitswoche gibt es nicht wirklich viel zu erzählen, und auch meine Kids halten sich an den üblichen Wahnsinn. Mein Leben ist so spannend wie lauwarmes Abwaschwasser, und wäre Granny nicht, ich würde vor lauter Langeweile sterben. Am Samstag bringe ich meine beiden Nervensägen zu meinen Eltern, weil ich abends zu einer Grillparty eingeladen bin. Meiner Mam verspreche ich, sie am Sonntag gegen 14 Uhr abzuholen und dann von Grannys neuester Idee zu erzählen. Dass ich eine Grillparty mit den Nachbarn schon als außergewöhnliches Event betrachten würde, hätte ich mir auch nicht träumen lassen, ist aber mittlerweile so, da mein Leben ansonsten nur aus Kindern, Haushalt und Job besteht.

Immerhin lerne ich an diesem Abend einen Mann kennen. Einen Mann, der weder schwul, verheiratet noch sonst wie uninteressant ist. Nein, nicht George Clooney, aber durchaus nicht unattraktiv, dazu aufmerksam und ganz offensichtlich an mir interessiert.

Wir grillen mit drei Nachbarn im Garten, und irgendjemand hat ihn mitgebracht, ich hoffe nicht, dass ein Verkuppelungsversuch dahintersteckt. Ein schrecklicher Gedanke – ein solches Unterfangen hatten wir nämlich auch schon, und das war einfach nur peinlich. So nach dem Motto: Ich habe da eine hübsche Nachbarin, die würde dir bestimmt gefallen, du kannst sie dir ja mal ansehen. Nein danke, dann lieber offizieller Sklavenmarkt! Trotz meines allgegenwärtigen Misstrauens ist der Mann nett. Nein, nicht nett wie »die kleine Schwester von Scheiße«, sondern wirklich nett. Interessiert, hört mir zu, fragt nach, fragt nach meinen Kindern (das bringt immer locker 100 Pluspunkte, pro Kind versteht sich), nach meiner Arbeit. Bringt mir etwas zu trinken, prostet mir zu, und ich merke, wie ich mich langsam entspanne. Scheiß drauf, wer ihm was erzählt hat und warum er hier ist. Er ist hier, er gefällt mir, und das ist schließlich alles, was zählt.

Natürlich ist auch er kein unbeschriebenes Blatt, hat Kinder und eine Exfrau. Richtig Ex mit Scheidung und allem, was so dazugehört. Wenig Kontakt und wenn, dann nur wegen der Kinder. Willkommen im Klub derjenigen, die einmal voller Begeisterung in das Abenteuer Familiengründung gestartet und damit kläglich gescheitert sind. Macht nichts, kommt in den besten Familien vor. Gegen Mitternacht finde ich ihn nicht mehr nett, ich bin fast so was wie verliebt. Aber wer Kinder hat, wird das kennen, über allem steht in Großbuchstaben »LANGSAM ANGEHEN LASSEN«. Daran halte ich mich. Kein Händchenhalten, kein Geknutsche, und alles andere, was da noch so darauf folgen könnte, schon dreimal nicht. Er kann offensichtlich Gedanken lesen, denn er versucht es nicht einmal. Was soll das jetzt? Findet der mich vielleicht nicht so toll wie ich ihn? Schrecklicher Gedanke, kann aber nicht sein, schließlich sitzt er seit Stunden neben mir, so, als wären die anderen gar nicht anwesend. Vielleicht ist er ebenfalls ein gebranntes Kind, wir werden sehen. Gegen ein Uhr ist die Luft raus, alle sind müde und wollen ins Bett, man merkt den kalten Hauch des nahenden Alters. Was denn? Ich bin schließlich Mitte 30.

Immerhin verabreden wir uns alle für den Sonntagmorgen zum Resteessen und Aufräumen. Bin gespannt, wer alles kommt.

Gegen 11.30 Uhr des nächsten Tages tappe ich ins Bad, um zu duschen und mich wieder in einen Menschen zu verwandeln. Natürlich war meine Nacht nicht störungsfrei, nur, anstatt mich von einem tollen Typen mit tollem Sex verwöhnen zu lassen, gab es nur Amun und seine Haarwäsche. Die allerdings so penetrant, dass ich sicherlich dreimal aufgestanden bin, um die Nervensäge rauszuschmeißen. Wo ist der überhaupt? Ach so, er liegt in seinem Kratzbaum und pennt.

Eine halbe Stunde später bin ich bereit, dem Tag ins Auge zu sehen, und marschiere in den Garten. Keiner da! Na super, ich dachte, es sollte ein Resteessen geben? Bevor ich aber frustriert wieder ins Haus zurückkehren kann, laufen tatsächlich die Nachbarn auf und bringen alles mit, was gestern nicht verdrückt wurde. Zehn Minuten später hält ein Auto und *er* steigt aus. Heißt übrigens Michael, na ja, schmerzfrei, zum Glück scheint ihn niemand »Michi« zu nennen, das geht für mich gar nicht.

Viel Zeit bleibt uns nicht, schließlich muss ich die Kids abholen, und auch, wenn meine Eltern jetzt näher ran gezogen sind, eine Stunde hin und eine Stunde her muss ich immer noch fahren. Daher verabschiede ich mich nach einer Weile und verabrede mit Michael ein Treffen für Samstag, bevor mir einfällt, dass das ja nicht geht. Da muss ich ja in Detmold graben, was mir nie weniger gepasst hat als in diesem Augenblick. Ich ziehe also meine Zusage mit Bedauern zurück. Er sieht nicht begeistert aus, aber sein Gesicht hellt sich auf, als ich den Mittwoch als Alternative anbiete. Okay, das wird ein Treffen etwas anderer Art, als man sich das landläufig für ein erstes Rendezvous vorstellt, schließlich sind die Kinder dabei. Aber so als Prüfung ist das nicht schlecht geeignet. Wir vereinbaren, Eis essen zu gehen, schön neutral und für die Kids ein Spaß.

Ich mache mich auf zu meinen Eltern und bin noch nicht ganz aus dem Auto ausgestiegen, als meine beiden schon schreien: »Wir wollen aber noch hierbleiben! Der Opa hat versprochen, wir machen eine Nachtwanderung, du bist gemein, du solltest uns noch gar nicht so früh abholen!« Das war Lasse, und Isi lässt sich auch nicht lumpen und fügt hinzu: »Das ist voll blöd, ich komme nicht mit.«

Meine Frage, ob ich vielleicht erst mal reinkommen darf, wird ignoriert. Von drinnen ertönt der Ruf meines Dads: »Wer hat Lust auf ›Mensch ärgere dich nicht?‹«, und beide überschlagen sich fast, um nur ja als Erster am Tisch zu sitzen.

»Ich gewinne sowieso«, tönt Lasse, »du hast da gar keine Chance.«

»Nee, ich gewinne, wirst du schon sehen, du Angeber«, kontert Isi, und auch mein Dad mischt mit und behauptet:

»Nix da, wenn hier einer gewinnt, dann bin ich das.«

So, die sind wir erst mal los, schließlich dauert das Spiel geraume Zeit, und dann muss ja noch eine Revanche her und vielleicht die Revanche von der Revanche. Nicht zu vergessen, das »Siegerkeksessen«! Ja, so etwas gibt es wirklich und macht einen großen Teil der Freude am Spiel aus. Den »Siegerkeks« bekommt natürlich nur derjenige, der das jeweilige Spiel gewonnen hat. Dazu darf er jubelnd die Arme hochreißen und singen: »So seh'n Sieger aus, trallalallala, so seh'n Sieger aus …«

Der oder die Verlierer bekommen nur den »Verliererkeks« und müssen sich imaginäre Tränen abwischen. Dass die Kekse völlig gleich sind, tut der Begeisterung überhaupt keinen Abbruch.

Ich verziehe mich mit Mam und einem Kaffee auf die Terrasse und berichte, was sich in Grannys Leben Neues getan hat und was sie genau von uns will.

Mam schüttelt den Kopf: »Glaubst du wirklich, wir finden da was? Das ist doch fast unmöglich, selbst wenn Teddy ein Suchhund wäre. Überleg doch mal: Über 100 Jahre, da gibt es keine Gerüche mehr und auch keine Spuren. Wir können doch nicht den halben Wald umgraben, das muss sie doch selber einsehen.«

»Nein, das sehe ich nicht ein. Ich bin ganz sicher, wir werden finden, was wir suchen, schließlich steht schon in der Bibel: ›Suchet, so werdet ihr finden …‹«

»›Klopfet an, so wird euch aufgetan …‹«, ergänze ich mit stoischer Miene, dabei hätte ich bald einen Herzinfarkt bekommen vor lauter Schreck.

»Guten Tag, Granny«, sage ich dann, »schön, dich wiederzusehen. Gut siehst du aus, noch viel besser als beim letzten Mal. Es scheint dir doch prima zu gehen, warum bleibst du da nicht einfach in deinem Jahrhundert und genießt dein Leben?«

»Weil unrecht Gut schlecht gedeihet, und ich nicht einfach zuschauen kann, wie ein gemeiner Mörder straflos davonkommt.«

Mittlerweile hat natürlich auch Mam, die Granny weder sehen noch hören kann, mitbekommen, dass Granny aufgetaucht ist, und hört meiner für sie einseitigen Unterhaltung gebannt zu.

»Granny, wie oft denn noch? Du weißt noch nicht wirklich, ob Blancke überhaupt ein Mörder ist. Du hast keine Ahnung, ob es überhaupt eine Leiche gibt. Und wenn doch, weißt du nicht, wo du sie suchen sollst. Geschweige denn, was du tun sollst, wenn wir sie finden. Das sind doch einfach ein paar Unbekannte zu viel. Meinst du nicht auch?«

Granny schweigt, aber ihr Mund verzieht sich auf diese unnachahmliche Weise, die deutlich macht, dass sie unter keinen Umständen von ihrem Plan abweichen wird. Ich muss lachen und sage: »Jetzt sei nicht gleich eingeschnappt, wir helfen dir ja. Ich wollte nur noch einmal deutlich machen, dass unser Unternehmen durchaus gute Chancen hat, in die Hose zu gehen. Also rechne damit, dann bist du später nicht enttäuscht. Außerdem, liebste aller Grannys, ein Wochenende opfern wir dieser Geschichte, eins, dann ist Schluss. Okay?«

»Jaja«, stimmt sie ungewöhnlich friedfertig und sehr schnell zu, und das erregt mein Misstrauen.

»Granny? Was denkst du? Du hast doch irgendetwas vor, spuck's aus.«

»Na ja, ich habe gedacht, ich könnte vielleicht Emilie oder Heinrich überreden, mitzukommen, dann schaffen wir mehr in dieser kurzen Zeit. Ich weiß aber nicht, ob das überhaupt geht.«

»Untersteh dich!« Ich richte mich kerzengerade in meinem Stuhl auf. »Mir reicht *ein* Geist aus der Vergangenheit, also bitte kein ganzes Rudel.«

»Ich dachte ja nur … Aber wenn du nicht willst, bitte, dann nicht.«

Fehlte nur noch: »Wirst schon sehen, was du davon hast.« Die wird langsam wirklich zickig.

Ich »übersetze« Mam unsere Unterhaltung, und auch sie schüttelt den Kopf.

»Nee, also bitte, eine reicht. Wo sitzt sie denn überhaupt und wie sieht sie aus?«

Nach dem Abendessen macht mein Dad noch eine abgekürzte Variante der versprochenen Nachtwanderung, danach klettern meine beiden halbwegs versöhnt ins Auto. Eigentlich müssten die längst in ihren Betten liegen, aber ungewöhnliche Umstände erfordern eben manchmal ungewöhnliche Maßnahmen.

Mit Mam habe ich ausgemacht, sie am kommenden Freitag »einzusammeln«, für meinen Dad muss sie sich noch etwas einfallen lassen. Wird ihr aber gelingen, da bin ich sicher.

Granny ist kurz vor dem Abendessen auch wieder verschwunden, vermutlich hält sie es nicht aus, immer nur zuschauen zu müssen.

Als wir endlich zu Hause sind, ist es nach 22 Uhr, und ein offensichtlich sehr schlecht gelaunter Amun erwartet uns an der Haustür. Ohren nach hinten geklappt, die Augen nur noch Schlitze. Zum Glück lässt er seine Wut nie an den Kindern aus, nur an mir. Ich ziehe Kasernenhofmethoden auf, um meine zwei zum schnellen Zähneputzen und In-die-Betten-Verschwinden zu bekommen. Zum Glück scheinen sie tatsächlich müde zu sein, und so hält sich der Widerspruch in Grenzen.

Amun ist nicht so leicht zu versöhnen, selbst Stängelchen verschmäht er. Er ist auf Streicheleinheiten aus, und daher setze ich mich mit ihm auf die Couch zum Schmusen. Ich liebe ihn, wenn er so drauf ist. Seine Pfoten sind wirklich samtweich, wenn er mir über das Gesicht tatzt. Sein seidenweiches Fell glänzt, und er riecht immer wunderbar nach Wiesen und frischer Luft. Er reibt seinen Kopf an meiner Wange, knabbert zärtlich an meinem Ohr und schnurrt wie eine Nähmaschine. Ja, solche Momente gibt es auch mit ihm, und die wiegen einfach alles andere auf. Sogar fehlenden Schlaf. Trotzdem klemme ich mir den Kater irgendwann unter den Arm und gehe ins Bett. Er rollt sich an meiner Schulter zusammen, schnurrt noch kurz und pennt dann ein. Gute Nacht. Kaum bin ich eingeschlafen, piept mein Handy, diese Dinger sind der reine Terror. Man könnte sie natürlich ausschalten, aber … Oh, eine SMS von Michael: »Freue mich sehr auf Mittwoch, schlaf gut.«

Na ja, das war es doch wert, noch einmal kurz wach zu werden.

Ich erwache nach einer endlich einmal störungsfreien Nacht erst, als der Wecker klingelt.

Wieder einmal sechs Uhr früh und Montagmorgen. Der Horror! Die Kinder aus den Betten zu kriegen, ist ein nicht enden wollender Kraftakt, denn natürlich sind sie unausgeschlafen, weil sie viel zu spät ins Bett gekommen sind. Lasse mault und quengelt, will nicht in den Kindergarten, weil »da alle gemein zu ihm sind« und schmeißt sich protestierend auf die

Couch. Isi ist auch nicht viel kooperativer, sie will KiKa gucken und sich nicht anziehen. Es ist einfach nur zum Kotzen, immer das gleiche Spiel. Zum Glück hat es auch immer das gleiche Ende: Die Kinder sind angezogen, in den jeweiligen Einrichtungen versorgt und ich auf dem Weg in die Redaktion.

Bis Mittwoch passiert buchstäblich nichts. Granny lässt sich nicht sehen, und auch ansonsten nur gähnende Langeweile. Immerhin, der Gedanke an mein Date macht die Tristesse erträglicher.

Als ich am Mittwoch mit den Kids vor der Haustür ankomme, ist Michael schon da – mit Hund. Damit hat er die Kinder schon mal für sich eingenommen, die finden alle Hunde toll.

Als wir uns kurz begrüßt haben, stelle ich ihn als Bekannten vor, der auch auf der Grillparty gewesen ist und uns jetzt zu einem Eis einladen möchte. Lasse ist begeistert, Isi skeptisch.

»Bist du in meine Mama verliebt?« Das war der erste Teil der Inquisition, und sie holt schon wieder Luft. Ich lache verlegen und sage: »Red keinen Unsinn, lauf nach oben, gib deinem Kaninchen Futter, sonst bleibst du nämlich hier!«

Damit schiebe ich sie in den Hausflur und ziehe die Tür hinter ihr zu.

Das kann ja ein netter Nachmittag werden, vorausgesetzt, man mag Peinlichkeiten!

Michael grinst vor sich hin, tut aber so, als hätte er Isis Frage nicht gehört.

Zum Glück sind die Kinder später mit Eis und Hund abgelenkt. So bleibt unser Treffen einigermaßen entspannt, und ich kann es genießen. Für Gespräche, die für Kinderohren ungeeignet sind, bleibt natürlich kein Raum, aber aus Michaels Blicken entnehme ich deutliches Interesse an meiner Person. Scheint so, als hätte nicht nur Granny einen neuen Verehrer. Meiner setzt uns gegen 18 Uhr wieder vor unserer Haustür ab und verspricht, später noch einmal anzurufen. Tut er, und wir quatschen, bis es fast halb zwei ist. Schlaf wird eindeutig überbewertet. Ein weiteres Treffen kann leider erst in der nächsten Woche stattfinden, nachdem ich am Wochenende ja tiefschürfende Verpflichtungen habe.

Granny erscheint am Freitag, kurz nachdem die Kids von ihrem Vater abgeholt worden sind. Sie sieht ausgesprochen heiter aus, trägt wieder das karierte Kleid und auf dem Kopf ihr Wagenrad. Sie sitzt im Sessel und wippt zu einer für mich unhörbaren Melodie mit den Füßen.

»Hey, los, mach den Mund auf! Wie war dein Date mit Mister Unwiderstehlich?«

»Was meinst du? Oh, vermutlich meine Verabredung mit Heinrich? Ja, die war wirklich sehr ungewöhnlich. Nicht unerfreulich, aber unerwartet und ausgesprochen …«

»Mensch, Granny, erzähl endlich!«

»Ich dachte, wir wollten deine Mutter abholen? Dann erzähle ich es dir auf dem Weg dorthin.«

»Okay, auch gut, dann also los!«

GRANNY

Ich wusste ja nicht, wohin mich Heinrich ausführen wollte und konnte mich daher lange nicht entscheiden, was ich tragen sollte. Mit Emilies Hilfe entschloss ich mich zu einem dunkelblauen Kleid mit einem kleinen Ausschnitt. Es war aus reiner Seide und knisterte bei jedem Schritt, den ich machte.

Als Heinrich so gegen 17 Uhr kam, bestätigten mir seine bewundernden Blicke, dass ich sehr gut aussah.

Er half mir in seinen Einspänner und hielt selber die Zügel. Wir fuhren einen mir gänzlich unbekannten Weg und hielten schließlich vor einem sehr großen Haus, das inmitten eines wundervollen Gartens stand. Ich schaute mich um, konnte aber weiter nichts erkennen, bis sich die Eingangstür öffnete und ein Mann und eine Frau heraustraten. Ich sah unsicher zu Heinrich, der bereits ausgestiegen war und mir die Hand reichte. Die ließ er auch nicht los, als wir auf das Paar auf der Treppe zugingen.

Mir blieb dann fast das Herz stehen, als ich begriff, dass wir in seinem Elternhaus waren und ich gleich seinen Vater und seine Mutter kennenlernen würde. Am liebsten hätte ich mich losgerissen und wäre fortgelaufen, aber da standen wir schon vor den beiden, und Heinrich sagte:

»Vater, Mutter, ich möchte euch gern Luise vorstellen. Luise, das sind meine Eltern.«

Ich spürte, wie ich über und über rot wurde, und wäre beinahe in einen Hofknicks versunken, so vornehm sahen sie aus. Ich stotterte einen Gruß und kriegte kaum Luft vor lauter Aufregung.

Sein Vater war ein sehr großer Mann mit einem gewaltigen Bauch, über den sich eine schwere goldene Uhrkette spannte. Dichte, fast weiße Haare bedeckten seinen Kopf und standen in einem schönen Kontrast zu den dunkelbraunen Augen. Auch die Augenbrauen waren fast weiß, dicht und buschig. Sein Gesicht war braun gebrannt und voller Falten, insbesondere um die Augen herum. Er nahm meine zögernd ausgestreckte Hand und deutete einen Handkuss an, dann reichte er mich an seine Gattin weiter. Die war bedeutend kleiner als er und sehr schlank. Sie hatte dunkles Haar mit vielen grauen Strähnen, auch sie war nicht mehr jung, aber ihre blauen Augen blitzten, als sie mich freundlich begrüßte und in ihrem Heim willkommen hieß.

Damit drehten sich die beiden um und gingen wieder hinein. Ich kannte Ottos Haus, und das war schon sehr prächtig gewesen, aber dies hier war der reinste Palast. Eine riesige Halle mit offenem Kamin, von der eine geschwungene, wunderschön geschnitzte Treppe in die höher gelegene Etage führte. Überall auf dem Boden lagen dicke bunte Teppiche, an den Wänden hingen kostbare Gemälde, und gemüt-

liche Sessel waren in kleinen Gruppen überall verteilt. Obwohl wir Mitte Mai schrieben, brannte im Kamin ein Feuer. Ich musste mich wirklich zusammennehmen, um nicht wie ein Kind mit offenem Mund alles anzustarren.

»Es ist sicherlich ungewöhnlich, im Mai noch Feuer zu machen, aber diese alten Kästen können unangenehm kalt werden, glauben Sie mir. Und ich habe es nun einmal gerne warm.«

Heinrichs Vater lächelte bei diesen Worten und legte ein weiteres Holzscheit in die Flammen.

Seine Gattin sah ihn liebevoll an und antwortete:

»Wenn man so wie du gerade aus Afrika zurückkommt, würde wohl jeder frieren. Dafür nehmen wir dann gern in Kauf, dass es uns wohl eher zu warm werden wird.«

»Nun, meine Lieben, setzt euch doch, lasst uns noch in Ruhe einen Schluck trinken, bevor der Trubel hier losgeht«, damit zog Heinrichs Vater an einer Schnur, und kurze Zeit später betrat ein Hausmädchen den Raum. Wir tranken Sherry aus wundervollen Gläsern, und so ganz langsam begann ich mich zu entspannen.

»Ich muss mich bei Luise entschuldigen«, begann dann Heinrich das Gespräch. »Ich habe sie sozusagen hierher entführt und ihr nicht ein Wort von meinem Vorhaben verraten. Ich hatte Angst, sie würde sonst nicht mitkommen.« Er neigte seinen Kopf und lächelte mir entschuldigend zu.

»Sie weiß daher auch nicht, dass wir heute deinen 70. Geburtstag feiern, Vater, und dass sich in spätestens einer Stunde dieses Haus mit einer Unzahl von Gästen füllen wird.«

Ich war schon wieder erschrocken und schwankte zwischen Verärgerung und Freude. Er hatte mich mit zu seinen Eltern genommen, mich aber völlig unvorbereitet in eine unmögliche Situation gebracht.

Ich gratulierte dem Hausherrn, aber der winkte ab: »Oh, mein Geburtstag war schon vor etlichen Wochen, aber da war ich gerade in Afrika. Ich hatte gehofft, ich würde dieser schrecklichen Feier damit entkommen, aber meine liebe Gattin ist unerbittlich, und so muss ich heute Abend da durch.« Er lachte laut über seine eigenen Worte, und daher schien es ihm wohl nicht allzu unangenehm zu sein.

»Erzählen Sie ein bisschen von sich«, wandte er sich dann mir zu, »was tun Sie, wo leben Sie und wie sind Sie in die Fänge unseres Sohnes geraten?«

»Sie meinen, bevor er mich hierher entführt hat, ohne mir auch nur die Gelegenheit zu geben, mich angemessen zu kleiden?«, antwortete ich, jetzt mutiger geworden.

Da alle lachten, fuhr ich in leichtem Ton fort: »Wir sind uns auf der Straße begegnet. Ich war mit Familie Deppe spazieren, und Ihr Herr Sohn war allein und kam zu uns, um uns zu begrüßen …«

»Stopp, das reicht, Luise«, unterbrach mich Heinrich und warf seinem Vater einen tadelnden Blick zu.

»Mein alter Herr ist zu neugierig, außerdem verlernt er unter den Wilden sein gutes Benehmen. Du musst ihm das verzeihen.«

Wieder lachten alle, und ich spürte die Liebe, die diese Menschen verband.

Nach einiger Zeit erhoben sich die Gastgeber, entschuldigten sich mit letzten Vorbereitungen und verschwanden. Noch bevor ich allerdings beginnen konnte, Heinrich Vorwürfe zu machen, erschien seine Schwester Karla von oben. Sie war ungefähr in meinem Alter, hatte sehr blonde Haare und hellblaue Augen. Ähnlichkeiten mit ihrer Familie konnte ich überhaupt keine feststellen.

Sie reichte mir freundlich lächelnd die Hand und sagte dann wie nebenbei: »Wenn Sie sich jetzt fragen sollten, wieso ich hier niemandem auch nur im Entferntesten ähnlich sehe, so liegt das schlicht daran, dass ich adoptiert worden bin. Zum Glück, am Ende sähe ich sonst noch meinem Bruder hier ähnlich.«

Damit knuffte sie ihn in die Seite, und er revanchierte sich mit einem kräftigen Klaps auf ihr Hinterteil.

Ich konnte es nicht fassen, der Umgang in dieser Familie war wirklich sehr ungewöhnlich und befremdend, aber dennoch voller Wohlwollen und gegenseitiger Zuneigung.

Wir kamen zu keinem weiteren Gespräch mehr, denn jetzt begannen die Gäste einzutreffen, und als eine der Letzten kam … Emilie.

Ich war verblüfft, denn sie hatte mit keinem Wort erwähnt, am Abend eine Einladung besuchen zu wollen. Auch sie schien bei meinem Anblick zu erstarren und fast die Flucht antreten zu wollen. Ich schaute fragend zu Heinrich, aber der war mit der Begrüßung einer vielköpfigen Familie in Anspruch genommen. Dafür kam Karla schnellen Schrittes durch die Halle und ergriff Emilies Hand, die ihr merkwürdig abrupt entzogen wurde. Ich spürte sehr genau, dass diese beiden Frauen sich gut kannten, sich keineswegs das erste Mal sahen, und verstand nicht, was daran jetzt so geheimnisvoll sein sollte. Emilie kam auch nicht zu mir, um mich zu begrüßen, sondern verlor sich irgendwo unter den vielen Menschen.

Eine ganze Schar an Personal reichte Getränke, und dann wurde das Buffet eröffnet, das fast einen ganzen Raum einnahm. Heinrich nahm meinen Arm, drückte ihn vertraulich und raunte mir ins Ohr: »Verzeihst du mir, wenn es dafür etwas Gutes zu essen gibt?«

»Kommt darauf an, ob es mir schmeckt«, antwortete ich, konnte mir aber ein Lachen nicht verkneifen. »Und natürlich, ob es Milchreis mit Zucker und Zimt zum Nachtisch gibt.«

Er seufzte übertrieben theatralisch und raunte: »Ich würde es doch nie wagen, den zu vergessen.«

Das Buffet bot eine derartige Auswahl an Speisen, die ich zu einem großen Teil nicht einmal dem Namen nach kannte, dass ich nicht wusste, was ich probieren sollte. Heinrich half mir gerne bei der Auswahl, und alles war köstlich.

Nach dem Essen spielte eine Gruppe von Musikern auf, und ich tanzte mit Heinrich und auch mit seinem Vater, der mir von seinen Reisen in fremde Länder erzählte.

Als es bereits gegen Mitternacht ging, schlug Heinrich mir vor, ein wenig in den weitläufigen Garten zu gehen, der eher einem Park glich. Ich war einverstanden, und wir schlenderten Arm in Arm die gepflegten Wege entlang. Hinter einer Wegbiegung hörten wir leises Lachen und wollten umkehren, als ich meinte, Emilies Stimme zu vernehmen. Ich lugte um die Ecke und erkannte, dass ich recht hatte: Emilie saß auf einer Bank, und dicht neben ihr Heinrichs Schwester Karla. Wären sie ein Pärchen gewesen, ich hätte angenommen, sie beim Austausch von Zärtlichkeiten gestört zu haben. Als sie unser ansichtig wurden, sprangen beide auf und waren sichtlich verlegen. Ich wusste nicht, was ich davon halten sollte, aber Heinrich lachte nur und sagte: »Na, ihr zwei, auf der Suche nach frischer Luft? Wir auch, aber da diese Bank ja schon besetzt ist, gehen wir einfach ein Stück weiter.« Damit zog er mich mit sich in die Dunkelheit. Ein paar Wegbiegungen weiter stand eine weitere Bank, und wir nahmen Platz. Noch bevor ich Fragen stellen konnte, sagte Heinrich: »Nun weißt du es also. Meine Schwester Karla und deine Freun-

din Emilie haben eine unmoralische Beziehung miteinander. Behalte es bitte für dich, sonst sucht der nächste Skandal meine Familie heim, und auch die Deppes dürften davon nicht erbaut sein.«

»Wie meinst du das? Eine unmoralische Beziehung?«

Ich verstand nicht, was er mir damit sagen wollte, und auch nicht, warum es einen Skandal geben sollte.

»Luise, du hast doch sicherlich schon einmal davon gehört, dass es Menschen gibt, die sich vom gleichen Geschlecht angezogen fühlen, oder etwa nicht?«

Er schien erstaunt zu sein über meine Unwissenheit, aber ich war wirklich sehr naiv, was sich an meinem Gesicht ablesen zu lassen schien. Heinrich legte den Arm und meine Schulter und begann: »Nun, nicht nur zwischen Mann und Frau gibt es intime Beziehungen, sondern manchmal auch zwischen zwei Männern oder zwei Frauen. Warum das so ist, kann keiner genau sagen, auf alle Fälle ist es strafbar und gilt als widernatürlich. Ich kann das nicht ganz nachvollziehen, schließlich kann kein Mensch etwas dafür, in wen er sich verliebt. Ich finde, man sollte das respektieren und nicht so tun, als würden diese Menschen ein Verbrechen begehen. In anderen Ländern geht man damit viel offener um, und schließlich war das schon in der Antike durchaus üblich.«

»Du meinst, Emilie und Karla tun Dinge, die sonst nur Mann und Frau miteinander …? Heinrich! Das

ist doch ganz unmöglich, ich mag mir das einfach nicht vorstellen. Doch nicht Emilie!«

»Ich hätte wirklich nicht gedacht, dass du so reagierst. Du hast auf mich den Eindruck einer Frau gemacht, die sich nicht so sehr um Normen schert, die eine eigene Meinung hat und diese auch vertritt. Sollte ich mich wirklich so in dir getäuscht haben?«

Heinrich nahm den Arm von meiner Schulter, und mir wurde plötzlich kalt. Ich war verwirrt und wusste nicht, was ich denken geschweige denn sagen sollte. Emilie und Karla pflegten einen … nein, das konnte einfach nicht sein. Ich schüttelte den Kopf und sagte leise:

»Ich habe gewusst, dass es Männer gibt, die so sind, die so etwas tun, aber dass es auch bei Frauen vorkommt, das habe ich nicht einmal geahnt. Warum Emilie, warum deine Schwester Karla? Sie sind beide jung und bildhübsch, haben jede Menge Verehrer! Warum sind sie nicht mit einem von ihnen verheiratet, haben Kinder, eine Familie?«

»Warst du es nicht, die mir noch vor wenigen Tagen ihre Sympathie mit den Suffragetten versichert hat? Weil Frauen von Männern unterdrückt werden, keine eigene Meinung haben dürfen, bessere Sklaven sind? Und nun bist du so empört, weil zwei Frauen sich nicht den gängigen Gesellschaftsnormen entsprechend verhalten? Luise, wie passt das zusammen?«

»Aber das ist doch etwas ganz anderes!«

»Nein, das ist nichts anderes! Hier sind zwei

Frauen, die so leben möchten, wie sie es selber für richtig halten, die zu ihren Gefühlen stehen und sich nicht in ein Korsett zwängen lassen wollen.«

Ich schwieg, weil ich keine Antwort wusste. Hatte er recht? War ich engstirnig und kleinlich? Hörte meine Toleranz schon da auf, wo ich an meine eigene moralische Grenze stieß? Hatte ausgerechnet ich das Recht, mich zu empören, weil sich zwei Menschen nicht so verhielten, wie man es von ihnen erwartete? Was war mit mir und Otto gewesen? Vielleicht war das nicht ganz zu vergleichen, aber wir hatten schließlich auch gegen gesellschaftliche Regeln verstoßen und einen hohen Preis dafür bezahlt.

»Ich schäme mich dafür, was ich gesagt habe, Heinrich. Wirklich, es war falsch, aber ich war so erschrocken, weil ich nicht gewusst habe, dass es Frauen gibt, die Frauen lieben. Es tut mir sehr leid.«

Er schaute mir offen ins Gesicht, nahm es in beide Hände und küsste mich auf den Mund. Dann hielt er mich ein Stück von sich weg, lächelte und sagte: »Ach, meine Luise, so gefällst du mir schon wieder viel besser. Genau das hatte ich von dir erwartet, Offenheit und den Mut, jeden so leben zu lassen, wie er leben möchte. Genau aus diesem Grund habe ich mich schließlich in dich verliebt.«

Mein Herz begann zu rasen, das Blut stieg mir in die Wangen, und ich wusste nicht, wie ich auf diese Aussage reagieren sollte. Offenbar erwartete er aber auch gar keine Antwort von mir, denn er küsste mich schon wieder. Diesmal nicht sanft und vorsichtig, sondern voller Leidenschaft, die ich ohne jedes Zögern erwiderte. Ich schlang beide Arme um seinen Hals und er zog mich auf seinen Schoß, ohne seinen Mund von meinem zu nehmen.

»Wow, das nenne ich doch mal einen Mann der schnellen Entschlüsse! Schleppt dich ohne Vorwarnung gleich mit zu seinen Eltern – wenn das nichts zu sagen hat, dann weiß ich auch nicht.«

»Wie meinst du das? Was soll das denn zu sagen haben?«

»Stell dich nicht dümmer, als du bist, Granny. Gerade in deiner Zeit war es doch wohl üblich, die Zukünftige zuallererst den Eltern zu präsentieren, oder etwa nicht?«

»Ja, wenn ein Mann ernste Absichten hat, dann stellt er seine Auserwählte natürlich seinen Eltern vor. Schließlich sollen die ihren Segen zu dieser Verbindung geben. Tun sie das, lernt der Mann die Eltern des Mädchens kennen und hält später bei ihrem Vater um ihre Hand an. So gehört sich das.«

»Na also, den ersten Teil hast du damit schon mal hinter dich gebracht, den Rest schaffst du auch noch.«

»Aber Kind, so weit ist es doch noch lange nicht, es war ja kein Antrittsbesuch, sondern eine offizielle Geburtstagsfeier mit vielen Menschen.«

»Egal, was immer es war, du hast schon mal seine Eltern kennengelernt und die dich. Ohne ernste Absichten hätte er dich sicherlich nicht mitgebracht. Außerdem hat er dir das Geheimnis seiner Schwester Karla anvertraut. Das ist ja überhaupt der Hammer, die Emilie kam mir immer schon merkwürdig vor. Ehrlich, ich habe ein paarmal auch daran gedacht, ob sie vielleicht lesbisch sein könnte.«

»Sie ist überhaupt nicht lästig, wie kommst du nur darauf?«

»Nicht lästig, lesbisch! So nennt man Frauen, die sich zum eigenen Geschlecht hingezogen fühlen. Was sie so über die Männer im Allgemeinen und im Besonderen von sich gegeben hat. An ihre Weigerung, jemals zu heiraten, und solche Dingen eben. Ist doch egal, sie steht auf Frauen, ist also lesbisch, was soll's? Aber deine Reaktion war schon ein bisschen strange. Warst du wirklich so naiv oder hast du nur so getan? Ich meine, du bist fast 30 Jahre alt, du musst doch mal mitgekriegt haben, dass es so was gibt?«

»Kind, wir haben über solche Dinge doch nicht gesprochen. Mit wem denn auch und warum? Ja, mit Otto habe ich einmal über Männer gesprochen, die sich zu Männern hingezogen fühlen. Das hat er ganz furchtbar gefunden, abartig sogar, aber bei Frauen habe ich mir das nicht vorstellen können. Gibt es das heute auch noch?«

»Ob es das heute auch noch gibt? Na, du machst mir vielleicht Spaß. Heute können Frauen Frauen heiraten und Männer Männer, das ist schon lange kein Problem mehr. Ich habe eher das Gefühl, dass es das heutzutage sehr, sehr viel häufiger gibt als zu deiner Zeit. Vielleicht liegt es aber auch nur daran, dass sich die Menschen heute trauen, es offen zuzugeben.«

»Und die werden dann nicht bestraft, nicht verächtlich angeschaut?«

»Kommt darauf an, in welchem Umfeld sie sich bewegen. Manche Menschen denken sicherlich immer noch, dass das widernatürlich und krankhaft ist, aber die meisten interessiert es heute nicht besonders, wer mit wem was macht. Dein Heinrich war auf alle Fälle seiner Zeit weit voraus. Toll, wie er damit umgegangen ist, hoffentlich waren seine Eltern genauso tolerant. Und was denkst du, wie die Familie Deppe damit umgeht, wenn sie es erfährt?«

»Das weiß ich wirklich nicht, ich werde mich da nicht einmischen, und Emilie bleibt meine Freundin, egal, mit wem sie zusammen ist.«

»Na super, klingt so, als wolltest du sagen: Egal, auch wenn sie Lepra hat.«

»Nein, nein, so habe ich das nicht gemeint, aber ich bin schon ein bisschen verunsichert, schließlich bin ich ja auch eine Frau und vielleicht …«

»… fällt sie eines Tages über dich her, weil sie sich nicht mehr beherrschen kann? Granny, du spinnst! Sie ist lesbisch, nicht geisteskrank. Außerdem liebt sie doch offensichtlich Karla und ist mit ihr liiert. Nee, mach dir darüber mal keinen Kopf, rede mit ihr, wenn du magst, und zeig ihr, dass du wirklich ihre Freundin bist. Schließlich hat sie ja auch all die Jahre zu dir und deiner unmoralischen Beziehung zu Otto gestanden.«

»Ja, du hast recht. ›Wer ohne Fehler ist, der werfe den ersten Stein.‹ Ich benehme mich kleinlich und engstirnig, es tut mir leid.«

»Okay, wir sind gleich da und können uns weiter unterhalten, wenn wir Mam abgeholt haben.«

»Nein, nein, das möchte ich nicht. Ich will nicht mit deiner Mutter über Emilie reden und auch nicht über meine neue Bekanntschaft. Bitte, *noch* nicht jedenfalls, es ist mir peinlich.«

»Warum das denn? Meinst du, meine Mutter würde einen Schock erleiden, nur weil du eine Lesbe als Freundin hast oder selber einen neuen Verehrer? Das ist doch lächerlich.«

»Mag sein, aber ich will es eben nicht, das muss genügen.«

»Gut, des Menschen Wille ist bekanntlich sein Himmelreich, reden wir also über das Wetter, das ist schön unverfänglich.«

Über das Wetter reden wir dann aber nicht, dafür über unser Vorgehen, wenn wir in Detmold eingetroffen sind. Wir haben beschlossen, mindestens einmal zu übernachten, weil wir kaum davon ausgehen können, das Grab in zehn Minuten zu finden. Ganz davon abgesehen, dass es stockdunkel sein wird, bis wir das idyllische Städtchen im Teutoburger Wald erreicht haben.

Mam hat uns in einer Pension eingemietet, die in der Nähe des besagten Waldstücks liegt, etwas außerhalb der Stadt. Als wir vor der Tür ankommen, ist es bereits 20.30 Uhr, wir sind müde und hungrig und lassen uns von der freundlichen Pensionswirtin zwei kalte Platten richten. Die haben es in sich, mein lieber Himmel. Tolles Steinofenbrot, gesalzene Butter und ein Berg Schinken. Dazu saure Gurken, Tomaten und eine Schüssel hausgemachten Kartoffelsalat. Gut, dass ich hier nicht lange wohnen bleibe, meine Waage wird es mir danken. Teddy bekommt als Entschädigung für die lange Autofahrt ebenfalls ein Schinkenbrot und ist restlos begeistert.

Granny ist schon verschwunden, kaum, dass wir den Parkplatz erreicht haben, und nach dem Essen sind auch wir bettreif.

Das Frühstück am nächsten Morgen ist ebenso üppig wie das Abendessen und der Kaffee heiß und stark. Granny kommt, als wir gerade überlegen, wo sie wohl bleibt, und wir machen uns auf den Weg in das von ihr gesuchte Waldstück. Es ist tatsächlich noch Wald vorhanden, keine Neubausiedlung und kein Parkplatz verschandeln die schöne Landschaft. Granny behauptet, alles sähe noch genauso aus wie in ihrer Zeit, nur die Bäume seien natürlich höher und der Wald dichter.

Nun, dass das nicht so ganz stimmt, stellen wir fest, als wir etwas tiefer vordringen. Hier liegen einige der großen Bäume, vom letzten Sturm gefällt, kreuz und quer, sodass man sie häufig erst einmal umrunden muss, um voranzukommen.

Teddy ist begeistert und schnüffelt vergnügt durch die Landschaft. Zum Glück ist sein Jagdinstinkt so gut wie nicht vorhanden, und Mam kann ihn ohne Sorge frei herumlaufen lassen. Käme jetzt ein Reh, Teddy würde nicht einmal hochschauen, außerdem hört er wirklich auf jedes Wort, das Mam sagt.

Granny ist in sich gekehrt, und ihr Blick schweift unsicher umher.

»Na, was ist«, frage ich, »wo sollen wir denn nun anfangen zu graben?«

Dabei fällt mir auf, dass wir nichts zum Graben dabeihaben. Keine Schaufel, gar nichts. Als ich das laut ausspreche, gucken mich die beiden Frauen so vorwurfsvoll an, als wäre ich dafür verantwortlich.

»Was? Daran hättet ihr schließlich auch denken können. Na ja, schauen wir erst einmal, ob wir irgendeinen Hinweis finden, zumindest deinen markierten Findling. Davon gibt es hier reichlich, die liegen da vermutlich schon seit der Steinzeit oder so.«

Nach drei Stunden Kreuzfahrt durch den Wald verlässt Mam und mich so langsam die erste Begeisterung, Teddy legt sich auch alle zwei Meter hin und ruht sich aus, nur Granny will sich nicht geschlagen geben. Dabei haben wir absolut nichts gefunden, nicht einmal ihre Markierungen an den Bäumen. Vermutlich sind die jetzt nach über 100 Jahren auch in luftiger Höhe und damit für uns unauffindbar.

Scheißidee, Bäume zu ritzen, die schließlich wachsen.

Gegen elf Uhr habe ich die Graupen dicke und bestehe darauf, zurückzugehen. Mam stimmt sofort zu, und Granny fügt sich seufzend. Wir sind höchstens zehn Schritte gelaufen, als wir fast alle gleichzeitig den Stein finden, in den Granny vor über 100 Jahren mittels ihrer Hutnadel Zeichen geritzt hat. Wahnsinn! Es verleiht uns noch einmal einen Energieschub, auch wenn wir damit dem Grab nicht wirklich näher gekommen sind.

Um halb eins knurrt mein Magen unüberhörbar, und wir beschließen, es fürs Erste gut sein zu lassen. Wir wollen nach Detmold reinfahren, etwas essen, eine Schaufel kaufen und dann am Nachmittag weitersuchen. Granny kommt nicht mit und verschwindet wortlos in ihre Zeit. Mam und ich finden einen Chinesen und lassen uns müde auf zwei bequemen Stühlen nieder. Nach dem Essen schlendern wir auf der Suche nach Grabungsutensilien durch die wirklich sehr hübsche Innenstadt und werden schnell fündig. Wir erstehen bei »Sonntag« eine solide aussehende Schaufel, die allerdings einen stolzen Preis hat. Mam bezahlt seufzend und mault: »Wieso eigentlich immer ich? Wer will denn hier unbedingt ein Grab finden? Ich wohl am allerwenigsten.«

Gegen 15 Uhr sind wir wieder im Wald. Teddy hat offensichtlich genug vom Schnüffeln, er legt sich einfach in den Schatten und weigert sich, aufzustehen.

Mam lacht und nennt ihn ein Faultier, was ihr nur einen müden Blick einträgt.

Granny glänzt durch Abwesenheit, sie hat schließlich Personal, das für sie durch die Wildnis stapft.

Sie taucht auf, als wir gerade einen entwurzelten Riesen in Augenschein nehmen, in dessen Ästen und Wurzeln sich alle möglichen Gegenstände verfangen haben. Die üblichen Tempotaschentücher, die man überall im Wald finden kann, die Reste einer Burgerpackung, diverse Dosen und, ziemlich versteckt, ein verrostetes Messer. Da steht sie plötzlich neben uns und ist sichtlich aufgeregt.

»Ein Messer! Was macht denn ein Messer hier? Hier sollten wir unbedingt graben, ich bin ganz sicher, hier werden wir etwas finden.«

»*Wir* ist gut«, maule ich, »du hast bisher doch noch keinen Finger gerührt. Schön, dass du überhaupt wieder hier bist.«

Granny übergeht meinen Vorwurf, läuft aufgeregt an der Wurzel entlang und starrt in die Kuhle.

»Jetzt will ich es wissen«, sage ich, klettere Richtung Messer und hebe es auf. Dann schaue ich mich um, scharre ein bisschen Erde mit dem Fuß weg und sehe … nichts, außer Erde, Laub und ein paar kleinen Steinen.

»Ich glaube echt nicht, dass hier jemand vergraben wurde«, rufe ich hoch, da sehe ich Teddy über den Rand schauen.

»Na, komm runter, vielleicht wirst du ja fündig«,

locke ich ihn, und er kommt tatsächlich. Ich zeige mit dem Finger auf den Boden und sage: »Such!« Er schnüffelt gelangweilt ein bisschen herum, dann hebt er ein Bein und pinkelt mir fast auf die Schuhe, bevor er wieder nach oben klettert. Mam lacht sich schier kaputt, und Granny schüttelt missbilligend den Kopf.

»Toller Suchhund«, grummle ich, »hoffentlich hat er jetzt nicht doch auf die sterblichen Überreste der armen Hedwig gepullert.«

»Was suchen Sie hier?«, ertönt plötzlich eine laute Stimme, und ich klimme schnell aus meiner Kuhle.

»Der Bereich hier ist gesperrt, haben Sie das nicht gesehen? Also, was suchen Sie hier, und was wollen Sie mit der Schaufel?«

Ein Mann in Grün, an sehr kurzer Leine einen braun-weißen Jagdhund, stiert uns an, als hätte er uns bei einem Einbruch ins Fort Knox überrascht.

»Wir suchen gar nichts«, antworte ich ihm, zum Glück ist das Messer längst in meiner Jacke verschwunden. »Wir gehen nur ein bisschen mit dem Hund spazieren, und eine Absperrung haben wir nirgendwo gesehen, oder, Mam?«

»Nein, da war wirklich nichts«, bestätigt meine Mutter mit Unschuldsmiene, »wo soll die denn sein?«

»Da vorne sind Absperrbänder«, behauptet der Waidmann und weist vage in die Richtung, aus der wir gekommen sind. »Und zum Spazierengehen benötigen Sie eine Schaufel? Was wollten Sie hier vergraben?« Er blickt sich suchend um, scheint aber nichts Verdächtiges zu entdecken.

Dann tritt er an den Rand der Kuhle und späht hinein. Irgendetwas scheint sein Misstrauen zu erregen, auf alle Fälle befiehlt er seinem Hund »Platz« und springt in die Tiefe von mindestens einem Meter. Mit der Hand wendet er verschiedene Stöcke und Steine um, und ich kann es mir einfach nicht verkneifen, ihm zuzurufen:

»Da ist wirklich nichts, außer dass unser Hund dort gerade hingepinkelt hat. Aber das ist ja sicherlich nicht verboten hier im Wald?«

Er zieht seine Hand zurück, als hätte ihn eine Klapperschlange gebissen, und wischt sie an seiner grünen Hose ab. Ich muss mich umdrehen, damit er mein breites Grinsen nicht sehen kann.

»Hunde gehören im Wald an die Leine, das ist gesetzlich vorgeschrieben, und Ihrer läuft frei.«

»Sie sollten wissen, dass das so nicht stimmt.« Das ist Mam, offensichtlich angesäuert. »Solange ein Hund im Einflussbereich seines Besitzers ist, nicht jagt und auch ansonsten niemanden stört, darf er ohne Leine laufen, es sei denn, es handelt sich um Privatbesitz. Außerdem läuft mein Hund nicht, er liegt und schläft.« Damit zeigt sie auf Teddy, den das alles überhaupt nicht interessiert. Er liegt tatsächlich zusammengerollt da und gibt leise Schnarchgeräusche von sich.

»Vorhin ist er aber gelaufen, das habe ich gesehen, und außerdem haben Sie mir immer noch nicht erklärt, was Sie mit der Schaufel wollen.«

»Nun«, sagt Mam langsam, und ich ahne Böses. »Wenn Sie es nicht weitersagen, verrate ich es Ihnen: Wir wollten nach Trüffeln graben.«

»Nach Trüffel graben? Das glauben Sie doch wohl selber nicht. Es gibt keine Trüffel im Teutoburger Wald«, braust er auf. Mam bleibt bewundernswert ernst und sagt:

»Ach was, sind Sie sich da sicher? Das könnte natürlich der Grund sein, warum wir auch keine gefunden haben.«

»Das ist doch das Dümmste, was ich je gehört habe«, schimpft er jetzt. »Sollte ich Sie erwischen, dass Sie irgendetwas im Wald verbuddeln, was da nicht hingehört, oder gar junge Bäume ausgraben, dann werde ich Sie anzeigen, darauf können Sie sich verlassen.«

Damit verschwindet er und zerrt seinen Hund mit sich, der mit eingezogenem Schwanz neben ihm herschleicht.

Mam und ich gucken uns an und brechen in Gelächter aus, aber Granny scheint tatsächlich erschrocken zu sein. Sie hat Angst vor Uniformträgern, das ist deutlich zu sehen.

»Komm, Granny, der Typ war doch harmlos, und gesehen hat er auch nichts«, beruhige ich sie und will mich schon auf den Weg zu einem weiteren umgestürzten Baum machen, da erregt etwas meine Aufmerksamkeit, das vielleicht 40 Zentimeter weiter rechts liegt. Halb in der Erde und zu einem weiten Teil von kleineren Wurzeln verdeckt ragt etwas in die Luft, das irgendwie einem der Knochen ähnelt, die Pluto im Comic immer im Garten vergräbt.

Wortlos zeige ich mit dem Finger in die Richtung, und Mam kneift die Augen zusammen, um besser sehen zu können. Auch Granny beugt sich vor und zieht dann scharf die Luft ein.

Bevor ich mich bewegen kann, hält Mam mich schon am Ärmel fest und sagt: »Nicht jetzt! Wer weiß, ob der Typ nicht zurückkommt, und der muss das nun wirklich nicht mitbekommen. Außerdem kann das genauso gut von einem Tier stammen, falls es nicht doch nur ein Ast ist, noch heißt das gar nichts.« Ich entnehme aber ihrer Stimme auch eine gewisse Aufregung, sie hat offensichtlich Blut geleckt.

Wir stehen ein bisschen unentschlossen herum und spähen durch das Dickicht, ob das Jagdgesetz wirklich zurückkommt, aber es bleibt alles ruhig. Granny ist allerdings besorgt und fühlt sich beobachtet, obwohl ihr ja nun am allerwenigsten passieren kann.

»Was ist«, frage ich sie, »willst du jetzt das Grab von Hedwig finden oder willst du nicht?«

»Ja, natürlich will ich das«, stimmt sie schnell zu, guckt aber immer noch ängstlich in die Richtung, in die der Mann verschwunden ist.

»Der kommt schon nicht zurück«, versuche ich, sie zu beruhigen, aber mir ist auch nicht so ganz wohl in meiner Haut. Ich schaue Mam fragend an und zucke mit den Schultern.

Sie überlegt einen Augenblick und sagt dann: »Ich wäre vorsichtig bei dem Mann. Er hat sich von uns bestimmt veralbert gefühlt, und daher kann es durchaus sein, dass er uns beobachtet, um uns doch noch auf irgendeiner frischen Tat zu ertappen. Ich bin dafür, dass wir für heute den Rückzug antreten, laut singend, damit er es auch mitbekommt, falls er noch in der Nähe auf der Lauer liegen sollte.«

»Nee, Mam, dann finden wir morgen diesen blöden Baum bestimmt nicht wieder. Hier sieht man ja wirklich den Wald vor lauter Bäumen nicht. Zumindest markieren müssen wir ihn vorher.«

»Okay und womit? Machen wir's wie Hänsel und Gretel und streuen Brotkrumen auf unseren Weg?«

»Sehr witzig! Hast du welche? Ich nicht. Nein, wir müssen uns etwas anderes einfallen lassen. Hat jemand zufällig ein Stück Kreide in der Tasche? Nein? Schade, damit hätten wir Pfeile auf den Weg malen können, wie bei einer Schnitzeljagd. Sonst etwas, was man benutzen könnte?«

Wir schauen uns etwas ratlos an und durchforsten unsere Handtaschen, finden aber nichts Geeignetes.

»Also ehrlich, wozu habe ich eigentlich als Kind so gern Karl-May-Bücher gelesen?« Mam fasst sich an den Kopf, geht ein paar Schritte und knickt dann einen Zweig an einem Busch um. Drei Meter weiter den nächsten und dann den übernächsten.

»Na los, kommt!«, ruft sie über die Schulter, »ich will schließlich nicht im Wald übernachten, und jetzt singt ein Lied, damit wir auch gehört werden.«

Wir singen laut und fröhlich von einem »Vater, der ein Wandersmann war«, immer von Gekicher unterbrochen. Mam bricht weiterhin Zweige als Wegweiser und schaut sich alle paar Meter um. Niemand ist in Sichtweite.

Als wir aus dem Wald heraus auf den Weg treten, sehen wir einen alten Lada, und darin sitzt unser Waidmann.

Aha, er beobachtet uns also doch! Wir singen laut weiter und winken ihm fröhlich zu, die Schaufel über der Schulter.

»So ein Scheiß«, fluche ich, »jetzt haben wir den Einstieg nicht markieren können. Hoffentlich finden wir den wieder.«

Mam schweigt ungewohnt still und schüttelt nur den Kopf.

Als wir endlich an unserem Auto ankommen, sagt sie: »237 Schritte bis hierher.«

»Meine rote Schwester ist heute wieder besonders schlau«, ziehe ich sie auf und knuffe sie in die Seite.

Wir fahren zurück zu unserer Pension und erkundigen uns, ob wir das Zimmer für eine weitere Nacht bekommen können.

Das ist kein Problem, und so ziehen wir uns erst einmal ins Kaminzimmer zurück, um Kriegsrat zu halten.

»So weit, so gut«, eröffne ich das Gespräch, »wir haben ein Messer gefunden, von dem wir nicht wissen, was es dort zu suchen hat, und ganz vielleicht einen Knochen, von dem wir nicht wissen, von wem oder was er stammt. Ob beides in einem Zusammenhang steht, wissen wir auch nicht. Und selbst wenn, heißt das ja noch lange nicht, dass es etwas mit der verschwundenen Hedwig zu tun hat.«

»Nein, aber komisch wäre es schon«, sagt Mam, »ein Messer und ein Knochen, genau oder zumindest in der Nähe der Stelle, an der Granny seinerzeit den Kohlenmann aus dem Wald kommen sah. Mir ist das fast ein bisschen zu viel Zufall.«

»Das ist kein Zufall! Ich bin absolut sicher, dass das die richtige Stelle ist.«

Granny ist auch wieder da und wirkt sehr eifrig.

»Mam, Granny ist wieder da und sehr überzeugt, dass wir die sterblichen Überreste dort finden werden.«

»Tja, da dürfte wohl der Wunsch der Vater des Gedankens sein, aber wenn ich ehrlich bin, glaube ich das fast auch. Bleibt die Frage, wie wir das feststellen können, ohne dass uns wieder ein ungebetener Gast dabei stört. Morgen ist Sonntag, da ist bestimmt wieder so ein grüner Typ im Wald unterwegs.«

»Also, soweit ich das weiß, gehen die doch immer vor Sonnenaufgang auf die Pirsch, und da wollte ich mich noch einmal umdrehen und nicht aufstehen.«

»Gut, dann gehen wir so um neun Uhr los, nach dem Frühstück. Wir packen unsere Sachen ins Auto, bezahlen unsere Rechnung und machen uns auf in den Wald. Einverstanden?«

Granny nickt, und ich sage: »Okay, wir sind dabei.«

In diesem Moment hören wir Stimmen, ich erkenne die unserer Pensionswirtin und ausgerechnet die von unserem Oberförster.

Mam lauscht auch schon, sie hat's also ebenfalls gehört. Sie grinst, steht auf und sagt: »Ihr bleibt hier, ich sehe mal zu, ob ich uns den morgen früh sicher vom Hals halten kann.«

Granny und ich schauen uns verblüfft an und wissen nicht, was wir davon halten sollen. Eine Weile passiert nichts, aber es hört sich so an, als würden sich draußen nun drei Leute unterhalten.

»Okay, Mam schafft das schon allein, also könntest du mir ja jetzt erzählen, wie du vom Schoß deines neuen Verehrers wieder runtergekommen bist.«

GRANNY

Heinrichs Kuss erregte mich sehr, und ich presste meinen Körper an ihn und vergaß fast völlig, wo ich war.

Ich hatte schon gar nicht mehr gewusst, wie es sich anfühlt, von den starken Armen eines Mannes umschlungen zu werden, und genoss dieses Gefühl daher umso mehr. Nach einer Weile lösten wir uns ein Stückchen voreinander, und Heinrich flüsterte: »Luise, du bringst mich um den Verstand. Ich kann an nichts anderes mehr denken als an dich, seit ich dich das erste Mal gesehen habe. Ich fühle mich wie ein Pennäler und nicht wie ein erwachsener Mann, dem es nicht an Erfahrung mangelt. Was hast du nur mit mir gemacht? Mich verhext?«

Ich kicherte geschmeichelt und sagte leise: »Ja, genau. Vielleicht bin ich eine Hexe?«

»Das habe ich geahnt, denn schon nach dem ersten Blick von dir gab es keine Rettung mehr für mich. Jetzt bin ich dir mit Haut und Haaren verfallen. Was wirst du mit mir machen?«

»Oh«, wisperte ich, »schlimme Dinge, warte es nur ab bis zum nächsten Vollmond, wenn meine Hexenkräfte so richtig erwachen.«

Wir kicherten und alberten, küssten und umarmten uns und benahmen uns wie die Kinder. Oder wie frisch Verliebte.

Nach einer Weile wurde aber auch diese schöne Mainacht unangenehm feucht, und wir lösten uns widerwillig voneinander und machten uns auf den Weg zurück ins Haus. Die meisten Gäste waren bereits gegangen, auch Emilie und Karla waren nicht mehr zu sehen. Daher verabschiedete ich mich von Heinrichs Eltern, bedankte mich artig für die Gastfreundschaft, und Heinrich führte mich zu seinem Einspänner. Schweigend fuhren wir zurück durch die Nacht, jeder sich der Nähe des anderen sehr bewusst.

Vor meinem Heim angekommen, wandte Heinrich sich mir zu und fragte: »Wann sehe ich dich wieder, Luise? Lass mich nicht zu lange warten, das halte ich nämlich nicht aus.«

»Ich denke, beim nächsten Vollmond«, neckte ich ihn und freute mich über sein Lachen.

»Das dauert mir viel zu lange, wie wäre es mit nächster Woche? Oder mit morgen? Bitte, bitte, sag ja!«

»Gut«, stimmte ich zu, »morgen Abend. Aber bitte, dieses Mal möchte ich wissen, was du vorhast, damit ich die entsprechende Kleidung wählen kann. Lerne ich weitere Verwandte von dir kennen?«

»Nein«, lachte er, »keine weiteren Verwandten, aber zwei sehr gute Freunde von mir. Ich will, dass alle Welt sieht, welch wundervolle Frau ich gefunden habe. Bist du einverstanden?«

»Oh je, hoffentlich sind deine Freunde nicht enttäuscht«, sagte ich, aber Heinrich fiel mir entrüstet ins Wort.

»Enttäuscht? Auf keinen Fall, sie werden vollkommen begeistert von dir sein, da bin ich mir ganz sicher.

Also, meine Herzallerliebste, ich hole dich morgen Abend gegen 20 Uhr ab, wenn ich darf.«

»Du darfst«, lächelte ich, ließ mir dann von ihm vom Wagen helfen und mich zur Haustür begleiten. Wir küssten uns noch einmal lange und leidenschaftlich, dann entzog ich mich schweren Herzens seinen Armen und stieß die Haustür auf.

»Du meine Güte, der geht ja vielleicht vorwärts. Bist du dir sicher, dass er nicht auf dein Geld aus ist?«

»Mein Geld? Ach Kind, Geld haben die von Radens wahrlich genug, da brauchen die meines nicht auch noch. Warum bist du so misstrauisch? Es steht doch geschrieben: ›Die Hoffnung, die sich verzieht, ängstet das Herz; wenn's aber kommt, was man begehrt, das ist wie ein Baum des Lebens.‹ Der Mensch muss Vertrauen haben, Vertrauen zu seinesgleichen und zu Gott, dann kann ihm nichts passieren.«

»Ach Granny, echt! Du bist manchmal schon sehr naiv, dein Heinrich ist nicht so ein gutmütiger Schluffen wie Otto selig. Der frisst dich mit Haut und Haaren, wenn er es darauf anlegt, und dann hast du dem überhaupt nichts entgegenzusetzen. Pass also bitte auf dich auf. Ich will nicht, dass meiner Ururgroßmutter das Herz gebrochen wird.«

»Heinrich wird mein Herz nicht brechen, du wirst schon sehen. Bist du vielleicht missgünstig, weil es mit deinem neuen Verehrer nicht so gut verläuft?«

»Hey, spinnst du? Ich bin kein bisschen missgünstig, ich bin nur besorgt. Und um meinen neuen Verehrer mach du dir mal gar keine Gedanken, das wird schon.«

»Hoffen und Harren hält manchen zum Narren«, murmelt Granny vor sich hin, bevor sie wieder einmal verschwindet und mich mit diesem blöden Zitat allein zurücklässt, das ausnahmsweise mal nicht aus der Bibel stammt.

Ganz so unrecht hat sie leider nicht. Michael überschlägt sich wirklich nicht gerade. Weder gestern noch heute ist auch nur eine einzige SMS gekommen. Das ist eindeutig nicht das, was ich von einem Mann erwarte, der etwas von mir will. Ein bisschen mehr Anstrengung dürfte da schon sein.

Jetzt kommt gerade Mam zurück und griemelt vor sich hin.

»Möchtest du noch etwas essen oder trinken? Dann lass uns nach vorne gehen, die Luft ist jetzt rein.«

Ich habe tatsächlich Hunger und noch mehr Durst. Ist mir gar nicht aufgefallen, solange Granny mich mit ihrer Geschichte unterhalten hat. Ich folge daher Mam schnell in das Frühstückszimmer. Während wir uns eine kalte Platte teilen, die mit vielen Sachen bestückt ist, die einzeln mehr Kalorien enthalten, als ich sonst in einer Woche zu mir nehme, erzähle ich, was ich von Granny erfahren habe.

Mam hört aufmerksam zu, und ich tue so, als würde ich nicht merken, wie viel von der Wurst sie unter dem Tisch an Teddy weitergibt. Kein Wunder, dass der Hund immer runder wird.

Als ich zu Ende bin, sagt sie: »Scheint ja ein echter Frauenversteher zu sein, fast könnte ich sie beneiden. Und warum soll das nicht gut gehen? So wie du sie beschreibst, ist sie eine schöne Frau, klug, leidenschaftlich, gebildet und wohlhabend. Was will ein Mann mehr?«

»Okay, mag sein, warten wir's ab. Wir werden es ja sicherlich erfahren, wie es weitergeht mit den beiden. Jetzt wüsste ich aber zuerst einmal gern, wie es mit uns weitergeht?«

»Ach so, richtig. Ich habe mich sehr nett mit unserem Jägersmann unterhalten. Der ist gar nicht so schlimm, wie es den Anschein hatte. Ehrlich nicht, er hat mir sein Leid geklagt, über den Ärger, den er mit wildernden Hunden, picknickenden Touristen, Heerscharen von professionellen Pilzsammlern und wild schlagenden Weihnachtsbaumräubern hat.«

Mam lacht und schüttelt den Kopf: »Ich konnte kaum glauben, was er erzählt hat. Menschen gibt es, die gibt es gar nicht. Na ja, jedenfalls kann ich jetzt seinen Auftritt etwas besser verstehen, und er ist wirklich ganz nett. Ich habe ihm erzählt, dass die Geschichte mit den Trüffeln eine Wette in meinem Kegelverein gewesen ist, das hat er mir dann abgenommen. Daraufhin hat er mich für morgen um neun Uhr zum Frühstück eingeladen. Ich habe angenommen, dann hast du freie Bahn, und ich muss auf meine alten Tage nicht schon wieder durch den Wald stapfen. Nimm Teddy mit, wenn du dich allein fürchtest!«

»Ich fasse es nicht! Dich kann man doch wirklich keine Minute aus den Augen lassen. Das erzähle ich alles Dad, wenn wir nach Hause kommen«, drohe ich lachend. »Und Teddy mitzunehmen, dürfte nun wirklich keine Option sein, du weißt genau, dass der Hund ohne dich keinen einzigen Schritt tut. Den müsste ich in Narkose legen, um ihn aus der Tür zu bekommen, und dann wäre er mir auch nicht wirklich eine Hilfe. Nee, lass mal. Frühstücke du mit deinem Grünberockten, füttere Teddy unter dem Tisch mit Marmeladenbrötchen, während ich allein in den dunklen Wald gehe, um alte Knochen auszubuddeln. Tolle Arbeitsteilung, vielen Dank auch!«

»Tja«, sagt Mam und zuckt ungerührt mit den Schultern, »das ist eben der Vorteil meines fortgeschrittenen Alters.«

Das führt sie immer nur dann ins Feld, wenn sie etwas damit erreichen kann, kenne ich schon.

Granny lässt sich nicht mehr sehen, und Mam gähnt so heftig, dass ich schließlich gegen 21 Uhr vorschlage, schlafen zu gehen.

Wider Erwarten übermannt auch mich die Müdigkeit zu dieser frühen Abendstunde, vermutlich bin ich so viel frische Waldluft nicht gewöhnt. Ich wache ausgeschlafen und unternehmungslustig gegen halb acht auf. Mam singt schon laut und ziemlich schief unter der Dusche.

Ich beschließe, mir ein Bad in der großen alten Wanne zu gönnen, die auf Löwenfüßen mitten im Raum steht. Aus dem dicken Wasserhahn läuft die auch ungewohnt schnell voll, und ich steige voller Wonne hinein. Ich liebe heiße Bäder, leider habe ich dazu viel zu selten Gelegenheit. Sich einen solchen Luxus zu gönnen, wenn die Kids im Haus sind, habe ich mir schon lange abgewöhnt. Die brauchen nämlich nur ungefähr zehn Sekunden, bis sie ausgezogen bei mir in der Wanne rumturnen. Da kann ich jegliche Entspannung vergessen.

Heute stört mich nur Granny, die plötzlich auf dem Rand sitzt und ziemlich unausgeschlafen aussieht. Sogar ihre Frisur ist in Unordnung.

»Granny! Was hast du denn die Nacht getrieben? Erzähl! Sofort, ich will alle schmutzigen Details hören.«

Ich glaube, mich verhört zu haben, aber Granny kichert tatsächlich. Verschämt und mädchenhaft, während ihre Wangen sich rosa färben und ihre Augen blitzen.

»Ich glaube es ja nicht! Du hast …?«

»Kind, nein! Doch nicht, was du bestimmt wieder denkst. Ich habe dir schon wiederholt versichert, dass es in meiner Zeit nicht üblich ist, nach wenigen Tagen Bekanntschaft übereinander herzufallen. Nein, das haben wir nicht getan, aber ich gebe zu, einfach war es nicht.«

»Erzähl, erzähl! Ich bleibe so lange hier liegen, auch wenn ich Schwimmhäute zwischen den Zehen bekomme.«

GRANNY

Ich vermisste Heinrich schon, als die Tür hinter mir zufiel, und lehnte mich sehnsüchtig seufzend gegen sie. Ich erschrak daher sehr, als ich Emilies Stimme aus dem Dunkeln hörte:

»Können wir miteinander reden, bitte? Komm in mein Zimmer, oder soll ich zu dir kommen?«

»Nein, nein, ich komme zu dir, warte.« Damit stieg ich schnellen Schrittes die Stufen in den ersten Stock hinauf.

Emilie hielt mir die Tür weit auf und schloss sie dann leise. Ich stand etwas unschlüssig in der Mitte des Zimmers, bevor ich mich schließlich auf ihr Bett setzte, ohne sie aus den Augen zu lassen.

»Du kannst dich ruhig entspannen, ich werde dich nicht anfallen, falls es das ist, was du befürchtest«, sagte sie mit einem verächtlichen Schnauben.

»Rede doch nicht so daher, daran habe ich überhaupt nicht gedacht. Ich weiß nur nicht, wie ich mich jetzt verhalten soll, das ist alles.«

»Wie du dich jetzt verhalten sollst? Was soll das denn heißen? Jetzt, nachdem du gesehen hast, wie abartig ich bin, welche widernatürliche Laune der Natur?«

»Emilie, hör sofort auf damit! Ich habe nichts dergleichen gesagt und auch nicht gedacht. Ja, ich gebe es zu: Ich war überrascht, nein, ich war schockiert, als ich dich mit Karla gesehen habe. Ich habe anfangs gar nicht verstanden, was das zu bedeuten hat. Heinrich musste es mir erst erklären. Kannst du es mir verübeln, dass ich das erst einmal verdauen muss? Ich verurteile dich nicht, glaube mir, ich versuche wirklich, es zu verstehen und zu akzeptieren. Sabrina hat auch gesagt ...«

Ich biss mir fast die Zunge ab, so schnell schloss ich meinen Mund. Ich hatte mich verraten, aber Emilie war zum Glück so mit ihren eigenen Sorgen beschäftigt, dass ihr das entging.

»Akzeptieren, verstehen, verurteilen ... tolle Worte. Klingt so, als hätte ich ein Verbrechen begangen. Habe ich aber nicht! Ich habe nichts anderes getan als jeder von euch: mich in einen Menschen verliebt. Dass der zufällig meinem eigenen Geschlecht

angehört, habe ich mir nicht ausgesucht. Was ist daran nur so schrecklich, so peinlich, so abartig und verdammenswert?«

»Gar nichts, Emilie, ich weiß. Es ist nur so, dass jeder, der gegen gesellschaftliche Normen verstößt, mit Widerstand rechnen muss. Hast du schon vergessen, wie schwer es Otto und ich hatten, und wir waren ein Mann und eine Frau. Wie ungleich schwerer werden die Menschen es zwei Frauen machen?«

»Das ist mir bewusst und Karla auch, aber wir werden das durchstehen. Und wenn es hier in diesem Kaff nicht geht, dann ziehen wir eben nach Berlin oder nach Paris. Da sind die Menschen nicht so rückständig und engstirnig. Außerdem wird uns Heinrich immer helfen, und auch seine Eltern wissen Bescheid, ohne uns zu verurteilen.«

Ich musste trotz der heiklen Situation plötzlich kichern und stieß auf Emilies irritierten Blick hervor: »Ich habe gedacht, du wärst an Heinrich interessiert, wie hätte ich auf seine Schwester kommen sollen?«

Jetzt entspannte sie sich auch, und die alte Vertrautheit zwischen uns stellte sich wieder ein. Ich nahm sie in den Arm und versprach, Schweigen zu bewahren und immer da zu sein, wenn sie meiner Hilfe bedurfte. Damit ging ich in mein Zimmer, um endlich zu schlafen. Viel Zeit blieb nicht mehr bis zum Morgen.

Noch bevor die Sonne aufging, war ich wieder munter, und bei dem Gedanken an Heinrich rekelte ich mich wie eine Katze. Ich fühlte mich wunderbar lebendig, bis zu dem Moment, an dem mir der Knochen und das Messer wieder einfielen. Mich beschlich eine eigentümliche Unruhe, und es lief mir eiskalt den Rücken hinab. Es gelang mir aber, diesen Gedanken beiseitezuschieben, ich hatte jetzt Wichtigeres zu tun. Meine Haare wollte ich waschen, damit ich heute Abend so gut wie nur irgendwie möglich aussah. Schon gegen 17 Uhr war ich ausgehfertig, trug ein sehr schönes grünes Kleid und einen dazu passenden Hut, farblich abgestimmte Handschuhe und Stiefelchen. Als Heinrich dann endlich, endlich vorfuhr, war ich so aufgeregt, dass ich mich zusammennehmen musste, nicht an meinen Nägeln zu kauen.

Sein bewundernder Blick strich über mein Äußeres, und als er sich über meine Hand beugte, richteten sich die kleinen Härchen auf meinen Unterarmen auf.

Diesmal waren wir länger unterwegs, und ich war aufs Äußerste gespannt, wohin er mich bringen würde.

Nach sicherlich einer Stunde Fahrt zog Heinrich die Zügel an, und wir hielten vor einem einsam am Waldrand stehenden Haus. Er ließ das Pferd an einem kleinen Zaun halten und half mir dann galant vom Wagen. Wir gingen die wenigen Schritte bis zur Haustür, und er betätigte den Türklopfer. Ein Mann, etwa Mitte 30, öffnete die Tür und strahlte über das ganze Gesicht, während er Heinrich herzlich umarmte.

Dann wandte er sich neugierig mir zu und wartete darauf, vorgestellt zu werden.

»Das ist sie, meine Luise«, sagte Heinrich, und ich hörte Stolz aus seinen Worten. »Das, meine Liebe, ist Gottfried, Gottfried Baumann, Polizeichef von Hannover.« Ich erschrak bei diesen Worten und fragte mich verzagt, ob dieser Mann etwas über mich und meine Vergangenheit wusste. Ich behielt aber die Nerven und reichte ihm lächelnd die Hand zum Kuss.

Gottfried Baumann bat uns herein und stellte uns dann einen im Esszimmer wartenden weiteren Mann als »meinen guten Freund Hermann Maurer vor«.

Ich wusste nicht, warum, aber plötzlich schien eine merkwürdige Spannung im Raum zu herrschen, die von Heinrich unterbrochen wurde.

»Macht euch keine Sorgen, ihr beiden. Bei Luise ist euer Geheimnis gut aufgehoben, sie gehört nicht zu den Frauen, die in Ohnmacht fallen, wenn sie erfährt, dass zwei Männer Umgang miteinander haben.«

Die beiden schienen nicht ganz überzeugt zu sein, denn ihre Blicke waren weiterhin unsicher auf mich gerichtet, und auch ich wusste nicht so recht, was ich von dieser Aussage halten sollte.

Heinrich rückte mir einen Stuhl zurecht und bat mich, Platz zu nehmen, bevor er sich selber zu mir setzte. Baumann und Maurer entschuldigten sich mit Essensvorbereitungen, was mir ebenfalls sehr seltsam vorkam. Seit wann kochten Männer? Wo waren die Frauen?

Ich fragte Heinrich leise danach, und der sah mich erstaunt an. »Luise, hier gibt es keine Frauen, ich dachte, das hättest du bereits verstanden? Gottfried und Hermann sind ein Paar, und zwar seit fast zehn Jahren, bist du jetzt schockiert? Möchtest du lieber wieder gehen?«

»Nein, nein, natürlich nicht«, sagte ich schnell, »ich habe nur nicht gedacht …, ich meine, hast du nicht gesagt, Herr Baumann sei Polizeichef?«

»Ja, das habe ich gesagt, und Maurer ist ein recht bekannter Staatsanwalt in Berlin. Was haben denn ihre Berufe damit zu tun?«

»Aber, wenn sie, ich meine, wenn die beiden hier zusammenleben, ohne Frauen und … wenn das jemand herausbekommt, das ist doch strafbar?«

»Ist es, und darum darf es auch niemand herausbekommen. Sie leben ja nicht dauerhaft zusammen, sie treffen sich nur gelegentlich hier in diesem Haus. Es gehört meiner Familie, und ich werde sie sicherlich nicht verraten.«

Ich schwieg eine ganze Weile, weil ich nicht wusste, was ich dazu sagen sollte. Ich war in meinem Leben nur wenige Kilometer aus Detmold herausgekommen und kannte kaum etwas von der Welt. Die ferne Hauptstadt war für mich bisher unerreichbar gewesen, von Paris oder Rom gar nicht zu reden. Es mochte ja sein, dass die Menschen dort anders dachten, aber ich konnte mir sehr gut vorstellen, was die Lipper zu einem solchen skandalösen Verhältnis zu sagen hätten. Du lieber Himmel, ein Polizeichef und ein Staatsanwalt pflegten ein widernatürliches Verhältnis miteinander! Emilie und Karla hatten mich schon bis ins Innerste schockiert, aber Emilie war meine Freundin, die ich seit Langem kannte, und ich fand zwei Frauen, das war doch noch etwas anderes als zwei Männer. Sicher, ich hatte schon mit Otto darüber gesprochen, dass es Männer gab, die sich nicht für Frauen, sondern für ihr eigenes Geschlecht interessierten. Nur, darüber reden oder sie leibhaftig vor sich zu sehen, war doch etwas ganz anderes. So sehr ich mich auch dagegen wehrte, ich stellte mir unwillkürlich vor, wie die zwei … Nein, der Gedanke war einfach zu abstoßend.

»Luise?« Heinrich sah mich fragend von der Seite an, und ich zwang mich zu einem Lächeln. »Ist alles in Ordnung mit dir, du bist so schweigsam?«

»Nein, nein, mir geht es gut, ich habe bloß ein wenig Kopfweh.«

»Du musst etwas essen, dann wird das gleich besser werden. Warte, ich gehe mal schauen, wie weit die beiden sind.«

Noch bevor er sich erheben konnte, wurde die Tür geöffnet, und Gottfried erschien mit einer Terrine, aus der ein köstlicher Duft aufstieg.

»Hochzeitssuppe, nach dem Rezept meiner lieben Mutter, Gott habe sie selig.« Mit diesen Worten platzierte er sie in die Mitte des großen runden Tisches.

Die Suppe war in der Tat köstlich, und auch wenn

ich mich kaum traute, den Kopf zu heben, aß ich sie mit großem Appetit.

Danach gab es Forelle mit kleinen Kartöffelchen und – ich mochte es kaum glauben – zum Nachtisch Milchreis mit Zucker und Zimt. Heinrich bemerkte mein Erstaunen und lachte: »Ich habe vorgesorgt, meine Liebe, ich weiß doch schließlich, wie gern du das isst.«

»Ja«, sagte jetzt Hermann, der bisher geschwiegen hatte, »Heinrich hat uns schon eine Menge von Ihnen erzählt, nicht nur von Ihrer Vorliebe für Milchreis.«

Ich erschrak heftig und schaute misstrauisch von ihm zu Heinrich.

»Und ob«, nickte der, »ich habe ihnen von der wundervollen Frau vorgeschwärmt, in die ich mich Hals über Kopf verliebt habe. Habe ihnen erzählt, wie verständnisvoll du auf Emilie und Karlas Beziehung reagiert hast und dass du keine dieser schrecklichen Vorurteile hegst. Darum habe ich dich heute Abend auch mit hierhergenommen.«

Ich hätte meine Worte besser überlegen sollen, aber sie sprudelten einfach unbedacht aus meinem Mund.

»Oh nein, das macht gar nichts, mich stört das wirklich kein bisschen. In 100 Jahren können Sie sogar heiraten, und es interessiert niemanden mehr, ob Sie lesbisch sind oder nicht.«

Erst durch das Schweigen der drei Männer wurde mir klar, was ich gerade gesagt hatte, und versuchte zu retten, was noch zu retten war.

»Also, was ich sagen will, ist, es beginnt ja jetzt eine modernere Zeit, und da wird doch sicherlich auch die Moral eine andere werden, oder sehen Sie das anders?«

»Äh, ich weiß nicht«, begann Hermann und wurde sofort von Heinrich unterbrochen:

»Luise, woher kennst du dieses Wort?«

»Welches Wort meinst du?«, fragte ich erschrocken zurück, denn mein Kopf war vollständig leer gefegt.

»Na, ›lesbisch‹! Das ist nicht der richtige Ausdruck für eine Beziehung, wie sie Gottfried und Hermann führen. Woher kennst du ihn überhaupt?«

»Ich weiß nicht«, stammelte ich erschrocken, »vielleicht hat Emilie so etwas gesagt? Ich kann mich gar nicht erinnern, aber ich wollte selbstverständlich niemandem zu nahe treten. Bitte entschuldigen Sie, wenn ich Sie gekränkt haben sollte.«

»Nein, nein, das haben Sie nicht«, sagte Gottfried jetzt sehr herzlich. »Schwul nennt man Männer wie uns, und das ist noch eine freundliche Umschreibung. Wir werden als Päderasten, Sodomisten, abartige Schweine, widernatürliche Kreaturen und was auch immer bezeichnet. Daran gewöhnt man sich mit der Zeit. Trotzdem, homosexuell klingt etwas weniger abwertend.«

»Jaja, natürlich, ich wollte wirklich nicht ...«

»Schon gut, Luise, wir wissen, dass du es nicht böse gemeint hast. Jetzt genieße deinen Milchreis und denk nicht mehr darüber nach.«

Auch wenn ich es in diesem Augenblick kaum für möglich gehalten hätte, aber es wurde noch ein wundervoller Abend. Gottfried und Hermann waren beide sehr unterhaltsame Erzähler und ergänzten sich gegenseitig bei ihren Geschichten. Wir plauderten bis weit nach Mitternacht, und ich fühlte mich sehr wohl in diesem kleinen Haus.

Beim Abschied wollte ich mich noch einmal entschuldigen, aber die Männer versicherten mir, dass das nicht nötig sei, küssten mir die Hand und winkten uns nach. Dann saß ich wieder neben Heinrich in der Kutsche und wusste nicht, was ich sagen sollte.

»Du bist so still, mein Herz? Hat es dir nicht gefallen?«

»Doch, es war wundervoll, und die zwei sind sehr, sehr nett. Ich schäme mich einfach dafür, dass ich so spießig bin und so moralisch. Aber ich bin eben auch sehr gläubig, und in der Bibel steht, dass die Sodomie nicht gottgefällig ist, sondern eine Sünde.«

»Sodomie? Luise, das ist etwas völlig anderes, glaube mir. Die Bibel ist ja auch schon ziemlich alt und bringt manches durcheinander. Sieh doch Gottfried und Hermann einfach als zwei Menschen, die sich herzlich zugetan sind. Was kann daran denn Sünde sein? Und jetzt lass uns von etwas anderem reden. Bist du schon müde, möchtest du nach Hause, oder darf ich dich noch einladen, ein Glas Champagner mit mir zu trinken? Bitte sag Ja, ich möchte mich noch nicht von dir trennen.«

Mein Herz schlug bis zum Hals, ich ahnte durchaus, was er vorhatte, war aber nicht gewillt, ihm wie ein überreifer Apfel in den Schoß zu fallen. Oh nein, mein Herr, so nun nicht.

Ich lächelte also freundlich, schlug die Augen zu ihm auf und sagte: »Sie möchten mich also betrunken machen und mich dann davon überzeugen, dass Sie Frauen lieben? Das ist wirklich sehr nett von Ihnen, mein Herr, aber das glaube ich Ihnen auch so. Dazu bedarf es keines so übereilten Beweises.«

»Aber Luise, so habe ich das doch nicht gemeint. Nein, wirklich nicht. Du hast recht, es ist schon sehr spät, und du bist sicherlich müde. Ich werde dich also auf dem schnellsten Weg nach Hause bringen.«

Sein Gesichtsausdruck verriet mir allerdings, dass er sich ertappt fühlte.

So verabschiedeten wir uns wieder mit einem leidenschaftlichen Kuss vor meiner Tür mit der Aussicht auf ein baldiges Wiedersehen.

»Na toll, dafür, dass nichts passiert ist, bin ich jetzt ganz schrumpelig, und das Wasser ist auch schon fast kalt.«

Damit sehe ich zu, dass ich aus der Wanne rauskomme, und wickle mich schnell in ein großes Handtuch.

»Dein Heinrich hat aber eine Menge ungewöhnlicher Freunde, das muss ich schon sagen. Bis jetzt kennst du nur Homosexuelle, bist du sicher, dass er nicht auch … na, wenn schon nicht schwul, so doch zumindest bi ist?«

»Bi?« Grannys Gesicht ist ein einziges Fragezeichen. »Was soll das sein? Ich glaube, er ist evangelisch, denn Katholiken gibt es in Detmold nur wenige.«

»Bisexuell, Granny! Das ist keine Glaubensrichtung, sondern eine sexuelle Orientierung und soll heißen, dass er es gern mit beiden Geschlechtern tut.«

»Kind, bitte! Wie kannst du nur so etwas Schreckliches von ihm denken? Das hätte ich doch bestimmt gemerkt.«

»Hättest du nicht, wetten? So naiv, wie du in dieser Hinsicht bist, würde dir da sicherlich nichts auffallen. Aber okay, vielleicht ist er es ja auch nicht, was weiß ich denn. Auf alle Fälle hat er versucht, dich in sein Bett zu kriegen, das zumindest hast du ja glücklicherweise bemerkt.«

»Ja, natürlich habe ich das, und ebenso natürlich habe ich das abgelehnt. Was denkt er denn von mir? Ich bin doch kein leichtes Frauenzimmer, schließlich kenne ich ihn noch nicht gut genug und war erst ein paarmal mit ihm aus.«

Sie sieht aus, als wollte sie noch etwas hinzufügen, und ich werfe ihr einen aufmunternden Blick zu.

»Kind, ich mag mich ja irren, aber ich werde das Gefühl nicht los, dass Heinrich mich aus einem ganz speziellen Grund mit zu Hermann und Gottfried genommen hat. Ich überlege schon die ganze Zeit, aber mir fällt keiner ein.«

»Glaubst du, die wissen etwas über dein Verhältnis zu Otto und deine Vorstrafe? Ist es das, was dir Sorgen macht?«

»Nein, nein, das nicht, aber ich hatte manchmal das Gefühl, als würden sie sich gegenseitig zum Reden auffordern. So mit Blicken, verstehst du? Aber sie haben es nicht getan.«

»Nun, wenn es wichtig gewesen wäre, hätten sie bestimmt den Mund aufgemacht.

Mach dir darüber mal keinen Kopf, wir haben jetzt ganz andere Sorgen.« Ich bin schon halb aus dem Badezimmer draußen.

»Ich gehe jetzt schnell frühstücken, und anschließend machen wir uns ans Graben. Mam bleibt hier und behält den Förster im Auge, damit wir ungestört sind.«

Eine gute halbe Stunde später sitzen wir im Auto und fahren die wenigen 100 Meter zu unserem Ziel. Wir parken exakt an der gleichen Stelle wie gestern, und ich beginne meine Schritte zu zählen. Treffer! Bei 270 sehe ich schon den Einstieg, wir haben deutliche Spuren hinterlassen. Die geknickten Zweige von Mam sind auch nicht zu übersehen, und so stehen wir schon bald vor dem entwurzelten Baumriesen. Jetzt, wo ich weiß, wo ich hingucken muss, sehe ich das Corpus Delicti sofort und mache mich mit einem mulmigen Gefühl an die Arbeit. Das Teil ist länger, als ich gedacht habe, und als ich es schließlich freigelegt habe, wird mir klar, dass es sich keinesfalls um einen Tierknochen oder gar einen Ast handeln kann. Ich bin zwar kein Mediziner, aber wenn das nicht ein menschlicher Oberschenkelknochen ist, dann weiß ich es auch nicht. Ich klemme mir das Teil ohne Rücksicht auf mein T-Shirt unter den Arm und klettere hoch zu Granny. Ich schaue sie an und schüttle ein bisschen fassungslos den Kopf:

»Sag mal, wie gut ist eigentlich dein Draht nach oben? Nach ganz oben, meine ich? Hast du eine Ahnung, wie hoch die Wahrscheinlichkeit war, hier irgendetwas zu finden? Zehn Prozent höchstens, eher weniger. Und dann stolpern wir gleich am ersten Tag über das, was wir suchen? Das grenzt an ein Wunder. Kannst du auch übers Wasser laufen?«

»Du sollst den Herrn nicht lästern, mein Kind, aber doch wissen, dass geschrieben steht: ›Er aber sprach zum Weibe: Dein Glaube hat dir geholfen, gehe hin mit Frieden.‹ Ich habe es gewusst, dass Er uns helfen würde, denn unser Tun ist gerecht.«

»Okay, ich muss dir das jetzt mal so abnehmen, aber sobald ich zu Hause bin, werde ich googeln, ob das wirklich so in der Bibel steht. Ich glaube nämlich, dass wir unser Glück eher Wiebke oder Vivian zu verdanken haben. Schwere Stürme, die diesen Baumriesen gefällt haben. Wie auch immer, wenn hier nicht weitere Leute ihre Leichen vergraben haben, ist das ein Teil der verschwundenen Hedwig«, sage ich und halte den Knochen in die Höhe.

»Dann darfst du nicht weitermachen, du störst ja sonst ihre Totenruhe«, wendet Granny ein, aber ich schnaube nur unwillig.

»Das hättest du dir früher überlegen müssen, jetzt will ich es genau wissen«, antworte ich und stoße den Spaten vorsichtig in die Erde. Schnell finde ich weitere halb vermoderte Knochen und beschließe, den Rest dieser Exhumierung doch lieber der Detmolder Polizei zu überlassen. Auch den großen Knochen platziere ich wieder so, wie ich ihn gefunden habe.

Schweigend legen wir den Rest des Weges zum Auto zurück, und schweigend fahren wir zurück in die Pension. Genauer gesagt, ich fahre, denn Granny hat wieder einen ihrer plötzlichen Abgänge hingelegt.

Mam sitzt tatsächlich noch mit dem Waidmann zusammen, der auch heute grün gewandet ist. Sie schaut hoch, als ich in das Zimmer stürme, und weiß Bescheid, als sie meinen Gesichtsausdruck sieht.

»Wir haben im Wald … also, ich meine, ich habe im Wald menschliche Knochen gefunden«, stoße ich aufgeregt hervor, schließlich will ich glaubhaft entsetzt rüberkommen. »Ehrlich, Mam, es war ganz schrecklich, wir müssen sofort die Polizei verständigen.«

»Bist du dir da auch sicher, Kind?«, spielt Mam ihre Rolle, »könnten die nicht auch von einem verendeten Reh oder so stammen?«

»Nein, nein, bestimmt nicht, ich bin ganz sicher, dass es sich um einen menschlichen Oberschenkelknochen handelt und noch so ein paar kleinere. Was machen wir denn nun?« Hilfe suchend schaue ich zu unserem Jägersmann, und der tut mir den Gefallen und spielt hervorragend mit.

»Sie tun jetzt gar nichts, das ist eine Angelegenheit der Polizei. Wenn Sie sich also ganz sicher sind …?«

»Jaja, ich bin mir 100-prozentig sicher, und die Stelle finde ich auch wieder«, stoße ich scheinbar geschockt hervor.

»Gut«, sagt er und greift zu seinem Handy. »Ich kenne zum Glück jemanden von der Mordkommission, den werde ich informieren.« Damit steht er auf und entfernt sich ein paar Schritte.

Ich grinse Mam an und hebe den Daumen. Das läuft ja alles hervorragend. Mein Blick auf die Uhr belehrt mich allerdings eines Besseren. Es ist bereits zehn Uhr, und wenn ich jetzt nicht umgehend starte, dann stehen meine Kinder heute Nachmittag vor einer verschlossenen Tür.

»Mam, schnell, wir müssen los, es ist schon viel zu spät, um 16 Uhr kommen die Kinder.«

Mit diesen Worten eile ich zur Tür, werde aber unsanft am Ärmel festgehalten.

»Wo wollen Sie denn hin?«, fragt Mams Frühstücksgefährte in einem äußerst unwilligen Ton. »Sie können jetzt nicht weg. In einer halben Stunde ist die

Polizei hier, die müssen Sie zum Fundort führen und sich als Zeugin zur Verfügung halten.«

Ach du Scheiße, das war eindeutig ein Riesenloch in meinem wasserdichten Plan. Was mache ich denn jetzt nur? Hilfe suchend drehe ich mich zu meiner Mutter um, die ein imaginäres Telefon ans Ohr hält.

Ach so, anrufen. Klar, was sonst. Kein Problem, mein Ex ist ja so was von verständnisvoll. Der wird mir die Hölle heißmachen, wenn er hört, dass ich nicht pünktlich da bin.

Trotzdem, ich kann es nicht ändern und greife seufzend zum Handy. Er ist schon beim ersten Klingeln dran und wirklich kein bisschen begeistert.

»Das kann auch nur dir passieren. Wie kann ein Mensch über einen Knochen stolpern? Außerdem, was hast du in … wo bist du überhaupt?«

»Das tut doch überhaupt nichts zur Sache, wo ich bin. Ich habe mit meiner Mutter einen Ausflug gemacht, und bei einem Waldspaziergang sind wir eben über diesen Knochen gestolpert. Das war ein reiner Zufall, ich kann da überhaupt nichts dafür.«

»Ach nee? Wer hat denn dann gleich die Polizei alarmiert? Du doch, oder? Das hättest du schließlich auch deiner Mutter überlassen können. Jetzt kann ich sehen, wie ich meinem Chef klarmache, dass ich nicht pünktlich zur Arbeit komme.«

»Seit wann arbeitest du sonntags? Jetzt mach bloß nicht so ein Fass auf, wie oft habe ich dir schon …«

Ich rede mit mir selber, er hat aufgelegt. »Ja, dir

auch noch einen schönen Tag und vielen Dank für dein Verständnis«, sage ich sarkastisch, wohl wissend, dass er mich nicht hören kann.

Die nächsten zwei Stunden verlaufen wie im Krimi. Ein Hauptkommissar, Leute von der Spurensicherung und zwei Assistenten erscheinen, die aber alle viel Zeit haben.

Keiner hat es eilig, mit mir in den Wald zu kommen. Nach einer Weile reicht es mir, und ich weise den Häuptling darauf hin, dass wir noch eine weite Rückfahrt haben und meine Kinder auf mich warten. Danach geht's dann endlich los. Ich zeige die Stelle, die ich mittlerweile finde, ohne Schritte zählen zu müssen, und wiederhole die alberne Geschichte von der Trüffelwette.

»Sie wollen mir doch nicht erzählen, dass sie einen Knochen für einen Trüffel gehalten haben, oder?«

Hmmm, der Mann ist nicht so leichtgläubig, wie ich gehofft habe.

»Natürlich nicht«, tue ich empört, »den Knochen habe ich vom Rand der Grube aus rein zufällig gesehen, und dann war ich natürlich neugierig. Die Trüffelwette erklärt nur, warum ich einen Spaten dabei hatte.«

»Aha«, sagt er und sieht kein bisschen überzeugt aus.

Zwischenzeitlich drängen sich drei Leute um die Fundstelle und begutachten, was da vor ihnen liegt. Ein weißes Tuch wird ausgebreitet, und darauf kommt alles, was sie finden.

Sie arbeiten konzentriert und trotzdem schnell. Nach einer knappen Stunde haben sie Hedwig beisammen, zumindest die größeren Teile.

»Sieht so aus, als wäre das alles«, ruft einer der Männer von unten. Kann natürlich sein, dass Tiere den einen oder anderen Knochen weggeschleppt haben.

»Könnt ihr schon sagen, um was es sich handelt und wie lange die Knochen hier schon liegen?«

Der Kommissar stellt genau die Frage, die ich auch gern gestellt hätte.

»Na ja«, kommt die Antwort. »Genau weiß ich das natürlich noch nicht, aber sicherlich schon sehr lange. So zwischen 50 und 80 Jahre, vielleicht länger. Ach ja, es handelt sich eindeutig um das Skelett einer Frau, das ist an dem breiteren Becken zu erkennen.«

Ja stimmt, denke ich, und ich könnte dir sogar ihren Namen nennen. Tue ich aber nicht, sonst komme ich in der Zwangsjacke in die nächstgelegene Klinik. Ich muss lachen und übertünche das mit einem Hüsteln. Mam wirft mir einen vorwurfsvollen Blick zu.

»Können wir dann jetzt fahren?«, frage ich noch einmal, und nach einer kurzen Beratung erteilt man uns die Erlaubnis.

»Wir haben ja Ihre Personalien und Ihre Aussage, sollten wir noch Fragen haben, melden wir uns bei Ihnen.«

»Ja, tun Sie das. Dann also auf Wiedersehen.«

Damit drehen wir uns um und eilen zum Auto.

Mittagessen fällt aus, wir holen nur belegte Brötchen von der Tanke und krümeln während der Fahrt das Auto voll. Nachdem ich Mam vor ihrer Haustür verabschiedet habe, atme ich noch einmal tief durch, rufe meinen Ex an, um ihn wissen zu lassen, dass ich in einer knappen Stunde zu Hause sein werde. Ich warte keinen Kommentar ab, sondern lege schnell wieder auf.

Kaum habe ich die Autobahn erreicht, sitzt Granny auf dem Beifahrersitz und sagt, ohne die kleinste Erklärung für ihre lange Abwesenheit: »Kind, du hast mir doch einmal erzählt, dass ihr heutzutage so eine Medizin habt, die macht, dass man nicht mehr empfangen kann. Ich meine, nicht, wenn eine Frau es nicht will.«

»Wen willst du denn nicht empfangen? Ach so, du meinst die Pille. Ja, die gibt es, eine wirklich segensreiche Erfindung, meiner Meinung nach eine der besten des letzten Jahrhunderts. Warum fragst du?«

»Nun, wie du weißt, habe ich bereits einen Sohn, ohne verheiratet zu sein.«

»Ja, das weiß ich, aber was hat das mit der Pille zu tun? Moment, du willst mir doch nicht erzählen, dass *du* die nehmen willst, um ohne Folgen mit deinem Heinrich … Granny, ich bin entsetzt! Solche unmoralischen Überlegungen hätte ich dir gar nicht zugetraut, außerdem bin ich sicher, dass das dem Papst gar nicht gefallen würde. Die katholische Kirche verbietet das ja selbst im 21. Jahrhundert immer noch.«

»Ich bin nicht katholisch, außerdem würde es der Papst gar nicht erfahren. Ich könnte es ohnehin niemandem erzählen, wie du sehr gut wissen solltest.«

»Okay, aber so einfach, wie du dir das vorstellst, ist es nun auch wieder nicht. Man kann die Pille nicht im Supermarkt kaufen, dazu braucht man einen Gynäkologen, der dann ein Rezept ausstellt. Das kannst du dann in einer Apotheke einlösen. Heutzutage, nicht zu deiner Zeit, versteht sich.«

»Ach so, das wusste ich natürlich nicht, aber du hast doch bestimmt so einen Gynäkologen und so ein Rezept?«

»Ja schon, aber ich kann dir doch nicht meine Pille geben. Was mache dann ich?«

»Kind, wo ein Wille ist, ist auch ein Weg. Du könntest dir einfach ein neues Rezept holen.«

»Mmm, rein theoretisch könnte ich das, aber trotzdem, so einfach geht das nicht. Was, wenn du die Pille nicht verträgst? Wenn du Migräne oder Durchfall bekommst? Das sind schließlich Hormone und keine Salmiakpastillen.«

»Dann nehme ich sie eben nicht mehr, aber ich würde es gern versuchen, es würde mir das Leben wirklich sehr vereinfachen.«

»Gut, Granny, ich weiß zwar, dass das eigentlich unverantwortlich von mir ist, aber ich habe noch eine fast neue Packung zu Hause, die ich nicht so gut vertragen habe. Die kannst du haben, du musst aber wissen, dass du sie absolut regelmäßig und jeden Tag zur gleichen Zeit nehmen musst, sonst wirkt sie nicht! Hast du das verstanden und versprichst es mir?«

»Ja, Kind, ja, natürlich, verlass dich ganz auf mich. Ich danke dir, ich wusste, dass du mir helfen würdest.«

»Schon gut, aber wenn ich das so richtig interpretiere, dann planst du in nächster Zeit unmoralische Handlungen mit deinem Heinrich?«

»Kind, der Geist ist willig, aber das Fleisch ist schwach, und Vorbeugen ist immer besser als Heilen. Außerdem, ich gebe es gern zu, ich vermisse das Zusammensein mit einem Mann schon sehr, und wenn Heinrich mich küsst, bekomme ich ganz weiche Knie.«

»Vermutlich nicht nur weiche Knie, sondern auch ein feuchtes Höschen. Ach nee, du trägst ja gar keines.«

»Ich bin eine noch junge Frau, und du hast selber gesagt, dass solche Gefühle ganz normal sind, oder etwa nicht?«

»Doch, doch, sind sie. Das hat die Natur einfach so eingerichtet, damit wir nicht aussterben, von der Pille ahnte die ja nichts.«

»Ja, aber es gibt doch viele Frauen und auch Männer, die niemanden haben, ich meine …«

»Du möchtest wissen, was die dann gegen ihre weichen Knie unternehmen? Schon mal was von

Selbstbefriedigung gehört? Den Spruch: ›Solange ich zwei gesunde Hände habe, kommt mir kein Mann ins Haus‹, kennst du nicht zufällig, oder?«

Granny prustet abfällig und kneift mal wieder missbilligend die Lippen zusammen.

»Ich weiß genau, was du damit sagen willst, aber sei versichert, so etwas tue ich nicht. Das gehört sich nicht, das ist … ungehörig.«

»Ist es das? Sagt wer? Vertrau mir, Granny, wenn ich dir sage, dass es wohl kaum eine Frau und schon gar keinen Mann auf Erden gibt, dem das nicht schon so manch einsame Stunde versüßt hat. Gehört einfach zum Leben wie das Atmen, da ist nichts Verwerfliches dabei, auch wenn die Bibel das anders sieht.«

»Aber es steht doch geschrieben: ›Wandelt im Geist und ihr werdet die Lust des Fleisches nicht vollbringen.‹«

»Muss ich nicht verstehen, oder? Mein Gott, Granny, du willst von mir die Pille, damit du ohne Folgen mit deinem Heinrich in die Kiste steigen kannst, aber dir mal selber Vergnügen bereiten, macht dir die totalen Kopfschmerzen? Wo ist denn da die Logik?«

»Ach, ich weiß es auch nicht. Seitdem ich dich kenne, habe ich aus den Augen verloren, was richtig und was falsch ist. Dein unmoralisches Zeitalter weckt in mir Gelüste, die ich früher gar nicht gekannt habe.«

»Klar, jetzt schiebe nur alles auf mich, aber vielleicht darf ich dich daran erinnern, dass du schon lange ein unmoralisches Verhältnis mit deinem Otto hattest, bevor du von mir auch nur etwas geahnt hast.«

»Das war etwas anderes, Otto und ich wollten ja heiraten, und vor Gott waren wir Mann und Frau …«

»Ja, blablabla, du legst dir alles zurecht, wie es dir gerade passt. Steh doch einfach dazu, du hast ganz normale sexuelle Gelüste, und die möchtest du ausleben. Dass du das nicht kannst, liegt nicht an mir und meinem Jahrhundert, sondern an dir und dem deinen. Ihr seid verklemmt und spießig, zumindest nach außen, was in den Schlafzimmern unter den Bettdecken geschieht, weiß ja keiner. So, jetzt ist Schluss mit diesem Thema, wir sind da, und mein Ex steht auch schon vor der Tür. Oh Herr, gib mir Kraft!«

»›Du sollst den Namen des Herrn deines Gottes nicht unnützlich führen …‹«

»Ja, Granny, ich weiß, aber manchmal fällt mir nichts Passenderes ein.«

Die Kinder begrüßen mich mit großem Hallo und voller Begeisterung, mein Ex eher nicht. Er ist stinksauer, das sehe ich schon von Weitem. Bevor er aber zu längeren Vorträgen über Pünktlichkeit und Zuverlässigkeit ansetzen kann, kneife ich übertrieben deutlich die Beine zusammen, rufe ihm zu »Muss dringend aufs Klo« und verschwinde samt Kindern und Granny im Haus. Aus die Maus!

Granny bleibt wider Erwarten, setzt sich still in

eine Ecke und beobachtet uns. Komisch, ich bin immer unsicher, wenn sie meinen Umgang mit den Kindern verfolgt, das kenne ich sonst gar nicht. Liegt sicher daran, dass ich weiß, für wie schlecht erzogen sie meinen Nachwuchs hält, und welch miserable Mutter ich in ihren Augen bin. Von moderner Pädagogik konnte ich sie bisher nämlich noch nicht überzeugen. Sie schwört nach wie vor auf Rohrstock und Ohne-Essen-ins-Bett.

Heute habe ich Glück, sowohl Lasse als auch Luise sind relativ friedlich und offensichtlich müde, sodass sie freiwillig kurz nach 20 Uhr in ihren Betten verschwinden. Es geschehen noch Zeichen und Wunder.

Granny enthält sich daher aller Kommentare, erinnert mich nur an mein Versprechen, ihr diese »Tabletten« zu geben, und dann betrachten wir gemeinsam das alte Messer aus Hedwigs Grab. Es ist voller Erde und arg verrostet, aber da wir ja keine Fingerabdrücke sichern wollen, waschen wir es ab. Rostig ist es danach immer noch, und ich greife zu meiner Geheimwaffe für ganz hartnäckige Fälle: Coca-Cola. Ich gieße etwas von dieser Flüssigkeit in eine Schüssel und lasse das Messer eine kleine Weile darin liegen. Wir sehen zu, wie der Rost sich löst, und dann können wir auch erkennen, dass der Griff mit einem fein ziselierten Muster versehen ist. Das Teil scheint keine Massenware zu sein und war bestimmt nicht billig.

Granny dreht und wendet es hin und her und sagt dann sehr überzeugt: »Diese Messer führt die Firma Sonntag, das weiß ich genau. Otto besaß auch so eines, und er hatte es von dort!«

»Schön, aber was soll dir das helfen? Glaubst du, die erinnern sich noch daran, wer das Teil dort gekauft hat? Und selbst wenn, was dann? Willst du vielleicht zur Polizei gehen und sagen: ›Entschuldigen Sie bitte, aber ich habe hier das Messer, mit dem Kohlenhändler Blancke sein Dienstmädchen ermordet hat. Er hat sie im Wald unterhalb des Hermannsdenkmals verscharrt. Leider liegt sie dort nicht mehr, weil meine Ururenkelin ihre sterblichen Überreste gefunden und der Polizei übergeben hat. Nur dieses Messer hat sie vorher entwendet und mir als Beweis überlassen.‹ Du weißt schon, wohin du damit kommst, oder?«

Granny wirkt jetzt sehr kleinlaut und nickt nur vor sich hin.

»Trotzdem, irgendeinen Sinn muss es haben, dass wir dieses Messer gefunden haben. Es ist ein Zeichen, da bin ich ganz sicher.«

»Das ist schön. Gott erhalte dir deinen kindlichen Glauben und mir meine Geduld. Jetzt würde ich gern schlafen, wenn es dir recht ist. Hier ist die Packung mit den Pillen, und bitte vergiss nicht, sie regelmäßig und an jedem Tag einzunehmen. Hast du das verstanden?«

»Natürlich, du musst mir wirklich nicht alles dreimal erklären. Ich melde mich, wenn ich weiß, wie ich den Kohlenhändler für seine ruchlose Tat zur Rechenschaft ziehen kann.«

»Okay, du kannst aber gern auch kommen, wenn du mit deinem Heinrich endlich aus dem Quark gekommen bist.«

»Oh, gut, dass du mich daran erinnerst, ich möchte noch schnell deinen Rasierapparat benutzen, meine Beine sehen aus wie Stachelbeeren, und das ist mir sehr peinlich.«

»Tja, Granny, die Geister, die ich rief … Wer einmal damit anfängt, muss das weitermachen, da hilft nichts. Mich brauchst du dazu aber wohl nicht?«

Ich bin jetzt wirklich todmüde, schließlich finde ich nicht jeden Tag alte Leichen. Und dann die lange Autofahrt. Ich spüre mal wieder das beginnende Alter, schließlich werde ich in fünf Jahren 40. Schrecklicher Gedanke.

Mein Handy schweigt weiter, und eine SMS habe ich auch nicht erhalten. Was ist eigentlich mit den Männern heutzutage los? Glauben die, Frauen sind mit so wenig zufrieden? Alle drei Tage eine SMS ist genug Anstrengung und muss reichen? Halten sie uns für so verzweifelt, dass wir alles nehmen, was gerade zufällig vorbeikommt? Nein, mein Freund, da hast du dich geschnitten, mich gibt es nicht zum Schleuderpreis, auch nicht, wenn ich den Rest meines Lebens Single bleibe. Außerdem, was brauche ich einen Mann, ich habe doch Amun. Der ist auf Kampfschmusen eingestellt, schließlich war ich zwei Nächte nicht zu Hause, und das geht mal gar nicht. Er liegt hingebungsvoll schnurrend und gurrend um meinen Kopf gewickelt und schnuppert hin und wieder zärtlich an meiner Wange. Ach, dieser Kater ist ein wahrer Trost. Nein, dieser Kater ist nicht bei Trost! Mitten in der Nacht beginnt er mit der Jagd auf eine Fliege, die durchs Zimmer surrt. Leider ist das Flugobjekt geschickter als er, es weicht den Blumen auf der Fensterbank aus, Amun nicht. Mit Getöse fliegen gleich zwei Töpfe zu Boden und gehen zu Bruch. Überall verteilt liegen Pflanzenteile, Tonscherben, Erde und dreckiges Restwasser. Das kann ich nicht bis morgen liegen lassen, schließlich könnte eines der Kinder nachts barfuß reintreten, und auch der Kater trägt keine Sicherheitsschuhe. Ich quäle mich aus dem Bett und mache mich ans Saubermachen. Schon steht Isi in ihrem Nachthemd neben mir und will wissen, was los ist.

Es ist zwei Uhr nachts, und dieses Kind ist hellwach und bestens gelaunt. Sie redet auf mich ein, redet und redet und ignoriert meine Bitte, wieder in ihr Bett zu gehen, konsequent. Natürlich kapituliere ich wie immer und lasse sie in meines krabbeln, unter der Bedingung, dass sie ruhig ist und schläft. Sie verspricht das eilfertig, vergisst es aber, noch bevor sie ganz liegt. Zu viel ist in den letzten Tagen passiert, was sie mir uuuuuuunbedingt erzählen muss. Ich kriege nicht viel davon mit, ich schlafe einfach ein. Auch Mütter sind schließlich nur Menschen.

Am späten Montagvormittag erhalte ich dann tatsächliche eine WhatsApp: »Hi, alles klar? M.«

Dass Männer einen immer so volllabern müssen, schrecklich. Was soll ich mit so einer Nachricht anfangen? Was will er mir denn damit sagen? Ich komme nicht drauf, und darum antworte ich erst gar nicht. Eigentlich habe ich auf diesen Typen ohnehin schon keine Lust mehr, er gehört ganz offensichtlich der Kategorie »Als Tiger gestartet, als Bettvorleger gelandet« an. Nach zwei Stunden die nächste Nachricht: »Warum antwortest du mir nicht, sauer?«

Okay, dann antworte ich eben: »Warum sollte ich sauer sein und worauf wolltest du eine Antwort?«

Darüber muss er wohl länger nachdenken, denn bis ich ins Bett gehe, kommt nichts mehr. Dafür am nächsten Morgen gegen fünf Uhr: »War gestern Fußball gucken, wir haben gewonnen!!!«

Da bin ich aber froh, dass ich das jetzt weiß. Ich habe von Fußball ähnlich viel Ahnung wie von Quantenphysik, nämlich überhaupt keine. Es interessiert mich auch nicht die Bohne. Trotzdem, als höflicher Mensch schreibe ich zurück: »Ja, und?«

Muss die falsche Frage gewesen sein, auf alle Fälle bekomme ich wieder den ganzen Tag keine Antwort. Für mich hat sich das Thema Michael damit erledigt, noch bevor es wirklich angefangen hat. Männer!

Drei Tage lässt auch Granny sich nicht sehen, dann taucht sie auf, nachdem ich die Kinder gerade in die Betten gebracht habe.

Sie vibriert förmlich vor Aufregung, hat rote Wangen und leuchtende Augen. Mir schwant schon, was sie zu erzählen gedenkt.

GRANNY

Heinrich ist einfach ein wunderbarer Mann, und ich bin sehr verliebt in ihn. Das hätte ich nie für möglich gehalten, dass ich mich nach Ottos Tod noch einmal so für einen Mann begeistern würde. Aber der Reihe nach. Als wir uns das nächste Mal trafen, fuhr Heinrich mit mir wieder zu seinen Freunden Gottfried und Hermann. Unterwegs machte er geheimnisvolle Andeutungen, bat mich aber um Geduld, bis wir unser Ziel erreicht hätten.

Die beiden Männer begrüßten mich freundlich, waren aber sehr ernst, was mich ein bisschen verunsicherte. Erst als wir alle an dem runden Esstisch Platz genommen hatten, eröffnete Heinrich das Gespräch:

»Meine liebe Luise, ich bitte dich sehr, alles, was du gleich erfahren wirst, unter allen Umständen für dich zu behalten, da davon die Sicherheit von

Gottfried und Hermann abhängt. Vielleicht sogar ihr Leben. Versprichst du mir das?«

Ich hatte natürlich keine Ahnung, welch schreckliches Geheimnis er mir anvertrauen wollte, versprach es aber und war entschlossen, gegenüber jedermann Schweigen zu wahren.

»Luise, du musst jetzt nicht erschrecken, aber ich kenne deine Vergangenheit. Ich weiß um deine Liebe zu Otto von Wolffgramm, ich weiß, dass er der Vater deines Sohnes ist, und ich kenne auch die Vorwürfe, die du gegen Beamte des Fürstenhauses erhoben hast. Ja, auch dein Gefängnisaufenthalt ist mir bekannt. Nun schau nicht so entsetzt, mein Herz, das alles ändert doch überhaupt nichts an meinen innigen Gefühlen für dich. Ich erzähle dir das auch nur als Einleitung für etwas ganz anderes. Du hast vor vielen Jahren als Dienstmädchen im Haus von Kohlenhändler Blancke gearbeitet und warst seiner Schwägerin Hermine viele Jahre in Freundschaft verbunden, das stimmt doch?«

Heinrich erwartete offensichtlich keine Antwort von mir, sondern sprach schon weiter:

»Traust du diesem Blancke eine verruchte Tat zu? Kannst du dir vorstellen, dass er einen Menschen erpresst?«

Ich versuchte zu schlucken, aber mein Mund war wie ausgetrocknet. Heinrich reichte mir ein Glas Wasser, und ich trank durstig, bevor ich antwortete:

»Ich traue diesem Mann noch viel mehr zu, aber

darüber kann ich nicht reden, ihr würdet mir ohnehin nicht glauben. Er ist ein sehr schlechter Mensch, der kein Herz besitzt und keine Skrupel hat. Warum erzählst du mir das alles? Was habe ich mit ihm zu tun?«

»Nichts, meine Liebste, nichts weiter, aber du kennst doch seine Frau Martha. Wie nahe stehst du ihr? Glaubst du, es könnte dir gelingen, sie zu einem Gespräch unter vier Augen einzuladen?«

»Das weiß ich nicht, ich habe sie ja noch nie allein getroffen. Solange Hermine gelebt hat, nicht, und danach schon gar nicht. Sie ist von anfälliger Gesundheit, und ihr Ehemann hat jegliches Treffen der Schwestern immer zu verhindern gewusst. Ich kenne aber ihr neues Hausmädchen, vielleicht könnte ich darüber einen Kontakt herstellen. Nur warum? Was soll Martha für dich tun?«

Jetzt schaltete sich Hermann ein: »Luise, Heinrich liebt dich und verbürgt sich für deine Verschwiegenheit, darum möchten auch wir dir vertrauen und offen reden. Wie du weißt, verbindet Gottfried und mich eine Liebe, die von der Gesellschaft als abartig und abscheulich abgelehnt wird. Nicht nur das, sie wird auch von der Justiz verfolgt und geahndet. Wir beide leben also sozusagen immer mit einem Bein im Gefängnis. Ein Polizeichef und ein Staatsanwalt führen eine Beziehung wie Mann und Frau, wenn das jemals öffentlich wird, ist unser Leben ruiniert. Der Skandal wäre ungeheuerlich und würde weite

Kreise ziehen. Du verstehst sicher, dass wir unter diesen Umständen stets mit großer Umsicht und Vorsicht agieren müssen. Nur nicht auffallen, in der Öffentlichkeit kein falsches Wort verlieren, keinen falschen Blick riskieren, uns nie zusammen irgendwo sehen lassen. Es ist kein leichtes Leben, aber das ist dir ja auch nicht ganz unbekannt. Darum hoffen wir auf dein Verständnis für unsere Situation. Kohlenhändler Blancke ist durch einen dummen Zufall ein Brief von Gottfried an mich in die Hände gefallen. Ein Brief, in dem, nun ja, intime Details standen, die unser Verhältnis deutlich machten. Er kam eines Tages in dieses Haus, um die Begleichung einer Lieferung zu erbitten, und da lag dieses Schreiben auf dem Sekretär. Ich habe das nicht gleich bemerkt, aber er muss es an sich genommen haben, als ich den Raum verließ, um den geforderten Betrag zu holen. Das Verschwinden des kompromittierenden Briefes ist mir erst eine Weile später aufgefallen. Nach drei Tagen kam dieser Mann dann mit seiner Forderung. Er wollte 10.000 Mark, oder er würde den Brief dem Fürstenhaus zukommen lassen. Was das für uns bedeutet hätte, kannst du dir sicherlich vorstellen. Wir haben das Geld aufgetrieben und bezahlt. Drei Monate später war er wieder da, verlangte weitere 5.000 Mark, die wir nur zusammenbekamen, indem ich eine Hypothek auf mein Haus aufgenommen habe. Vor zwei Wochen kam er erneut und forderte ganz unverfroren noch einmal 10.000.

Wir haben das Geld nicht, können also nicht bezahlen und befürchten täglich das Schlimmste. Wir müssen diesen Brief daher unter allen Umständen zurückbekommen, denn selbst wenn es uns irgendwie gelänge, diese Summe aufzubringen, er bliebe immer eine Bedrohung für uns, und weitere Forderungen wären absehbar.«

Ich war wie vor den Kopf geschlagen. Ich wusste, dass Blancke ein Mädchenschänder war, ein Mörder, nun war er auch noch ein Erpresser. Die Gerüchte, die mir zu Ohren gekommen waren, stimmten also.

Drei Augenpaare waren auf mich gerichtet, und ich hob den Kopf.

»Wenn ich irgendwie kann, dann werde ich natürlich helfen. Ich selber habe eine ganz persönliche Rechnung mit diesem Menschen zu begleichen. Vielleicht werde ich euch später einmal davon erzählen, aber jetzt geht es erst einmal um euch. Ich weiß, dass Blanckes neues Hausmädchen oft mit den Kindern in den Schlosspark geht, da habe ich sie schon gelegentlich getroffen und ein paar Worte mit ihr gewechselt. Sie scheint freundlich und gutmütig zu sein. Ich werde mir schon eine Geschichte ausdenken, warum ich unbedingt mit Martha Blancke sprechen muss.«

Allgemeines Aufatmen war die Reaktion auf meine Worte, und Hermann sprang sogar auf und küsste mich auf beide Wangen. Gottfried beschränkte sich auf ein erleichtert hervorgestoßenes »Danke schön« und verschwand in die Küche.

Heinrich lächelte mich liebevoll an und sagte: »Ich habe es gewusst, vom ersten Moment an habe ich es gewusst: Du bist die Frau, die ich immer gesucht habe. Du bist nicht nur schön, nein, du bist auch klug und mutig. Du kannst gar nichts mehr dagegen tun, ich werde dich heiraten, also sag besser gleich Ja.«

Er lachte aber bei diesen Worten, und so nahm ich sie nicht weiter ernst und lachte mit ihm.

Kurze Zeit später erschien Gottfried mit dem Abendessen. Es gab »Lipp'schen Pickert«, Schwarzbrot, Butter, Bohnenkaffee und Steinhäger. Sehr rustikal, typisch für das Lipperland und sehr köstlich. Ich ließ mich nicht lange bitten und langte tüchtig zu. Diesmal gab es keinen Milchreis zum Nachtisch, aber das machte mir nichts aus, ich hätte ohnehin keinen Bissen mehr hinuntergebracht.

Gegen 23 Uhr verabschiedeten wir uns von Gottfried und Hermann, und diesmal sagte ich nicht Nein, als Heinrich mich fragte, ob er mir sein Haus zeigen dürfe. Ich fühlte mich ihm so nah, dass ich mich nicht vor dem fürchten konnte, von dem ich natürlich wusste, dass es kommen würde.

Sein Haus war etwas kleiner als das seiner Eltern, aber immer noch imposant genug.

»Ich dachte, du lebst in Berlin«, sagte ich und sah mich staunend um. »Wieso hast du dann hier in Detmold ein so großes Haus?«

»Das hat mir meine Großmama hinterlassen, sie ist leider vor fünf Jahren verstorben. Seitdem nutze ich

es, wann immer ich kann, leider ist das nicht besonders oft.«

»Und das Haus, in dem Gottfried und Hermann leben, gehört dir auch?«

»Nein, das gehört Karla, die es wiederum von unserer anderen Großmama geerbt hat. Sie weiß aber um die beiden Mieter, kennt und mag sie und kann natürlich ihre Probleme besonders gut nachvollziehen.«

»Und selbstverständlich lautet die Besitzurkunde nur auf dich, richtig? Frauen dürfen ja kein Eigentum besitzen«, sagte ich mit Bitterkeit in der Stimme.

Heinrich schaute mich an, schüttelte leicht mit dem Kopf und umarmte mich dann vorsichtig.

»Ach, meine kleine Suffragette, immer im Kampf gegen die männliche Alleinherrschaft, ich weiß, aber in diesem Fall irrst du dich. Es gehört wirklich und wahrhaftig Karla und niemandem sonst. So richtig mit Brief und Siegel. Bist du nun zufrieden?«

Jetzt waren mir meine Bemerkungen doch ein bisschen peinlich, aber da Heinrich nicht verärgert aussah, lachte ich und sagte: »Ja sicher, dann ist alles gut.«

Heinrich öffnete eine Flasche Rotwein und schenkte uns beiden ein Glas ein.

»Auf uns, meine Liebste, darauf, dass wir uns ein Leben lang lieben und nie damit aufhören mögen.« Damit stieß er mit seinem Glas sanft an das meine.

»Auf uns«, antwortete ich leise und musste in diesem Moment daran denken, wie ich mit Otto Rotwein getrunken hatte und was daraufhin passiert war.

Ich spürte, wie ich errötete, und Heinrich bemerkte es auch.

»Was hast du? Warum wirst du verlegen? Du musst doch spüren, dass ich dich liebe, oder etwa nicht? Ja, ich liebe dich, es wundert mich selber, wie schnell das gegangen ist, aber es ist so, und das Leben ist einfach zu kurz, um Zeit zu vergeuden. Also schnell, sag mir, dass du mich auch liebst und dass du dir ein Leben ohne mich überhaupt nicht mehr vorstellen kannst.«

»Heinrich, wir kennen uns doch erst so kurze Zeit«, begann ich, aber er unterbrach mich sofort: »Ja und? Wo steht geschrieben, wie lange man sich kennen muss, ehe man sich lieben kann? Wer bestimmt, ab wann ich Gefühle für dich haben darf? Komm, mein Mädchen, du bist doch sonst nicht so schüchtern und kannst den Mund aufmachen, warum jetzt nicht? Ich will es hören, auf der Stelle, ich weiß nämlich, dass es so ist.«

Er schmeichelte und bat, seine Stimme und seine Nähe machten mich ganz schwindlig, und der Wein, den ich ziemlich hastig getrunken hatte, tat mal wieder ein Übriges.

»Ja, es stimmt, ich hege auch gewisse zärtliche Gefühle für dich«, konnte ich es doch nicht unterlassen, ihn zu necken, »aber ob das für ein langes Leben reicht?«, damit entzog ich mich seinen Armen und lief lachend davon. Natürlich folgte er mir, und ebenso natürlich ließ ich mich von ihm einfangen und wieder in seine Arme ziehen. Er nahm mir vorsichtig das

Glas aus der Hand und stellte es auf einer Anrichte ab. Dann beugte er sich vor und küsste mich. Er küsste »wie ein Weltmeister«, würdest du wohl sagen, oder »wie ein junger Gott«.

Auf alle Fälle verwandelten sich meine Knie in Gummi, und ich wünschte mir nichts sehnlicher, als dass dieser Kuss nie aufhören möge.

»Luise«, hörte ich seine heisere Stimme an meinem Ohr, »Luise, du machst mich völlig verrückt. Ich kann an nichts anderes mehr denken als an dich. Ich muss dich einfach haben, hier und heute, bitte sag nicht Nein, das könnte ich nicht ertragen.« Wenn ich mir selber gegenüber ehrlich war, hatte ich das auch gar nicht vor, denn ich wollte ihn ebenfalls. Mindestens so sehr wie er mich. Vielleicht hätte ich mich trotzdem ein bisschen zieren sollen, ein paar Ausflüchte machen, mich entziehen, um dann endlich doch nachzugeben? So lauteten die Spielregeln, aber ich tat nichts dergleichen. Ich ließ mich in inniger Umarmung mit ihm in sein Schlafzimmer schieben und lag Sekunden später auf seinem Bett.

Wie praktisch wäre jetzt Sabrinas schamlose Kleidung, schoss es mir durch den Kopf, und ich muss wohl einen tiefen Seufzer ausgestoßen haben. Heinrich setzte sich neben mir auf und sah mir fragend ins Gesicht.

»Überrumple ich dich? Das wollte ich nicht, bitte verzeih mir …«

Ich ließ ihn gar nicht ausreden, zog seinen Kopf

zu mir herunter und verschloss seinen Mund wieder mit dem meinen.

Ich hatte noch ausreichend Gelegenheit, meine vielen Knöpfe, die Chemise, die Unterröcke, die Schnürstiefel und vor allen Dingen das Korsett entsetzlich zu finden, aber auch Heinrich hatte eine Menge auszuziehen, und wir taten es gegenseitig unter vielen Küssen und Gekicher. Irgendwann lag unsere gesamte Garderobe in einem wirren Haufen auf dem Boden und wir beide nackt unter der Bettdecke. Diesmal war es nicht wie bei Otto, ich war erfahrener und älter geworden, und auch Heinrich war ein ganz anderer Mann. Er war zärtlich, das schon, aber er war auch ungestüm und leidenschaftlich. Er sagte mir, wie schön er mich fände, küsste ausgiebig meine Brustwarzen, die sich sofort aufrichteten, streichelte meinen Bauch, meinen Hintern und meine wundervoll glatt rasierten Beine. Dort stutzte er ein wenig und ich hielt die Luft an, aber er fuhr schließlich ohne einen Kommentar fort und schien nichts bemerkt zu haben. Als seine Hand meine intimste Stelle erreichte, stieg meine eigene Erregung ins Unermessliche. Ich atmete schnell und heftig, bog meinen Rücken durch und mein Becken ihm entgegen. Leider war es dunkel im Zimmer, nur der Mond brachte ein bisschen Licht herein, viel sehen konnte ich daher nicht, aber ich spürte seine harte Männlichkeit und wusste, dass er mehr als bereit war.

»Bitte«, flüsterte ich daher, »bitte, bitte, komm zu mir und quäle mich nicht länger.«

»Dich quälen? Ich will dich doch nicht quälen, ich will dich lieben und will, dass es wunderschön ist für dich«, seufzte Heinrich, öffnete dann aber mit seinem Knie meine Beine, und endlich vereinigten wir uns. Es war, als wären unsere Körper füreinander geschaffen worden, auch wenn das jetzt bestimmt übertrieben klingt. Wir hatten keinerlei Probleme, fanden sofort unseren Rhythmus und erreichten die Erlösung zusammen. Ich war im siebten Himmel, seufzte glücklich und schmiegte mich eng an ihn.

»Ach, mein Liebster, das war einfach wunderbar«, flüsterte ich, da fiel mir ein, dass ich völlig vergessen hatte, die Tablette von Sabrina einzunehmen. Ich nahm mir aber fest vor, das gleich am nächsten Morgen nachzuholen.

»Luise«, unterbrach Heinrich meine Gedanken, »du bist wirklich ein Wunder. Eine solch wundervolle Frau hier im kleinen Detmold, wer hätte das gedacht? Ich sicherlich nicht.«

Eine Weile später liebten wir uns noch einmal, diesmal ließen wir uns Zeit und genossen beide die Gegenwart des anderen. Die Sonne ging schon auf, als mir plötzlich ein Gedanke durch den Kopf schoss. Ich richtete mich auf, schaute Heinrich an und sagte: »Woher kennst du eigentlich meine Vergangenheit so gut? Wer hat dir das alles erzählt, und wie lange weißt du es schon?«

»Auf die Frage habe ich gewartet«, lächelte Heinrich und räusperte sich. »Ich habe mich erkundigt,

nachdem ich dich kennengelernt habe. Du weißt doch, ich arbeite für die kaiserliche Regierung, da gibt es für mich keine Geheimnisse. Verzeih mir, ich wollte dir nicht nachspionieren, ich wollte nur wissen, wer du bist.«

»Es steht also in irgendwelchen Akten, dass Otto der Vater meines Kindes ist?«, fragte ich verblüfft.

»Nein, das nun nicht gerade, das habe ich mir einfach gedacht, aber es gibt da schon eine Akte, die eher Otto von Wolffgramm betrifft als dich. Kennst du einen Oberregierungsrat Reichelt? Ja? Nun, er hat ein Schreiben an Fürst Woldemar gerichtet und darin behauptet, der Kanzleiminister habe ein Verhältnis mit seiner Aufwärterin und sei Vater ihres Sohnes. Nach dem Tod des Fürsten gelangte es auf Umwegen nach Berlin, und dort hat ein guter Freund auf meine Bitte hin danach gesucht. Na ja, und von dir gibt es natürlich auch eine Akte, den Inhalt kannst du dir sicherlich vorstellen.«

»Oh ja, nur zu gut. Ich bin für schuldig befunden worden, das Fürstenhaus verleumdet zu haben, und habe dafür im Frauengefängnis eingesessen. Das alles hat dich nicht die Flucht antreten lassen?«

»Nein, ganz im Gegenteil, ich habe deinen Mut und deine Kraft bewundert, mein Herz. Aber sag mir, stimmt es? Ist der Kanzleiminister der Vater deines Kindes? Hat er dich …«

»Nein, nein, das hat er nicht. Er war der gütigste und freundlichste Mensch auf dieser Erde, und wir

haben uns von Herzen geliebt. Er hätte mich geheiratet, aber Fürst Woldemar konnte seine Einwilligung nicht geben, und als Otto es dann schließlich gegen seinen Wunsch tun wollte, wurde er ermordet. Alle die, die ich in Verdacht hatte, sind schuldig, auch wenn er letztendlich nicht an ihrem Gift gestorben ist. Ermordet worden ist er trotzdem. Der Mörder lebt ebenfalls nicht mehr, und daher bitte ich dich, lass mich darüber Schweigen bewahren, es betrifft uns nicht.«

»Natürlich, meine Liebste, verzeih mir, ich wollte keine schmerzhaften Erinnerungen wecken. Ich bin nur froh, dass der Kanzleiminister der Ehrenmann war, als den ich ihn kennengelernt habe.«

»Du kanntest Otto?«, fragte ich atemlos, und Heinrich nickte lächelnd. »Ja, ich kannte ihn. Nicht gut, aber ich habe ihn ein- oder zweimal beim Fürsten getroffen, und er machte auf mich stets den Eindruck eines integren Menschen.«

»Das war er auch. Integer und seinem Fürsten bis zu dessen Tod treu ergeben. Ich bereue nicht, diesen Mann geliebt zu haben.«

»Das sollst du auch nicht, aber Otto ist tot und wir leben, vergiss das bitte nicht.«

»Das werde ich nicht, schließlich liege ich hier neben dir«, antwortete ich leise.

»Ja, du liegst neben mir, und genau das ist das Problem«, lachte Heinrich und beugte sich über mich.

»Du hast ja wirklich ein aufregendes Leben neuerdings. Meine liebe Granny, ich beneide dich glühend. Und die Geschichte mit dem Blancke ist ja echt der Knaller, so ein Mistkerl, schreckt wirklich vor nichts zurück. Meinst du, es gelingt dir, mit dieser Martha zu reden, und was willst du ihr sagen?«

»Die Wahrheit, was sonst? Ich werde ihr die Augen öffnen, und sie muss einfach auf mich hören. Sie muss diesen Brief suchen und ihn mir übergeben.«

»Wenn du dich da mal nicht gewaltig vertust. Hast du nicht selber gesagt, dass eine Frau ohne Mann es ziemlich schwer hat in deiner Zeit? Wovon soll sie leben, wenn der Herr Gemahl hinter Gitter gebracht wird? Wer soll ihr Geschäft führen, wer ernährt ihre Kinder? Von ihrem Ruf mal ganz abgesehen. Glaubst du wirklich, dass sie das alles aufs Spiel setzt, nur um zwei Männern zu helfen? Was aus ihr wird, wenn ihr der Mistkerl auf die Schliche kommt, darüber möchte ich lieber gar nicht erst nachdenken. Lass die arme Frau lieber außen vor. Gibt es keine andere Möglichkeit?«

»Ich wüsste keine, es sei denn …«

»Es sei denn?«

»Ich könnte vielleicht meinen Bruder Hugo bitten, mir zu helfen.«

»Guter Plan, aber wie?«

»Er könnte sich doch vielleicht mit Blanckes Hausmädchen anfreunden, ihr mal einen Besuch abstatten und bei dieser Gelegenheit nach dem Brief suchen.«

»Träum weiter, Granny. Der hat doch selber mal bei Blancke gearbeitet, ist dem also bekannt. Außerdem ist der sicherlich nicht der Typ, der den Freund des Hausmädchens herzlich willkommen heißt in seinem Haus.«

»Nein«, stimmt Granny mir niedergeschlagen zu, »du hast recht, das geht so nicht, aber wie dann?«

»Weiß ich im Moment auch noch nicht, aber wir können ja mal überlegen. Vielleicht hat dieser Dreckskerl mittlerweile seine schmierigen Pfoten ja schon nach dieser, wie hieß sie gleich …?«

»Irma?«

»Ja genau, wahrscheinlich hat er, und sie ist nur allzu bereit, dir zu helfen. Könnte doch sein, oder? Außerdem musst du dir ja auch noch was einfallen lassen, wie du ihn für den Mord an Hedwig zur Rechenschaft ziehen kannst. Schon eine Idee?«

»Nein, noch nicht«, gibt Granny zu und wirkt beschämt.

»Verstehe, du hattest mit Heinrich erst mal genug zu tun. Sehe ich ein, aber vergiss es über deinen verrücktspielenden Hormonen trotzdem nicht ganz. Ich will ja nicht völlig umsonst mit dir durch den Teutoburger Wald gelatscht sein – und, ach, noch etwas ganz Wichtiges: Du darfst die Pille nicht vergessen, sonst wirkt die nicht. Nimm sie regelmäßig, verstanden?«

»Ja, sicher, ich war nur so überrumpelt, ich wusste ja nicht, dass …«

»Geschenkt, aber jetzt weißt du es, also nimm sie und vergiss es nicht. Wann triffst du denn deinen Superman wieder?«

»Am Sonnabend, wir gehen zum ›Neuen Krug‹ ins Sommertheater, darauf freue ich mich schon sehr.«

»Na, dann viel Vergnügen und jetzt erst einmal gute Nacht, ich bin hundemüde.«

Noch im Einschlafen vermisse ich Amun, wo steckt der Kerl? Der war den ganzen Abend noch nicht da, sehr ungewöhnlich. Ob der auf Brautschau ist? Er ist zwar kastriert, aber man weiß ja nie. Er ist auch am nächsten Morgen noch nicht aufgetaucht, und jetzt bin ich wirklich beunruhigt. Er ist ansonsten zuverlässig wie ein Schweizer Uhrwerk, er kommt und geht zu sehr regelmäßigen Zeiten, und ich kann mich immer darauf verlassen. Ich überlege, wann ich ihn das letzte Mal gesehen habe. Gestern, als ich von der Arbeit gekommen bin, war er da, hat gefressen, mich eine Weile beschmust und lag dann schlafend in seinem Kratzbaum. Er muss abgehauen sein, als Granny auftauchte, die kann er immer noch überhaupt nicht leiden. Mmm … also, wenn er heute Nachmittag nicht da ist, werde ich Plakate drucken, Tasso informieren und die Nachbarschaft abklappern. Irgendwo muss er schließlich stecken.

Er ist nicht da, als wir heimkommen, sitzt auch nicht maunzend hinter der Wohnungstür, den Hungertod vor Augen. Keine Spur von ihm, und ich gerate in gelinde Panik, auch die Kinder laufen los, ihren Kater zu suchen. Ich höre ihre Stimmen: »Amun, Aaaaaaaamuuuuuuuuuun.« Ich suche ein Bild von ihm und drucke Plakate, 20 Stück, und klebe sie überall im Dorf an Laternen. Dann rufe ich Tasso an und erfahre, dass die meisten Kater jetzt ein bisschen ihr Revier ausweiten, es sind viele rollige Katzen und potente Kater unterwegs. Die Kastraten haben zwar keine Chance gegen diese testosterongesteuerten Konkurrenten, aber sie scheinen es unbeirrt zu versuchen. Nach diesem Gespräch bin ich etwas beruhigter, rufe aber trotzdem noch die umliegenden Tierheime an. Kein Kater sei gebracht worden, der auch nur annähernd aussehen würde wie Amun. Nach einer Stunde kommen die Kinder enttäuscht zurück, ebenfalls erfolglos, niemand hat unseren Kater gesehen. Ich rufe Mam an und klage ihr mein Leid, aber sie beruhigt mich genau wie Tasso und ist sich sicher, dass er bald wieder auftauchen wird.

Gegen 21 Uhr höre ich das typische »Plopp« einer Katze, die von der Fensterbank auf den Boden springt. Gleich darauf sein unverwechselbares »Näng«. Ich springe von der Couch und rase Richtung Schlafzimmer, aber er kommt mir schon entgegen. Verdreckt, nass und blutig, mir bleibt fast das Herz stehen. Isi und Lasse kommen natürlich auch aus ihren Betten und erstarren beim Anblick unseres armen Katers.

»Wo hast du dich denn bloß rumgetrieben, du unmögliches Tier?« Meine ausgestandene Angst braucht einfach ein Ventil, auch wenn Amun es mir nicht verraten kann. Er sitzt vor seinem Futternapf und frisst in einer unglaublichen Geschwindigkeit. Er macht den Eindruck, völlig ausgehungert zu sein, danach trinkt er ausgiebig, wirft mir einen undefinierbaren Blick zu und legt sich in Isis Bett. Tut er selten, es scheint ihm wirklich nicht gut zu gehen. Er will sich nicht anfassen lassen, aber seine Verletzungen scheinen nur oberflächlicher Natur und nicht allzu schwer zu sein.

Ich informiere Mam, und Tasso bekommt auch eine Mail, dann versuche ich, die Kids ins Bett zu scheuchen, was mir mal wieder nicht gelingt. Um kurz vor 22 Uhr liege ich daher mit den beiden in meinem.

Am nächsten Morgen scheint Amun wieder ganz der Alte zu sein. Er fordert mit lautem Knurren anderes Futter und ganz viele Streicheleinheiten, für die ich eigentlich überhaupt keine Zeit habe. Von Blut ist nichts mehr zu sehen, und mir kommt der Verdacht, dass das vielleicht gar nicht seines war. Wer mag sein Opfer gewesen sein? Ich werde es wohl nie erfahren, Schicksal aller Katzenhalter, die einen Freigänger haben.

In der Redaktion erzähle ich natürlich von meinen ausgestandenen Ängsten um meinen Kater, aber nicht alle können das nachvollziehen. Meine männlichen Kollegen geben markige Sprüche von sich, und auch zwei junge Volontärinnen sondern merkwürdige Dinge ab von wegen »Männerersatz« und so was. Die spinnen doch! Zum Glück gibt es aber auch Katzenhalter unter meinen Kollegen, und die sind vehement auf meiner Seite.

Als ich am Nachmittag Isi vom Hort abhole, hat Madame wieder einmal ätzende Laune. Sie knallt ihren Ranzen in den Kofferraum und die Autotür hinter sich zu.

»Hey, was ist los, warum bist du so sauer?«

»Ich bin nicht sauer!«

»Bist du wohl, merke ich doch, also was ist los?«

»Der Ole ist echt ein Arsch, mit dem will ich nichts mehr zu tun haben, und zu meinem Geburtstag lade ich den auch nicht ein.«

»Der Ole? Seit wann denn das? Ich dachte immer, du magst den Ole besonders gut leiden und er dich auch?«

»Jaja, und was hat er heute gemacht? Er hat der Maike ein Herz in ihr Freundebuch gemalt und bei mir nicht. Das finde ich voll blöd, der braucht nicht mehr zu kommen, so!«

Aha, meine Kleine hat Liebeskummer, das ist mal klar. Bis gestern war schließlich Ole ihr absoluter Favorit. Aber der Maike Herzchen ins Freundebuch malen, geht wirklich gar nicht.

»Ach, Isi, ärgere dich doch nicht, das ist mir als Kind auch passiert, und heute weiß ich nicht einmal mehr, wie der Junge überhaupt hieß.«

Habe ich das jetzt wirklich gesagt? Ich fasse es

nicht, kaum dass der Satz raus ist. Ich höre mich ja schon genauso an wie meine Mutter, wie furchtbar ist das denn? Zum Glück überhört meine Tochter diese unnütze Bemerkung und schimpft nur weiter vor sich hin. Als wir Lasse eingesammelt haben und vor unserer Haustür ankommen, steht besagter Ole schon wartend davor. Isi bekommt hochrote Wangen, übersieht ihn aber hoheitsvoll und verschwindet im Haus. Lasse nutzt die Gunst der Stunde, den größeren Jungen zum Fahrradfahren auf der Mountainbikestrecke aufzufordern. Ole wirft unsichere Blicke zur geschlossenen Haustür, zuckt dann aber die schmalen Schultern und düst mit dem begeisterten Lasse davon. Des einen Freud, des anderen Leid, so ist das Leben.

Natürlich rufe ich noch völlig unnütze Dinge wie: »Fahrt vorsichtig und passt an der Straße auf«, hinter den beiden her, aber sie sind längst außer Hörweite. Habe ich solche Sätze von meinen Eltern früher wirklich so gehasst?

In der Wohnung ist alles ruhig, bis auf den Fernseher, vor dem Isi liegt und KiKa guckt. Keine Frage nach Ole oder Lasse, sie tut völlig desinteressiert, und ich weiß nicht, ob ich sie nun darauf ansprechen soll oder lieber nicht. Ich entschließe mich, zu schweigen, sie wird schon kommen, wenn sie es nicht mehr aushält. Amun liegt noch immer in Isis Bett, und das macht mir nun schon wieder ernsthaft Sorgen. Ich pflücke ihn vom Kissen und untersuche ihn vorsichtig, kann aber wirklich keine Verletzung entdecken. Er gähnt herzhaft, beginnt zu schnurren und reibt seinen Kopf an meiner Wange. Scheint alles in Ordnung zu sein, er war wohl einfach nur müde. Ich habe Putenherzen für den verletzten Kämpfer mitgebracht, und die verputzt er in Rekordgeschwindigkeit, dann legt er sich in seine Höhle im Kratzbaum und pennt weiter.

Kurze Zeit später klingelt ein Nachbar und erzählt, dass in unserem Garten ein toter Marder gelegen habe. Damit die Kinder ihn nicht finden, habe er ihn beseitigt. Aha, jetzt weiß ich, mit wem sich dieses verrückte Katertier angelegt hat.

Isi scheint ihren Liebeskummer überwunden zu haben, sie hat Hunger, daher mache ich mich ans Abendessen. Königsberger Klopse mit Reis stehen auf dem Speiseplan, von denen Isi nur die Klopse isst und Lasse nur den Reis. Er hat im Augenblick eine sehr einseitige Phase, kein Fleisch, keine Soßen, Gemüse schon dreimal nicht. Nudeln mit Butter, Reis mit Butter und Kartoffeln mit Butter, sonst nichts. Einzige Ausnahme: Pizza! Als er endlich kommt, sieht er aus, als habe er die Rennstrecke ohne Fahrrad auf dem Allerwertesten zurückgelegt. Die Jeans sind kaum noch als solche zu erkennen, und seine Schuhe sind schlammverklebt. »Ich habe soooooo Hunger«, sein Standardsatz fehlt auch heute nicht, »wann gibt es Essen?«

»Wenn du dir die Hände gewaschen und etwas anderes angezogen hast.« Er bricht sofort in ein markerschütterndes Geheule aus und versichert mir überzeugend, das vor lauter Hunger nicht mehr zu schaffen. Ich bleibe hart, und es gelingt ihm dann tatsächlich, in eineinhalb Minuten meine Forderungen in die Tat umzusetzen.

»Der Ole ist mein Freund, der spielt nicht mehr mit Mädchen«, eröffnet er dann mit vollem Mund die Offensive, und Isi kneift verteidigungsbereit die Augen zusammen.

»Mir doch egal, der ist sowieso voll blöd.«

»Ist er nicht!«

»Ist er doch, ist er doch.«

»Ist er nicht, aber du bist blöd.«

»Bin ich nicht, aber du. Du bist genauso blöd wie der Ole. Jungens sind alle blöd.«

Ich sage nichts, weil das nur Öl ins Feuer gießen würde, aber dann entdecke ich, dass Granny auf dem Sofa sitzt und mit stoischem Gesichtsausdruck den Streit der Kinder verfolgt. Dadurch fühle ich mich komischerweise genötigt, erzieherische Maßnahmen zu ergreifen.

»So, wenn ihr jetzt nicht aufhört, könnt ihr direkt ins Bett gehen, das Abendessen ist dann für euch zu Ende, habt ihr das verstanden?«

Zwei verwunderte Kindergesichter wenden sich mir zu und sagen unisono: »Warum, wir machen doch gar nichts.«

So viel zu meinen Erziehungsversuchen à la Granny.

Nachdem ich die Küche aufgeräumt habe, schicke ich meinen Nachwuchs in die Badewanne. Luise geht gern, aber Lasse mault: »Warum muss ich denn schon wieder baden, ich war doch erst vor zwei oder drei Wochen?«

»Du warst vor drei Tagen in der Wanne, und darum wird es höchste Zeit, du müffelst ja schon.«

Das findet er aus mir nicht nachvollziehbaren Gründen zum Totlachen, und er kichert weiter, bis Isi ihm einen Spieleimer mit Wasser über den Kopf gießt.

Nach Kinder abtrocknen, Badezimmer trocken wischen und Gutenacht-Geschichte lesen falle ich erschöpft auf meine Couch und stoße einen abgrundtiefen Seufzer aus.

»Du brauchst eindeutig ein Kindermädchen, das alles ist für dich allein doch viel zu viel«, lässt sich Granny vernehmen, da wir nun unter uns sind.

»Guter Plan, verrätst du mir auch, wovon ich das bezahlen soll?«

»Ach, die jungen Dinger kosten doch nicht viel, ein bisschen Essen, eine Uniform im Jahr und ein paar Mark Taschengeld.«

»Okay, dann bring mir doch bitte das nächste Mal eines mit, das dafür arbeiten möchte. Auf die Uniform kann ich dabei auch gern verzichten. Granny, erstens gibt es heute nur noch sehr selten Kindermädchen, manche Familien haben ein Au-pair-Mädchen oder eine Putzfrau, die einmal in der Woche für ein paar Stunden kommt. Für mich ist all das leider unbezahlbar, dafür verdiene ich nicht genug. Aber danke, die Idee als solche war gar nicht schlecht.«

»Oh, das wusste ich natürlich nicht, die Deppes haben ja ein Kindermädchen, eine Köchin und noch eine Aufwärterin.«

»Die Glücklichen«, seufze ich und schiebe mir ein Kissen unter den Kopf.

»Du bist aber bestimmt nicht gekommen, um mit mir über Haushaltshilfen zu diskutieren, oder? Erzähl, was ist in der Zwischenzeit so alles passiert?«

GRANNY

Ich hatte ein furchtbar schlechtes Gewissen, als Heinrich mich vor meiner Haustür absetzte. Es war bereits hell, und ich konnte nur hoffen, dass niemandem im Haus mein Fernbleiben aufgefallen war. Ich wusste plötzlich selber nicht mehr, was ich mir dabei gedacht hatte, so sehr gegen Moral und Anstand zu verstoßen. Eine unverheiratete Frau ließ sich im Morgengrauen von ihrem Galan nach Hause bringen. Das war nicht nur im höchsten Maße unschicklich, das war skandalös.

Heinrich bemerkte meine Stimmung und bot an, mich hineinzubegleiten, aber das lehnte ich ab. Ich wollte versuchen, schnell und ungesehen in mein Zimmer zu kommen.

Beim Versuch, die Haustür zu öffnen, musste ich aber feststellen, dass diese fest verschlossen war. Mir blieb nichts anderes übrig, als zu klopfen, und damit war meine Hoffnung, unbemerkt hineinzugelangen, zunichtegemacht.

Klopfen musste ich dann aber gar nicht, denn die Tür öffnete sich, und im Rahmen stand Fritz. Mit versteinerter Miene und eisiger Stimme forderte er mich auf, ihm in die Bibliothek zu folgen.

»Luise«, begann er sofort, nachdem er die Tür hinter sich geschlossen hatte, ohne mich auch nur zum Sitzen aufgefordert zu haben.

»Luise, was geht nur in deinem Kopf vor? Was hast du dir dabei gedacht? Du bleibst einfach eine ganze Nacht weg, kommst und gehst, wie es dir gerade gefällt. Dass wir uns große Sorgen um dich gemacht haben, scheint dich nicht weiter zu tangieren. Ebenso wenig die Tatsache, dass wir alle durch dein Verhalten erneut ins Gerede kommen. Otto würde sich im Grabe umdrehen, wenn er um dein skandalöses Benehmen wüsste. Ich hätte es nie für möglich gehalten, das jemals sagen zu müssen, aber ich schäme mich für dich, du verhältst dich nicht wie eine Dame, sondern wie ein leichtes Frauenzimmer. Wenn du das weiterhin tun möchtest, dann ist in diesem Hause

kein Platz mehr für dich. Dein Sohn kann selbstverständlich hier wohnen bleiben, er kann ja nichts für seine Mutter.«

Ich war zutiefst erschrocken, denn so hatte ich Fritz in all den Jahren, die ich ihn jetzt kannte, noch nie reden hören. Trotzdem regte sich Widerspruch in mir, schließlich war ich eine erwachsene Frau von fast 30 Jahren und sollte mich wie ein Kind an- und abmelden. Natürlich wusste ich, dass Fritz von seinem Standpunkt aus recht hatte, er besuchte schließlich keine Ururenkelin in der Zukunft. Für ihn war eine Frau, die sich so verhielt wie ich, kaum besser als eine Dirne. Daher faltete ich die Hände im Schoß, hielt den Kopf gesenkt und schwieg.

»Ach komm, jetzt tu nur nicht so brav, ich kenne dich doch. Luise! Schau mich an. Wo warst du, wohin verschwindest du in letzter Zeit immer und warum sprichst du nicht mit uns darüber? Wir sind deine Freunde, hast du das schon vergessen?«

Seine Worte trafen mich, und mir traten Tränen in die Augen und tropften gleich darauf auf meinen Rock. Ich hob den Kopf und schaute ihn an.

»Verzeih mir, Fritz, bitte, du hast vollkommen recht, ich habe mich wirklich gedankenlos verhalten. Es kommt nicht wieder vor, das verspreche ich dir.«

»Das will ich hoffen, denn sonst müsste ich wirklich meine Drohungen wahr machen, sosehr mir das auch widerstreben würde. Schließlich habe ich Otto auf dem Sterbebett versprochen, für dich und Heinz

zu sorgen, mich um euch zu kümmern. Da konnte ich aber nicht ahnen, dass du es mir so schwer machen würdest. Also, in Zukunft möchte ich über jeden deiner Schritte informiert sein, ich möchte wissen, wohin du gehst und wann du wiederkommst. Vor allen Dingen möchte ich wissen, mit wem du dich so häufig triffst!«

»Ich treffe mich mit Herrn von Raden, ich dachte, das wüsstest du?«

»Ich habe mir das zwar gedacht, hätte es aber gern aus deinem Mund gehört, und von Herrn von Raden hätte ich erwartet, dass er um meine Einwilligung zu diesen Treffen ersucht und dich dann zu einer christlichen Zeit nach Hause begleitet. So viel Umgangsformen dürfte er doch wohl besitzen.«

In diesem Moment wurde heftig an die Tür geklopft, und gleich darauf wirbelte Emilie in den Raum.

»Papa, könntest du mit deiner Inquisition jetzt mal aufhören? Luise ist schließlich eine erwachsene Frau, also behandle sie doch bitte nicht wie ein unmündiges Kind.«

»Dann soll sie sich in Zukunft auch nicht wie ein solches benehmen«, grummelte der Angesprochene, schien aber nicht undankbar für die Störung zu sein.

»Fritz, ich verspreche dir, nicht wieder auszugehen, ohne dir vorher zu sagen, wohin und mit wem«, sagte ich noch einmal und lächelte ihn an.

»Gut, dann lassen wir dieses Thema jetzt erst einmal ruhen, aber sobald Herr von Raden das nächste

Mal vor unserer Tür steht, möchte ich ihn sprechen, ist das klar?«

»Jawohl!«, sagte Emilie respektlos, knallte ihre Hacken zusammen und salutierte wie ein Soldat.

»Du bist ruhig, mit dir habe ich nicht gesprochen, auch wenn für dich das Gleiche gilt. Du bist die letzte Zeit auch einige Male sehr spät nach Hause gekommen, mein Kind. Gibt es da vielleicht etwas, was ich wissen müsste?«

»Nein, Papa, nichts. Du kennst mich doch, du wärst der Erste, der es erfahren würde, wenn sich ein zukünftiger Schwiegersohn zeigen würde.«

Damit drehte sie sich mit schwingenden Röcken um und verließ den Raum. Über die Schulter rief sie mir noch zu: »Kannst du gleich einmal in mein Zimmer kommen? Vorausgesetzt, mein gestrenger Herr Vater hat nichts dagegen einzuwenden.«

Fritz drohte ihr lächelnd mit dem Finger, und ich war für dieses Mal auch entlassen. Bevor ich mich allerdings zu Emilie begab, suchte ich Heinz in seinem Kinderzimmer auf. Er lag in seinem Bett und lächelte im Schlaf. Er sah in diesem Augenblick aus wie Otto, die Ähnlichkeit war mir noch nie so bewusst geworden. Ich schaute ihn eine lange Weile an und strich ihm dann vorsichtig über die verstrubbelten Haare. Er murmelte etwas, wachte aber nicht auf.

Ich widerstand meinem Wunsch, ihn auf die kindlich glatte Stirn zu küssen, und machte mich auf den Weg in Emilies Zimmer.

Die fand ich auf ihrem Bett sitzend vor, und von der strahlenden jungen Frau von eben war nichts mehr zu sehen. Sie sah sorgenvoll und unglücklich aus.

»Was ist mit dir, hast du Kummer?«, fragte ich sie und setzte mich zu ihr.

»Ich habe mich mit Karla gestritten«, antwortete sie, und ich glaubte, Tränen in ihren Augen zu sehen. »Sie will mit mir nach Berlin gehen, und ich soll mit meinem Vater reden, ihm die Wahrheit sagen, aber das kann ich nicht. Ich will auch nicht weg aus Detmold, nicht weg von meiner Familie, und nun ist sie verärgert.«

»Was würdest du denn tun, wenn Karla keine Frau, sondern ein Mann wäre? Mit dem müsstest du doch auch dahin gehen, wo er lebt. Dass eine Frau ihre Familie verlässt, ist doch ganz normal, zumindest sobald sie verheiratet ist.«

»Ich bin aber nicht verheiratet und werde es auch niemals sein, das weißt du! Wenn ich mit Karla nach Berlin gehe, werde ich ganz allein sein, ich kenne dort niemanden.«

»Du hättest Karla und würdest bestimmt bald andere Menschen kennenlernen«, warf ich ein, aber sie stieß nur ein wenig damenhaftes Grunzen aus und schüttelte den Kopf.

»Hast du eine Ahnung, wie mein Leben dort aussehen würde? So weltoffen sind die Berliner nun auch nicht, dass sie es ohne Weiteres akzeptieren würden, wenn zwei Frauen zusammenwohnen. Außerdem, wovon sollen wir leben? Wenn Papa erfährt, was mit *mir los ist, weiß ich nicht, ob er mir weiterhin meinen Lebensunterhalt finanzieren wird.«*

»Ach, Emilie, dein Vater würde dich niemals im Stich lassen, das weißt du doch ganz genau. Er liebt dich abgöttisch und wird es schon verstehen, wenn du es ihm erklärst. Liebst du Karla nicht genug? Ist es das, was dich hindert?«

Sie schwieg eine ganze Weile, dann zuckte sie mit den Schultern und sagte leise: »Ich weiß es nicht, wirklich. Doch, ich glaube schon, dass ich sie liebe, aber ich habe auch Angst vor einem solchen Leben.«

»Oh, das kann ich gut verstehen, es wird auch bestimmt nicht leicht. Du weißt doch, wie schwierig es für mich und Otto war, und doch …«

»Ja, das weiß ich, aber Otto war ein Mann und du bist eine Frau, das ist ein himmelweiter Unterschied. Karla und ich werden immer Ausgestoßene sein, egal, wo wir auch hingehen.«

»Das glaube ich nicht. Die Liebe zwischen zwei Frauen ist ja nicht strafbar, soweit ich darüber informiert bin. Die Menschen denken gar nicht daran, dass sie Dinge tun könnten, die, die …«

»Unanständig, unmoralisch und verwerflich sind, ist es das, was du sagen wolltest?«

»Nein, das wollte ich ganz sicher nicht sagen. Ich dachte nur, dass man gar nicht weiter darüber nachdenkt, wenn zwei Frauen zusammenleben. Sie sind eben Freundinnen oder Schwestern oder so, bei zwei Männern wäre das sicherlich etwas anderes.«

»Vielleicht hast du recht, so habe ich das noch nie betrachtet. Karla meint ja auch, ich mache mir viel zu viele Gedanken, und alles würde ganz wunderbar werden. Nicht mehr die Enge dieser Kleinstadt, nicht mehr diese spießige Moral, keine Kontrolle der Eltern, keine Anwärter auf meine Hand mehr, die ich mir mühsam von Hals halten muss …«

Jetzt lächelte sie endlich, und ihr altes fröhliches Selbst brach sich wieder Bahn.

»Vielleicht kommst du ja mit. Wohnt nicht dein neuer Verehrer ebenfalls in Berlin? Das wäre doch der Ausweg, wir kaufen uns alle zusammen ein großes Haus, ihr lebt unten und wir oben oder umgekehrt. Was meinst du?«

»Ja, das hört sich gut an, aber so weit sind wir nun doch noch nicht. Herr von Raden und ich kennen uns ja erst seit recht kurzer Zeit.«

»Natürlich, natürlich, und bisher hat er dir höchstens einen Handkuss gegeben, der dann leider bis in die frühen Morgenstunden gedauert hat«, stichelte sie amüsiert.

»Was du für unanständige Gedanken hast, Emilie«, tat ich empört, denn ich hatte nicht die Absicht, sie ins Vertrauen zu ziehen. »Wir waren bei Freunden von Herrn von Raden eingeladen, und da ist es eben etwas später geworden. Dann haben wir uns noch diesen wundervollen Sonnenaufgang angesehen, bevor er mich nach Hause gebracht hat.«

»Ja, ich verstehe, entschuldige bitte, ich wollte

nicht neugierig sein, aber du musst mich schon für sehr naiv halten. Hast du mal in den Spiegel geschaut? Seit wann sieht man so derangiert aus, nachdem man lediglich den Sonnenaufgang betrachtet hat?«

Ich sprang auf und lief in ihr Ankleidezimmer, um mein Spiegelbild zu betrachten. Sie hatte recht, ich sah … ungewöhnlich aus. Mein Hut saß schief, meine Haare hatten sich teilweise aus den Nadeln gelöst, und mein Kleid war falsch geknöpft. Ich errötete über und über bei dem Gedanken, dass Fritz das alles sicherlich auch aufgefallen war. Kleinlaut ging ich zu Emilie zurück, die mir lächelnd entgegensah.

»Na, habe ich recht? Doch nicht nur der Sonnenaufgang, meine Liebe?«

»Nein, es stimmt, wir waren, wir haben … ach, es ist mir einfach zu peinlich. Ich möchte darüber nicht reden, verstehst du das?«

»Musst du auch gar nicht, dein Aussehen allein spricht für sich«, kicherte Emilie und ließ sich entspannt zurück auf ihr Bett fallen.

»Geht ihr heute Abend auch in den ›Neuen Krug‹ ins Sommertheater? Es soll sehr unterhaltsam sein, und ich will es mir mit Karla gerne ansehen. Vielleicht bekommen wir ja Plätze nebeneinander?«

»Ja, Heinrich wollte eigentlich mit mir hingehen. Aber ob er das immer noch möchte, wenn er das Gespräch mit deinem Vater hinter sich hat?«

»Der wird ihm den Kopf schon nicht abreißen, davon bin ich überzeugt. Er hält diese Ansprachen

ja auch eher wegen Mama, die sorgt sich eben schnell um unseren guten Ruf. Wie auch immer, warten wir es ab, und du legst dich jetzt am besten mal schlafen. Du siehst, gelinde gesagt … erschöpft aus.«

Als ich erwachte, war es bereits später Vormittag, und ich musste mich für die Mittagsmahlzeit ankleiden. Martha sagte zwar nichts, aber ihre Miene war alles andere als freundlich und die Stimmung sehr bedrückt. Fritz, der sie vielleicht etwas aufgelockert hätte, war nicht zu Hause, und so nahmen wir unser Essen fast schweigend ein. Nach der Mittagsruhe suchte ich Heinz auf und schlug ihm einen Spaziergang durch den Schlosspark vor. Er freute sich derart, dass ich schon wieder ein schlechtes Gewissen verspürte, mich in letzter Zeit so wenig mit ihm befasst zu haben. Ich nahm mir ernsthaft vor, das nicht wieder vorkommen zu lassen.

Natürlich hegte ich die Hoffnung, Irma im Park zu treffen und vielleicht etwas von ihr zu erfahren, aber leider kam sie nicht. Da wir auch ansonsten keine Kinder zum Spielen für Heinz dort antrafen, machten wir einen Bummel zur Bruchmauerstraße, um zu sehen, ob mein Bruder Hugo zu Hause war, den Heinz immer sehr gemocht hatte.

Diesmal hatten wir Glück. Wenn er erstaunt über unseren Besuch war, ließ er sich das nicht anmerken, er begrüßte uns beide herzlich.

Seit Ottos Tod hatte ich Hugo nicht mehr so häufig gesehen wie früher, und wir waren seltsam befan-

gen. Zum Glück spürte Heinz nichts davon, und als Hugo begann, für ihn ein Holzschwert zu schnitzen, wurde die Stimmung ausgelassener, fast fröhlich. Reden konnten wir natürlich im Beisein des Jungen nicht viel, und es blieb bei den üblichen Höflichkeiten. Als das Spielzeug fertiggestellt war, verabschiedeten wir uns, und ich versprach, sehr bald wiederzukommen. Ich betonte das »sehr bald« überdeutlich, und Hugo warf mir einen fragenden Blick zu, den ich aber mit einem Kopfschütteln beantwortete.

Als wir unser Heim erreichten, war auch Fritz gerade nach Hause gekommen und spielte eine Weile mit Heinz, der mit seinem neuen Schwert vorgab, ein Ritter zu sein. Schließlich schickte er den Jungen aber auf sein Zimmer und wandte seine Aufmerksamkeit mir zu. »Nun, Luise, erwartest du heute Abend Herrn von Raden?«

»Ja, eigentlich schon. Wir wollten uns das neue Stück im Sommertheater anschauen, und vielleicht möchte Emilie sich uns anschließen. Natürlich nur mit deiner Erlaubnis.«

»Die wird davon abhängen, wie sich Herr von Raden in unserer Unterredung schlägt, um die er heute nicht herumkommen wird.«

»Ich weiß«, antwortete ich kleinlaut, unsicher darüber, wie hart Fritz mit Heinrich ins Gericht gehen würde.

»Nun schau nicht gleich so erschrocken, ich werde ihn fair behandeln, erwarte aber eine plausible Erklä-

rung für sein sehr unangemessenes Verhalten. Sollte er damit nicht dienen können, wird er dieses Haus nicht mehr betreten und dich, solange du hier wohnen möchtest, auch nicht wiedersehen. Ich weiß, das klingt hart in deinen Ohren, aber glaube mir, es ist das Richtige. Ich kenne die Männer ein bisschen besser als du, meine Liebe. Ich möchte nicht, dass dieser Herr dich in Schwierigkeiten bringt und sich dann still und heimlich nach Berlin verabschiedet, sobald es ernst wird.«

Ich verstand, dass Fritz auf die unglückselige, nicht zustande gekommene Verlobung anspielte, und holte Luft zu einer Erklärung, aber Fritz schüttelte den Kopf.

»Nicht du sollst mir Rechenschaft ablegen, sondern Herr von Raden. Er weiß schließlich am besten über seine eigenen Absichten Bescheid. Du kannst jetzt auf dein Zimmer gehen und dich für den Abend herrichten, aber bitte rechne damit, dass es anders kommen könnte, als du es dir sicherlich wünschst.«

Ich flüchtete mich zu Emilie und erzählte ihr von dem erneuten Gespräch mit ihrem Vater.

»Ach komm, es wird schon nicht so schlimm werden. Ich denke, dein Verehrer hat lautere Absichten? Und wenn nicht, hätte Papa ja durchaus recht, wenn er dir den weiteren Umgang mit ihm verbieten würde. Das siehst du doch selber ein, oder? Noch ist ja nichts passiert, zumindest offiziell.«

Ich spürte mal wieder, wie ich rot wurde, und Emilie lachte laut auf.

»Ja, so was habe ich mir schon gedacht, dass ihr den Sonnenaufgang wohl vom Bett aus betrachtet habt. Du kannst nur zu Gott beten, dass das keine Folgen hat.«

Da fiel mir ein, dass ich die Tablette immer noch nicht genommen hatte, und erschrak heftig. Was, wenn ich … nein, daran durfte ich jetzt nicht einmal denken.

»Du hast gut reden, zumindest diese Sorgen müsst ihr euch ja nicht machen.« Wieder einmal hatte ich gesprochen, ohne vorher nachzudenken, aber zum Glück lachte Emilie nur und antwortete: »Stimmt, siehst du, nichts kann so schlimm sein, dass es nicht auch sein Gutes hätte.«

Als Heinrich den Türklopfer betätigte, kaute ich schon längere Zeit nervös auf meinen Fingernägeln herum. Natürlich gab Fritz mir nicht die Chance, ihn vorzuwarnen, sondern stand schon hinter der Tür bereit. Er hatte sicherlich die Kutsche vorfahren sehen.

Ich verbrachte eine halbe Ewigkeit damit, in meinem Zimmer auf und ab zu laufen und mir die schlimmsten Dinge auszumalen. Ab und zu bildete ich mir sogar ein, die Haustür heftig ins Schloss fallen zu hören. Endlich rief Fritz nach mir, und ich rannte in unziemlicher Eile die Treppe hinunter. Heinrich saß in der Bibliothek, ein Glas in der Hand, und sah recht lebendig aus. Als er meiner ansichtig wurde, erhob er sich und kam mir ein paar Schritte entgegen. Ich hielt noch immer die Luft an, da sagte Fritz: »Luise, du läufst gleich blau an, wenn du nicht endlich wieder zu atmen beginnst. Du kannst dich beruhigen, dein Liebster erfreut sich bester Gesundheit, wovon du dich ja nun selbst überzeugen kannst. Ich habe Herrn von Raden aber in aller Deutlichkeit klargemacht, dass ich das Verhalten, das er in der Vergangenheit an den Tag gelegt hat, unter keinen Umständen dulden werde und er dich nicht wiedersehen wird, bis …«

»Bitte, Fritz, bitte, das darfst du nicht tun, das würde ich nicht überleben«, unterbrach ich ihn und wäre beinahe in Tränen ausgebrochen.

»Oh, darf ich nicht? Ja, das ist wirklich schade, denn Herr von Raden und ich sind uns in dieser Sache bereits einig geworden.«

In meinen Ohren rauschte es, mir wurde schwindlig und ich fühlte mich einer Ohnmacht nahe. Das durfte doch nicht wahr sein, Fritz konnte einfach nicht wollen, dass mir ein zweites Mal das Herz gebrochen wurde! Er wusste schließlich, wie sehr ich unter Ottos Tod gelitten hatte, er …

»… gratuliere ich euch beiden von ganzem Herzen. Ich freue mich sehr für euch.«

Wovon sprach er? Ich schaute von einem zum anderen, und mein Blick blieb auf Heinrich haften.

»Nun, es sei denn, du sagst Nein, mein Herz, aber das will ich doch wirklich nicht hoffen.«

»Wozu soll ich Nein sagen? Ich weiß nicht, ich meine, ich verstehe nicht …«

»Luise! Wach auf, du benimmst dich reichlich merkwürdig. Herr von Raden hat gerade in aller Form um deine Hand angehalten, und ich bin davon ausgegangen, dass meine Zustimmung dir wohl recht wäre. Sollte ich mich etwa geirrt haben?«

»Er hat, er hat …«

»Ja, er hat«, sagte jetzt Heinrich, stand auf und kam zu mir. »Ich habe es dir doch schon gesagt, dass du die Frau bist, die ich mein Leben lang gesucht habe, dass ich dich heiraten will, um dich nie wieder zu verlieren. Also sag Ja.« Damit ließ er sich auf ein Knie sinken und legte theatralisch drei Finger auf sein Herz.

Obwohl mein Puls raste und ich ihm am liebsten jubelnd um den Hals gefallen wäre, schaffte ich es, pikiert zu tun.

»Ach, das ist aber wirklich sehr nett von dir, mich auch noch zu fragen. Wenn ich jetzt Nein sage, wirst du dann Fritz heiraten oder Emilie oder eines der Hausmädchen?«

Heinrich stand auf, drehte sich zu Fritz um und sagte: »Hätten Sie vielleicht etwas dagegen einzuwenden, wenn ich meine Verlobte auf der Stelle übers Knie lege, sie wird ein bisschen frech für meinen Geschmack.«

»Nein, nein, nur zu, damit kann man gar nicht früh genug anfangen, sonst tanzen einem die Frauen

später auf der Nase herum«, lachte Fritz und trank genießerisch sein Glas leer.

»Untersteh dich«, warnte ich Heinrich, der mit gespielt finsterer Miene die Hände nach mir ausstreckte, musste aber kichern, weil ich natürlich wusste, dass er sich nur einen Spaß mit mir erlaubte.

»Ja, ich unterstehe mich. Ich unterstehe mich, dich sofort in meine Arme zu nehmen und ausgiebig zu küssen, schließlich sind wir jetzt verlobt.«

»Sind wir das? Ich kann mich gar nicht erinnern, dazu meine Zustimmung gegeben zu haben. Also lass mich einen Moment überlegen, schließlich darf man eine solche Entscheidung nicht überhastet treffen.«

»Luise! Jetzt spann mich doch bitte nicht so auf die Folter, das hält mein armes geschwächtes Herz nicht aus. Bitte, bitte, erlöse mich und sag Ja!«

»Nun gut, dann will ich mal nicht so sein«, lachte ich und ging einen Schritt auf ihn zu. Als ich dicht vor ihm stand, schaute ich ihm in die Augen und sagte: »Ja! Ja, Heinrich, ich will deine Frau werden. Von ganzem Herzen will ich das.«

»Na endlich«, sagte Fritz in diesen feierlichen Moment hinein, »dann habe ich ab jetzt auch nichts mehr dagegen, wenn ihr euch wiederseht.« Während Heinrich mich küsste, zog Fritz an der Klingelschnur und bestellte beim herbeieilenden Hausmädchen Champagner.

»Wir haben etwas zu feiern. Bitte auch meine Gattin und meine Tochter hierher.«

Als Martha und Emilie den Raum betraten, stand ich in enger Umarmung neben Heinrich und strahlte sicherlich heller als alle Petroleumlampen zusammen.

»Meine Lieben«, sagte Fritz, »ich habe euch eine sehr erfreuliche Mitteilung zu machen. Herr von Raden hat soeben um die Hand unserer Luise angehalten, und sie hat seinen Antrag angenommen. Darauf wollen wir anstoßen.«

Während Emilie auf mich zugelaufen kam, um mich stürmisch zu umarmen, hielt sich Martha etwas zurück, aber die Erleichterung war ihr deutlich anzusehen.

Wir stießen miteinander an, und ich fühlte mich wie im Märchen. Ich war offiziell verlobt, würde heiraten und war überzeugt, dass ich die Ehefrau von Heinrich war, die in dem internen Kasten von Sabrina erwähnt wurde.

Keiner von uns wollte an diesem Abend noch ins Sommertheater, und so beschlossen wir, gemeinsam in den »Detmolder Hof« zu einem Abendessen zu gehen. Wir fuhren allein voraus, da wir auch seine Eltern und Karla dazubitten wollten. Die Deppes fuhren in ihrer eigenen Kutsche direkt zum Gasthof.

Auf dem Weg zu seinen Eltern beschlich mich wieder die Angst. Was, wenn sie nicht einverstanden waren mit der Wahl ihres einzigen Sohnes? Schließlich war ich weder jung noch unschuldig. Ich war nicht mittellos, aber als reiche Erbin konnte ich nun auch nicht gelten.

Heinrich schien zu spüren, welche Gedanken mich beschäftigten, und drückte meine Hand.

»Keine Sorge, mein Herz, ich habe sie bereits von meinem Vorhaben unterrichtet, und sie hoffen sehr darauf, dass du Ja sagen wirst. Du wirst sehen, sie stehen schon voller Erwartung auf der Treppe.«

Er hatte den Satz kaum beendet, da kam das Haus in Sicht, und auf der obersten Stufe befanden sich tatsächlich seine Eltern und Karla. Alle drei elegant zum Ausgehen gekleidet.

Bis Heinrich mir aus dem Wagen geholfen hatte, waren alle schon unten, und ich fand mich in einer herzlichen Umarmung mit meiner zukünftigen Schwiegermutter. Auch Heinrichs Vater drückte mich an sich und hieß mich in seiner Familie als neue Tochter willkommen. Ich war sehr gerührt, und als Karla mir dann zuflüsterte: »Dann sind wir jetzt Schwägerinnen?«, war ich sicher, meinen Platz in dieser Welt gefunden zu haben.

Wir informierten Heinrichs Familie über unsere Absicht, im »Detmolder Hof« zu speisen, und auch, wenn sie andere Pläne gehabt haben mochten, stimmten sie ohne Zaudern zu. Sie fuhren mit ihrem eigenen Wagen, und so war ich für eine kleine Weile allein mit meinem neuen Verlobten.

Ich war wirklich glücklich, aber etwas belastete mich sehr: das Geheimnis meiner Zeitwanderung und das Wissen um den infamen Mord an Hedwig, dem Kindermädchen der Blanckes. Ich wusste nicht, was ich tun sollte: Heinrich davon erzählen oder lieber schweigen? Würde er mir glauben oder mich für verrückt halten und die Verlobung lösen?

»Du willst es dir doch nicht am Ende noch einmal überlegen?«, fragte Heinrich mich plötzlich. Es klang aber nicht so, als würde er diese Möglichkeit ernsthaft in Betracht ziehen.

»Nein, das will ich nicht, aber es gibt da etwas, dass du wissen musst, bevor ich deine Frau werden kann.«

»Huh, so geheimnisvoll? Ich glaube, alles, was ich wissen muss und will, weiß ich bereits, oder hast du weitere Geheimnisse?«

»Vielleicht! Es betrifft dich zwar nicht direkt, aber ich kann dich nicht heiraten, ohne es dir erzählt zu haben. Nicht jetzt, dazu ist keine Zeit mehr, wir sind ja schon fast da, aber bald, bitte.«

»Luise, du beunruhigst mich, aber gut, wenn du es so willst. Wir könnten morgen Nachmittag einen gemeinsamen Spaziergang unternehmen, nur wir beide, dann haben wir so viel Zeit, wie wir wollen. Ist dir das recht? Dann lass uns jetzt von etwas anderem reden und unseren ersten Abend als Brautleute genießen.«

»Hey, Granny, dann bist du ja jetzt eine Braut! Ich gratuliere dir von ganzem Herzen. Scheint ja wirklich ein Ehrenmann zu sein, dein Heinrich. Das hätte schließlich auch anders kommen können. Aber bist du dir wirklich sicher, dass du ihm erzählen willst, woher du deine aufmüpfige Art, die schön rasierten Beine und das Duftspray hast? Ich könnte mir gut vorstellen, dass selbst ein sehr verliebter Mann deiner Zeit da schon mal heftig ins Grübeln kommen könnte?«

»Ich kann ihn nicht heiraten, ohne ihm die Wahrheit darüber zu sagen. Ich kann eine Ehe nicht mit einem solchen Geheimnis beginnen, das geht nicht gut. Wenn er mir nicht glaubt, mich vielleicht sogar für geistesgestört hält, dann ist es ohnehin besser, sich zu trennen.«

»Wie du meinst, ist schließlich deine Verlobung, nicht meine.«

»Das stimmt, aber da wir gerade darüber reden, hattest du nicht auch einen jungen Mann kennengelernt? Was ist denn daraus geworden?«

»Jung? Nicht wirklich, Mann schon gar nicht, und daraus geworden ist überhaupt nichts. Er war ein Kindskopf, der außer Fußball nichts weiter wichtig fand. So was kann ich nicht gebrauchen, also habe ich es gleich wieder gelassen.«

»Das tut mir sehr leid für dich, mein Kind. Ich würde mir so sehr wünschen, dich glücklich zu wissen, wenn ich irgendwann mal nicht mehr kommen kann.«

»Granny, das hängt doch nun nicht nur davon ab, ob ich einen Mann habe oder nicht. Frau kann auch ohne Kerl ein glückliches Singleleben führen. Guck nicht so zweifelnd, das geht!«

Sie sieht nicht wirklich überzeugt aus, und ich lenke schnell vom Thema ab.

»Hast du zwischen all diesen Ereignissen Zeit gefunden, über den Plan nachzudenken, wie du den fiesen Blancke an den Eiern packen kannst?«

»An den was? Nein, dazu bin ich wirklich noch nicht gekommen, aber vielleicht kann mir Heinrich dabei helfen, wenn ich ihm erst alles erzählt habe.«

»Granny, selbst ist die Frau, du musst dich doch nicht immer auf einen Mann verlassen. Na ja, in diesem Fall könnten dir vielleicht drei Männer helfen, von denen zwei ja ohnehin ebenfalls eine Rechnung mit dem offen haben. Tut euch zusammen, haltet ein Brainstorming ab, und dann legt los.«

»Kind, du redest wieder unverständlich. Ich muss auch sagen, dass ich mich ein bisschen vor dem Gespräch mit Heinrich fürchte. Schon in der Bibel steht: ›Es ist das Herz ein trotzig und verzagt Ding; wer kann es ergründen?‹ Aber ich werde all meinen Mut zusammennehmen und ihm von dir erzählen.«

»Okay, dann mach das und frag ihn doch mal, ob die Möglichkeit besteht, dass er heutzutage irgendwo einen Ururenkel hat.«

»Heinrich hat keine Kinder, wie soll der da einen Ururenkel haben?«

»Weiß man's, Granny, weiß man's? Wie auch immer, ich drücke dir alle Daumen, dass dein Liebster dir glaubt und dich nicht für verrückt erklärt. Lass mich nicht zu lange auf den Ausgang dieses Gesprächs warten.«

Sie lächelt und verschwindet, ich auch in mein Bett, in dem mein wieder genesener Marderkiller schnurrend auf mich wartet. Wer braucht da schon einen Mann?

Zwei Tage bleibt Granny weg, am Abend des dritten ist sie dann wieder da. Nicht verweint oder gar verzweifelt, nein, sie lächelt strahlend und sieht sehr zufrieden aus.

»Aha, das scheint ja gut gegangen zu sein. Gott sei Dank, ich habe schon mit dem Schlimmsten gerechnet. Jetzt spann mich nicht länger auf die Folter und erzähl!«

GRANNY

Wie weit war ich denn mit meiner Erzählung gekommen? Ach ja, jetzt weiß ich es wieder. *Unsere kleine Verlobungsfeier war wunderschön. Heinrichs Eltern und die Deppes waren sich sofort sympathisch, und so verlief dieser Abend wirklich in absoluter Harmonie. Zumindest für die meisten, denn Karla und Emilie fiel es bestimmt nicht leicht, so zu tun, als würden sie sich kaum kennen.*

Wir besprachen die offizielle Verlobungsfeier und das Datum der Hochzeit. Heinrich sagte jeweils »morgen«, und alle lachten ihn aus. Zum Schluss einigten wir uns darauf, die Verlobung im Juli bekannt zu geben und im darauffolgenden Mai zu heiraten. Nicht zu schnell, damit keine Gerüchte entstanden. Ich war da gänzlich unbesorgt, hatte ich doch am Morgen gleich zwei von Sabrinas Tabletten genommen, damit würde ich nicht in widrige Umstände geraten.

Gegen 23 Uhr hoben wir die nette Tafel auf, Heinrich bat Fritz um seine Einwilligung, mich am nächsten Vormittag zu einem Spaziergang abholen zu dürfen, die er natürlich erhielt.

In dieser Nacht schlief ich tief und traumlos und erwachte am nächsten Morgen mit einem Lächeln.

Kurz nach elf fuhr Heinrich in seinem Einspänner vor, und wir fuhren langsam durch die Stadt, dann hinaus Richtung Palaisgarten. Dort wurden Pferd und Wagen sich selbst überlassen, und wir gingen zu Fuß weiter.

»So, mein Herz, raus mit der Sprache: Welche finsteren Geheimnisse willst du mir beichten? Schone mich nicht, ich kann alles ertragen.«

»Du sollst dich nicht über mich lustig machen. Warte nur ab, bis ich dir alles erzählt habe, dann

werden wir sehen, ob du noch zu Scherzen aufgelegt bist.«

Wir setzten uns schließlich auf eine Bank, und ich begann damit, wie Otto starb und wie überzeugt ich davon war, dass er ermordet wurde. Heinrich lauschte schweigend meinen Worten. Den Aufenthalt im Frauengefängnis streifte ich kurz, erzählte von meiner tiefen Verzweiflung und Trauer. Erwähnte dann, wie ich das Tagebuch in meine Tasche gesteckt hatte, ohne zu wissen, warum, und wie ich dann plötzlich in deinem Schlafzimmer im Sessel saß. Heinrich sah mich zwar aufmerksam von der Seite an, schwieg aber weiter. Ich erzählte die ganze Geschichte. Wie wir mithilfe deiner Mam das Tagebuch entziffert hatten, in den Archiven Nachforschungen betrieben und schließlich darauf gestoßen waren, dass Regierungsrat Reichelt und sein Cousin Werner zwar Giftmischer waren, Otto ihren Anschlag aber überlebt hatte. Dann holte ich noch einmal tief Luft und fuhr fort, dass wir schließlich auf den letzten Seiten des Tagebuches von Fritz erfahren hatten, dass und warum meine beste Freundin Hermine ihn getötet hatte.

»Ja, genauso war es, ganz genauso. Sie heißt übrigens Sabrina, und ihre Kinder heißen Luise und Lasse. Sie hat auch einen Kater, und der heißt Amun. Sie arbeitet bei einer Zeitung und trägt nie Unterröcke, dafür aber Dschiens.«

Völlig außer Atem stieß ich den letzten Satz hervor und saß dann schweigend und völlig verkrampft ein-

fach nur da. Heinrich sagte lange nichts, dann räusperte er sich, drehte sich zu mir und sagte: »Ach, mein Herz, du bist so unterhaltsam, und ich liebe deinen Humor. Welches seiner Bücher hast du denn gelesen, doch nicht am Ende alle? Ich wette, die hatte dein Otto in seiner Bibliothek, oder ist es Fritz?«

»Wovon redest du, ich verstehe nicht? Welche Bücher denn?«

»Ach komm, jetzt hast du mich lange genug genarrt, und ich bin dir auf die Schliche gekommen, also gib es schon zu! Du hast Jules Verne gelesen, entweder ›Reise in 80 Tagen um die Erde‹ oder ›Reise zum Mittelpunkt der Erde‹.«

Er schaute mich strahlend an und schüttelte dann mit dem Kopf, als er meinen Blick sah.

»Nicht? Welches dann? ›20.000 Meilen unter dem Meer‹? Nun sag schon, welches hat dich zu dieser unglaublichen Geschichte inspiriert? Die ist wirklich gut, und ich glaube, ich kann sie bestimmt bei einem befreundeten Verleger unterbringen. Sobald wir in Berlin wohnen, mache ich das, versprochen. Oh, oh, mein Frauchen wird berühmt, wer hätte das gedacht?«

Ich antwortete nicht, griff in meine Tasche, zog die Duftdose von dir hervor und hielt sie ihm hin.

»Dann muss mir das hier wohl Herr Verne persönlich von seiner Reise zum Mittelpunkt der Erde mitgebracht haben, aber vielleicht hat er sie ja auch auf dem Meeresboden gefunden?«

Heinrich nahm mir die kleine Flasche ab und drehte sie hin und her. Schüttelte sie dann, roch an ihr und gab sie mir schließlich zurück.

»Was ist das? So etwas habe ich noch nie gesehen, woher hast du es?«

»Es ist eine Duftflasche, mit ihr besprüht man sich unter den Armen, damit man gut riecht, und ich habe dir eben erklärt, woher ich sie habe.«

Mit diesen Worten zog ich die weiße Kappe ab, hielt die Flasche in Heinrichs Richtung und drückte auf den Knopf. Ein duftender Nebel entwich zischend, und er zuckte erschrocken zurück.

»Mein Gott, Luise, ich weiß wirklich nicht, was ich denken soll. Ich gebe zu, so etwas noch nie im Leben gesehen zu haben, aber deine Geschichte ist so unglaublich, so unfassbar. Niemand, wirklich niemand ist jemals aus seiner eigenen Zeit verschwunden, um in einer anderen wieder aufzutauchen. Das ist, das ist … nun ja, sehr sonderbar zumindest.«

»Ach, Heinrich, das weiß ich doch. Warum, glaubst du, wollte ich dir das alles vor unserer Hochzeit erzählen? Doch damit du dich frei entscheiden kannst, ob du mich trotzdem heiraten willst oder lieber nicht.«

»Was hat das denn mit unserer Heirat zu tun? Ich liebe dich … Oh, hast du vielleicht vor, wieder in diese unbekannte Zukunft zu gehen, um dann nicht mehr zurückzukommen?«

Er sah jetzt wirklich besorgt aus, und ich beeilte mich, ihm zu versichern, dass ich das nicht vorhatte, nicht einmal wusste, ob das überhaupt möglich war. Wieder schwiegen wir eine Weile, dann sagte Heinrich: »Hast du noch mehr ... hm Beweise oder nur diese befremdliche Dose?«

Ich holte tief Luft, griff erneut in meine Tasche und zog eine Fotografie hervor, die ich ihm schweigend hinhielt.

Ich zeigte mit dem Finger auf die einzelnen Personen und erklärte: Das ist meine Ururenkelin Sabrina, das ist Luise und das Lasse, meine Urururenkelkinder.«

Heinrich zog scharf die Luft durch die Nase ein und starrte auf das Bild. Kopfschüttelnd drehte und wendete er es, besah sich die leere Rückseite, roch sogar daran. Er war sehr blass, als er mir die Fotografie hinhielt, und deutete mit dem Finger auf Sabrinas Auto: »Was, in drei Teufels Namen, ist das?«

»Oh, das ist ein Auto. Alle Menschen in der Zukunft haben so eines. Die sind sehr bequem und fahren ungeheuer schnell. Aber es gibt auch Flugmaschinen, die durch den Himmel fliegen und noch viel schneller sind ...«

»Halt, Luise, halt, ich kann dir nicht mehr folgen, ich habe das Gefühl, den Verstand zu verlieren.«

Er atmete noch einmal tief durch und schaute wieder auf das Auto.

»Ich habe so etwas Ähnliches schon einmal gesehen. Vor etwa zehn Jahren gab es in Mannheim eine Ausstellung, und dort stellte ein Mann, seinen Namen

habe ich vergessen, seine Erfindung vor. Er nannte es ›Motorwagen‹ und behauptete, eines Tages würden alle Menschen so ein Ding besitzen. Es hatte zwar nicht viel Ähnlichkeit mit diesem hier«, dabei zeigte er wieder auf das Foto, »aber trotzdem. Ich war damals im Auftrag Seiner Majestät dort und hätte das Patent kaufen sollen, fand es aber nicht überzeugend genug. Ich scheine mich da geirrt zu haben. Benz hieß der Mann, jetzt weiß ich es wieder, Carl Benz. Ja genau, so hieß er.«

Heinrich war sichtlich verwirrt, und das konnte ich ihm wirklich nicht verdenken. Ich war schon froh, dass er überhaupt noch neben mir saß und nicht gleich die Flucht ergriffen hatte.

»Heinrich«, sagte ich leise und legte meine Hand auf seinen Arm, »sieh mich an, bitte. Ich bin wirklich nicht verrückt und erzähle dir nichts, was nicht stimmt. Ich kann dir nicht erklären, warum und wie es funktioniert, aber ich versichere dir, es ist so. Ich gehe irgendwann in mein Zimmer, setze mich in immer den gleichen Sessel und denke an das Problem, das ich unbedingt lösen will. Und dann sitze ich plötzlich bei Sabrina im Sessel. Umgekehrt geht es immer, wenn ich sehr müde oder erschöpft bin, dann wache ich in meinem Zimmer wieder auf und fühle mich ausgeruht wie nach einem erholsamen Schlaf.«

»Wieso sprichst du in der Gegenwart? Ich dachte, das alles läge lange zurück? Willst du mir damit etwa sagen …? Luise! Sieh mich an, bitte, und dann sag

mir, dass du nicht immer noch, auch jetzt noch … Was, wenn du eines Tages nicht mehr zurückkommen kannst oder willst, was dann? Was wird aus mir?«

»Oh, mein Liebster, ich werde auf alle Fälle immer zurückkommen, ich könnte doch gar nicht mehr leben ohne dich. Außerdem kann ich in dieser neuen Zeit weder essen noch trinken. Na ja, jedenfalls bis jetzt nicht.«

»Was soll das denn nun schon wieder heißen: ›bis jetzt nicht‹?«

»Weil sich alles verändert, ohne dass ich weiß, warum. Sehen und hören kann mich ohnehin nur Sabrina, aber auch sie konnte mich lange nicht berühren. Ich konnte nicht einmal eine Brille aufsetzen …«

»Moment! Seit wann trägst du denn eine Brille?«

»Trage ich ja nicht, das habe ich doch nur gesagt … ach, Heinrich, das ist doch gänzlich nebensächlich, ich wollte damit nur sagen, dass ich auf alle Fälle immer wieder zu dir zurückkommen werde. Du musst dich um mich nicht sorgen, im Gegenteil, sieh es doch mal so: Ohne die Hilfe von Sabrina hätten wir niemals das Grab von Hedwig gefunden, und der Blancke könnte für seine abscheuliche Tat von niemandem zur Rechenschaft gezogen werden.«

»Wie bitte? Was für eine Hedwig und was für ein Grab? Luise! Jetzt hör bitte sofort auf, in Rätseln zu sprechen, erkläre mir alles, und zwar ganz genau!«

»Oh, natürlich, ich habe ganz vergessen, dass du davon noch gar nichts wissen kannst. Also, es ist so …«

Wieder redete ich eine ganze Weile und erzählte ihm alles, was ich wusste und was in der letzten Zeit passiert war.

Als ich geendet hatte, schwieg er, schloss die Augen und schüttelte mit dem Kopf. Dann richtete er sich entschlossen auf und sagte: »Gut, Luise, ich nehme dir diese Geschichte ab, was anderes bleibt mir wohl nicht übrig, aber wenn ich das alles richtig verstanden habe, wurden die sterblichen Überreste von dieser Hedwig von der Polizei sichergestellt, sind also nicht mehr da. Was soll uns das heute helfen können?«

Ich atmete erleichtert auf und beeilte mich zu sagen:

»Ich habe das Messer, mit dem er Hedwig gemeuchelt hat, in meinem Zimmer, und das wird uns helfen, ich weiß nur noch nicht, wie. Sabrina hat gesagt, wir sollten uns alle zusammensetzen und überlegen, dann würde uns bestimmt etwas einfallen. Sie selbst macht sich ebenfalls Gedanken darüber, und, ach ja, sie würde gern wissen, ob es in ihrer Zeit vielleicht einen Ururenkel von dir gibt?«

»Wie bitte? Woher soll ich denn das wissen? Genau genommen kann es aber gar nicht sein, denn ich habe keine Kinder. Hast du ihr das nicht gesagt?«

»Doch natürlich, aber sie hat gemeint, das könne man ja nie wissen. Sie sagt manchmal sehr unverständliche Sachen.«

»Aha, na ja, also Luise, ich bin immer noch ver-

wirrt von dem, was du mir alles erzählt hast. Ich will dir ja gerne glauben, aber ganz leicht fällt mir das nicht. Hast du eigentlich eine Vorstellung davon, was du da von mir verlangst?«

»Ja, dessen bin ich mir sehr bewusst«, antwortete ich leise, »darum ist es mir ja auch so schwergefallen. Ich hatte große Angst, du würdest mich für verrückt halten, und eigentlich habe ich diese Angst immer noch. Meine Ururenkelin hat das am Anfang auch geglaubt, wollte aber dann zu Schorch Cluhnie. Nur, Heinrich, bitte: Ich bin nicht verrückt, ich bin völlig klar im Kopf und kann nichts dafür, dass mir so etwas passiert. Ich habe auch sehr lange gebraucht, es zu akzeptieren. Ich werde dir gern mehr von dieser neuen Zeit erzählen, sie ist merkwürdig und unheimlich, aber viele Dinge sind auch viel besser als heute.«

»Gib mir Zeit, Luise, ich muss das jetzt erst einmal verdauen. Natürlich liebe ich dich, egal, wohin du entschwindest, versprich mir nur, immer zu mir zurückzukommen.«

Das versprach ich ihm sofort, und daraufhin nahm er mich in die Arme und küsste mich.

Kurz darauf verließen wir den Palaisgarten und machten uns auf den Weg zu Gottfried und Hermann. Wenn die beiden über unseren überraschenden Besuch verwundert waren, so ließen sie sich das nicht anmerken. Sie begrüßten uns herzlich, und dann saßen wir wieder um den runden Esstisch versammelt.

Heinrich warf mir einen Blick zu und sagte dann: »Luise möchte euch in ein Geheimnis einweihen, gegen das eures eher, na, sagen wir, unbedeutend ist. Daraus mögt ihr sehen, dass ihr meiner Verlobten absolut vertrauen könnt.«

In die erstaunten, neugierigen Blicke hinein begann ich die gleiche Geschichte, die ich heute schon Heinrich erzählt hatte, zu wiederholen.

Die beiden Männer hörten schweigend zu, unterbrachen mich kein einziges Mal und blieben auch stumm, als ich geendet hatte. Nach einer Weile stand dann Gottfried auf, drehte sich zum großen Buffet um und sagte: »Ich brauche jetzt erst einmal einen Schnaps, wer noch?« Natürlich hoben nur die Männer die Hand, Frauen tranken Likör, den hatten die beiden aber nicht im Haus.

»Hast du das Messer dabei?«, fragte er dann, nachdem er den Hochprozentigen hinuntergekippt hatte.

»Nein, ich habe es zu Hause in meinem Zimmer, ich laufe nicht gern mit einer Mordwaffe in der Tasche spazieren. Aber ich habe etwas, das euch vielleicht dabei hilft, mir zu glauben.«

Wieder kramte ich meine Duftdose aus der Tasche und auch das Foto von dir und den Kindern. Die Wirkung war gewaltig, beide Männer wurden blass und bekamen riesengroße Augen. Fast scheu griffen sie nach den Gegenständen, um sie genauer zu betrachten.

»Und ich Idiot hätte das Patent für diesen Motorwagen billig haben können und habe es nicht erwor-

ben. Ich bin nur sehr froh, dass Seine Majestät hoffentlich nie erfahren wird, wie borniert ich war«, sagte Heinrich und schüttelte den Kopf.

»Mach dir keine Sorgen«, sagte ich leise, »Seine Majestät den Kaiser wird es nicht mehr lange geben, nur noch einen Fußballspieler mit diesem Titel, dafür aber einen furchtbaren Weltkrieg.«

Sechs Augen wandten sich mir schreckgeweitet zu, und ich bedauerte meine Worte sofort. Was machte es für einen Sinn, diese Menschen derart zu beunruhigen? Das war unbedacht und falsch von mir.

»Bitte«, sagte ich daher schnell, »ich weiß nichts weiter, ganz bestimmt nicht. Nur dieses, mehr nicht. Ich will nichts über meine oder eure Zukunft wissen, das ist schrecklich und hilft niemandem weiter. Aber immerhin weiß ich, dass der Mann, unter dem ihr seit Langem zu leiden habt, nicht nur ein Erpresser, sondern auch ein Mörder ist. Damit sollte es uns wohl gemeinsam gelingen, diesem Verbrecher das Handwerk zu legen.«

Heinrich richtete sich jetzt auf und sagte: »Es schadet doch nicht, wenn wir Luise erst einmal Glauben schenken. Daher mache ich den Vorschlag, wir überlegen jetzt gemeinsam, wie wir ihr Wissen für uns nutzen können. Also, was haben wir? Wir haben ein verschwundenes Kindermädchen, das nach Aussage meiner Verlobten von Blancke geschändet wurde und von ihm in anderen Umständen war. Wir haben keine Leiche, dafür aber die Mordwaffe. Es müsste doch mit dem Teufel zugehen, wenn wir ihn damit nicht überführen könnten.«

»So einfach ist das nicht, mein lieber Freund. Selbst wenn wir ihm auf den Kopf zusagen würden, was wir wissen. Er wird uns auslachen und nach Beweisen fragen.«

»Sicher wird er das, daraufhin halten wir ihm das Messer vor die Nase, dann wird er schon zusammenbrechen und seine abscheuliche Tat gestehen. Du, als Hüter des Gesetzes, bist Zeuge und kannst ihn gleich verhaften und seinem gerechten Urteil zuführen.«

»Ja, das könnte ich, vorausgesetzt, er verhält sich so, wie du es sagst. Was, wenn nicht? Er ist ein eiskalter Mensch, und es kann gut sein, dass er sagt, er habe mit dem Messer nichts zu tun, habe es in seinem Leben nie gesehen. Dann haben wir unseren Trumpf verspielt und sind keinen Schritt weiter als jetzt.«

»Hmm, da hast du natürlich recht, aber hast du eine bessere Idee?«

»Vielleicht! Der Blancke wird mit Sicherheit in den nächsten Tagen wieder hier auftauchen, um sein Geld zu fordern. Ich bitte ihn herein und lasse ihn in der Bibliothek warten. Dort liegt, gut sichtbar, das Messer. Wenn er sich unbeobachtet fühlt, wird er erschrecken, es sehr genau betrachten und sich fragen, ob wir nur zufällig ebenfalls ein solches Messer besitzen. Die Angst wird ihm keine Ruhe lassen, er wird nicht mehr schlafen können, bis er sich davon überzeugt hat, dass sich die Tatwaffe noch an Ort und Stelle befindet,

nämlich dort, wo er sie vergraben hat. Dort könnten wir ihm dann auflauern und ihn verhaften.«

»Ach, Gottfried, welch ein grandioser Plan«, Hermann lächelte seinem Freund bewundernd zu, »man merkt, dass du Erfahrung mit solchem Abschaum hast.«

»Lob mich nur nicht zu früh«, warnte der Angesprochene, »erst müssen wir sicher sein, dass unser Plan gelingt. Spinnen wir es einmal weiter: Blancke macht sich auf den Weg zum Grab seines ehemaligen Kindermädchens und findet das Grab noch genau so vor, wie er es verlassen hat.«

»Muss er denn nicht davon ausgehen, dass wir, wenn wir schon das Messer haben, auch die sterblichen Überreste des Kindermädchens in Sicherheit gebracht haben?«, fragte jetzt Heinrich.

»Nein, eigentlich nicht. Es besteht ja immerhin die Möglichkeit, dass wir nur das Messer gefunden haben. Darauf wird er nach einigem Nachdenken kommen, denn von einem Leichenfund hätte er gehört. Das hätte in der Zeitung gestanden, ganz sicher. Er wird irgendwann daran glauben, das Messer gar nicht mit vergraben, sondern vorher verloren zu haben. Das wird er sich schließlich so lange einreden, bis er davon überzeugt ist. Ich kenne mich mit diesem Lumpenpack aus und weiß, wie sie denken. Vertraut mir, wenn er des Messers habhaft werden kann, wird er sich nach einer Weile in Sicherheit wiegen, und dann müssen wir ihm die nächste Überraschung bereiten.«

»Gut und schön, aber welche? Wir haben schließlich nichts anderes gegen ihn in der Hand«, warf Heinrich wieder ein.

»Das stimmt leider, und genau da liegt das Problem.«

Noch bevor jemand darauf antworten konnte, ergriff ich das Wort: »Fest steht, er hat das Grab nicht geöffnet, sonst hätte ich nicht über 100 Jahre später die sterblichen Überreste von Hedwig und das Messer finden können. Ich nehme daher an, dass wir einen Weg gefunden haben, ihn davon abzuhalten. Was haltet ihr denn von meinem Vorschlag:

Wir kaufen jeder ein solches Messer. Ich weiß, dass es genau die gleichen bei der Firma Sonntag gibt. Wir beschmieren sie mit Erde und Blut, und immer, wenn dieser Mensch gerade aufatmet und glaubt, er käme ungestraft davon, richten wir es so ein, dass er ein weiteres Messer findet. Ich gehe davon aus, dass er irgendwann einen Fehler macht, der ihn überführt.«

Heinrich sprang auf, zog mich vom Stuhl hoch und wirbelte mich durch die Luft:

»Meine Luise, ist sie nicht ein kluges Frauenzimmer? Ja, das ist eine brillante Idee!«

Gottfried und Hermann sahen sich an und nickten dann beide zögernd mit dem Kopf. Gottfried ergriff als Erster das Wort: »Der Plan klingt wirklich überzeugend. Einfach und hoffentlich doch wirkungsvoll. Das setzt aber voraus, dass immer einer von uns in der Nähe sein muss, wenn Blancke wieder ein Messer finden soll. Für den Fall, dass er dann etwas Unüberlegtes tut oder sagt.«

»Das sollte doch möglich sein«, wischte Heinrich den Einwand vom Tisch. »Jetzt fahren wir zuerst einmal zu Luise nach Hause und holen die Mordwaffe. Dann sehen wir weiter. Nicht, dass Blancke auftaucht, bevor wir ihm das Messer hier schön auffällig hinlegen können.«

»Die ganze Angelegenheit kann aber durchaus eine Weile in Anspruch nehmen, schließlich haben wir nicht jederzeit die Möglichkeit, eines der Messer so zu hinterlassen, dass es ausschließlich Blancke finden kann und niemand völlig Unbeteiligter. Hast du so viel Zeit, musst du nicht irgendwann wieder nach Berlin zurück?«

Die Frage war an Heinrich gerichtet und versetzte mir einen Stich ins Herz. Daran zu denken, hatte ich mich bisher einfach geweigert. Aber Gottfried hatte natürlich recht, Heinrich lebte und arbeitete in Berlin, in Detmold war er nur zu Gast.

Heinrich sah mich an und lächelte: »Darüber macht euch nur keine Gedanken, das regle ich schon. Berlin wird für eine Weile ohne mich auskommen müssen.«

Ich war sehr erleichtert und machte mich schließlich mit ihm zusammen auf den Weg, das alte Messer zu holen. Unterwegs unterrichtete ich ihn noch davon, dass wir es abgewaschen und gereinigt hatten, um eventuelle Hinweise auf seine Herkunft zu erhalten.

»Das ist nicht weiter schlimm, du konntest ja noch nichts von unserem Plan ahnen. Ich nehme aber ganz sicher an, dass du dich genau erinnern kannst, wie es ausgesehen hat?«

»Ja, das werde ich bestimmt nie vergessen, es war fast schwarz und lehmverkrustet.«

»Das Schwarze wird Blut gewesen sein, schließlich lag es sehr lange unter der Erde. Heute könnte man es sicherlich noch als Blut erkennen, das sollte uns gelingen.«

Als ich in mein Zimmer lief, sah und hörte ich niemanden, vermutlich war die Familie ausgegangen. Ich öffnete meine Kommode und suchte unter meiner Wäsche nach dem Corpus Delicti. Ich wickelte es in ein Taschentuch und verbarg es in meiner Handtasche, dann lief ich zurück zu Heinrich, konnte aber nicht verhindern, dass es mir eiskalt den Rücken herablief.

»Ich habe es«, sagte ich leise, »wirst du mir endlich glauben, wenn du es siehst?«

»Ach, mein Herz, wie könnte ich dir nicht glauben, deine Wangen glühen und deine Augen leuchten vor lauter Jagdeifer. Wo immer du dieses Messer herbekommen hast, dass Blancke der Mörder dieser Hedwig ist, steht für mich fest.«

Das war es nicht, was ich hören wollte, aber ich musste mich wohl vorerst damit zufriedengeben.

Gottfried und Hermann schienen noch genauso dazusitzen, wie wir sie verlassen hatten, sie wirk-

ten äußerst angespannt und beunruhigt. Ich trat an den Tisch, öffnete meine Handtasche und legte das Taschentuchpäckchen vor sie hin. Sie warfen sich einen kurzen Blick zu, dann griff Hermann danach und wickelte das Messer aus.

»Sieht eigentlich ganz harmlos aus, ein normales Jagdmesser, ein Hirschtöter. Dürfte sich in vielen Haushalten finden, nehme ich mal an.«

»Nur, dass in den meisten Fällen damit kein Kindermädchen ermordet wird«, sagte Heinrich mit sarkastischem Unterton.

»Natürlich nicht. Ich wollte damit auch nur sagen, dass wir mit dem Messer allein den Blancke unmöglich überführen könnten. Er würde uns auslachen und das mit vollem Recht.«

»Gut, dann würde ich vorschlagen, du oder Gottfried geht gleich morgen zu Sonntag und kauft ein identisches Messer. Zwei Tage später dann ich, dann Luise und dann du, Hermann. Einverstanden? Dieses hier müssen wir allerdings so schnell wie möglich präparieren, damit es genauso aussieht, wie Blancke es vergraben hat. Mit Blut besudelt und von Erde verdreckt. Wie machen wir das?«

»Wir nehmen einfach Erde und rote Farbe, denn Blancke wird viel zu erschrocken sein, um den Unterschied zu bemerken. Die Hauptsache ist jetzt erst einmal, dass es auf dem Sekretär liegt, wenn dieser Lump hierherkommt«, entschied Gottfried.

»Das dürfte sich schnell erledigen lassen, Erde

haben wir hinter dem Haus im Garten, und Farbe gibt es im Schuppen. Ich erledige das und ... Luise, du hältst uns nicht etwa zum Narren mit dieser ganzen Geschichte?«

Einen Augenblick lang war ich verärgert, aber dann verstand ich, wie schwer es den Männern fallen musste, mir das alles abzunehmen, mir zu vertrauen und sich auf mich zu verlassen.

»Ich schwöre beim Leben meines Sohnes, dass jedes Wort, das ich euch erzählt habe, wahr ist. Mehr kann ich wirklich nicht tun.«

Alle nickten, und Heinrich legte einen Arm um meine Schultern.

»Halleluja, das ist ja mal gar nicht so schlecht gelaufen. Ich hätte mehr Skepsis von deinem Bräutigam erwartet, hatte sogar schon Angst, du kommst nicht mehr, weil der dich hat einweisen lassen. Puh, wie schön, dass Liebe nicht nur blind, sondern offensichtlich auch noch gutgläubig macht. Ich muss aber neidlos anerkennen, das, was ihr euch da ausgedacht habt, klingt nach einem vernünftigen Plan. Muss nur noch der Blancke mitspielen und sich so verhalten, wie ihr es hofft. Was glaubst du denn? Schreit der eines Tages ›Mea culpa, mea maxima culpa‹, gesteht alles und kann verhaftet werden, oder stößt er sich eines dieser Messer ins boshafte Herz und entzieht sich so der irdischen Gerechtigkeit?«

»Das wird sich zeigen, mein liebes Kind, du eilst den Ereignissen schon wieder einmal voraus. Du weißt doch, ›der Mensch denkt, aber Gott lenkt‹, also fasse dich in Geduld.«

»Nee, ich fasse mir an den Kopf, liebe Granny, denn natürlich weiß ich schon wieder viel mehr als du. Ich habe ein bisschen recherchiert und nichts gefunden. Das heißt, der Blancke hat keinen Mord gestanden, was ja schon klar war, schließlich war das Grab von Hedwig unberührt. Nun hätte er natürlich gestehen können, ohne die Stelle zu verraten. Kannst du mir folgen, liebste Ahnin? Aber auch das hätte doch mit Sicherheit in der Zeitung gestanden, oder etwa nicht? Wir können also davon ausgehen, dass es nicht rausgekommen ist oder zumindest nicht an die Öffentlichkeit gelangte. Vielleicht hat er sich tatsächlich umgebracht, vielleicht ist er aber auf Nimmerwiedersehen verschwunden.«

»Nein, ich bin sicher, er wird seine gerechte Strafe erhalten haben, du wirst es sehen.«

»Okay, wenn du das sagst. Ich habe übrigens auch nach deinen beiden neuen Freunden gesucht – weit und breit nichts von einem Skandal zu finden. Hermann wird einmal im Zusammenhang mit einem aufsehenerregenden Prozess erwähnt, und Gottfried, als er von Hannover nach Berlin versetzt wird.«

»Oh, das ist schön, das heißt doch, dass Blancke sie nicht verraten hat, das werde ich ihnen auf alle Fälle gleich mitteilen, wenn ich sie das nächste Mal sehe.«

»Nein, Granny, tu das nicht. Es wird sich ja alles zum Guten wenden, auch ohne dein Zutun. Du wirst ihnen nur noch unheimlicher werden, wenn du zu viel über sie weißt. Halte den Mund und dein Wissen für dich, versprichst du mir das?«

»Wenn du meinst, dass es besser so ist, dann verspreche ich dir das. Jetzt muss ich gehen, ich bin sehr müde, und wer weiß, was morgen alles geschieht.«

Bei mir geschieht leider überhaupt nichts, kein Highlight am Horizont, nur Alltagstrott und quengelnde Kinder. Vor allen Dingen Lasse entwickelt sich momentan zu einer echten Heulboje. Meine Mutter hat ihn schon »Lasse Knatschig« getauft, weil er kaum einmal in einem normalen Ton redet. Ich weiß nicht, was er hat, irgendetwas geht ihm gewaltig gegen den Strich. Vielleicht merkt er, dass sein Vater immer weniger Zeit für ihn hat, immer seltener anruft. Er hat eine neue Freundin, und die geht natürlich vor. Isi kommentiert das wie immer mit »mir doch egal«, registriert es aber mit Sicherheit sehr genau und verarbeitet ihre Eifersucht in schlechten Träumen. So gern ich das auch möchte, ich kann meine Kinder leider nicht vor jedem Kummer bewahren, das lässt das Leben nicht zu. Allerdings bin ich stinksauer auf meinen Ex, aber das behalte ich heroisch für mich, zumindest den Kindern gegenüber. Ihm sage ich am Telefon sehr deutlich, was ich davon halte, stoße allerdings mal wieder auf Unverständnis und taube Ohren.

Irgendwas läuft in meinem Leben gewaltig schief. Das kann doch nicht alles gewesen sein: ein langweiliger Job, ein Einkommen, das gerade so zum Leben reicht, weit und breit kein neuer Mann in Sicht. Auf Dauer ist selbst der verschmusteste Kater etwas wenig fürs Herz. So hatte ich mir das wirklich nicht vorgestellt. Was ist aus meinen Träumen geworden, meinen großen Plänen?

Ich sitze auf meinem Bett und drohe in Tränen auszubrechen, da springt mir Amun auf den Schoß. Mit beiden Pfoten betatzt er mein Gesicht, reibt seinen Kopf an meiner Wange und gurrt wie eine Taube. Ich vergrabe die Nase in seinem weichen Fell, und er klettert an mir hoch und legt sich als Schal um meine Schultern. Er spürt, wenn es mir nicht gut geht, und ist dann wirklich bemüht, mich aufzuheitern. Er schnurrt, kitzelt mich mit seinen Barthaaren, knabbert an meinem Ohr und ist der liebste Kater dieser Welt. Eine Weile lasse ich ihn gewähren, dann möchte ich doch lieber aufstehen, Zähne putzen und mich in mein Bett verkrümeln. Amun springt mit einem Satz zu Boden und rennt mit aufgestelltem Schwanz vor mir her in die Küche. War klar, so viele Liebesbeweise verlangen nach einer extra Portion Katzenfutter. Kaum bin ich in den Federn, ist er aber wieder da, legt sich sehr eng an meinen Kopf und schläft gleich darauf tief und fest. Kater müsste man sein.

Am nächsten Morgen beauftragt mich mein Chef mit der Recherche einer Brandstiftung, und ich bin den ganzen Tag unterwegs. So richtig rund kriege ich die Story allerdings nicht, die Polizei scheint zu mauern, die Feuerwehr verweist auf die Polizei, und der Besitzer des abgebrannten Hauses ist unerreichbar. Super, dann darf ich wohl die nächsten Tage auch noch damit zubringen. Spannend ist was anderes.

Ich schaffe es in letzter Sekunde, pünktlich am Hort anzukommen und Isi abzuholen, die ungewohnt friedlich ist. Das gleicht Lasse allerdings mit besonders schlechter Laune wieder aus. Warum er so mies drauf ist, verrät er mir nicht, quengelt und heult nur vor sich hin. In der Wohnung angekommen, schmeißt er krachend die Tür vom Kinderzimmer hinter sich zu, und als ich ein paar Minuten später nach ihm schaue, liegt er im Bett und schläft. Vorwarnstufe zu einer Katastrophe, denn dann brütet er mit Sicherheit irgendetwas aus. Ich befühle seine Stirn, die sich zum Glück normal anfühlt, vielleicht ist er einfach nur müde. Hoffen wir mal das Beste.

Wie würde Granny sagen? »Hoffen und Harren hält manchen zum Narren«? Scheint was Wahres dran zu sein, denn eine halbe Stunde später fängt er jämmerlich an zu weinen. Seine Stimme klingt heiser, und sein Gesicht ist hochrot und nass geschwitzt. Ich renne nach dem Fieberthermometer, und das bestätigt meine schlimmsten Befürchtungen: 39,8°C! Ich verabreiche Fiebersaft und wasche ihm das Gesicht mit kaltem Wasser. Er hat Durst und keinen Hunger. Alarmzeichen Nummer zwei. Wenn Lasse keinen Hunger hat, ist er richtig krank. Ich telefoniere mit dem Kindergarten, frage nach, welche ansteckenden Krankheiten gerade umgehen, und kündige Lasses Fehlen für den nächsten Tag an. Isi ist auch schon längere Zeit verschwunden, vermutlich zu einer ihrer vielen besten Freundinnen. Auf dem Dorf zu wohnen, hat viele Vorteile, wenn man die Nachteile mal unberücksichtigt lässt.

Okay, nachdenken. Was mache ich jetzt? Es sieht nicht so aus, als wäre Lasse morgen wieder fit, das heißt, ich werde morgen nicht zur Arbeit fahren können, es sei denn, ich rufe Mam an und frage, ob sie kommen könnte. Mein Chef wird mit Sicherheit nicht begeistert sein, wenn ich mitten in einer erst halb recherchierten Geschichte ausfalle. Also gut, Mam anrufen, die zu meiner großen Erleichterung verspricht, noch heute Abend zu kommen. Nach knapp eineinhalb Stunden ist sie tatsächlich da. Bewaffnet mit ihrem Allheilmittel, einer selbst gekochten Hühnersuppe, und natürlich mit Teddy im Schlepptau. Lasse will keine Hühnersuppe, war klar, aber Vorbeugen ist ja bekanntlich besser als Heilen, also esse ich sie.

Lasses Fieber will auch mit Norofen-Saft nicht unter 39,5 °C sinken, und er weint und jammert vor sich hin. Mam macht Wadenwickel, ich wusste gar nicht, dass es so was heutzutage überhaupt noch gibt, aber sie wirken tatsächlich. Gegen 22 Uhr hat er nur noch 38,7°C und schläft friedlich. Wir setzen uns auf den Balkon und unterhalten uns über Granny und ihren Mordfall.

»Glaubst du wirklich, die Messergeschichte bringt diesen Kohlenhändler dazu, seine Tat zu gestehen?«, fragt Mam.

»Keine Ahnung, ich hoffe es, aber wenn nicht, dann weiß ich auch nicht weiter. Er wäre nicht der einzige Verbrecher, der straffrei davonkommt, auch wenn Granny unerschütterlich an göttliche Gerechtigkeit glaubt.«

»Wenn es die gäbe, wäre die Welt ein freundlicher Ort, aber wer weiß, vielleicht behält sie ja in diesem Falle recht.«

»Na ja, dann warten wir es einfach ab, wie sich die Geschichte weiterentwickelt. Man darf gespannt sein.«

Amun erscheint auf der Bildfläche, sieht meine Mutter und springt ihr sofort schnurrend auf den Schoß, klettert von da auf ihre Schulter und ringelt sich um ihren Hals. Verräter, elender. Mam krault ihn hingebungsvoll, und er reibt seine Wange an der ihren. Dass sie ihn mir überlassen hat, grenzt an ein Wunder, denn dieser Kater wurde auch von ihr sehr geliebt. Es war eine reine Vernunftentscheidung, denn Teddy und Amun waren nicht gerade die besten Freunde, und das lag nicht am Hund. Amun ließ keine Gelegenheit aus, dem armen Kerl die Nase blutig zu kratzen, und irgendwann hatte auch dieser sehr geduldige Vierbeiner genug und schnappte nach ihm. Die Auseinandersetzungen wurden immer häufiger und heftiger, und es war abzusehen, dass Amun diesen Kampf nicht gewinnen würde. Hund oder Kater, Mam musste sich entscheiden, und dass Teddy ohne sie eingehen würde, konnte jeder sehen, der Augen im Kopf hatte. Also zog Amun zu mir, ich war glücklich, Mam traurig, aber sie konnte ihn ja jederzeit sehen, wenn sie wollte. So freuen sich jetzt beide über das Wiedersehen, und ich sitze mit zwiespältigen Gefühlen daneben.

Es ist schon fast 23 Uhr, als Granny unerwartet auftaucht.

»Oh, wie schön, dass du noch wach bist«, sagt sie, während Amun kreischend und fauchend von Mams Schulter springt. Er versetzt ihr dabei noch einen blutigen Kratzer, und sie schreit auf.

»Was ist denn in den gefahren, zum Teufel, hat der ein Gespenst gesehen?«

»Nein«, lache ich, »nur Granny, die ist gerade aufgetaucht, und wie du weißt, kann er sie nicht besonders leiden.«

»Du meine Güte, das ist doch kein Grund, mir das halbe Ohr abzureißen, glaubt man es denn? Hallo, Granny, schön, dich zu sehen, wenn ich das denn könnte.«

Ich glaube, meiner Mutter stinkt es immer noch, dass ich unsere gemeinsame Vorfahrin sehen und hören kann, sie aber nicht.

»Ist was passiert?«, wende ich mich nun an meine Ururgroßmutter, und die nickt zustimmend.

»Ja, in der Tat, es ist sogar sehr viel passiert. Seid ihr sehr müde oder soll ich noch erzählen?«

»Schlaf wird völlig überbewertet, außerdem wird Lasse bestimmt noch einige Male aufwachen, der ist nämlich krank. Los, lass hören.«

GRANNY

Am Montagnachmittag kam Heinrich ohne Voranmeldung, unterhielt sich eine Weile mit Emilie, die ihm die Tür geöffnet hatte, und lud mich dann zu einer Spazierfahrt ein. Er versprach, mich pünktlich zum Abendessen wieder zurückzubringen. Da wir versprochen waren, konnten wir uns natürlich auch in der Öffentlichkeit zusammen sehen lassen.

Wir fuhren allerdings nicht spazieren, sondern auf direktem Weg zu Gottfried und Hermann. Einer von beiden hatte tatsächlich einen Kuchen gebacken, und Gottfried lachte über meinen erstaunten Gesichtsausdruck.

»Luise, gegen deine Fähigkeiten sind meine doch wirklich bescheiden. Ja, ich kann Kuchen backen, und wenn du ihn probierst, wirst du sicherlich feststellen, so gut wie jede Frau. Das hat mir meine Mutter, Gott habe sie selig, beigebracht. Ich war schon als Kind lieber in der Küche als meine beiden Schwestern.«

Wir setzten uns wieder um den Tisch, und Hermann brachte eine große bauchige Kanne mit Kaffee. Wer uns zufällig durch eines der Fenster beobachtet hätte, wäre kaum auf die Idee gekommen, dass sich unser Gespräch um die Überführung eines Mörders und Erpressers handelte.

»Also«, ergriff Gottfried das Wort, »wir hätten wirklich keine Zeit zu verlieren gehabt, denn die Farbe auf dem Messer war noch nicht einmal getrocknet, da tauchte Blancke auf. Er sah ausgesprochen selbstzufrieden aus, als er in die Bibliothek eintrat, und rieb sich geradezu die Hände, bildlich gesprochen jedenfalls. Ich bat ihn sehr knapp, Platz zu nehmen, da ich das Geld erst holen müsse, und verließ den Raum. Es dauerte dann vielleicht drei Minuten, bis er aus dem Raum gestürzt kam und auf die Haustür zuhielt. Ohne ein Wort riss er diese auf und war gleich darauf verschwunden. Wir liefen natürlich sofort in die Bibliothek, um nachzuschauen, ob er das Messer wirklich gesehen hatte, auch wenn seine Reaktion eigentlich schon Beweis genug gewesen wäre. Und wirklich, es lag an einer ganz anderen Stelle des Sekretärs, halb auf der Kante. Kohlenhändler Blan-

cke hat ganz offensichtlich einen gehörigen Schrecken erlitten.«

»Ich kann nicht behaupten, dass ich Mitleid mit ihm habe«, sagte Hermann grimmig und griff nach einem dicken Kuchenstück. Der war wirklich köstlich, locker und gelb von vielen Eiern.

»So weit, so gut«, lachte Heinrich, der ebenfalls ein ordentliches Stück auf dem Teller hatte, »dann also auf zum nächsten Schritt. Ich habe heute Morgen bereits ein weiteres Messer gekauft, was überhaupt kein Problem war, es gibt genug in diesem gut sortierten Geschäft. Wie verfahren wir weiter? Wann und wo soll Blancke das Nächste finden? Ich würde nicht zu lange damit warten, man muss das Eisen bekanntlich schmieden, solange es heiß ist.«

»Ich weiß, dass Fritz eine Kohlelieferung bestellt hat«, warf ich ein, »aber die wird Blancke kaum selber vorbeibringen, dafür hat er seine Leute. Die Rechnung allerdings kassiert er stets persönlich, weil er niemandem traut. Ich müsste herausfinden, wann er sein Geld holen will, damit ich zu Hause bin. Wenn er dann mit Fritz oder Martha im Kontor ist, kann ich zu seiner Kutsche laufen und ihm das Messer auf den Sitz legen.«

»Nein, nein, das kommt überhaupt nicht infrage, das ist viel zu gefährlich«, fuhr Heinrich erschrocken auf, aber ich beruhigte ihn schnell.

»Nicht doch, wo soll da die Gefahr sein? Bis er unser Haus verlässt, bin ich längst wieder in meinem

Zimmer verschwunden, er wird mich überhaupt nicht zu Gesicht bekommen.«

»Nun gut, aber du versprichst mir, mit äußerster Vorsicht zu Werk zu gehen!«

Natürlich versprach ich ihm das, und später machten wir uns an die Arbeit, das blitzsaubere Messer wie eine blutige Mordwaffe aussehen zu lassen. Ich wickelte es wieder in ein Taschentuch, was damit sicher verdorben war, denn die Farbe war noch nicht getrocknet, und steckte es in meine Handtasche. Bald darauf verabschiedeten wir uns, bedankten uns für die liebevolle Bewirtung, und Heinrich brachte mich pünktlich nach Hause. Gerade als wir uns verabschiedeten, kam Fritz von der Arbeit heim und lud Heinrich ein, mit uns zu speisen.

»Komm, komm, das ist eine wunderbare Gelegenheit, über die offizielle Verlobung zu reden. Martha ist schon ganz aufgeregt, sie plant selbst im Schlaf noch weiter.«

Heinrich nahm die Einladung gerne an, und während die Männer im Salon einen Cognac tranken, lief ich in mein Zimmer, um mich ein wenig frisch zu machen und umzuziehen.

Kurze Zeit später saßen wir alle um den Esstisch versammelt, und Fritz begann mit dem Gespräch. »Wir haben, dein Einverständnis vorausgesetzt, den 4. Juli angedacht. Das ist noch eine Weile hin, aber es gibt ja etliches zu tun und zu planen. Der Mai ist so gut wie um, also bleiben uns noch etwas über sechs Wochen. Wir sollten uns vielleicht noch mit deinen Eltern beraten, in welcher Form wir die Feier ausrichten. In privatem Rahmen oder lieber in einem öffentlichen Lokal, da würde sich vielleicht die ›Kanne‹ in Berlebeck anbieten. Aber ich greife vor. Hättest du die Güte, deine Eltern in allernächster Zeit zu einem Gespräch zu bitten, und ist dir der 4. Juli passend?«

»Aber ja, Fritz«, antwortete ich, noch bevor Heinrich den Mund aufmachen konnte, und strahlte ihn an, »da musst du doch nicht extra fragen … schon gar nicht mich.«

Fritz wandte sich mir erstaunt zu, musste dann aber auch lachen.

»Entschuldige bitte, Luise, du hast natürlich recht. Ich sollte mittlerweile wissen, dass du stets darauf bestehst, um deine Meinung gefragt zu werden, auch wenn das wirklich unüblich ist.

Bei normalen Brautleuten entscheiden der Vater der Braut und der Bräutigam solche Dinge und teilen es dann den Damen mit. Heinrich, Heinrich, da tun sich wirklich ganz neue Zeiten auf, hoffentlich kommst du damit zurecht.« Damit zwinkerte er meinem Verlobten zu, betupfte sich ausgiebig den Mund mit der Serviette und hielt dann sein Glas in die Höhe. Wir taten es ihm gleich und durften nach Beendigung der Mahlzeit, weil es so ein besonders schöner Abend war, noch einmal zusammen zu einer Spazierfahrt aufbrechen.

Da ich mich vor dem Abendessen umgekleidet hatte und auch das Messer wieder aus meiner Handtasche genommen und in die Schublade unter meine Wäsche gelegt hatte, brauchte ich nur Hut und Handschuhe und war abfahrbereit.

Es war ein wundervoller Abend, lau und windstill, und die Luft duftete nach Flieder. Das erinnerte mich plötzlich an Otto, und ich spürte, wie mir die Tränen in die Augen stiegen. Ich liebte Heinrich von ganzem Herzen, aber Otto würde ich trotzdem niemals vergessen. Wie selbstverständlich schlug Heinrich den Weg zu seinem Zuhause ein, und ich stieg mit ungebührlicher Eile von der Kutsche herab und lief auf die Haustür zu.

»Langsam, mein Herz, wir haben noch viel Zeit, und wenn du stolperst und hinfällst, können wir die vielleicht nicht so nutzen, wie ich es vorhabe.« Damit schloss er die Tür auf, nahm meine Hand und zog mich ins Innere. Es dauerte nicht lange, bis er einige Kerzen und eine große Petroleumlampe entzündet hatte und der Raum in diesem warmen Licht gemütlich und anheimelnd wirkte. Heinrich stieg die Treppe in den Keller hinab und kam mit einer verstaubten Flasche Champagner zurück.

»So, meine Herzallerliebste, jetzt lassen wir es uns richtig gut gehen. Keine Mörder, keine Erpresser, keine Pläne dieser Art. Nur du und ich und diese Flasche hier.« Damit schwenkte er sie ganz vorsichtig, bevor er den Verschluss öffnete und die schäumende

Flüssigkeit in zwei Kristallkelche füllte. Er setzte sich zu mir auf die Lehne meines Sessels, sah mir in die Augen und sagte: »Meine Liebste, ich bin ein glücklicher Mann und möchte, dass auch du von Herzen glücklich wirst. Dazu musst du etwas wissen. Ich bin nicht nur in Detmold, weil ich meine Eltern besuchen möchte, ich habe hier einen Auftrag, den ich erfüllen muss. Du weißt, dass die Lipper nicht begeistert darüber sind, von Prinz Adolf zu Schaumburg-Lippe regiert zu werden, und auch das Haus der zu Lippe-Biesterfeld hat sich wiederholt an Seine Majestät den Kaiser gewandt, um ihren Anspruch geltend zu machen. Unser Herrscher befürchtet einen Aufstand, und ich bin so eine Art Beobachter. Irgendwann in den nächsten Wochen wird darüber entschieden werden müssen, wer der rechtmäßige Nachfolger des verstorbenen Fürsten Woldemar ist, und es könnte zu Unruhen kommen. Bis das alles geklärt ist, bleibe ich natürlich hier, aber danach wird mich der Kaiser wieder in Berlin erwarten. Das heißt, wir werden uns sehr viel seltener sehen können, denn bis zu unserer Hochzeit musst du natürlich hier wohnen bleiben. Ich werde kommen, sooft ich es eben einrichten kann, aber du weißt, wie lange eine Reise von Berlin hierher dauert. Danach ziehst du natürlich zu mir und ebenso dein Heinz, das versteht sich von selbst. Es kann aber auch sein, dass mich Seine Majestät nach Rom, Paris oder Zürich beordert, das heißt, wir werden viel reisen müssen. Kannst du dir das vorstellen?«

Ich sagte eine Weile nichts und antwortete dann leise: »Mit dir an meiner Seite kann ich mir fast alles vorstellen, aber ist das ein Leben für einen siebenjährigen Jungen? Es würde mir zwar das Herz brechen, aber wäre es für Heinz nicht das Beste, erst einmal hier in seiner vertrauten Umgebung zu bleiben und vielleicht später, wenn er älter ist, zu uns zu kommen?«

»Ich weiß, die Deppes lieben ihn wie einen eigenen Sohn und würden sich sehr gut um ihn kümmern, aber könntest du mit dieser Entscheidung leben? Würdest du es mir nicht eines Tages vorwerfen, dich von deinem Kind getrennt zu haben?«

»Ach, Heinrich, als Mutter sollte man immer zuerst das Wohl seiner Kinder im Auge haben und dann erst an sich selber denken. Du hast mir das Angebot gemacht, mit meinem Sohn zusammen zu dir zu ziehen, dafür liebe ich dich. Nein, ich werde es dir sicher nicht verübeln. Bis es so weit ist, haben wir ja auch noch ein Jahr Zeit. Ich werde es mit Fritz und Martha besprechen, und wir werden eine Entscheidung treffen, die vor allen Dingen für Heinz die richtige ist.

Vergiss auch nicht, was ich dir gesagt habe, es wird einen furchtbaren Krieg geben, der die Welt, wie wir sie kennen, unter sich begraben wird. Danach wird nichts mehr so sein, wie es einmal war.«

»Ja, das hatte ich ganz vergessen, ein furchtbarer Gedanke.«

Heinrich schwieg tief in Gedanken versunken, und ich konnte nicht anders, ich musste es einfach aussprechen: »Du wirst überleben und zu mir zurückkommen. Ich denke aber, dass es für Heinz hier im kleinen Detmold sicherer ist als in der Hauptstadt.«

Ich verschwieg ihm, dass ich auch wusste, wann und woran mein Heinz sehr jung sterben würde. Nie hatte mich mein Wissen so sehr belastet wie in diesem Augenblick.

Dann sprachen wir nicht mehr, gingen eng umschlungen in sein Schlafgemach und legten uns auf das breite Bett. Diesmal zogen wir uns nicht langsam gegenseitig aus, sondern jeder befreite sich so schnell es ging von seiner Kleidung. Meine Sehnsucht nach Heinrich war sehr groß, ich presste meine Nase an seine Schulter, sog seinen Duft ein und wäre am liebsten mit ihm verschmolzen. Ich hauchte viele kleine Küsse auf seine Brust, knabberte an seinen Ohrläppchen und ließ irgendwann meine Hand über seinen Bauch zu seiner Männlichkeit wandern. Als ich ihn berührte, sein Glied in die Hand nahm, atmete er heftig ein und begann dann, mit beiden Händen meinen Körper zu erforschen. Er streichelte meine Brust, meinen Bauch und schließlich mit einer Hand meine intime Zone. Sein Finger kreiste und drückte, und ich war vor Lust ganz außer mir. Hemmungen hatte ich keine mehr, ich vertraute Heinrich völlig und wollte ihn so glücklich machen, wie es mir nur möglich war. Ich richtete mich auf, kniete mich über ihn und führte mit einer Hand seine harte Männlichkeit in mich ein. Dann bewegte ich mich langsam auf und ab, und Heinrich stöhnte wollüstig, während er mit beiden Händen meinen Busen knetete. Als ich spürte, dass ich mich der Erlösung näherte, wurde ich schneller und schneller, und Heinrich unterstützte meine Bewegungen auf wundervolle Art und Weise. Wir erreichten beide fast gleichzeitig den höchsten Punkt der Lust, und ich ließ mich danach völlig außer Atem auf ihn sinken.

»Oh Himmel, Luise, was machst du nur mit mir? Eine Frau wie dich habe ich wirklich noch nie getroffen.«

»Zum Glück nicht, sonst hätte ich dich am Ende nie kennengelernt«, sagte ich, hob den Kopf und lächelte ihn an.

»Du bist schön wie eine Göttin, klug wie ein Mann und du gehörst ganz mir, das ist einfach wunderbar.«

»Klug wie ein Mann? Bist du also auch der Meinung, dass nur die Männer mit einem Verstand ausgestattet sind und Frauen lediglich zu ihrer Zierde erschaffen wurden?«, fragte ich empört und kletterte von ihm herunter.

»Nein, um Himmels willen, nein! Luise, bitte lass uns jetzt keine Diskussionen über die Beschaffenheit von Mann und Frau führen. Ich sage alles, was du hören willst, wirklich, aber verdirb uns nicht diesen Augenblick, diese wenigen Stunden, die wir für uns haben. Ich halte Frauen nicht für dumm, ganz

sicher nicht, aber dich halte ich jetzt im Moment vor allen Dingen für sehr erotisch. Wie deine Augen blitzen, wenn du dich wie ein Indianer auf den Kriegspfad begibst …«

»Du nimmst mich nicht ernst! Ich will nicht einfach nur das hübsche Frauchen an deiner Seite sein. Ich will … ich will, ach, ich weiß auch nicht genau, was ich eigentlich will. Doch, ich will Hosen tragen dürfen, mir die Beine und die Achselhöhlen rasieren und vielleicht sogar hier …« Damit zeigte ich auf meine dichten, schwarzen Haare, die meine Scham bedeckten.

»Wie die Prostituierten in Paris?«, fragte Heinrich mit Entsetzen in der Stimme, verstummte aber, als er meinen Blick sah.

»Damit kennst du dich offenbar sehr gut aus«, entgegnete ich spitz. »Aber lass dir sagen, in ein paar Jahrzehnten machen das alle Frauen. Sie rasieren sich, wo sie wollen, tragen keine Unterröcke, verdienen ihr eigenes Geld und legen sogar die Füße auf den Tisch, so!«

»Furchtbare Vorstellung«, brummte Heinrich schläfrig, »das werde ich wohl zum Glück nicht mehr erleben.«

»Nein, das wohl nicht, aber von mir wirst du jetzt etwas erleben, das wird dir deine Gedanken an französische Damen schon austreiben.«

Damit begann ich erneut, ihn zu küssen, die Brust, den Bauch, und dann ging ich immer noch ein klei-

nes bisschen weiter hinunter, bis ich seine Männlichkeit erreichte, die weich und zusammengerollt in ihrem Nest aus Haaren schlief. Schon die erste Berührung … nein, nein, das geht dich nun wirklich nichts an, ich habe dir ohnehin schon viel zu viel erzählt.

Später, als wir wieder zu Atem kamen und sich unser Herzschlag beruhigt hatte, war ich ein wenig befangen und traute mich nicht recht, Heinrich in die Augen zu schauen. Er merkte davon allerdings nichts, er schlief friedlich wie ein Kind. Nicht lange allerdings, dann schlug er die Augen auf und blickte aus dem Fenster.

»Luise, es ist schon sehr spät, ich möchte nicht, dass du erneut Ärger bekommst. Komm, ziehen wir uns schnell an, und dann bringe ich dich heim.«

Ich sah ihn an und wusste nicht, was ich davon halten sollte. War er böse auf mich, hatte ich mich falsch verhalten? Was hatte er denn plötzlich?

»Heinrich? Was ist mit dir, rede mit mir und tu bitte nicht so, als würden wir uns nicht kennen.«

Einen Moment blieb er unschlüssig stehen, dann drehte er sich zu mir um und sagte: »Du hast recht, ich benehme mich schon wieder einmal unmöglich. Du hast mir unglaubliches Vergnügen bereitet, Vergnügen, das ich von einer Frau wie dir, also, ich will sagen, einer Dame, nicht erwartet hätte. Achtbare Frauen würden wohl lieber sterben, als zu tun, was du getan hast. Nun, mir ist das vollkommen gleich-

gültig, es war einfach wunderbar, bitte, hör damit nie wieder auf. Dafür verspreche ich dir beim nächsten Mal ein ähnliches Vergnügen. Aber jetzt, husch, husch, anziehen, wir müssen nach Hause.«

Vergnügt liefen wir zu seinem Einspänner, und er brachte mich bis vor die Tür. Es war schon wieder viel später, als ich gedacht hatte, aber zum Glück schliefen alle im Haus bereits, und ich erreichte unbemerkt mein Zimmer.

Grannys Erzählung hatte fast zwei Stunden gedauert, da ich sie immer wieder um eine Pause bitten musste, in der ich Mam »übersetzen« konnte, was sie gesagt hatte. Zumindest die wichtigen Dinge. Jetzt wandte ich mich ihr zu und sagte:

»Na, du hast ja wirklich schnell dazugelernt, alle Achtung, gut, dass dein Heinrich ein aufgeschlossener Mann zu sein scheint. Okay, lassen wir dieses Thema mal ruhen und wenden uns euren Plänen zu … Das glaube ich jetzt nicht! Sie ist weg, Mam, einfach so, mitten in ihrer Erzählung haut sie einfach ab! Na ja, vielleicht hat sie das alles sehr ermüdet, und ehrlich gesagt könnte ich auch eine Runde Schlaf gebrauchen. Was ist mit dir? Hallo! Hallllloooo, Mam, aufwachen! Zeit, ins Bett zu gehen.«

Oh Gott, hoffentlich werde ich später nicht auch einmal so.

Lasse weint, kaum dass ich richtig eingeschlafen bin, und ich hole ihn zu mir ins Bett. 38,9°C Fieber, na ja, das geht ja noch, aber morgen bleibt er mit Sicherheit zu Hause. Zum Glück schläft er den Rest der Nacht durch und schlummert auch noch, als ich das Haus verlasse, um meine Brötchen verdienen zu gehen. Isi fährt mittlerweile mit dem Schulbus, und den kann sie schon allein erreichen. Mütterliche Begleitung ist ihr jetzt oberpeinlich, da sie ja kein Baby mehr ist. Ist klar, schließlich ist sie sieben.

Ihr fortgeschrittenes Alter merke ich überdeutlich an ihrem Faible für Schuhe, ohne ihre Zustimmung geht da gar nichts mehr. Mütterlicher Geschmack entlockt ihr meist nur ein verächtliches Schulterzucken, und die praktischen Treter bleiben unbeachtet im Schuhschrank stehen.

Meine Geschichte rund um den Brand bleibt zäh, angeblich gibt es keine Neuigkeiten, niemand will etwas gesehen haben, keiner rückt mit der Sprache raus. Der Eigentümer kann sich das Feuer überhaupt nicht erklären, nein, auf keinen Fall sei das absichtlich gelegt worden, er habe auch in letzter Zeit keine neue Versicherung abgeschlossen, alles sei völlig normal gewesen. Okay, dann eben nicht, muss mein Chef damit leben. Wenn's keine Brandstiftung war, dann war es eben keine. Immerhin bringt mich das über den Tag, und ich kann sogar eine halbe Stunde vor meinem offiziellen Feierabend verschwinden, um noch schnell einkaufen zu gehen. Ich bin es so wenig gewohnt, meinen Einkaufswagen in Ruhe durch die Regalreihen zu schieben, dass ich mein übliches Tempo beibehalte und prompt mit dem Gegenverkehr zusammenpralle. Ups, ein Mann über 18, aber noch nicht im Rentenalter, dass es so etwas noch gibt. Ich spähe die Gänge entlang und kann auch keine Frau entdecken, die sich suchend nach ihrer besseren Hälfte umschaut.

»Ich hatte eindeutig Vorfahrt, ich kam von rechts.«

»Wie bitte? Ach so, ja klar, stimmt«, stammle ich wie ein Teenie und ärgere mich darüber.

»Gut, da das jetzt geklärt ist, brauchen wir wohl keine Polizei und können das privat regeln, einverstanden? Wir fangen mal mit dem Austausch der Personalien an, also, ich bin Karsten Heller, 42 Jahre alt, wohnhaft in Heidelberg, ledig bzw. wieder ledig, nicht vorbestraft, im Besitz aller bürgerlichen Rechte und kann einen festen Wohnsitz vorweisen.«

Der Typ hat Humor, wunderbar! Ich finde meine Schlagfertigkeit ebenfalls wieder und tue, als müsste ich überlegen: »Hmmm … Sie kamen zwar von rechts, das stimmt, aber eindeutig mit überhöhter Geschwindigkeit, außerdem haben Sie Alkohol bei sich.« Ich zeige auf eine Flasche Cognac in seinem Einkaufswagen. »Ich glaube, ich hätte doch lieber eine Blutprobe von Ihnen, Sie haben nämlich zumindest eine Mitschuld.«

»Ich? Mit überhöhter Geschwindigkeit? Mich hätte jede Schnecke überholen können, Sie waren das, die mir in einem Höllentempo in den Wagen gerast ist. Warum hatten sie es überhaupt so eilig, dass sie Menschenleben gefährden? Und was ist jetzt mit den Personalien? Muss ich doch die Polizei einschalten?«

Er hält sich ein imaginäres Handy ans Ohr und grinst verschmitzt. Mein Herz schlägt schneller, und das hat mit Sicherheit nichts mit seiner Drohung zu tun.

»Keine Polizei, bitte, ich gestehe alles, solange Sie nur nicht die Polizei rufen«, gehe ich auf sein Spiel ein und werfe ängstliche Blicke durch den Laden. »Ich heiße Sabrina Wagner, bin 35 Jahre alt, ledig, okay, *wieder* ledig und habe ebenfalls einen festen Wohnsitz, aber den verrate ich niemandem, der mir in meinen Einkaufswagen rast. Könnte ja jeder kommen.«

»Ich bin nicht jeder, ich bin Karsten Heller, wie ich Ihnen schon gesagt habe, und als Geschädigter bestehe ich auf Wiedergutmachung.«

»Aha, und woran hatten Sie da gedacht?«

»Als Erstes hörst du mal damit auf, mich zu siezen, und dann gehst du mit mir essen. Heute Abend, keine Widerrede.«

Heilige Scheiße, der hält sich nicht mit langen Vorreden auf. Wie bringe ich dem schonend bei, dass ich nur zu gern mit ihm essen gehen würde, aber leider zwei Kinder zu Hause habe, darunter ein krankes?

»Die Zeit läuft, noch drei Sekunden bis zum Ja.«

»Okay, okay, jetzt mal langsam. Also duzen ist genehmigt, aber essen gehen geht nicht, ich habe … meine Mutter momentan bei mir zu Hause.«

»Deine Mutter? Ist sie pflegebedürftig, verwirrt, verletzt, kann sie nicht allein bleiben?«

»Quatsch, nein, nichts von alledem, aber ich finde es blöd, da kommt sie mal zu Besuch, und dann gehe ich aus.«

»Du gehst nicht aus, du gehst essen, und bevor du mir jetzt einen Korb gibst: Bring die Mama mit!«

»Du bist ja komplett verrückt, das werde ich ganz bestimmt nicht tun, aber ich mache dir einen Vorschlag: Du gibst mir deine Telefonnummer, ich bespreche es mit meiner Mam und rufe dich dann an. Wie klingt das?«

»Nach einer faulen Ausrede, wenn du mich fragst, aber was soll ich machen? Gut, ich vertraue dir, hier ist meine Karte, da steht auch meine Handynummer drauf. Ich freue mich auf deinen Anruf, bis dann.«

Er schwenkt seinen Einkaufwagen an mir vorbei und verschwindet Richtung Kasse. Das kann nur ein Tagtraum sein, solche Typen laufen nicht frei herum, in diesem Leben nicht. Ich bin sicher, wenn ich mit dem essen gehe, hat er, wenn's ans Bezahlen geht, sein Geld vergessen oder er schmatzt, putzt sich mit der Serviette die Nase, irgend so was wird passieren, warum also nicht gleich absagen und sich die Enttäuschung ersparen? Andererseits …

Jetzt muss ich wirklich rennen, denn im Hort wartet Isi auf mich. Ich schmeiße in den Wagen, was mir in die Hände fällt, und spurte zum Auto. Ich komme nur fünf Minuten zu spät, aber die Kids sind noch gar nicht von ihrem Waldspaziergang zurück. Also verschnaufen, eine rauchen und nachdenken, da kommen die Kinder um die Ecke, und aus ist's mit der Ruhe. Isi redet wie ein Wasserfall, aber an mir plätschert alles irgendwie vorbei, bemerkt sie zum Glück nicht. Zu Hause ist alles bestens, Lasse ist wieder einigermaßen fit, Mam hatte ein Einsehen mit einer überforderten berufstätigen zweifachen Mutter gehabt und meine Fenster geputzt. Netterweise entschuldigt sie sich auch noch dafür, ich soll nicht denken, sie wolle mich als schlechte Hausfrau hinstellen. Ach, da kann ich sie beruhigen, das wäre mir eigentlich egal, Hauptsache durch meine Fenster kann man wieder durchgucken.

Ich druckse eine Weile herum und packe dann den Stier bei den Hörnern bzw. meine Mutter an ihrer Hilfsbereitschaft.

»Sag mal, könntest du heute eventuell noch etwas länger bleiben, ich meine, so bis zehn oder halb elf?«

»Also eigentlich wollte ich jetzt nach Hause fahren, aber wenn noch etwas Wichtiges ansteht?«

»Na ja, ob es wichtig ist, wird sich erst herausstellen, aber ich habe da einen Typen kennengelernt, der hat mich zum Abendessen eingeladen.«

»Aha, na ja, warum nicht? Du kommst so selten mal raus, privat, meine ich. Meinetwegen, geh nur und lass dir Zeit, wenn es nett ist, ich fahre erst morgen früh.«

Natürlich hat Luise mit ihren großen Ohren mitbekommen, dass ich mich mit einem Mann zum Essen treffen will, und da will sie mit, unter allen Umständen.

Ich setze an zu erklären, warum das nicht geht, und dass ich auch einmal allein, ohne sie …

Sie tobt und ist beleidigt, da schaltet sich Mam ein: »Es gibt Dinge, bei denen Kinder einfach nichts zu suchen haben, Punkt. Wir könnten es uns hier nett machen, aber wenn du dich weiterhin so aufführen möchtest, dann habe ich darauf vielleicht gar keine Lust mehr.«

Meine Tochter wirft ihrer Großmutter einen Blick zu, der weniger leidgeprüfte Charaktere in Angst und Schrecken versetzt hätte, meine Mutter aber beeindruckt das nicht sonderlich.

Gut, dann also ans Telefon. Genau ein Freizeichen ertönt, dann ist er dran: »Sollte das jetzt nicht meine hübsche Unfallgegnerin sein, bitte gleich wieder auflegen, ich erwarte einen sehr wichtigen Anruf.«

»Clown gefrühstückt, ja? Hätte ja auch das Finanzamt sein können oder die Lottozentrale, was dann? Okay, du hast Glück gehabt, sogar in dreifacher Hinsicht: Ich bin's höchstpersönlich, nehme deine Einladung an und bringe meine Mutter nicht mit. Was sagst du nun?«

»Ich bin sprachlos, obwohl …«

»Was obwohl?«

»Na ja, du weißt doch, bevor du die Tochter freist, schau dir die Mutter an.«

»Wie bist du denn drauf? Wir gehen zusammen essen, weil du mich angefahren hast, was hat das mit ›Freien‹ zu tun? Wir können meinetwegen im Freien essen, mehr aber auch nicht.«

»Wer hat jetzt hier einen Clown gefrühstückt? Hast du mal einen Blick aus dem Fenster geworfen? Es regnet, und mein Außenthermometer zeigt genau 14 Grad, ein typischer lauer Juniabend eben.«

»Ups, nee, dann sitze ich doch auch lieber drinnen. Wohin gehen wir denn und wo treffen wir uns?«

»Ich hole dich ab, und dann lass dich überraschen.«

»Du holst mich nicht ab, und Überraschungen kann ich nicht leiden. Ich lasse mich niemals beim ersten Date abholen, schließlich leben wir im 21. Jahrhundert und kennen alle Fallen, in die man tappen kann. Ich komme mit meinem eigenen Auto, und wenn mir etwas ganz und gar nicht gefällt, dann sage ich das und verabschiede mich. Keine fingierten Anrufe mit ebenso fingierten Katastrophenmeldungen.«

»Du hast mich durchschaut, so ein Pech. Aber gut, was hältst du vom Italiener auf der Brückenstraße? 20 Uhr?«

»Zweitbeste Idee gleich hinter dem Thai auf der Rolandstraße, aber na gut, ich werde da sein.«

Ich rase ins Bad: Duschen, Haare waschen, Beine rasieren. Wozu eigentlich? Egal, weiter, die Zeit ist knapp. Kurz nach halb acht bin ich bereit, das Haus zu verlassen, sage Lasse und Mam tschüss, Isi schmollt noch.

Zehn Minuten nach acht finde ich endlich einen Parkplatz und bin damit noch in der akademischen Viertelstunde, als ich das gut besuchte Restaurant betrete. Karsten ist natürlich schon da und erhebt sich doch tatsächlich, als er mich sieht.

»Wow, du siehst auch ohne Einkaufswagen super aus, schön, dass du da bist, ich freue mich sehr.«

»N' Abend«, sage ich und bin schon wieder einmal verunsichert. Ich bin zwar durchaus selbstbewusst, aber Komplimente verwirren mich immer.

Karsten rückt mir sogar den Stuhl zurecht, bevor er mir die Speisekarte reicht.

»Was möchtest du trinken?«

»Cola light, bitte.«

»Keinen Wein?«

»Nein, danke. Ich mache mir nichts aus Alkohol, außerdem bin ich mit dem Auto hier, wie du weißt. Solltest du also die Absicht gehabt haben, mich betrunken und gefügig zu machen, vergiss es!«

Karsten zieht ein Gesicht wie der Bösewicht aus einer Schmierenkomödie und sagt mit tiefer Stimme:

»Es wird mir schon noch gelingen, warte es nur ab.«

Wir lachen jetzt beide, und die Anspannung fällt von mir ab.

Es wird ein sehr schöner Abend. Das Essen ist gut, aber für mich reine Nebensache. Karsten kann sich benehmen, schmatzt nicht, rülpst nicht und fällt auch ansonsten nicht unangenehm auf. Ganz im Gegenteil, er ist ein ausgesprochen humorvoller Unterhalter, mit dem man herrlich flachsen kann. Ich mag Menschen, die schlagfertig sind, austeilen, aber auch einstecken können, und die einen guten Witz verstehen. Trifft man selten. Wie sagt meine Mutter so schön? »Lieber einen Freund verlieren, als auf einen guten Spruch verzichten«, oder so ähnlich.

Karsten passt zumindest in dieser Hinsicht schon einmal hervorragend in mein Beuteschema. Leider vergeht die Zeit viel zu schnell, und um halb elf verabschiede ich mich, verspreche aber, mich zu melden.

Als ich nach Hause komme, höre ich schon vor der Wohnungstür, dass Mam gerade den letzten Baum im Garten in Angriff genommen hat. Sie liegt auf dem Sofa, Amun auf dem Bauch, und schläft tief und fest. Und laut!

Mein verräterischer Kater macht nicht einmal ein Auge auf, als ich reinkomme. Ich schaue nach den Kindern, da ist alles in bester Ordnung, und zehn Minuten später falle ich müde, aber durchaus zufrieden in mein Bett.

Als ich aufwache, ist es schon nach acht, und ich rieche Kaffee. Der Frühstückstisch ist gedeckt, und

Isi hat schon vom mobilen Bäckerwagen frische Brötchen geholt. Das Leben kann so schön sein, echt. Lasse ist wieder fit, Isi versöhnt, und auch sonst sind momentan keine grauen Wolken am Himmel.

Gegen neun macht sich meine Mutter mit Teddy auf den Weg nach Hause, schließlich hat sie ja auch noch einen Mann, der auf sie wartet.

Um halb zehn kommt eine SMS: »Gut geschlafen und schon wach?«

»Sowohl als auch«, simse ich zurück, »du auch?«

»Bestens! Was machst du heute? Wir haben uns schon sehr lange nicht mehr gesehen …«

Na super, was jetzt? Wir hatten einen netten Abend, entspannt und ohne jede Verpflichtung. Beichten von gescheiterten Ehen waren da nicht vorgesehen. Von Kindern habe ich auch nicht geredet, denn wenn ich davon erst einmal anfange, höre ich so schnell nicht wieder auf.

Es ist ein schwieriges Unterfangen, einen Mann kennenzulernen, wenn man Kinder hat, ehrlich. Ich will erst mal selber sicher sein, bevor ich meinen Nachwuchs jemandem vorstelle. Na ja, halbwegs sicher, denn auch nach einem halben Jahr kann eine Beziehung schon wieder beendet sein. Nach dem ersten Treffen lernt er jedenfalls meine Kids noch nicht kennen. Also schauen wir mal, wie er überhaupt auf meine Antwort reagiert.

»Ich wollte mit den Kindern auf den Königsstuhl fahren, warum fragst du?«

Die nächste halbe Stunde schweigt mein Handy beharrlich. Danke, das genügt!

Luise und Lasse verschwinden jetzt erst einmal mit den Rädern auf ihre »Rennstrecke«, und wenn es da keinen Unfall gibt, werde ich keinen von beiden die nächste Stunde zu sehen kriegen. Dafür sehe ich Granny, die sitzt mal wieder in ihrem Lieblingssessel und wirkt sehr zufrieden mit der Welt.

»Du schaust aus wie die Katze, die die Sahne geklaut hat«, schmunzle ich, und sie kichert entzückt.

»Gibt es Neuigkeiten oder macht dich dein Lover so selbstzufrieden?«

»Er heißt Heinrich, das solltest du doch inzwischen wissen, und ja, es gibt Neuigkeiten. Wir haben nämlich eine Idee, und da brauche ich deine Hilfe.«

»Das ist ja mal ganz was Neues«, grinse ich, »was kann ich für dich tun?«

»Also, wir haben etwas Sorge, dass sich der Blancke allein von den Messern nicht zu einem Geständnis bringen lässt, und haben folgenden Plan. Alle Dienstmädchen in meiner Zeit tragen eine weiße Schürze und ein Häubchen, Hedwig natürlich auch. Damit sehen sie von Weitem alle ziemlich gleich aus, aber Hedwig hätte man trotzdem an ihrem Buckel und den karottenfarbenen Haaren erkannt. Wenn ich mich jetzt verkleide, mir ein Kissen unter den Mantel stopfe und immer da auftauche, wo Blancke vorbeikommt, dann muss er doch denken, die tote Hedwig ist zurückgekehrt. Was mir aber fehlt, sind diese ungewöhnlichen Haare, und dabei musst du mir helfen. Ich brauche eine Perücke in einer solchen Farbe. Kannst du mir die beschaffen?«

»Das sollte nicht das Problem sein, aber findest du das nicht ein bisschen zu gefährlich? Was, wenn er dich erkennt oder gar in die Finger kriegt?«

»Nein, das wird nicht passieren, denn die Männer werden immer in der Nähe sein und sich ihm notfalls in den Weg stellen. Außerdem werde ich mich ihm nicht auf einsamen Wegen zeigen, sondern immer dort, wo viele Menschen sind: auf dem Markt, vor dem Kirchgang oder so.«

»Okay, dann lass uns mal schauen, wo wir so ein Ding herbekommen.«

Ich suche bei ebay, und da gibt es ein reichhaltiges Angebot an Karnevalsperücken. Granny schaut über meine Schulter, und bei einer Marketenderin sagt sie: »Ja, das ist sie, genau so sahen Hedwigs Haare aus. Ach, wie wundervoll, kannst du die für mich kaufen?«

»Die kostet 29,95 Euro, Granny, du wirst langsam teuer! Aber gut, ich mach's, wenn du mir versprichst, äußerst vorsichtig zu sein. Mit dem Kerl ist nicht zu spaßen, das solltest du doch selber wissen.«

»Ich verspreche es, alle werden gut auf mich aufpassen.«

»Das will ich auch hoffen. Das Teil dürfte in spätestens drei Tagen hier sein, dann können wir es aufprobieren und versuchen, Hedwigs Frisur einigermaßen hinzubekommen.«

»Ja, das wäre wunderbar. Vorher kann ich auch gar nicht wieder herkommen, es gibt ja jetzt so viel zu planen und zu bereden.«

»Habt ihr ihm denn das zweite Messer schon präsentiert oder hattet ihr dazu noch keine Gelegenheit?«

»Nein, noch nicht, aber morgen oder übermorgen sollte das klappen, vor drei Tagen hat er Kohlen liefern lassen, und gewöhnlich kommt er recht schnell, um seine Rechnung zu kassieren.«

»Na, dann pass bloß auf! Wenn er dich dabei erwischt, wie du gerade mit einem Messer zu seiner Kutsche schleichst, riecht er vermutlich den Braten.«

»Er wird mich nicht erwischen, ich habe Emilie eingeweiht, die wird ihn aufhalten.«

»Du hast *was*? Davon weiß ich noch gar nichts, was genau hast du ihr denn erzählt?«

»Eigentlich alles, also ich meine, die ganze Geschichte, von dir und mir und von unserem Plan.«

»Du lieber Himmel, das ist jetzt nicht dein Ernst, oder? Hat sie nicht nach dem Arzt geschickt?«

»Na ja, beinahe, aber ich habe ihr dann auch das Foto und die Duftdose gezeigt und sie gebeten, Stillschweigen zu bewahren und abzuwarten, was passiert. Sie würde schon irgendwann sehen, dass meine Geschichte wirklich wahr ist.«

»Aha, und du glaubst, sie hält sich daran?«

»Ganz bestimmt, vielleicht glaubt sie mir noch nicht ganz, aber sie wird mich nicht verraten, im

Gegenteil. Sie hat ja am Ende sogar vorgeschlagen, uns zu helfen. Sie wird also in der Nähe bleiben, und wenn Blancke auftaucht, wird sie dafür sorgen, dass ich das Messer ungesehen in seine Kutsche legen kann.«

»Da bin ich jetzt mal echt gespannt, der Kerl hat ja inzwischen schon eine halbe Armee gegen sich.«

Granny kichert doch tatsächlich schon wieder und wirkt wie ein Teenager, der jemandem einen Streich spielen will.

In diesem Moment reißt jemand die Klingel ab, ich drücke auf den Öffner, und meine Tochter poltert die Treppe rauf.

»Mama, ich weiß jetzt, dass du mit dem Papa Sex hattest, sonst gäbe es Lasse und mich nicht«, stößt sie atemlos hervor und stemmt anklagend die Hände in die Seite.

Granny holt entsetzt Luft, und ich muss mich beherrschen, um nicht laut zu lachen.

»Weißt du denn, was Sex ist?«, frage ich, und meine Tochter antwortet ernsthaft empört: »Was denkst du denn? Das bedeutet, dass man mit einem Mann im gleichen Bett schläft. Also hattest du Sex mit Papa!«

»Okay, wer hat dir das verraten?«, frage ich amüsiert und erfahre, dass sie ihr Wissen von Marla, dem etwa neunjährigen Nachbarmädchen, hat. Da sie sehr nachdenklich aussieht, frage ich nach, was sie beschäftigt.

»Dann hatten Oma und Opa aber keinen Sex, die schlafen nämlich nicht in einem Bett. Sie haben dich aber, wie kann das denn sein?«

»Oh, ich denke, früher haben sie schon in einem Bett geschlafen, nur jetzt nicht mehr, du weißt doch, wie laut die Oma schnarcht, oder?«

»Ja, das weiß ich. Ich habe Hunger, was gibt es zu essen?«

Das Thema Sex scheint fürs Erste erledigt zu sein, und ich bin nicht böse drum. Im Beisein von Granny ein so heikles Thema mit meinen Kindern zu behandeln, muss ich wirklich nicht haben.

»Es gibt Kohlrabi mit Bratwurst und Kartoffeln, noch ist es aber zu früh.« Meine Tochter hört mich nicht mehr, sie ist schon wieder nach draußen verschwunden, vermutlich um noch mehr »schmutzige Geheimnisse« zu erfahren.

»Mein Heinz würde ein solches Wort nicht aussprechen, er glaubt natürlich an den Klapperstorch und dass man Zucker auf die Fensterbank streuen muss, wenn man ein Geschwisterchen haben möchte.«

»Seit wann fressen Störche denn Zucker?«, frage ich irritiert, denn von einer solch seltsamen Aufklärung habe ich ehrlich noch nie gehört.

»Darum geht es doch nicht, es geht darum, Kinder von derartigen Dingen abzulenken.«

»Aha, das erklärt vermutlich, warum in deiner Zeit so viele junge Mädchen viel zu früh schwanger wurden. Solange sie keinen Storch ums Haus kreisen sahen und den Zucker von den Fensterbänken ließen, konnte ja nicht viel passieren.«

Natürlich, hätte ich mir denken können, Granny ist weg, auf solche Diskussionen lässt sie sich ungern ein. Zucker auf die Fensterbank! Da hört sich doch alles auf.

Jetzt klingelt das Telefon, und Mam meldet, heil zu Hause angekommen zu sein. Ich erzähle von Isi und ihrem neuesten Wissen und Grannys seltsamen Aufklärungsmethoden. Mam lacht und sagt: »Oh ja, ich erinnere mich. Ich wollte doch so gern eine Schwester und habe unter erheblichen Ängsten Zucker geklaut, um ihn auf die Fensterbank zu streuen. Ich habe das dann mal einer Freundin verraten, und die hat ganz verächtlich gesagt, das wäre Quatsch, ich hätte ja schließlich nicht mal einen Vater. Was das eine mit dem anderen zu tun haben sollte, habe ich überhaupt nicht verstanden. Später habe ich dann sehr lange geglaubt, dass Kinder aus dem Busen kommen, auch das hat keiner korrigiert. Mit Aufklärung hatte man es zu meiner Zeit noch nicht so, also reg dich über Granny nicht so auf. Sie weiß es eben nicht besser.«

»Na, egal, an Kinder sind sie schließlich auch mit dieser merkwürdigen Sicht gekommen, und ich muss jetzt in die Küche, kochen. Mach's gut und nochmals danke fürs Einspringen.«

Nach dem Mittagessen, von dem Lasse mal wieder nur Kartoffeln mit Butter gegessen hat, machen wir uns für den Ausflug auf den Königsstuhl fertig, mein

Handy schweigt immer noch. Damit dürfte sich das Thema Karsten erledigt haben. Männer!

Granny kommt am nächsten Abend, kaum, dass die Kids im Bett sind, und hat wieder hektische rote Bäckchen.

»Kind, Kind, das war sehr aufregend, aber es hat alles wunderbar geklappt …«

GRANNY

Blancke kam heute am frühen Nachmittag, und Emilie öffnete die Tür, während ich schnell in mein Zimmer lief, um das Messer zu holen. Ich habe dann auf der Galerie gewartet, bis sich die Tür zum Kontor geschlossen hatte, bin dann die Treppe runtergerannt und aus dem Haus zur Kutsche. Es war gar kein Problem, ich habe es direkt auf seinen Sitz gelegt und war schon lange wieder im Haus, als Blancke sich verabschiedete. Emilie und ich sind dann in die Küche gelaufen und haben vom Fenster aus seine Reaktion beobachtet. Zuerst hat er es wohl gar nicht gesehen und sich fast draufgesetzt, aber dann hat er es bemerkt. Sein Gesicht war ganz verzerrt, und er hat sich hektisch umgeschaut, ist aus dem Wagen gesprungen, darum herumgelaufen, als hätte sich jemand darunter versteckt. Natürlich war da niemand, und er ist schließlich wieder eingestiegen und losgefahren. Was er mit dem Messer gemacht hat, konnten wir nicht mehr sehen. Auf alle Fälle war er gehörig erschrocken. Ist meine Perücke schon da?

»Äh, was? Nein, noch nicht, vielleicht morgen. Wollt ihr denn jetzt schon mit dieser Maskerade anfangen? Warum wartet ihr nicht ab, ob das mit den Messern vielleicht schon ausreicht?«

»Nein, nein, wir müssen das Eisen schmieden, solange es heiß ist, das hat Gottfried gesagt. Einem Bösewicht muss man ordentlich zusetzen, weil ein solcher Mensch hartgesotten ist. Jetzt müssen wir freilich erst einmal nach einer Möglichkeit suchen, das dritte Messer zu deponieren. Wir können ja nicht immer auf Kohlelieferungen warten. Ich überlege die ganze Zeit, ob ich Irma einweihen soll, bin aber noch unsicher. Was, wenn sie sich verrät? Dann ist unser ganzer schöner Plan verloren.«

»Wie wäre es denn mit Hugo? Hat der nicht eine Möglichkeit, an den Blancke ranzukommen?«

»Das ist eine hervorragende Idee, dass ich darauf nicht gekommen bin! Ich wollte meinen Bruder ja ohnehin besuchen, und bei der Gelegenheit werde ich versuchen, ihn für unsere Idee zu gewinnen. Er wird ganz sicher zustimmen, denn auf Blancke ist er auch nicht gut zu sprechen.«

»Okay, dann drücke ich dir die Daumen, dass es klappt. Lass mich bitte nicht zu lange im Ungewissen, du weißt, ich mache mir nicht nur um meine Kinder ständig Sorgen, sondern auch um meine Ururgroßmutter«, lache ich.

»Musst du nicht, Kind, denn der Herr ist mein Hirte, mir wird nichts mangeln.«

»Na ja, von Mangel war auch keine Rede, nur von Provokation eines gemeingefährlichen Mörders, also pass auf dich auf!«

»Ich verspreche es dir, und du solltest jetzt schlafen, du siehst gar nicht wohl aus.«

Mit dieser letzten Breitseite verschwindet sie, und ich renne ins Bad, um in den Spiegel zu gucken. Wieso sehe ich »nicht wohl« aus? Ich sehe prima aus, vielleicht ein bisschen müde, mehr aber auch nicht. Aber gegen acht Stunden Schlaf hätte ich jetzt trotzdem nichts einzuwenden. Kriege ich tatsächlich, nicht einmal Amun stört mich in dieser Nacht. Wo ist der überhaupt? Ich habe ihn seit Stunden nicht gesehen.

Auch dieser Montag beginnt wie jeder andere. Die Kinder sind schwer aus den Betten zu bekommen, und ich muss sie antreiben, damit wir pünktlich fertig werden. Amun ist immer noch nicht wieder aufgetaucht, und ich mache mir ernsthaft Sorgen. Ich renne die Treppe rauf zur Nachbarin und bitte sie, ab und an mal in die Wohnung zu schauen, ob er aufgetaucht ist, und mir dann Bescheid zu geben. Ich höre aber den ganzen Tag nicht von ihr und bin jetzt mehr als nur beunruhigt. Nach der Arbeit sammle ich die Kinder ein und fahre so schnell es geht nach Hause. Keine Spur von meinem Kater. Verdammt noch eins, wo steckt der denn bloß? Eine Stunde später weiß ich es! Der Nachbar von gegenüber klingelt und druckst eine Weile herum, bis er rausbringt, dass er eine überfahrene Katze gefunden hat und glaubt, dass es Amun ist. Ich spüre, wie mir alles Blut in die Beine sackt, und muss mich auf die Treppe setzen, um nicht umzufallen. Ich will das nicht hören, will das nicht glauben und schon gar nicht sehen. Ich bin total durcheinander und handlungsunfähig. Er legt mir beruhigend die Hand auf die Schulter und verspricht, genau nachzuschauen. Ich höre ihn kaum, mein Kopf ist völlig leer, und ich ertappe mich dabei, wie ich ständig vor mich hin murmele: »Bitte, lieber Gott, bitte lass es nicht Amun sein.«

Meine Gebete werden nicht erhört, das weiß ich zehn Minuten später. Mein Nachbar trägt meinen toten Kater auf dem Arm und hält ihn mir hin. Ich kann mich nicht bewegen, bin wie paralysiert vor lauter Entsetzen. In diesem Moment poltern die Kinder von oben herunter, und noch bevor ich reagieren kann, haben sie Amun gesehen. Isi schreit laut auf, Lasse starrt nur vor sich hin. Ich reagiere wie in

Trance, umarme meine beiden, während mir die Tränen aus den Augen schießen.

»Mama, nicht weinen, der schläft bestimmt nur«, versucht Lasse, mich zu trösten, und tippt Amun an die Pfote. »Nein, du Blödi, der schläft nicht, der ist ganz tot!«, giftet Isi und weint laut.

»Ja, er ist tot«, sage ich und erhebe mich schwerfällig von der Treppenstufe. »Jemand hat ihn überfahren, mitten in einer 30er-Zone, in der noch niemals eine Katze überfahren wurde.«

»Es ging bestimmt schnell«, sagt mein hilfsbereiter Nachbar, »er hat nicht leiden müssen, sicher nicht. Er muss am Kopf erwischt worden sein, das hat er nicht mehr gemerkt.«

Seltsamerweise tröstet mich das ein bisschen, aber nicht sehr. Ich nicke und kann vor lauter Tränen nichts mehr sehen. Ich möchte ihn nehmen und an mich pressen, ihn wieder zum Leben erwecken, kann mich aber immer noch nicht richtig bewegen.

»Können wir ihn im Garten begraben?«, fragt der praktisch veranlagte Lasse, während Isi, die jetzt laut weint, sich an mich drückt.

»Das ist eine gute Idee«, sagt mein Nachbar, »ich mache das, wenn ihr möchtet.«

»Ich will das auch machen, ich helfe dir«, ruft Lasse und rennt schon einmal vor, den Spaten aus der Garage zu holen.

»Nein! Bitte, Mama, er ist vielleicht gar nicht wirklich tot, er ist nur verletzt. Können wir ihn nicht zum

Tierarzt bringen, bitte, bitte.« Isi, die eben noch so cool tat, klammert sich an meine Hand und zerrt daran. Sie ist erst sieben, und der Tod ist für sie nicht wirklich eine unverrückbare Tatsache. Das bringt mich zurück in die Realität, ich nehme sie in den Arm und erkläre ihr so vorsichtig, wie es geht, dass kein Tierarzt unserem Kater mehr helfen kann, dass seine Verletzungen so schwer waren, dass er daran sofort gestorben ist. Sie will das nicht hören, kreischt, ich sei ja so gemein, und rennt zurück in die Wohnung. Ich mache mich mit bleiernen Füßen auf den Weg in den Garten. Lasse hat in der Garage einen großen Schuhkarton gefunden, der jetzt Amun als Sarg dienen soll. Er legt ihn sorgsam mit Löwenzahn und Pusteblumen aus, »damit er es schön gemütlich hat«, und findet das alles offensichtlich spannend. Mein Nachbar gräbt derweil ein tiefes Loch, in das wir dann gemeinsam unseren Amun zu seiner letzten Ruhe betten.

Zurück in der Wohnung, finde ich Isi weinend am Telefon.

Sie hat ihren Vater angerufen und fleht ihn an zu kommen, um mit Amun zum Tierarzt zu gehen.

Ich entwinde ihr den Hörer und kläre meinen Ex darüber auf, was passiert ist. Es tut ihm leid, und er verspricht, nach Feierabend zu kommen, um Isi zu trösten. Ich rechne ihm das hoch an, was recht ist, muss recht bleiben. Er kommt auch tatsächlich, und Isi gibt sich schon wieder cool, dafür weint jetzt

Lasse. In der Zwischenzeit habe ich meinen Kindern erzählt, dass Amun nun über die Regenbogenbrücke gelaufen ist, dorthin, wo alle toten Tiere sind. Er sei jetzt sicherlich schon wieder ganz gesund und könne mit vielen anderen Tieren spielen.

Isi hört gebannt zu, saugt jedes Wort in sich auf, sagt aber zum Schluss: »Wieso sollte er sich denn da mit anderen Katzen vertragen, hat er doch nie gemacht?«

Ich weiß darauf auch nicht wirklich eine Antwort, aber die bleibt mir erspart, weil mein Ex eintrifft. Ich kann ihm noch zwischen Tür und Angel von der Regenbogenbrücke erzählen, die er bekloppt findet. War zu erwarten. Er verschwindet dann mit den Kindern im Garten, und sie schnitzen zusammen ein Kreuz. Ich sitze derweil auf dem Balkon und schaue die Straße hinab, als könne Amun jeden Augenblick hinter einem Auto hervorkommen. Ich weiß, das wird nicht passieren, nie wieder werde ich sein forderndes Maunzen hören, seine weiche Nase an meinem Gesicht fühlen, nie wieder. Ich heule und heule, und der Schmerz zerreißt mir schier das Herz. Vergessen sind alle seine Unarten, seine Launen, seine schlechten Angewohnheiten, ich trauere unendlich um dieses geliebte Wesen.

Als wir später wieder allein sind, muss ich meine Mutter anrufen, und das fällt mir verdammt schwer. Schließlich war Amun einmal ihr Kater, und ich weiß, wie sehr sie an ihm gehangen hat. Ich heule schon wieder, noch bevor sie den Hörer abgenommen hat. Sie ist sofort alarmiert und will wissen, was los ist.

»Amun ist tot, ach Mam, er ist tot, er ist überfahren worden. Es ist so schrecklich, ich weiß nicht, was ich machen soll. Es tut mir so unendlich leid.«

»Nicht weinen, Kind«, sagt sie, so, als wäre ich drei Jahre alt, aber irgendwie ist das tröstlich. »Ich weiß, das tut schrecklich weh, aber er hatte ein tolles Leben und einen schnellen Tod. Es ist das Risiko der Freigänger, überall.«

Lasse drängt sich an mich und will auch mit seiner Oma reden.

»Omi, entschuldige bitte, dass dein Kater tot ist, aber er ist jetzt auf der Regenbogenbrücke, und wenn ich da mal drübergehe, dann frage ich ihn, warum er denn nicht besser aufgepasst hat.«

»Ja, das ist eine gute Idee, mein Kleiner, und wenn ich da vor dir hingehe, grüße ich ihn von dir.«

»Sagst du ihm dann auch, dass ich ganz viel Löwenzahn und Pusteblumen in den Karton getan habe, damit er es gemütlich hat?«

»Na klar, das vergesse ich auf keinen Fall. Das hast du wirklich gut gemacht.«

Sie versucht dann noch eine ganze Weile, mich zu trösten, und versichert, dass ich keine Schuld an dem habe, was geschehen ist, aber ich habe einen dicken Kloß im Hals, mache in der Nacht kein Auge zu und weine viel. Immer wieder bilde ich mir ein, sein

Maunzen zu hören, das typische Plopp, wenn er von der Fensterbank springt, aber natürlich weiß ich, dass das alles nur Einbildung ist.

In der Redaktion hält sich das Mitgefühl für mich in Grenzen, nur mein Chef, der ebenfalls eine Katze zu Hause hat, tröstet mich ein bisschen, lässt mich aber gleichzeitig wissen, dass Arbeit die beste Medizin ist, und schickt mich taktvollerweise zur Recherche eines Unfalls mit Todesfolge.

Am Nachmittag steht ein Fußballturnier der Bambini auf dem Programm, und die Kids sind aufgeregt und außer Rand und Band. Lasse macht den Gegner bereits fertig, und Isi schießt in ihrer Fantasie ein Tor nach dem anderen. Leider scheinen sich das die Knirpse der anderen Mannschaft auch vorgenommen zu haben, und sie sind besser in der Umsetzung. Am Ende verliert unser Team 3:2, und Lasse verlässt noch vor dem Schlusspfiff wutschnaubend den Platz. Er tritt vor meine Bank, dicke Tränen auf den Wangen, und verkündet entschlossen: »Dass ich mal Profi werde, kannst du dir aber abschminken. Ich werde der Mann, der die Fallschirmspringer nach oben bringt, so!« Trotz meiner tiefen Traurigkeit muss ich lachen, so entschlossen wirkt der Zwerg bei diesen Worten. Isi sieht die Niederlage gelassener, verkündet aber auch, doch lieber wieder ins Ballett zu wollen. Es ist fast 18 Uhr, und ich beschließe, noch schnell einkaufen zu gehen. Erstens, weil ich mich vor der leeren Wohnung fürchte, und zweitens, weil der Kühlschrank nichts als gähnende Leere vorzuweisen hat.

Ich sehe ihn schon, noch bevor ich ganz aus dem Auto ausgestiegen bin. Karsten steht im Eingang, einen leeren Einkaufswagen vor sich. Die Kids sind schon losgerannt, sich ebenfalls einen Wagen zu holen, und stürmen an ihm vorbei in den Laden. Als ich bei ihm ankomme, stößt er einen Seufzer aus und sagt: »Ich hatte schon befürchtet, bis Weihnachten hier Wache schieben zu müssen. Bin ich froh, dass ich dich sehe.«

»Wie meinst du denn das? Warum stehst du hier rum, wenn du etwas von mir willst? Du hättest mich doch anrufen können oder zumindest eine SMS schicken?«

»Das hätte ich ganz sicher getan, hätte man mir nicht mein Handy geklaut. Das kommt davon, wenn man sich vollkommen auf die Technik verlässt, denn früher hätte ich mir deine Telefonnummer ganz altmodisch aufgeschrieben, aber so war ich leider dazu verurteilt, hier zu stehen und zu hoffen, dass du früher oder später zum Einkaufen kommst.«

»Du willst damit sagen, dass du jeden Abend hier gestanden und auf mich gewartet hast?«

»Genau genommen an zwei Abenden, aber ich hätte so schnell nicht aufgegeben. Ich habe auch schon sämtliche Kassiererinnen gefragt, aber keine kannte deinen Namen. Waren das da eben deine Kids?«

»Äh, ja genau, wo sind die eigentlich?« Die Frage erübrigt sich, denn aus dem Inneren des Geschäftes ertönt ein lautes Kreischen, gefolgt von einem Klirren. Das kann nur Isi sein, Lasse würde heulen.

Ich rolle mit den Augen und dränge mich an ihm vorbei in den Laden. Beide Kinder stehen in einer Bierpfütze, und jeder schiebt es auf den anderen.

»Das war der«, sagt Isi und zeigt auf ihren Bruder.

»Gar nicht wahr«, empört sich der Beschuldigte, »die Isi hat mich geschubst, und dabei ist die Flasche runtergefallen.«

»Ist mir egal, wer das war, was habt ihr überhaupt hier an den Flaschen zu suchen?«

Keiner gibt Antwort, dafür erscheint eine Frau mit Putzeimer und Wischer. Sie sieht nicht begeistert aus, und ich entschuldige mich wortreich, bekomme aber keine Antwort. Ich bin schon ein Stück weit weg, da höre ich noch: »… sollte man seine Kinder eben beaufsichtigen.«

Na ja, so ganz unrecht hat sie nicht, also beschließe ich, ihr das nicht weiter übel zu nehmen. Zwischenzeitlich hat mich auch Karsten erreicht und blockiert mich mit seinem Einkaufswagen. In der Hand hält er einen kleinen Notizblock und einen Bleistift, Dinge, die bei einem erwachsenen Mann etwas merkwürdig wirken.

»So, bevor du mir jetzt wieder entwischst, hätte ich gern Namen und Anschrift und vor allen Dingen deine Telefonnummer.«

»Ist es üblich, seine Personalien nach einem Bagatellschaden gleich mehrfach herauszugeben?«, grinse ich, und er nickt entschlossen.

»Okay, dann will ich mal nicht so sein«, sage ich und diktiere ihm das Gewünschte.

Eine weitere Unterhaltung wird von Isi unterbrochen, die sich offensichtlich langweilt.

»Bist du jetzt endlich fertig? Du hast ja noch gar nichts eingekauft, ich habe ganz furchtbaren Hunger. Wer ist das?

Wer bist du? Kennst du meine Mama? Wie heißt du?«

Das alles schafft sie, ohne auch nur einmal Luft zu holen.

»Ich habe auch ganz furchtbaren Hunger«, antwortet der Befragte und hält sich dramatisch die Hände auf den Magen. »Ich heiße Karsten, und deine Mama kenne ich schon gaaaaaaaaanz lange.«

»Davon hast du mir aber nichts erzählt«, wendet sich meine Tochter mit empört blitzenden Augen an mich. Dreht sich dann wieder Karsten zu und säuselt: »Hat deine Mama auch nichts eingekauft, weil du so einen Hunger hast?«

»Meine Mama? Ach so, nee, weißt du, meine Mama lebt schon lange nicht mehr, und darum muss ich immer selber für mich einkaufen gehen. Heute habe ich es aber fast vergessen, weil ich so lange auf jemanden gewartet habe.«

»Auf wen denn?«

»Na, auf dich, darum bin ich doch jetzt hier.«

»Auf mich? Aber du kennst mich doch gar nicht, da kannst du doch auch nicht auf mich warten. Du schwindelst, stimmt's?«

»Ein bisschen«, gibt Karsten zu und tut sehr zerknirscht. »Eigentlich habe ich auf deine Mama gewartet und bin jetzt sehr froh, dass ich sie getroffen habe.«

»Du hättest doch einfach zu uns kommen können, wenn du sie sehen wolltest. Aber unser Kater ist gestern überfahren worden, und den haben wir im Garten begraben, weil er doch über die Regenbogenbrücke gegangen ist, und Mama hat ganz viel geweint.«

»Stimmt gar nicht, ich habe ihn begraben, du warst gar nicht dabei, und ich habe ihm ganz viel Löwenzahl und so in den Karton getan, da hat er es sehr gemütlich«, erklärt jetzt der ebenfalls aufgetauchte Lasse das Geschehen. »Ich wusste sofort, dass der schon gestorben war. Ich werde nämlich Rettungsflieger.«

Karsten sieht ein bisschen überfordert aus mit der Situation, sagt aber dann: »Oh hallo, wen haben wir denn da? Verrätst du mir deinen Namen?«

»Der heißt Lasse«, antwortet Isi für ihren Bruder, der noch überlegt, ob er antworten soll.

»Hallo, Lasse«, sagt Karsten, »hast du auch so furchtbaren Hunger wie ich?«

Wieder drückt er sich die Hände auf den Bauch, und Lasse macht das begeistert nach.

»Jaja, furchtbaren Hunger, Hunger, Hunger«, stöhnt er und hüpft von einem Bein auf das andere.

»Dagegen müssen wir unbedingt etwas unternehmen, oder? Nicht, dass wir noch den Rettungshubschrauber brauchen, weil ihr umgefallen seid. Was haltet ihr denn von einer riesengroßen Pizza?«, fragt er in Richtung Kinder, bevor er mir einen beschwörenden Blick zuwirft.

»Na super«, murmle ich, »mit Speck fängt man bekanntlich Mäuse und meine Kids mit Pizza.«

Die sind schon Richtung Kasse losgetobt, und ich sammle noch schnell die nötigsten Lebensmittel zusammen, bevor ich ihnen folge. Auf diese Art wird das nichts mit gesunder Ernährung, das weiß ich jetzt schon.

»Lass dein Auto doch hier stehen«, sagt Karsten, als ich gerade meine Tüte in den Kofferraum stelle. »Wir fahren dann nach dem Essen wieder hier vorbei. Das mit deiner Katze tut mir übrigens sehr leid. Du hast so viel und so nett von diesem Kater erzählt, ich hätte ihn wirklich gern kennengelernt.«

Ich gebe mich für heute geschlagen, schmeiße meine Prinzipien über Bord und die Kindersitze in Karstens Auto, einen dicken X5. Nobel, nobel, der muss ja gut verdienen, aber vielleicht ist es auch nur ein Firmenwagen. Die Kinder finden das Auto klasse, fummeln an allem Erreichbaren rum, und Karsten meckert tatsächlich kein einziges Mal. Dieser Typ muss ein Außerirdischer sein, solche Männer gibt es hier auf der Erde nämlich nicht.

Wir fahren tatsächlich Pizza essen, und beide

Kinder packen mühelos eine ganze. Ich habe keinen Hunger, mein Magen ist wie zugeschnürt, aber Karsten besteht darauf, dass ich etwas esse.

»Ich weiß, du wärst jetzt lieber beim Thai, nur damit hätte ich die zwei hier kaum begeistern können, aber essen musst du auch hier was. Komm, ein bisschen wenigstens.«

Ich nicke, habe schon wieder Tränen in den Augen, die mir gleich darauf über die Wangen rollen. Er erinnert sich doch tatsächlich daran, dass ich gern thailändisch esse, und außerdem bin ich gerade sehr nah am Wasser gebaut. Ich bestelle Salat mit gebratenen Filetspitzen. Man gönnt sich ja sonst nichts. Der schmeckt dann wirklich so gut, dass mein leerer Magen so lange nach mehr schreit, bis der Teller fast leer ist. Karsten lächelt zufrieden. Die Kinder versichern, ohne Probleme noch ein Eis zum Nachtisch zu schaffen, ich darf zum Glück bei einem Cappuccino bleiben.

Karsten zahlt, gibt ein gutes, aber nicht übertriebenes Trinkgeld, und ich muss zugeben, die letzten eineinhalb Stunden genossen zu haben.

Als wir an meinem Auto ankommen, bedanke ich mich, und Karsten sagt, er würde mich später anrufen.

»Bist du in meine Mama verliebt? Habt ihr dann auch Sex?«

Oh Himmel, erbarme dich meiner und lass mich in einem Loch verschwinden. Meine vorlaute Tochter mit ihren peinlichen Fragen.

Karsten stutzt nur eine Zehntelsekunde, dann beugt er sich zu ihr runter und raunt verschwörerisch: »Kannst du ein Geheimnis für dich behalten?«

»Ja klar, ich bin doch kein Baby mehr«, antwortet Isi erwartungsvoll und hüpft gespannt von einem Bein aufs andere.

»Ich bin sogar sehr verliebt in deine Mama, und das mit dem Sex, darüber reden wir später einmal, einverstanden?«

Isi nickt verwirrt, gibt sich aber mit der Antwort zufrieden.

»Fahr vorsichtig«, sagt Karsten dann zu mir und verabschiedet sich mit einem Küsschen auf meine Wange.

Mir graut vor der leeren Wohnung, aber immerhin ist Granny da. Ich scheuche die Kinder zum Zähneputzen, sage energisch, dass es schon sehr spät ist und die Gutenachtgeschichte darum heute mal ausfallen muss. Sie sind in gnädiger Stimmung und verschwinden ohne größeren Protest in ihren Betten.

»Was ist mit dir, Kind?«, fragt Granny sofort, und ich fange wieder an zu weinen.

»Amun ist überfahren worden, er ist tot«, jammere ich und würde mich am liebsten in ihre Arme werfen, traue mich aber nicht.

»Das tut mir sehr leid, mein Kind, aber er ist jetzt bei Gott, da ist er gut versorgt.«

Na toll, das war nicht unbedingt das, was ich hören

wollte, aber zu ihrer Zeit hatten sicherlich die Haustiere noch einen anderen Stellenwert als heute. Ich wische mir die Tränen ab und putze meine Nase.

»Ja sicher«, sage ich, »mir fehlt er trotzdem ganz schrecklich. Was ist bei dir passiert?«

»Ist die Perücke jetzt gekommen?«

»Oh, keine Ahnung, ich habe ganz vergessen, in den Briefkasten zu schauen. Warte, ich laufe mal eben runter.«

Sie ist da und Granny ist begeistert. Sie nimmt ihren Hut ab und probiert sie gleich auf. Sie sieht damit aus wie eine Mischung aus Pippi Langstrumpf und Samson aus der Sesamstraße, und ich muss lachen.

»Nee, Granny«, kichere ich, »so geht das nicht. Komm einmal her.« Ich zupfe das struppige Teil zurecht und rücke ihm mit der Schere zu Leibe. Dann setze ich ihr den großen Hut wieder auf und finde mein Werk recht gelungen. Von Weitem und möglichst noch von hinten könnte das tatsächlich klappen. Wir stecken ein Puppenkissen unter ihre rechte Schulter, um Hedwigs kleinen Buckel vorzutäuschen und sind beide mit dem Ergebnis sehr zufrieden.

»Das muss einfach klappen«, sagt sie entschlossen und entfernt Perücke und Kissen wieder. »Du wirst sehen, der Blancke fällt allein schon vor Schreck tot um. Gestern hat er wieder ein Messer gefunden und sah aus, als würde er auf der Stelle den Verstand verlieren.«

»Wie das denn so schnell?«

»Das war reines Glück. Heinrich hat ihn gesehen, wie er gerade in die Arminiushalle gegangen ist. Daraufhin ist er schnell zu Gottfried und Hermann gelaufen, hat ein vorbereitetes Messer geholt und dem Blancke vor die Haustür gelegt. Es war ja schon dunkel, sodass ihn keiner sehen konnte. Dann ist er selber in die Arminiushalle gegangen und dem Blancke später gefolgt, als der sich auf den Heimweg gemacht hat. Er hat mir dann erzählt, dass der Schuft vor Schreck erst ganz stocksteif stehen geblieben sei, sich dann hektisch umgeschaut habe, bevor er sich traute, das Teil aufzuheben. Er habe mit dem Fuß aufgestampft und Flüche ausgestoßen, die ihn alleine um seine unsterbliche Seele gebracht hätten. Dann sei er losgerannt, dass Heinrich ihn fast aus den Augen verloren hätte, und habe das Messer in den Knochenbach geworfen. Ich sage dir, der ist schon ganz außer sich vor lauter Angst.«

»Ja, klingt wirklich so, als würde euer Plan aufgehen. Wenn er jetzt noch irgendwo die vermeintlich Tote auftauchen sieht, gibt ihm das bestimmt den Rest.«

»Wo warst du eigentlich heute Abend so lange? Ich habe schon eine ganze Weile hier auf dich gewartet.«

»Sei nicht so neugierig, Granny, aber wenn du es unbedingt wissen willst: Ich habe einen Mann kennengelernt. Einen tollen Mann, einen ganz tollen sogar. Könnte fast ein Bruder von deinem Heinrich sein.«

»Oh mein Kind, das freut mich aber sehr. Ich sage ja immer: ›Wenn du schon denkst, es geht nichts mehr, kommt von irgendwo ein Lichtlein her.‹ Der liebe Gott lässt die Seinen nicht im Stich. Jetzt musst du aber aufpassen, dass du ihn nicht wieder vergraulst. Rede nicht so unweiblich in seiner Gegenwart, und vielleicht solltest du auch einmal einen schönen Rock tragen, nicht immer diese schrecklichen Dschiens.«

»Danke für die Ratschläge, Granny, die haben mir jetzt gerade noch gefehlt, und was heißt eigentlich ›wieder‹? Ich habe niemanden vergrault, mich nur von faulen Äpfeln getrennt.«

»Wie du meinst, mein Kind, ich kann dir aber aus meiner Erfahrung sagen, dass …«

»Jetzt komm mir nicht mit deinen Erfahrungen, bitte. Die beschränken sich auf Otto und deinen Heinrich, auf zwei Männer aus dem vorletzten Jahrhundert. Ich glaube wirklich nicht, dass mir das heutzutage weiterhelfen kann.«

»Wem nicht zu raten ist, dem ist auch nicht zu helfen. Dann werde ich jetzt gehen.«

Spricht's und ist weg, bevor ich auch nur etwas erwidern kann. Ich habe keine Zeit, ihr lange nachzutrauern, denn mein Telefon klingelt, und Karsten ist dran.

Was soll ich sagen? Ich lege gegen halb zwei in der Nacht auf und fühle mich fit und unternehmungslustig … so lange, bis ich mich frage, wo der Haken an der Sache ist. Irgendwo muss einer sein, da bin ich mir plötzlich ganz sicher. Es kann nicht sein, dass ein solcher Mann nicht nur frei herumläuft, sondern sich auch noch ernsthaft für mich interessiert. Oder doch?

Granny kommt erst am Donnerstagabend wieder, hat rosige Wangen, blitzende Augen und sieht eindeutig nach gutem Sex aus.

»Wow, Granny, ich gehe jede Wette ein, du hast gerade ein äußerst unmoralisches Vergnügen hinter dir. Leugnen ist zwecklos, ich sehe es dir an der Nasenspitze an.«

Unwillkürlich wischt sie sich mit den Fingern über die etwas zu lange Nase, dann lacht sie und sagt: »Nun, ich bin schließlich verlobt, da ist es ja nicht ungewöhnlich, dass man sich näherkommt.«

»Nennt man das so?«, lache ich, »aber vielleicht ist es ungewöhnlich, dass du mit einer Bluse, an der zwei Knöpfe offen sind, deiner Ururenkelin einen Besuch abstattest.«

Granny schaut an sich herunter, zuckt mit den Schultern und schließt in aller Seelenruhe ihre Bluse. Die bringt offensichtlich so schnell nichts mehr aus der Ruhe.

»Okay, so weit, so gut, du hattest also Sex mit Heinrich, sonst noch erwähnenswerte Erlebnisse?«

»Natürlich, ich habe eine Menge Neuigkeiten für

dich. Unterbrich mich nicht, dann erzähle ich alles der Reihe nach.«

GRANNY

Ich habe es immer gesagt und immer gewusst: »Der Mensch denkt, aber Gott lenkt.« Den Beweis dafür habe ich wieder einmal erhalten, als ich meinen Bruder Hugo aufsuchte, um seine Hilfe zu erbitten.

Es war schon recht spät am Tag, aber ich wusste ja, er würde vorher nicht zu Hause sein, schließlich musste er sein Brot verdienen. Eigentlich wollte ich allein gehen, aber als ich Heinrich das berichtete, wollte er davon nichts wissen und bestand darauf, mich zu begleiten.

»Du weißt, wie gefährlich die Gegend um die Bruchmauerstraße ist«, ließ er sich vernehmen. »Ich würde meines Lebens nicht mehr froh, wenn dir dort etwas zustieße, weil ich dich allein habe gehen lassen. Ich weiß, du bist ein großes Mädchen, aber bitte, gestatte mir, dabei zu sein. Bei dieser Gelegenheit kann ich doch auch gleich deinen Bruder kennenlernen, schließlich werden wir bald Schwäger sein.«

Natürlich nahm ich sein Angebot gerne an, und wir trafen uns gegen halb neun. Heinrich holte mich ab, und wir beschlossen, zu Fuß zu gehen, denn der Abend war mild und wunderschön.

Hugo war zu Hause und blickte überrascht von einem zum anderen, bevor er uns hereinbat. Ich übernahm das Vorstellen, und die beiden Männer begrüßten sich freundlich mit Handschlag. Irgendwie kam mir mein Bruder verändert vor, er wirkte offener, fast schon fröhlich, nicht so ernst, wie ich ihn in Erinnerung hatte.

»Mein lieber Bruder, du bist verliebt, das sehe ich dir an«, ergriff ich das Wort, und Hugo wurde über und über rot.

»Geit dich nix an«, war seine auf Lippeplatt hervorgestoßene Antwort, aber er lächelte dabei.

»Doch, geht es wohl, ich bin schließlich deine Schwester und stelle dir hier gerade meinen Verlobten vor. Also raus mit der Sprache: Wer ist die Auserwählte?«

»Kennste nich, heißt Irma und is in Dienst beim Blancke.«

Ich schnappte nach Luft und glaubte, meinen Ohren nicht trauen zu können.

»Irma? Das Kindermädchen? Natürlich kenne ich die, ich habe sie zusammen mit den Kindern mehrmals im Schlosspark getroffen. Ein sehr nettes junges Mädchen. Weiß sie schon, dass du dich für sie interessierst, und was sagt sie dazu?«

»Nu, wat woll? Ich bin doch ein gesunder junger Kerl, hab Arbeit und Geld genug gespart, um einen Hausstand gründen zu können. Sie ist froh, wenn sie ihren Dienst bei Blancke aufgeben kann, hat wohl schwere Arbeit zu verrichten dort.«

»Ich glaube nicht, dass das der einzige Grund ist, warum sie so schnell wie möglich dort weg will«, sagte ich und räusperte mich. »Hugo, ich bin nicht nur hier, um dir einen Besuch abzustatten, ich bin hier, weil wir deine Hilfe brauchen. Ich glaube, wenn ich dir alles erzählt habe, was ich weiß, wirst du uns die auch sehr gern gewähren.«

»Schwester, rede nich lange drumrum, sach, watte zu sagen hast. Aber warte, vorher gibt es für deinen Verlobten und für mich noch 'nen Braken.«

Er holte die Flasche mit dem starken Wacholderschnaps unter der Ofenbank hervor und schüttete sich und Heinrich einen ordentlichen Schluck ein. Nachdem beide Männer getrunken und sich furchtbar geschüttelt hatten, nickte Hugo mir zu, und ich begann mit meiner Erzählung.

Einige Male schüttelte Hugo ungläubig mit dem Kopf, goss weitere Schnäpse ein und kippte sie förmlich hinunter. Immer wenn er Anstalten machte, mich zu unterbrechen, legte Heinrich ihm bittend die Hand auf die Schulter. Ganz am Schluss meiner langen Rede bat ich ihn um Hilfe, ein weiteres Messer möglichst nah bei Blancke zu deponieren.

Wir schwiegen eine ganze Weile, dann ergriff

Heinrich das Wort: »Schwager, ich kann mir gut vorstellen, was du jetzt denkst, und ich kann es dir nicht verübeln. Mir ist es nicht anders ergangen, als ich Luises Geschichte das erste Mal gehört habe. Mittlerweile hat sie mich aber überzeugt, und ich glaube ihr. Dich bitte ich daher, das auch zu tun, es soll dein Schaden nicht sein. Deine Auserwählte ist dort, wo sie ist, nicht sicher, das weißt du jetzt. Vielleicht ist der Kohlenhändler im Augenblick verängstigt und lässt sie in Ruhe, aber irgendwann wird er sie belästigen, so wie er Luise und Hedwig belästigt hat. Das kannst du doch nicht wollen!«

Hugo starrte den Tisch an, als würde darauf die Antwort auf alles zu finden sein. Schließlich hob er den Kopf und sah mich an: »Du warst immer schon ein merkwürdiges Geschöpf, ich bin nie schlau geworden aus dir. Das was war zwischen dir und seiner Exzellenz, das habe ich immer vermutet, habe nie ein Wort darüber verloren. War nicht meine Sache, und wenn es wahr ist, dass du in die Zukunft gehen kannst, ist das auch nicht meine Sache, aber Irma, die ist meine Sache, und wenn es stimmt, was dieses Schwein mit der Hedwig gemacht hat, dann bringe ich ihn an den Galgen, das schwöre ich, so wahr mir Gott helfe. Was soll ich also tun?«

Das war eine ungewöhnlich lange Rede von meinem ansonsten sehr schweigsamen Bruder gewesen, und ich strich lächelnd über seine Hand. Er zog sie schnell zurück, als hätte er sich verbrannt, offensicht-

lich war ich ihm nicht mehr geheuer. Nun ja, damit musste ich leben, die Hauptsache war, dass er uns half.

»Drei Messer haben wir ihm nun schon präsentiert, du sollst das vierte übernehmen. Vielleicht muss dir Irma dabei helfen, sie kommt am besten in seine Nähe. Vielleicht kann sie es unter sein Kopfkissen legen, neben sein Rasierzeug, in seine Stiefel stecken oder was auch immer. Hauptsache ist, er findet es in seinem eigenen Haus. Wenn sie dann noch beobachten kann, wie seine Reaktion darauf ist, wäre das von großem Vorteil, aber nur, wenn das für sie ohne Gefahr möglich ist.«

»Verlass dich auf mich, Schwester, komm in zwei Tagen wieder, dann kann ich dir berichten.«

Wir verabschiedeten uns von Hugo, der wieder sehr in sich gekehrt war, und schlenderten zurück zu meinem Zuhause.

Als wir durch den Schlosspark kamen, blieb Heinrich stehen und drehte mich zu sich, nahm mein Gesicht in beide Hände und sagte: »Mein Herz gehört dir, das weißt du. Ich liebe dich sehr und ich vertraue dir, aber ich habe auch Angst um dich. Was, wenn du in dieser merkwürdigen Zukunft stecken bleibst und nicht mehr zu mir zurückfindest? Das ist ein schrecklicher Gedanke, den ich einfach nicht loswerde. Ich würde es dir sehr gern verbieten, diese … diese Ausflüge zu unternehmen, weiß aber, dass das nicht geht. Ich bitte dich nur, pass auf dich auf und komm zu mir zurück – immer!«

Damit ließ er mein Gesicht los und suchte etwas in seiner Manteltasche. Auf der offenen Hand hielt er mir dann ein kleines Kästchen hin, zog es aber zurück, als ich danach greifen wollte.

»Langsam, meine Liebste, nicht so hastig.«

Er öffnete das Kästchen und hielt es mir hin. Es war zwar dunkel, aber die Lampen der Langenstraße spendeten etwas Licht, und auch der Mond schien fast voll vom wolkenlosen Himmel. Ich hielt die Luft an, wusste ich doch, was kommen würde.

»Du hast versprochen, meine Frau zu werden, mich nie zu verlassen und immer bei mir zu bleiben. Darum trage ab jetzt diesen Ring, der einmal meiner Großmutter gehörte.«

Ich konnte nicht antworten, starrte gebannt auf das Schmuckstück, das in seinem Samtbett schimmerte. Der Ring war schlicht, aber wunderschön. Ein schmaler Goldreif, wie ihn Ehefrauen trugen. Ich zog meinen Handschuh aus und streckte Heinrich die Linke hin.

Er steckte mir den Ring an den Finger und verstaute das Kästchen wieder in seiner Manteltasche, dann zog er mich in seine Arme und küsste mich lange und leidenschaftlich.

»Irgendwie bin ich nie dazu gekommen, ihn dir zu geben«, lächelte er dann, »dabei trage ich ihn schon eine ganze Weile mit mir herum. Aber bevor nächste Woche unsere offizielle Verlobungsfeier stattfindet,

wollte ich das gern noch tun. Natürlich bekommst du dann einen richtigen, sozusagen offiziellen Verlobungsring.«

»Oh mein Gott, du hast recht. Nur noch eine Woche! Ich habe so viel an den Blancke und die arme Hedwig gedacht, dass mir gar nicht bewusst war, wie schnell die Zeit vergangen ist. Mein Kleid ist noch nicht fertig, und wenn sich nicht die Deppes und deine Eltern um alles gekümmert hätten, wären wohl noch nicht einmal die Einladungen verschickt, keine Köchin eingestellt ... Oh, Heinrich, ich fürchte, ich werde eine schreckliche Hausfrau abgeben.«

»Ach was, für den Haushalt gibt es Personal, darum musst du dich doch gar nicht kümmern. Und was meine Eltern und die Deppes angeht, die haben dir das alles nur allzu gerne abgenommen. Glaub mir, so konnten sie nach Gutdünken schalten und walten. Sie wetteifern förmlich darum, unsere Verlobung zu dem denkwürdigsten Ereignis werden zu lassen, das Detmold je gesehen hat. Ich glaube, die ganze Stadt ist eingeladen! Zu diesem Thema muss ich dir allerdings noch etwas sagen. Natürlich haben wir Martha Blancke einladen wollen, schließlich war sie die Schwester deiner Freundin Hermine, aber sie kann auf keinen Fall ohne ihren Gatten kommen, das gäbe einen Eklat, also ...«

»Also wird auch Kohlenhändler Blancke auf unserer Verlobung anwesend sein«, nickte ich nachdenklich. »Das ist eine großartige Gelegenheit, ihm

ein weiteres Messer zu präsentieren und vielleicht sogar … Hedwig selbst.«

»Ach, bin ich froh, dass du es so pragmatisch siehst, ich hatte schon Angst, du wärst vielleicht schockiert«, seufzte Heinrich und zog mich wieder in seine Arme.

»Na, so ein Tamtam, unglaublich. Kennst du nicht die Bedeutung einer Verlobung? Festhalten und weitersuchen!«

»Kind, eine solche Bemerkung ist unpassend. In meiner Zeit ist eine Verlobung eine sehr ernste Sache und die Vorbereitung auf die Ehe. Das kann man nicht rückgängig machen, wie es einem gerade passt. Allein die ganzen Geschenke, und dann soll in Zukunft auch noch Kranzgeld gezahlt werden. Nein, nein, unter normalen Umständen tut man das einfach nicht.«

»Kranzgeld? Was für ein Kranzgeld?«

»Nun, das ist noch nicht Gesetz, soll es aber werden. Wenn ein junges unbescholtenes Mädchen offiziell verlobt ist, kann es schließlich vorkommen, dass sie ihrem Bräutigam gewisse Freiheiten gestattet, also, dass sie nicht mehr jungfräulich bleibt. Löst der Mann dann diese Verlobung auf, soll er ihr als Ausgleich ein Kranzgeld zahlen, weil ihre Heiratschancen dadurch geschmälert sind. Für mich würde das zwar nicht gelten, schließlich bin ich Mutter und außerdem war ich im Gefängnis, damit bin ich weder unbescholten noch jungfräulich, aber für viele junge Frauen dient es als wichtige Versicherung.«

»Merkwürdige Sitten, aber gut, ich nehme mal an, Heinrich hat ohnehin nicht die Absicht, eure Verlobung zu lösen, oder?«

»Das will ich wirklich nicht hoffen, aber bis man nicht verheiratet ist, weiß man nie, was passiert.«

»Da hast du recht, und danach weiß man es auch nicht. Scheidungen gibt es doch auch schon in deiner Zeit?«

»Wir sollten nicht nur von den schrecklichen Dingen reden, sondern von den erfreulichen, mein Kind. Ich bin sicher, Heinrich und ich werden ein sehr glückliches Leben zusammen führen.«

»Amen«, nicke ich, »und wie kam es zu deiner verkehrt geknöpften Bluse? Doch nicht etwa im Schlosspark?«

»Kind, deine Neugierde ist eindeutig ein Charakterfehler. Nein, natürlich nicht im Freien, wir sind noch bei Heinrich vorbeigefahren, er wollte mir …«

»… seine Briefmarkensammlung zeigen?«

»Ich sage jetzt nichts mehr, das hast du davon,« schnappt Granny beleidigt und ist plötzlich verschwunden. Gegen die war Houdini echt ein Stümper.

Mit ihrem Verschwinden kehrt die Leere in meine Wohnung zurück, und mir kommen schon wieder die Tränen. Amun, ach Amun, wenn du nur wüsstest, wie sehr du mir fehlst! Natürlich wollen die Kinder eine neue Katze, aber ich weiß nicht, ob ich meinen geliebten Kater so einfach gegen einen neuen austauschen kann. Oder doch? Stimmt es, dass ein neues Haustier über den Verlust des alten hinwegtröstet? Mitten in meine Überlegungen klingelt das Telefon, und Karsten meldet sich. Super, also wieder mal nur ein paar Stunden Schlaf.

Wir verabreden uns für morgen Abend, da ich kinderfreies Wochenende habe. Wir wollen ins Kino gehen, da war ich schon seit Jahren nicht mehr.

Der Freitag erscheint mir kürzer als sonst, mein Chef netter, die Kollegen freundlicher und das Wetter strahlender: Ich glaube, ich bin verliebt. Gegen Mittag kommt eine SMS: »Magst du nicht nach deiner Arbeit zu mir kommen? Ich koche etwas für uns? K.«

Hmmm, rein theoretisch könnte ich das machen, mein Ex holt die Kinder direkt vom Hort ab, aber ist das wirklich eine gute Idee? Ich bequatsche das auf dem Klo mit einer Kollegin, mit der ich gut befreundet bin, und die lacht mich aus.

»Meine Güte, wie alt bist du? 15 oder 35? Was soll dabei sein? Er wird schon nicht über dich herfallen, und wenn das Essen nicht schmeckt, lass was vom Italiener kommen. Stell dich nicht so mädchenhaft an, geh hin und mach dir einen schönen Abend. Ins Kino gehen könnt ihr auch in zehn Jahren noch.«

»Hey, du glaubst doch nicht, dass ich mit dem in die Kiste steige, oder? Ich kenne ihn doch kaum.«

»Wann hattest du das letzte Mal guten Sex, sagtest du? Ist Jahrzehnte her? Na gut, Jahre, aber auf alle Fälle zu lange, und außerdem, wer kauft schon die Katze im Sack? Wenn er die Socken anbehält, besteh auf Kino und verdrück dich dann durch den Notausgang. Wenn er danach einschläft, geh halt allein ins Kino, mehr kann dir doch nicht passieren. Sag mir, wie er heißt und wo er wohnt, nur für den Fall, dass du morgen nicht auftauchst.«

Sie amüsiert sich eindeutig über mich, und ich komme mir jetzt albern vor. War ich schon immer so oder bin ich erst so geworden, seit ich die Verantwortung für zwei Kinder trage?

Ich rufe tatsächlich noch meine Mutter an und frage auch sie, was sie davon hält, und die fragt sarkastisch zurück, ob sie vielleicht zur Vorsicht mitkommen soll. Sehr witzig, echt!

Also packe ich gegen 17 Uhr meine Siebensachen und mache mich auf zu Karsten. Da er in Heidelberg wohnt, habe ich es nicht allzu weit, und ich überlege, ob ich vielleicht noch eine Flasche Wein besorgen soll. Ich habe aber keine Ahnung von Wein, und darum lasse ich es. Ich brauche eine Weile, bis ich einen Parkplatz gefunden habe, und wundere mich, dass gleich zwei Leute mit Katzenkörben aus dem Haus kommen, in dem er wohnt. Komischer Zufall. Als ich schließlich vor der Tür stehe, sehe ich das Schild neben der Tür: »Karsten Heller, Tierarzt« und bin baff. Davon hat er mir bisher kein Wort erzählt, weder persönlich noch am Telefon. Komischer Vogel, oder habe ich so viel geredet, dass er gar nicht dazu gekommen ist? Peinlicher Gedanke.

Ich drücke kurz auf die Klingel, und Karsten erscheint mit fragendem Blick. Als er mich sieht, hellt sich sein Gesicht aber auf, und ich werde mit Küsschen begrüßt: »Gott sei Dank, du bist es. Ich dachte schon, es kommt noch ein Notfall zur Behandlung, die scheinen sich heute alle abgesprochen zu haben. Dabei hätte ich eigentlich seit 14 Uhr Feierabend. So habe ich bis gerade eben abgerissene Krallen, gespaltene Ohren und sonstige Kriegsverletzungen behandelt und bin natürlich zum Kochen nicht gekommen. Schlimm?«

»Nein, überhaupt nicht.« Ich schüttle den Kopf und schaue mich neugierig in der Praxis um. »Ich habe ohnehin noch keinen Hunger, vielleicht können wir zusammen eine Kleinigkeit zaubern.«

»Guter Plan und eine praktische Frau, so soll es sein«, grinst Karsten, zieht seinen Kittel aus und wirft ihn in eine Tonne.

»Na los, dann komm, ich wohne eine Treppe höher«, sagt er, greift nach meiner Hand und zieht mich mit sich.

Seine Wohnung ist geräumig und mit einer One-Million-Dollar-View über Heidelberg ausgestattet. Ich bin überwältigt, so schön ist die Aussicht auf den Neckar und seine alte Brücke.

»Schön, nicht?«, sagt Karsten, der hinter mich

getreten ist. »Die Wohnung gehörte meiner Mutter, ich habe sie nach ihrem Tod geerbt. Sie ist zwar zu groß für mich allein, aber ich habe es nicht übers Herz gebracht, sie zu vermieten oder gar zu verkaufen. Da habe ich dann lieber meine alte Praxis aufgegeben und in der unteren Etage eine neue aufgemacht.«

»Sie ist wunderschön«, sage ich und meine das auch so. Sogar die Einrichtung gefällt mir, obwohl alles ein bisschen karg wirkt. Keine Blumen, keine Deko, nichts.

Karsten scheint meine schweigenden Blicke richtig zu interpretieren, denn er grinst und sagt: »Ich weiß, hier fehlt eine weibliche Hand, aber ich bin halt Tierarzt, kein Dekorateur. Die Küche ist aber komplett eingerichtet, wir müssen also nicht verhungern.«

Damit zieht er mich vom Fenster weg Richtung Küche. Die ist toll, in einem hellen Blauton gehalten, mit passender Granitarbeitsplatte und raumhohen Schränken. Allein das Ceranfeld muss ein Vermögen gekostet haben. Boa, Neid, wenn ich da an das alte Teil denke, dass ich beim Einzug in meine Wohnung vorgefunden habe.

Karsten kramt im Kühlschrank und verkündet, es gäbe Steak, Pommes und gemischten Salat, ich könne mich nützlich machen und Salat waschen und schnibbeln. Ich kriege eine bunte Schürze, Kirschtomaten, Gurken, Paprika, Blattsalat und mache mich an die

Arbeit, während Karsten doch tatsächlich Kartoffeln schält und zu Pommes schneidet.

»Lernt man das während des Studiums?«, frage ich und deute auf die perfekten Spalten.

»Nicht direkt, obwohl es natürlich in der Veterinärmedizin schon von Vorteil ist, wenn man geradeaus schneiden kann, aber dies hier habe ich von meiner Schwester gelernt, die hat ein kleines, aber sehr feines Restaurant in Bielefeld.«

Trifft man sich nicht auf dieser Welt, dann trifft man sich in Bielefeld, kommt mir in den Sinn, keine Ahnung, wo ich das herhabe. Laut sage ich: »Hast du noch mehr Geschwister?«

»Nein, nur die eine Schwester, ich bin daher der einzige Sohn, meine Eltern waren beide Tierärzte, da stand mein Berufsziel eigentlich nie zur Diskussion, und ich wollte auch nie etwas anderes werden. Ebenso wie meine Schwester, die wollte immer kochen, klassische Rollenverteilung, wie du siehst. Ich kann aber auch kochen und sie zur Not operieren. Glaube ich jedenfalls.«

Wir essen an der Theke von tollen großen Tellern, und es schmeckt fantastisch, nur den Salat habe ich eindeutig etwas versalzen, Karsten übersieht das großmütig. Das Steak ist zart und die Pommes sind eine Offenbarung. Mir fehlt Ketchup, aber danach zu fragen, traue ich mich nicht, schließlich soll er mich nicht für eine Banausin halten.

Nachdem wir Teller und Besteck in den Geschirrspüler geräumt haben, reckt Karsten sich und fragt: »Musik? Etwas anderes als Wasser zu trinken oder gleich Richtung Kino aufbrechen?«

»Musik wäre schon mal eine tolle Idee, dann eine Cola light, wenn du hast, und nicht mehr bewegen, ich bin nämlich pappsatt.«

»Okay, Espresso oder lieber Cappuccino?«

»Oh, Cappuccino bitte, du bist ja wirklich der perfekte Gastgeber, ich komme gern öfter.«

»Kein Ding, macht alles die Maschine«, lacht Karsten und stellt nach wenigen Minuten zwei dampfende Tassen auf den niedrigen Couchtisch.

Ich fühle mich ausgesprochen wohl, vergessen sind meine Bedenken und Ängste, und als Karsten sich dann neben mich setzt und mir den Arm um die Schultern legt, fängt mein Herz erwartungsvoll an zu schlagen.

Wir unterhalten uns eine lange Zeit, und ich erfahre, dass er vor fast vier Jahren eine äußerst unangenehme und schwierige Scheidung hinter sich gebracht hat. Über seine Ex will er nicht viel erzählen, nur, dass seine Tierarztpraxis wohl nicht die Erfüllung ihrer Wünsche war, und irgendwann ein anderer Mann des Weges kam, der ihr mehr bieten konnte. Er erwischte sie schließlich in flagranti, und das war das Ende einer siebenjährigen Ehe. Kinder blieben nicht zurück, nur verletzte Gefühle auf seiner Seite. Da kurz zuvor seine Mutter verstorben war und das Haus hier in Heidelberg darauf wartete, wieder bewohnt zu werden, brach er seine Zelte in Wiesbaden ab und zog ein.

»Es war nicht einfach am Anfang, ich musste fast bei null anfangen, denn Patienten mitnehmen, ging ja nicht. Ich habe mich in die Arbeit gestürzt und mir eingeredet, auch ohne Frau ein glückliches und erfülltes Leben führen zu können. Natürlich habe ich nicht gerade als Mönch gelebt, aber eine feste Beziehung hatte ich seither nicht, nur kurze unverbindliche Affären. Meine Praxis läuft inzwischen sehr gut, ich habe viele Stammpatienten und kann alles in allem nicht klagen.«

»Okay, und was hast du geplant, soll ich werden? Eine Affäre oder eine Beziehung?«

Der Satz ist draußen, bevor mein Gehirn Einspruch einlegen kann, und ich würde mir am liebsten die Zunge abbeißen. Bin ich denn total bescheuert? So was fragt man einfach nicht, jedenfalls noch nicht.

»Was wärst du denn gern?«, fragt Karsten und schaut mich an.

»Das ist unfair, ich habe zuerst gefragt, also bist du mit der Antwort dran«, weiche ich aus und warte mit angehaltenem Atem.

»Ich könnte mir durchaus vorstellen, mit dir eine Beziehung anzufangen, auch wenn wir uns natürlich noch nicht sehr lange kennen. Wollen wir's riskieren? Ich meine, es ist ja immer ein Abenteuer, von dem man nicht weiß, wie es ausgeht. Also, was ist? Sind wir mutig und versuchen es oder bleiben wir Pessimisten und lassen es gleich, weil es schließlich auch schiefgehen könnte?«

»Ich bin ein ausgesprochener Pessimist«, warne ich ihn. »Ich sehe Katastrophen überall, und leider habe ich damit oft auch recht. In deinem besonderen Fall wäre ich aber geneigt, meine Bedenken erst einmal über Bord zu werfen und mich auf dieses Unternehmen einzulassen.«

»Ich liebe mutige Frauen«, seufzt Karsten zufrieden, zieht mich an sich, und dann küssen wir uns endlich zum ersten Mal.

Da er seine Socken später nicht anbehält, verschieben wir schließlich auch den Kinobesuch auf den Sanktnimmerleinstag.

Am frühen Morgen wache ich auf und weiß im ersten Augenblick nicht, wo ich bin. Dann sehe ich den friedlich schlafenden Mann neben mir, der noch nicht einmal schnarcht. Unglaublich, dass es so etwas gibt, mir über den Weg läuft und dann weder schwul noch verheiratet ist. Ich kann es gar nicht fassen und sehe schon wieder Gespenster am Horizont auftauchen, die ich aber entschlossen verscheuche.

Das erste Mal neben einem neuen Mann aufzuwachen, ist ja so eine Sache. Wo ist das Augen-Make-up hingerutscht, was ist mit der Frisur passiert, wie findet er mich im hellen Tageslicht? Fragen über Fragen, aber Karsten macht es mir leicht. Er öffnet die Augen, sieht mich an und zieht mich gleich wieder in seine Arme. Drei Sekunden genieße ich seine Nähe und seinen schlafwarmen Körper, dann entziehe ich mich ihm und sprinte ins Bad. Erst mal einen Blick in den Spiegel werfen, die volle Blase entleeren und nach einer Haarbürste suchen. Als ich zurückkomme, sind sie aufgestanden, alle beide, Karsten und sein bester Freund, und ich starre ziemlich beeindruckt auf seinen wirklich tollen Körper. Er ist nicht dünn, aber schlank mit langen Beinen und gänzlich ohne Bauch. Kein Waschbrett, aber auch kein Waschbär, muskulöser Oberkörper, keine nennenswerte Brustbehaarung, alles ganz wunderbar.

»Genehmigt?«, grinst das Objekt meiner intensiven Betrachtung, und ich werde rot vor lauter Verlegenheit.

»Ich wusste es, du bist ein Außerirdischer, oder kannst du mir vielleicht eine halbwegs plausible Erklärung dafür liefern, wieso du nicht das kleinste Tattoo an deinem Alabasterluxuskörper hast?«

»Oh je, beichten vor dem ersten Kaffee, wie grausam ist das denn?« Karsten windet sich, gibt sich dann aber einen Ruck und gesteht: »Ich habe eine völlig irreale Angst vor Nadeln, zumindest dann, wenn sie auf mich gerichtet sind. Ich war bestimmt fünfmal in so einem Studio und bin jedes Mal wieder geflüchtet. Irgendwann habe ich es aufgegeben und beschlossen, so zu bleiben, wie ich eben bin. Findest du das sehr störend?«

»Quatsch, natürlich nicht. Ich habe nur gedacht,

es läuft heute kein männliches Wesen zwischen zwei und 200 mehr ohne Tattoo rum«, sage ich und küsse ihn auf die Brust.

»Erst Frühstück oder erst duschen?«, fragt Karsten, und ich entscheide mich fürs Duschen. Aus rein ökonomischen Gründen gehen wir zusammen unter den heißen Strahl und kommen daher erst eine ganze Weile später zu unserem ersten Kaffee.

Das Leben ist schön! Wunderschön! Könnte gar nicht schöner sein, zumindest nicht im Augenblick. Leider vergeht auch dieses traumhafte Wochenende wie im Flug, wir verlassen die Wohnung nicht einmal, kochen und essen gemeinsam und verbringen sehr viel Zeit im Bett.

Sonntagmittag muss ich leider schon wieder daran denken, dass meine Kids bald gebracht werden, doch als Karsten vorschlägt, mit zu mir zu kommen, lehne ich ab. Ich muss erst einmal mit mir selber klarkommen, meine Gefühle sortieren, ein bisschen Luft holen. Ich versuche, ihm das zu erklären, aber er winkt ab.

»Verstehe ich doch, kein Ding. Mit Kindern muss man wohl alles etwas anders angehen. Lass uns heute Abend telefonieren, und bis dahin vergiss mich nicht.«

»Ich werde sehen, was ich tun kann«, flachse ich, küsse ihn zum Abschied und ziehe die Tür hinter mir ins Schloss.

Zu Hause erwartet mich eine äußerst vorwurfsvoll dreinschauende Granny, die ich tatsächlich die letzten beiden Tage fast vergessen hatte.

»Wo warst du denn nur? Ich war gestern und vorgestern schon hier, aber du bist nicht gekommen. Ich habe mir wirklich große Sorgen gemacht.«

»Granny, ich bin erwachsen, falls du das vergessen haben solltest. Ich habe dir doch erzählt, dass ich einen Mann kennengelernt habe, und na ja, bei dem war ich.«

»Kind, war das nicht ein Fehler? So schnell solltest du dich einem Mann auf keinen Fall hingeben, dann verliert er die Achtung vor dir oder hält dich für ein leichtes Frauenzimmer, ich habe dir doch schon öfter …«

»Stopp! Keine moralischen Exkursionen, Granny, wir leben im 21. Jahrhundert, die Uhren ticken jetzt anders als zu deiner Zeit, wie oft muss ich dir das denn noch sagen?«

»Und wie oft muss ich dir noch sagen, dass Moral und Anstand die Zierde einer jeden Frau sein sollten.«

Ich seufze tief und verdrehe die Augen zur Decke. Granny ist eine tolle Frau, aber eben eine aus dem 19. Jahrhundert.

»Komm, hör auf, mich zu kritisieren, und erzähl, was im schönen alten Detmold passiert ist. Viel Zeit wird uns wohl nicht bleiben, mein Ex bringt in spätestens einer Stunde die Kinder.«

GRANNY

Nun, am Montagabend gingen Heinrich und ich erneut in die Bruchmauerstraße zu Hugo, und der hatte tatsächlich sehr gute Neuigkeiten für uns. Er hatte keine Probleme damit gehabt, seine Irma für unseren Plan zu gewinnen, ganz im Gegenteil, sie schien sehr erleichtert zu sein, dass es ihrem Dienstherrn an den Kragen gehen sollte. Selbst mein etwas schwerfälliger Bruder merkte dann, dass Irma etwas auf dem Herzen hatte, womit sie aber nicht rausrücken wollte. Immerhin fragte er so lange nach, bis sie ihm gestand, dass Blancke sie schon seit längerer Zeit mit seinen schmutzigen Absichten verfolgt hatte. Erst in den letzten Wochen habe er damit aufgehört, sei überhaupt sehr verändert gewesen.

Ich schaute Heinrich an und sagte: »Siehst du, unsere Messer zeigen Wirkung, er ist unruhig, und sein schlechtes Gewissen treibt ihn um.«

»Ob der Mann wirklich ein schlechtes Gewissen hat? Ich glaube das eher nicht, sonst hätte er nach dem Mord an Hedwig wohl seine schmutzigen Finger nicht schon wieder nach Irma ausgestreckt. Nein, der bereut nicht, was er getan hat, der hat nur Angst, dass man ihm auf die Schliche kommt.«

»Au, dat is woll wahr«, meldete sich Hugo zu Wort, »ich wollt dem gleich ordentlich aufs Maul, aber Irma

sächt, lieba nich, nachher schlag ich den dut und dann wird dat nix mehr mit Heirat und so.«

»Damit hat sie recht, Hugo, wir kriegen den schon. Hat Irma das Messer schon versteckt?«

»Jau, dat war keine Sache, sie hätt et ihm in de Bartbinde gesteckt, da hätt er es am gleichen Abend gefunden. Er wör dann wie von Sinnen aus da Tür und hätt geflucht wie de Düwel.« Hugo nickte vor sich hin und ballte immer wieder die Hände zu Fäusten.

Heinrich und ich wollten noch zu Gottfried und Hermann und baten Hugo, uns zu begleiten. Er lehnte aber entschieden ab und ließ sich auch von mir nicht überreden.

»Lass ihn, Luise«, sagte Heinrich, nachdem wir uns verabschiedet hatten, »er muss sicherlich erst mal allein sein, und ein Besuch bei einem Staatsanwalt und einem Polizeipräsidenten ist wohl das Letzte, was er jetzt braucht. Zumindest in Gedanken hat er nämlich den Blancke schon ein Dutzend Mal getötet.«

»Solange es bei dem Gedanken bleibt, ist seine unsterbliche Seele noch nicht verloren«, sagte ich, aber mir war kalt ums Herz. Wenn dieser skrupellose Mörder auch noch meinen gutmütigen Bruder ins Unglück stürzte, ich weiß nicht, wozu ich dann fähig wäre.

Wir trafen nur Hermann an, Gottfried war für einige Tage in sein Amt zurückgekehrt, und auch Hermann bereitete sich auf eine längere Abwesenheit vor.

»Wir müssen aufpassen, keinen noch so kleinen Verdacht zu erregen, daher können wir nicht über einen längeren Zeitraum hier unter einem Dach leben. Außerdem können wir auch unseren Dienststellen nicht länger fernbleiben. Ich weiß, dass Gottfried hier einen geheimen Auftrag hat, auch wenn er darüber nicht spricht, aber ich muss auf alle Fälle bald zurück nach Berlin. Die Anklage gegen einen Massenmörder muss vorbereitet werden.«

»Gut«, nickte Heinrich, »ich glaube, wir kommen hier auch eine Weile allein zurecht. Der Blancke ist schon ganz schön aus der Ruhe gebracht.« Er informierte Hermann noch über Hugos und Irmas Hilfe, und dann verabschiedeten wir uns. Eine Weile mussten unsere konspirativen Treffen nun ausfallen, aber natürlich würden beide Männer zu unserer Verlobungsfeier in Detmold sein.

Nach und nach verwandelte sich das Haus der Deppes in einen Bienenschwarm, und ich konnte mir unschwer vorstellen, wie es wohl bei Heinrichs Eltern zugehen mochte. Ich schlug vor, ihnen einen Besuch abzustatten, aber Heinrich hielt das für keine gute Idee.

»Lass es lieber, mein Herz, du brichst dir nur die Beine über aufgerollten Teppichen, gebohnerten Böden und im Weg stehenden Möbeln. Meine Mutter ist in ihrem Element, und jede Hilfe würde sie nur als Zweifel an ihren Fähigkeiten auffassen. Außerdem hilft ihr natürlich Karla nach Kräften, von einer

ganzen Heerschar an Dienstboten ganz zu schweigen. Mein Vater ist rechtzeitig zu einer Reise aufgebrochen, um dem Chaos in seinem Zuhause zu entfliehen. Lass es uns ihm gleichtun.«

Mein zwischenzeitlich fertiggestelltes Kleid für den Abend hatte ich nach der letzten Anprobe nicht mehr zu Gesicht bekommen, und auch meinen Hut hielt Emilie eisern unter Verschluss, und die Schneiderin huschte mit ihrem Lehrmädchen immer blitzschnell an mir vorbei. Ich erhielt keine noch so kleine Chance, sie auszufragen.

»Lass dich einfach überraschen«, lachte Emilie, »vertraue mir und meinem guten Geschmack. Du wirst dir gefallen, und dein Heinrich wird vor lauter Staunen das Luftholen vergessen.«

»Gut, dann werde ich mich eben in Geduld üben. Aber sag mal, wie geht es eigentlich jetzt mit dir und Karla weiter? Wissen deine und ihre Eltern jetzt endlich …«

»Nein, wissen sie nicht.« Emilie klang verbittert und hatte plötzlich Tränen in den Augen.

»Emilie, es tut mir so leid«, sagte ich sehr erschrocken. »Ich habe nur noch an mich und die Verlobung gedacht und ganz vergessen, dich zu fragen, wie es dir eigentlich geht. Verzeih mir bitte diese Selbstsucht.«

»Ach was«, entschlossen wischte sich meine junge Freundin über die Augen und blinzelte. »Du hast ja genug um die Ohren. Den Blancke, die Verlobung und dann noch deine Ausflüge in die Zukunft.«

Sie schnaufte wenig damenhaft durch die Nase, und ich war unsicher, was sie damit sagen wollte.

»Emilie, wenn ich dir irgendwie helfen, irgendetwas für dich tun kann, bitte sag es mir. Wir sind doch Freundinnen, oder etwa nicht?«

»Ja, sind wir, aber ich kann nicht glauben, was du mir erzählt hast. Niemand kann in die Zukunft reisen, niemand, das ist gänzlich ausgeschlossen. Ich weiß nicht, woher du diese Fotografie hast, diese merkwürdige Dose, aber, aber …«

»Emilie, ich lüge nicht. Alles ist genauso, wie ich es dir erzählt habe. Warum und wieso, das weiß ich selbst nicht. Was kann ich nur tun, damit du mir glaubst?«

»Lass mich dabei sein, wenn du deine nächste … Reise antrittst.«

»Gut, ich habe nichts dagegen, aber ich weiß nie so genau, wann es so weit ist. Komm mit in mein Zimmer, setze dich auf mein Bett und warte ab. Soll ich etwas für dich in Erfahrung, dir einen Beweis bringen?«

»Ja, wenn es wirklich so ist, wie du sagst und es möglich ist, in einen Kasten zu schauen und alles zu erfahren, was man wissen möchte, dann schau da hinein und sage mir, was aus Karla und mir geworden ist, bitte.«

Emilie klang so flehend, dass ich es ihr natürlich versprach, auch wenn ich nicht wusste, ob oder was Sabrina herausfinden würde.

Wir gingen gemeinsam hoch in mein Zimmer, ich setzte mich in meinen Sessel, Emilie aufs Bett, und ich nehme an, sie sitzt da auch jetzt noch. Ich bin sehr gespannt, was sie zu erzählen hat, wenn ich wieder zurück bin.

»Na, ich auch«, lache ich und öffne meinen Laptop. »Okay, dann schauen wir doch mal, ob wir die beiden finden. Emilie Deppe und Karla von Raden, richtig?«

»Ja, das stimmt. Oh, hoffentlich ist deine Suche erfolgreich, dann muss sie mir doch glauben.«

»Tja, die Namen gibt es nicht, aber das will ja nichts heißen. Oder doch, es bedeutet zumindest, dass den beiden nichts Spektakuläres passiert ist. Also keine wurde ermordet oder wegen Homosexualität angeklagt oder so was.

Ja, und hier … in Berlin gab es um 1900 fast ein ›drittes Geschlecht‹, so viele Schwule lebten dort. Von Lesben ist nicht die Rede, dass es die auch gab, konnte man sich wohl nicht vorstellen. Immerhin fanden schon ernsthafte Bestrebungen statt, den Paragrafen 175 abzuschaffen, der Homosexualität unter Strafe stellte. Klingt doch gar nicht so schlecht, die beiden Frauen sollten ihren Plan umsetzen und nach Berlin gehen, im kleinen Detmold werden sie wohl kaum unbehelligt bleiben. Ich drucke dir jetzt eine Seite aus, die sich mit Berlin um 1900 beschäftigt, die kannst du deiner ungläubigen Emilie präsentieren, wenn du magst. Versteckt sie aber gut, damit ihr nicht am Ende noch als Hexen auf dem Scheiterhaufen landet.«

»Wir leben ja nicht mehr im Mittelalter, das ist auch in Detmold vorbei.« Granny schüttelt missbilligend den Kopf und nimmt mir die ausgedruckte Seite ab, faltet sie sorgfältig und verstaut sie in ihrer Rocktasche.

Als es klingelt und die Kinder nach Hause kommen, winkt sie mir mit der Hand und ist gleich darauf verschwunden.

Mein Ex beschwert sich wieder einmal über das Verhalten unserer gemeinsamen Tochter, in dem er eindeutig mich wiederzuerkennen glaubt.

»Sie hört nicht, widerspricht mir ständig und streitet sich pausenlos mit ihrem Bruder. Wenn das so weitergeht, braucht sie gar nicht mehr zu mir zu kommen.«

Ich verspüre ein weiteres Mal den heftigen Wunsch, ihn von diesem Planeten beamen zu lassen, und bin nur froh, dass Isi bereits zu ihrer augenblicklichen Lieblingsfreundin verschwunden ist und den Satz nicht gehört hat.

»Bist du eigentlich nur bescheuert«, fahre ich ihn an. »Wie kannst du denn so etwas nur sagen? Lasse ist mindestens ebenso schwierig, aber das merkst du komischerweise nicht. Wenn du nicht deine moralischen Ergüsse nur über Isi ausschütten würdest, kämst du auch besser mit ihr klar. Und wenn du dann vielleicht noch begreifen würdest, dass sie nicht gern über mich und mein Leben ausgefragt wird, ginge es noch besser. Tschüss!« Damit drehe ich mich um und laufe hinter Lasse her ins Haus. Mann, dieser Mensch bringt mich jedes Mal an den Rand des Wahnsinns, wie habe ich mich jemals in ihn verlieben können?

Kaum ist er außer Sicht, taucht Isi wieder auf, rennt ins Kinderzimmer und pfeffert alle Sachen, die sie anhat, in eine Ecke.

»Hey, was ist los, was machst du da?«

»Das wollte ich überhaupt nicht anziehen, das ist voll doof, aber der Papa hat gesagt, dann bringt er mich nicht nach Hause.« Ihr Gesicht ist wutverzerrt und sie gräbt in ihrem Schrank nach neuen Klamotten. Warum kann er sie nicht einfach anziehen lassen, was ich eingepackt habe? Warum muss er über so unwichtige Dinge mit ihr streiten? Solange sie nicht im tiefsten Winter barfuß im Sommerkleid loslaufen will, halte ich mich aus ihren Klamotten raus, das schont meine Nerven. Abgesehen davon hat sie einen durchaus vertretbaren Geschmack, der sich natürlich auch nach dem richtet, was die anderen Siebenjährigen ihrer Umgebung anziehen. Kleidchen mit Smok und rote Lackschuhe gehören nun einmal nicht dazu.

Lasse ist bereits wieder in der Küche, um zu schauen, ob er auch an diesem Sonntag nicht verhungern muss.

»Du hast gar nichts gekocht, und ich habe so einen Hunger«, mault er weinerlich, und ich muss ihm rechtgeben. Zum Kochen bin ich wirklich nicht gekommen. Ich greife zum Notfallplan und öffne eine Dose Ravioli, schütte den Inhalt in einen Topf, und zehn Minuten später sitzen beide Kinder zufrieden kauend vor KiKa. Der Familienfrieden ist gerettet, nur zum Nachdenken, so ganz für mich allein, bin ich bis jetzt noch nicht gekommen.

Eine Stunde später ruft Karsten an und fragt, wie es mir geht. Ich erzähle von Isis Kleiderfrust, und er findet das amüsant.

»Scheint ganz auf die Mama zu kommen, die junge Dame, die weiß auch ganz genau, was sie will und was nicht.«

»Ja? Was will ich denn und was nicht?«

»Nun, du willst keinen Alkohol, kein Ketchup auf die Pommes und manchmal auch nicht ins Kino«, zieht er mich auf, und ich muss lachen.

»Doch, Ketchup wollte ich sehr wohl, habe mich aber nicht getraut, danach zu fragen«, gebe ich zu, und das kann er sich gar nicht vorstellen.

»Du hast dich nicht getraut, zu fragen?« Ich höre den Zweifel in seiner Stimme. »Wieso denn bloß nicht? Du bist doch ansonsten nicht so schüchtern, oder?«

»Na ja, manchmal schon, und ich wollte schließlich einen guten Eindruck machen …«

»Mamaaaaaaaa! Du sollst nicht so lange telefonieren, ich will die Lilly anrufen!« Isi steht mit in die Seiten gestemmten Armen vor mir und blitzt mich an. Wie kann ich mich erdreisten, mein eigenes Telefon zu benutzen, wo sie doch jemanden anrufen will.

»Mit wem telefonierst du denn? Sag doch mal!«

»Mit Karsten, wenn du es genau wissen willst, und jetzt telefoniere zuerst einmal ich, dann kannst du. Außerdem wohnt Lilly nebenan, du kannst auch hinlaufen, wenn du was von ihr willst.«

Da hat sie mir aber schon den Hörer aus der Hand gerissen und flötet: »Hallo, hier ist Luise …« Damit verschwindet sie samt Telefon in ihrem Kinderzimmer.

Irgendwas mache ich falsch, ich sehe es ein, aber was?

Nach fünf Minuten kommt sie mit ausgesprochen zufriedener Miene zurück, am Telefon ist niemand mehr.

»Der Karsten hat gesagt, er darf nicht kommen, weil du das nicht willst, aber ich habe es ihm erlaubt. Er bringt auch Kuchen mit«, klärt sie mich kurz auf und setzt sich wieder vor den Fernseher.

Glaube ich das denn? Ist es korrekt, sich hinter dem Rücken der Mutter mit der Tochter zu verbünden? Zumal, wenn die gerade sieben Jahre alt ist?

Ich komme aber nicht dazu, mein Veto einzulegen, denn nun ist auch Lasse aus seinen Träumereien erwacht und fragt, wer mit Kuchen kommt.

»Der Karsten, das ist der, der in die Mama verliebt ist«, wird er von seiner Schwester aufgeklärt. »Weil Mama nicht wollte, dass er kommt, habe ich gesagt, er kann trotzdem ruhig kommen, und jetzt kommt er gleich und bringt Kuchen mit.«

»Das ist aber voll gemein von dir, Mama.« Mit großen blauen Augen schaut mich mein Sohn empört an. »Warum wolltest du denn nicht, dass er kommt? Vielleicht geht er doch mit uns wieder Pizza essen?«

»Du hast gerade erst Ravioli gegessen und dürftest wirklich satt sein, mein Sohn.«

»Aber Kuchen esse ich trotzdem«, bestimmt er und stampft mit dem Fuß auf.

Ich beschließe, dass der Klügere nachgeben sollte, halte daher den Mund und verschwinde schnell im Badezimmer, um mich noch ein bisschen aufzurüschen, bevor der Kuchen kommt.

Karsten hat zumindest den Anstand, etwas nach schlechtem Gewissen auszusehen, als er mit einem dicken Paket erscheint.

»Tut mir leid«, flüstert er mir zu, »sie hat so nett gebeten, ich konnte es ihr einfach nicht abschlagen.«

Ich werfe ihm einen resignierten Blick zu, schließlich kenne ich die Überredungskünste meiner Tochter, nehme ihm den Kuchen ab und gehe in die Küche, Kaffee kochen.

Ich decke den Tisch, dekoriere die Unmengen von verschiedenen Kuchenstücken auf einer Platte, zünde auch noch eine Kerze an und hole das Trio dann aus dem Kinderzimmer. Alle drei sitzen am Boden und bauen mit Lego, springen aber bei dem Wort »Kuchen« sofort auf und rennen los. Lasse schwelgt in Schoko-Sahne, Luise in Himbeere, und beide kauen vergnügt und erzählen mit offenem Mund von erlebten Abenteuern.

Ich bin nicht so der süße Zahn, wenn, dann Marmorkuchen, und der ist leider nicht dabei. Karsten kämpft mit einem dicken Stück Apfelkuchen mit Sahne und schaut mich fragend an.

»Habe ich deinen Geschmack nicht getroffen? Ich wusste ja nicht, was du gerne isst, darum habe ich von allem mal eins mitgebracht.«

»Lieb von dir, aber ich stehe eigentlich nur auf Marmorkuchen, so Sahneteile sind nicht mein Ding, aber das konntest du wirklich nicht wissen. Macht auch nichts, ich habe keinen großen Hunger.«

»Marmorkuchen? Okay, werde ich mir merken, wird beim nächsten Mal dabei sein«, verspricht er und verspeist genüsslich das letzte Stück Apfelkuchen.

Als die Kids begreifen, dass ich ihnen unter keinen Umständen ein weiteres Stück Kuchen bewilligen werde, verziehen sie sich maulend nach draußen, und wir bleiben allein zurück.

»Bist du sauer, weil ich gekommen bin?«, fragt Karsten etwas unsicher, und ich zögere mit der Antwort.

»Nein, sauer eigentlich nicht, aber es geht nicht an, dass Isi über meinen Kopf hinweg Leute einlädt. Sie tut einfach, was ihr gefällt, ob mir das gerade passt oder nicht, ist ihr völlig egal.«

»Und dir passte mein Besuch gerade nicht?«

»Das hat nichts mit dir zu tun, ich mag es nur nicht, wenn man mich übergeht. Ach Quatsch, es hat wirklich nichts mit dir zu tun, ich freue mich, dich zu sehen, ich hatte nur gerade eben mal wieder einen Zusammenstoß mit meinem Ex, darum bin ich immer noch sauer.«

»Soll ich ihm eine auf die Nase hauen?«, fragt Karsten mit Bösewichtgrinsen, und ich finde ihn einfach nur zum Knutschen, was ich endlich auch tue. Er schmeckt nach Apfelkuchen mit Sahne.

Wir setzen uns auf meinen Winzlingsbalkon und rauchen eine zusammen. In mir breitet sich eine lange nicht gekannte Zufriedenheit aus, und ich strecke die Beine von mir und genieße mein Dasein.

Montag und Dienstag verlaufen ohne nennenswerte Vorkommnisse, es herrscht der ganz normale Wahnsinn, sowohl beruflich als auch privat. Einziges Highlight sind einige wirklich süße SMS von Karsten und natürlich die abendlichen Endlostelefonate mit ihm. Sehen werden wir uns erst wieder am Wochenende, einerseits der Arbeit wegen, andererseits, weil ich es langsam angehen lassen will und, na ja, ich habe schließlich zwei Kinder und kann nicht so, wie ich vielleicht gern möchte. Karsten scheint damit kein Problem zu haben, und ich weiß nicht recht, ob ich das gut finden oder vielleicht als mangelndes Interesse auslegen soll.

Immerhin kommt am Dienstagabend endlich Granny, sichtlich aufgeregt und voller Neuigkeiten. Sie hält sich kaum mit der Begrüßung auf, fragt nicht einmal nach, was meine neue Liebe so macht, sondern legt sofort los.

GRANNY

Kind, es ist wirklich alles sehr, sehr aufregend, ich weiß gar nicht, wo ich anfangen soll zu erzählen. Nun ja, vielleicht mit meiner Rückkehr nach Hause am Sonntag. Ich kam wie gewöhnlich in meinem Sessel sitzend zu mir, und als ich die Augen öffnete, sah ich eine schreckensbleiche Emilie auf meinem Bett sitzen. Sie rang die Hände und kämpfte ganz offensichtlich gegen ihre Erregung an.

»Luise, oh Gott sei Dank, bin ich froh, dass du die Augen wieder offen hast. Luise? Kannst du mich hören? Ist alles in Ordnung mit dir, geht es dir gut?«

»Ja, natürlich geht es mir gut, ich fühle mich wunderbar, was ist denn nur passiert?«

»Was passiert ist? Das fragst du mich? Du hast dich in den Sessel gesetzt, die Augen geschlossen, und dann sahst du plötzlich aus wie tot. Bleich und völlig leblos, du hast kaum geatmet, und ich konnte dich nicht aufwecken. Ich bin fast gestorben vor Schreck und war drauf und dran, Dr. Pohlmann zu rufen.«

»Gut, dass du das nicht getan hast. Ich habe dir doch gesagt, ich gehe dann meine Ururenkelin besuchen, und das habe ich auch getan. Hier, schau dir das an, das hat sie mir für dich mitgegeben. Sie hat gesagt, ihr sollt nach Berlin gehen, da gäbe es viele Schwu…, ich meine, viele Menschen, die so sind wie du und Karla. Dort würdet ihr überhaupt nicht auffallen, aber lies das einfach selber.«

Emilie hörte mir gar nicht mehr zu, sie war längst in den Zeitungsartikel vertieft und seufzte hörbar auf.

Als sie zum Ende gekommen war, ließ sie das Blatt auf ihren Schoß sinken und schaute mich an.

»Ich fasse es nicht. Wie ist denn so etwas bloß möglich? Du sitzt hier in diesem Sessel, scheinst fast tot zu sein und bist doch über 100 Jahre in der Zukunft? Ich kann mir einfach nicht vorstellen, dass so etwas keine Schäden an deiner Gesundheit anrichtet, von deiner Seele gar nicht erst zu reden.«

»Mach dir um meine Gesundheit nur keine Sorgen, und auf meine Seele wird der Herrgott schon achten. Ich fühle mich immer sehr ausgeruht, wenn ich zurückkomme, und konnte bisher noch keiner-

lei Schäden feststellen. Bis auf die Tatsache, dass ich immer fast verhungert bin, denn dort kann ich leider weder etwas essen noch trinken. Komm, lass uns schnell in die Küche gehen, sonst falle ich noch um.«

Damit lief ich los, und Emilie folgte mir auf dem Fuße.

In der Küche bereitete ich mir ein Omelett und freute mich, endlich etwas in den Magen zu bekommen. Emilie lehnte allerdings ab und war ungewohnt schweigsam.

»Was ist los? Hast du jetzt plötzlich Angst vor mir? Ich bin immer noch die Gleiche, die ich auch gestern war, kein Grund, mich so anzustarren.«

»Entschuldige bitte, das wollte ich nicht, aber … Luise, bist du dir im Klaren darüber, über welche Macht du mit deiner Fähigkeit verfügst? Du könntest die gesamte Geschichte mit deinem Eingreifen verändern, unser aller Leben …«

»Nein, das kann ich nicht, beruhige dich wieder. Das erste Mal, als ich meine Ururenkelin aufsuchen konnte, wollte ich den Mord an Otto aufklären und jetzt den an Hedwig. Ich bin mir zwar nicht ganz sicher, aber ich glaube, es hat etwas mit ungesühnten Verbrechen zu tun, die es mir ermöglichen, in die Zukunft zu gehen. Ich weiß ein paar Dinge, die sonst noch niemand weiß, das stimmt. Aber wer würde mir schon glauben, wenn ich lauthals verkünden würde, dass es in ein paar Jahren einen schrecklichen Weltkrieg geben wird oder in 100 Jahren Männer Männer

heiraten können und Frauen Frauen? Frauen tragen Dschiens und rasieren sich alle Haare ab.«

»Stimmt das alles, was du da sagst?«, fragte Emilie leise, und ich hätte mich ohrfeigen mögen für meine Geschwätzigkeit.

»Tut mir sehr leid, ich sollte wirklich nicht so viel reden. Du siehst, was ich damit anrichte, und darum schweige ich lieber. Bevor du mich jetzt fragst oder dir unnötige Sorgen machst, ich weiß nichts weiter über dich und Karla oder deine Familie. Wirklich nicht. Es sind nur so ganz allgemeine Informationen, zu denen meine Ururenkelin mir etwas sagen kann. Na ja und vieles erlebe ich natürlich selber, und ich versichere dir, das ist nicht immer leicht für mich. Allein die Kindererziehung …«

»Gut, Luise, ich werde dich nichts mehr fragen, nur eines noch bitte: Werden Karla und ich diesen kommenden Krieg überleben?«

»Ich weiß es wirklich nicht«, sagte ich leise. »Wir haben gesucht, aber nichts gefunden. Weder in Berlin noch in Detmold. Tut einfach, was ihr tun wolltet, dem Schicksal kann doch keiner entkommen. ›Der Mensch denkt, aber Gott lenkt.‹«

Zurück in meinem Zimmer zeigte ich Emilie die Perücke und weihte sie in den Plan ein, mich am Samstag in dieser Verkleidung dem Blancke zu zeigen.

»Warum du und nicht Karla oder ich?«, wollte sie wissen und überzeugte mich schließlich, dass sie diesen Part übernehmen sollte.

Ihr Fehlen würde weniger auffallen als das der Braut.

»Gut, dann mach du es, aber sei um Himmels willen äußerst vorsichtig. Wenn er dich erwischt, ist alles umsonst gewesen.«

»Er wird mich nicht erwischen«, antwortete sie zuversichtlich, »aber ich muss Karla einweihen, vor ihr will ich keine Geheimnisse haben, das verstehst du doch sicher, oder? Ich nehme einmal an, dass du dich auch Heinrich anvertraut hast?«

»Ja, Heinrich weiß Bescheid und ebenso Gottfried und Hermann, darüber hinaus niemand, und das muss auch so bleiben. Versprich es mir, Emilie.«

»Ja, natürlich, nur Karla, sonst niemand. Sie wird uns helfen, da bin ich ganz sicher.«

»Wann willst du eigentlich deinen Eltern von deiner Liebe zu Karla erzählen, und was denkst du, wie sie reagieren werden?«

»Ich weiß es nicht«, seufzte sie und sah plötzlich sehr bekümmert aus. »Es fällt mir unendlich schwer, ihnen einen solchen Kummer zu bereiten, und ich wünschte, ich müsste es nicht tun.«

»Ja, das verstehe ich gut, aber wie willst du ihnen sonst erklären, dass du nach Berlin gehen willst?«

»Darüber denke ich schon seit Monaten nach und komme zu keinem Ergebnis. Ich muss es ihnen sagen, und zwar bald. Sie haben es nicht verdient, von mir belogen zu werden. Papa wird es vielleicht sogar verstehen, aber Mama wird zutiefst schockiert sein

und das Gerede der Nachbarn fürchten. Du kennst sie ja.«

»Da wird sie vielleicht erleichtert sein, wenn du weit wegziehst«, überlegte ich, aber das schien Emilie auch nicht zu beruhigen.

»Wenn es dir hilft, bin ich gern dabei, wenn du es ihnen sagst, und spreche für euch«, bot ich an, und sie drückte dankbar meine Hand.

»Die Arme, das war bestimmt nicht so leicht zu verdauen, dass ihre Freundin eine Zeitreisende ist«, überlege ich laut, »und dass sie ihren Eltern gegenüber eingestehen muss, eine Lesbe zu sein, liegt ihr ja ganz schön auf der Seele. Ich kann mir das heutzutage kaum noch vorstellen, aber es gibt sicherlich immer noch genug Homosexuelle, die auf Ablehnung und Unverständnis stoßen. So modern, wie wir tun, sind wir nämlich gar nicht. Unlängst hat sich mal ein Fußballer als schwul geoutet, wohlgemerkt erst nach Ende seiner Karriere, und das gab ein ziemlich lautes Rascheln im Blätterwald, kann ich dir sagen. Na ja, sie wird es überleben, und dass sie die Verkleidungsnummer für dich übernimmt, finde ich echt mutig von ihr.«

»Ja, das finde ich auch, Emilie ist wirklich eine gute Seele. Sie hat mir immer geholfen, seit ich sie kenne, hat sie immer zu mir gehalten, auch damals mit Otto, weißt du noch?«

»Klar, da hast du sie ja noch für seine junge Geliebte gehalten, oder wie war das?«

Granny läuft rot an und macht ein unmutiges Geräusch. Daran wird sie offenbar nicht besonders gern erinnert.

»Wie geht es dir denn mit deinem neuen Verehrer, hast du ihn wiedergesehen?«

»Seit Sonntag nicht, aber ich glaube, es geht ihm gut. Er ist einfach unglaublich, charmant, intelligent, einfühlsam, humorvoll, die Kinder finden ihn klasse, und er kommt auch gut mit ihnen aus. Wo ist bloß der Haken? Es muss einen geben, so viel Glück kann ich gar nicht haben.«

»›Der Herr sorgt für die Seinen‹, mein Kind, alles zu seiner Zeit. Ich habe mir ja auch nicht vorstellen können, noch jemals eine solche Liebe zu erleben wie die zu Heinrich. Nach Ottos Tod wäre ich sehr gern auch gestorben, ich war so voller Verzweiflung und Trauer, und jetzt? Jetzt feiere ich in vier Tagen Verlobung mit meinem Heinrich. Ist das nicht ein Wunder?«

»Na ja, ein Wunder nicht gerade, denn Heinrich kann wohl kaum übers Wasser laufen, aber es ist schön, Granny, und ich freue mich sehr für dich – und auch für mich. Hast du jetzt endlich dein fertiges Kleid gesehen? Nein? Na, ihr traut euch was. Was, wenn du inzwischen zu- oder abgenommen hast und es nicht passt?«

»Ich darf es erst am Samstag anziehen, aber die

Schneiderin bleibt im Haus, falls Änderungen notwendig sind.«

»Ach, Granny, ich würde dich so gern in deinem Brautstaat sehen. Wer hat schon die Gelegenheit, ein Foto von seiner Ururgroßmutter im Brautkleid zu machen? Da fällt mir übrigens ein, dass ich noch nie versucht habe, dich zu fotografieren. Wieso eigentlich nicht?« Ich hole mein Smartphone hervor und aktiviere die Fotofunktion. »Guck mich mal an, Granny! … Hä? Wie jetzt?«

Ich starre auf mein Display, auf dem die Wohnzimmerwand und ein Stück von einem Bild zu sehen sind, ansonsten nichts. Keine Granny, kein Hut, rein gar nichts. Ich versuche es noch einmal, das Ergebnis bleibt das gleiche. Von Granny kann ich kein Foto machen, warum und wieso auch immer. Offensichtlich kann sie nicht einmal das Kameraauge sehen. Unheimlich diese Sache, echt.

»Klappt leider nicht, schade, ich hätte gern ein Bild von dir«, sage ich und lege das Smartphone zurück auf den Tisch.

Vielleicht irgendwann einmal, wer weiß, anfassen kann ich dich schließlich inzwischen auch.«

»Heinrich hat einen Fotografen bestellt, der wird auf der Verlobungsfeier ein Porträt von uns anfertigen«, sagt Granny stolz und lächelt verträumt.

»Okay, das musst du dann aber unbedingt einmal mitbringen, damit ich es mir anschauen und eine Kopie machen kann. Versprochen?«

»Ich werde es versuchen«, nickt sie, »aber jetzt muss ich gehen, es gibt ja noch so viel zu tun.«

Am Mittwoch ist wieder Bambini-Fußball, und am Spielfeldrand steht Karsten. Lasse entdeckt ihn zuerst und ist ganz aus dem Häuschen über diesen weiteren Zuschauer.

»Du wirst schon sehen, ich schieße fünf Tore, ich bin nämlich Schweinsteiger«, tönt er und kämpft vergeblich mit der Schleife an seinen Fußballschuhen.

»Komm her, ich binde sie dir«, biete ich an, aber er wirft mir nur einen vernichtenden Blick zu und müht sich weiter.

»Wie würde das denn auch aussehen, wenn Schweinis Mama immer auf den Platz laufen würde, um ihrem Jungen die Schuhe zu binden. So was macht ein Mann selber, stimmt's, Lasse?«, kommt jetzt von Karsten.

»Genau, das macht ein Mann doch selber, Mama, weißt du das etwa nicht?«

»Jetzt weiß ich es«, sage ich und schüttle den Kopf.

Kaum ist Lasse auf den Platz gerannt, frage ich Karsten, was er hier macht.

»Ich liebe Fußball«, sagt er scheinheilig, »vor allen Dingen, wenn Schweinsteiger mitspielt.«

»Du spinnst doch! Woher hast du gewusst, dass ich heute hier sein würde? Los! Raus mit der Sprache!«

»Lasse hat es mir am Sonntag erzählt«, gibt er zu, »da habe ich ihm versprochen, zuschauen zu kommen. Schlimm?«

»Ihr Kerle verbündet euch also hinter meinem Rücken gegen mich?«, tue ich entrüstet, rücke aber unwillkürlich ein bisschen näher an ihn ran.

»Nie im Leben würden wir das tun. Ganz im Gegenteil, wir verbünden uns höchstens *für* dich. Du musst doch zugeben, dass es jetzt, wo du mich als Unterhalter neben dir hast, längst nicht so langweilig ist wie sonst?«

»Stimmt! Eins zu null für dich«, gebe ich zu, und dann halten wir uns an den Händen.

Diesmal gewinnt Lasses Mannschaft, und er ist komplett im Siegestaumel, schlägt Purzelbäume auf dem Rasen und jubelt und singt.

»Ob er mir ein Autogramm gibt?«, amüsiert sich Karsten über den glücklichen Zwerg und zwinkert mir zu.

»Lass dir eines geben, wer weiß, was das in 20 Jahren mal für einen Wert hat.«

»Nee, Autogramme sind out, wozu hat man Smartphones. Lasse! Kann ich ein Foto von dir und mir bekommen?«

»Klar«, stimmt der gönnerhaft zu und grinst mit hochrotem Kopf in die Kamera.

Ich bin so fasziniert von den beiden, dass mir fast entgeht, dass ich plötzlich das Zielobjekt geworden bin.

»Halt, hör sofort auf, ich habe ein Recht am eigenen Bild! Zeig her, wie ich aussehe, und wenn es mir nicht gefällt, bestehe ich darauf, dass es sofort gelöscht wird.«

»Kann gar nicht sein, dass du nicht gut aussiehst«, schleimt Karsten, hält mir aber sein Handy hin. Zwei Fotos sind ganz gelungen, ein drittes klicke ich umgehend in den Papierkorb.

»Okay, und jetzt ich. Gleiches Recht für alle.«

Lasse, diese eitle Socke will unbedingt auch mit aufs Bild, und ich fände es blöd, ihm das zu verbieten. Na ja, immerhin habe ich jetzt ein Foto von Karsten, wenn auch eines mit meinem Sohn.

»Leute, ich muss los, Isi ist bei ihrer Freundin und wartet bestimmt schon«, gebe ich mal wieder die Spaßbremse, kann es aber nicht ändern.

»Kann der Karsten denn nicht mitkommen, Mama, bitte, bitttttteeeeeeeeee.« Lasses Stimme klingt schon wieder bedrohlich nach Tränen, und ich rolle die Augen gen Himmel.

»Von mir aus, wenn er Zeit und Lust hat, kann er mitkommen, aber das muss er selber entscheiden.«

»Nichts, was ich lieber täte! Gut, dass du gefragt hast, Lasse, ich wusste nicht, wie ich es anfangen sollte, vielen Dank!«

Lasse strahlt, Karsten strahlt, nur ich weiß nicht so recht, ob ich mich nicht mal wieder überrollt fühlen soll. Da aber auch Isi sehr begeistert auf unseren Besuch reagiert, entspanne ich mich, und wir verbringen einen gemütlichen Kinderspielabend zusammen. Nicht ganz das, was man sich unter einer jungen Liebesbeziehung so vorstellt, aber das ist eben die Realität. In Büchern oder im Kino haben die immer alle

Zeit der Welt und jede Menge Gelegenheiten, miteinander in die Kiste zu springen. Alles frei erfunden!

Trotz aller Gemütlichkeit schicke ich um 21 Uhr die protestierenden Kinder ins Bett und Karsten nach Hause.

Er verspricht den beiden, am Freitagabend wiederzukommen und Pizza mitzubringen.

Er hält sein Versprechen und taucht am Freitag gegen 19 Uhr mit vier riesigen Pizzakartons auf, gleichzeitig mit Granny. Die schaut irritiert in die Runde und bläht die Nasenflügel. Wie mag Pizza wohl für sie riechen? Appetitlich, dass ihr das Wasser im Mund zusammenläuft, oder eher abstoßend? Muss ich sie demnächst wirklich mal fragen. Im Augenblick schaffe ich gerade noch, trotz ihres unglaublichen Aussehens unauffällig den Finger auf den Mund zu legen und leicht den Kopf zu schütteln. Fehlte noch, dass ich mich jetzt versehentlich mit ihr unterhalte. Sie wartet denn auch brav, bis alle sitzen, und sucht sich erst dann einen freien Platz. Von dort aus betrachtet sie intensiv Karsten und spitzt die Lippen, als wollte sie einen Pfiff ausstoßen. Das ist so untypisch für sie, dass ich lachen muss, es aber gerade noch hinter einem Hüsteln verbergen kann. Die Kinder kauen mit vollen Backen, schaffen es aber trotzdem, ununterbrochen zu reden, ohne sich zu verschlucken, und Granny schüttelt natürlich schon wieder missbilligend den Kopf. Da die Damen und Herren offensichtlich sehr gut ohne meine verbale Beteiligung auskommen, habe ich Zeit und betrachte Granny genauer. Allein ihr Hut ist eine Nummer für sich. Größer als eine Familienpizza, und bestimmt auch schwerer, thront er auf ihrer schwarzen Haarpracht. Er ist champagnerfarben und mit einem Volant versehen, ein farblich passender Schleier bedeckt ihr Gesicht. Oben auf dieser Kreation sitzen sich zwei Vögel in einer Art Nest gegenüber, sie schillern in allen Farben des Regenbogens. Ob auch noch Eier irgendwo versteckt sind, kann ich aus meiner Perspektive nicht erkennen. Ihr Kleid, ebenfalls champagnerfarben, sehr eng und figurbetont, hat an Dekolleté und Schultern schwarze Spitze. Ihre Hände stecken in weißen langen Handschuhen, sodass kein Stückchen nackte Haut zu sehen ist. Ihre Rückenpartie scheint auch spitzenbesetzt zu sein, aber das kann ich nur erahnen, da sie sitzt. Schwarze Knöpfstiefelchen runden dieses imponierende Outfit ab.

Wow! Sie ist offensichtlich gekommen, sich in ihrem Brautstaat zu präsentieren.

Trotz aller lautstarken Proteste müssen meine Kinder um 21 Uhr ins Bett, und ich täusche Erschöpfung und Müdigkeit vor, um auch Karsten zum Gehen zu veranlassen. Ich gebe zu, das fällt mir zunehmend schwer, aber ich will mit Granny reden, und das kann ich schlecht in seinem Beisein tun. Ich stimme aber einem gemeinsamen Ausflug am nächsten Tag zu.

Kaum ist Ruhe eingekehrt, wende ich mich an Granny.

»Du siehst einfach umwerfend aus. Unglaublich! Elegant, sexy, jugendlich und wunderschön. Du hattest recht, Emilie hat wirklich Geschmack, dein Heinrich wird einen Herzkasper bekommen, wenn er dich sieht.«

Granny lächelt auf ihre ganz spezielle Art, um ihre Zahnlücke zu verbergen, und bekommt rote Bäckchen vor Freude.

»Ich wollte unbedingt, dass du mich siehst, und ich freue mich sehr, dass dir mein Kleid gefällt. Ich finde es auch wunderschön, und wie du siehst: Es passt wie angegossen, nur die Schuhe sind mir etwas zu groß, aber das ist nicht so schlimm, ich stecke vorne etwas Papier hinein.«

»Papier? Hast du keine Einlegesohlen?«

Grannys fragender Blick ist Antwort genug, und ich krame bereits in einer Schublade.

»Zieh mal einen Stiefel aus, ich will etwas ausprobieren«, bitte ich sie und lege dann eine der gefundenen Sohlen hinein. Zugegeben, sehr schön sind die nicht mehr, aber vielleicht erfüllen sie ihren Zweck. Granny zieht den Schuh wieder an und geht einige Schritte.

»Oh, das ist wunderbar, so weich und warm. Jetzt passt alles ganz genau.«

»Gut, dann gib mir auch den zweiten und lass die Dinger bloß niemanden sehen, ich glaube nämlich nicht, dass es in deiner Zeit aerodynamische Schuheinlagen gibt.«

Granny nickt zustimmend, scheint aber noch etwas auf dem Herzen zu haben.

»Spuck's aus, was immer es ist, ich schenke es dir zur Verlobung«, fordere ich sie auf und ahne schon, was kommen wird.

»Hast du noch so eine Duftdose? Ich würde morgen gern besonders gut riechen, das verstehst du doch sicher?«

»Leider nein, aber ich habe etwas anderes, komm mal mit ins Bad!«

Ich finde ausnahmsweise auf Anhieb, was ich suche, und reiche ihr einen Deoroller.

»Hier, einfach die Kappe abmachen und dann damit unter den Armen rollen. Natürlich nicht mit der Kappe, sondern mit der feuchten Kugel hier.«

Ich demonstriere es in der Luft, und Granny schaut aufmerksam zu, nimmt es mir dann ab und schnuppert daran.

»Oh, wie schade, das duftet ja gar nicht.«

»Nein, aber es verhindert unangenehme Gerüche, das ist der Sinn und Zweck eines Deos. Aber nur keine Panik, hier habe ich auch noch einen Duft für dich.«

Ich bin nicht so der Parfümtyp, habe aber einige geschenkte Fläschchen für Notfälle parat. Da sich solche selten ereignen, sind die meisten noch nicht einmal geöffnet. Eines davon halte ich Granny hin.

»Das ist ›Poison‹. Meines Erachtens schlimmer als Mottenpulver, aber wenn du es sehr sparsam verwendest, wird es schon gehen.«

Sie nestelt mit ihren behandschuhten Händen am Verschluss und hält sich schließlich das Fläschchen unter die etwas zu lange Nase.

»Oh«, sagt sie und hält es weiter weg, »nein, lieber nicht, davon bekomme ich ganz sicher Kopfschmerzen.«

»Kann ich verstehen«, murmle ich, verschließe den Flakon und greife nach einem anderen.

»Dann versuch es einmal hiermit, ›Shalimar‹, das riecht recht angenehm.«

Auch das findet nicht ihren Beifall, ebenso wenig wie »Fendi« und »Clochard«. Damit bin ich am Ende meines Vorrates und will schon resignieren, da fällt mein Blick auf ein kleines, glitzerndes Fläschchen. Isis Lillifee-Parfüm, riecht wie knallroter Kaugummi und sieht auch so aus.

Granny greift schon danach, schnuppert und strahlt: »Ach, das ist wunderbar, das gefällt mir sehr gut. Kann ich das haben, bitte?«

»Natürlich, nur zu, nimm es mit, wenn es dir so gut gefällt. Isi wird den Verlust schon verschmerzen, und wenn nicht, kaufe ich ihr ein neues.«

»Kind, das ist sehr lieb von dir, vielen, vielen Dank! Wenn ich jetzt noch meine Beine rasieren dürfte, die kratzen nämlich.«

Sie schafft es tatsächlich, sich mit langen Handschuhen die Stoppeln von den Beinen zu schaben, nachdem sie vorher undurchsichtige weiße Strümpfe ausgezogen hat, offensichtlich aus reiner Seide und mit einem Strumpfband gehalten.

Ich spiele mit dem Gedanken, sie nach ihrer Unterhose zu fragen, verkneife mir das aber dann doch.

»Oh Kind, ich kann dir gar nicht sagen, wie aufgeregt ich bin. Ich war ja noch nie verlobt, jedenfalls nicht offiziell, und ich bin sehr gespannt, wie meine Feier sein wird. Ich werde dir alles berichten, wenn ich das nächste Mal komme. Denk bitte morgen an mich, ja?«

»Klar mache ich das, auch wenn ich mit Sicherheit weltweit die einzige Person sein werde, die an der Verlobung ihrer Ururgroßmutter teilnimmt, wenn auch nur in Gedanken.«

Als sie weg ist, riecht es in meinem Badezimmer wie in einer Parfümerie, und ich reiße das Fenster auf zum Lüften.

Am Samstagnachmittag klingelt Karsten und trägt schon wieder etwas, das aussieht wie ein Kuchentablett, allerdings eines, das sich bewegt. Er setzt sich vorsichtig auf das Sofa und beschützt das Teil mit seinen Händen.

»Was ist das? Lebkuchen, oder warum bewegt sich das?«, flachse ich, und auch die Kinder schauen gebannt auf das Päckchen.

»Kalt, ganz kalt, kein Lebkuchen, überhaupt kein Kuchen. Na, wer rät noch mal, wer hat noch nicht?«

»Eine Feuerwehr«, schreit Lasse, »oder ein Hubschrauber.«

»Quatsch, das bewegt sich doch nicht«, kommentiert meine altkluge Tochter, hat aber des Rätsels Lösung auch nicht parat.

Ich will gerade sagen, dass er es nicht so spannend machen soll, da kommt ein Ton aus der Verpackung. Klingt wie »Ääängh«, und mein Herz beginnt zu rasen.

»Bitte, bitte, mach auf, schnell, mach auf!«, flehe ich, und Karsten erbarmt sich, vielleicht auch, weil jetzt eindeutig Leben in das Paket kommt. Er lüftet vorsichtig das Papier, und zum Vorschein kommt ein Schuhkarton mit großen Löchern im Deckel. Der hat sich aber schon angehoben, und durch den Spalt lugen zwei grüne Augen und ein rosa Näschen.

»Eine Katze, eine Katze!«, beide Kinder kreischen begeistert und greifen nach dem Karton.

»Halt, langsam, nicht so hastig«, sage ich schnell und packe sie beidhändig am Kragen.

Es ist eine Katze, eine sehr haarige Katze genauer gesagt, deren Kopf in erster Linie aus großen grünen Augen und zwei überdimensionalen Ohren zu bestehen scheint.

Mittlerweile hat das kleine Wesen es geschafft, den Deckel gänzlich loszuwerden, und steht nun auf ausgesprochen großen Pfoten in der Schachtel. Der Blick scheint uns der Reihe nach zu begutachten, dann wird der Motor angeschmissen und laut geschnurrt.

»Darf ich mal bekannt machen«, Karsten zeigt mit großer Geste in die Runde, »Luise, genannt Isi, hübschestes Mädchen weit und breit, Lasse, größter Fußballspieler aller Zeiten, und die Mama Sabrina, tollste Frau auf Erden – Balou, Kater, Mutter Maine Coon, Vater unbekannt, neun Wochen alt und zurzeit ohne festen Wohnsitz.«

Ich schmelze dahin, möchte lachen, weinen, Karsten umarmen und den Kater küssen, alles zusammen, und gleichzeitig spüre ich wieder den Schmerz über den Tod von Amun.

Das Fellknäuel scheint das zu ahnen, auf alle Fälle setzt es zierlich ein Pfötchen auf den Rand des Schuhkartons, zieht ein weiteres nach und stürzt sich dann kopfüber in die Tiefe. Ich kann gerade noch beide Hände ausstrecken und es auffangen. Es ist weich, warm, pelzig und lebendig, ich spüre das kleine Herz aufgeregt schlagen und bin verloren. Ich drücke vorsichtig meine Wange an den Kleinen, der wieder begonnen hat zu schnurren und so gut riecht, wie kleine Katzen nun einmal riechen.

Lasse und Isi wollen natürlich auch, und der Augenblick der ungetrübten Seligkeit ist schneller vorüber, als mir lieb ist.

Ich fordere sie auf, langsam näherzukommen, und beide streicheln vorsichtig über Kopf und Rücken des kleinen Tigers. Dem scheint das gut zu gefallen, er reckt sich den streichelnden Händen entgegen und sagt wieder »Ännngh«.

»Wo hast du den denn her? Der ist doch eigentlich noch viel zu klein, mit neun Wochen braucht der doch noch seine Mama und die Geschwister.«

»Mama hat er leider nicht mehr, sie ist bei der Geburt gestorben, weil der letzte Welpe quer lag und die Besitzer mich viel zu spät gerufen haben. Immerhin haben sie Balou und seine fünf Geschwister mithilfe einer Amme aufgezogen, die aber jetzt keine Milch mehr hat. Außerdem habe ich den Verdacht, dass es der Familie zu viel wird. Sie möchten die Jungen jetzt so schnell wie möglich loswerden, daher haben sie mir diesen Kater als Bezahlung für meine Dienste angeboten. Was sollte ich machen? Wie findet ihr ihn? Bekommt er bei euch ein neues Zuhause?«

»Jaaaaaaaaa, Mama, sag ja, bitte, bitte«, ausnahmsweise wollen meine Kinder einmal das Gleiche, und ich habe natürlich keine Chance. Hatte ich nie, schon gar nicht, nachdem ich den kleinen Kater das erste Mal gesehen habe.

Ein bisschen zögere ich trotzdem. Ist das nicht Verrat an meinem Amun, dem liebsten und tollsten Kater auf dieser Welt? Müsste ich ihm nicht die Treue halten, wie würde er das finden? Natürlich weiß ich, Amun kommt nie mehr zurück, und er wird mir auch nie sagen können, ob er einverstanden ist. Dazu kommt, dass ich es meinen Kindern jetzt niemals mehr abschlagen könnte, also straffe ich die Schultern, hebe das schon wieder schlafende Pelzknäuel noch einmal an meine Wange und sage: »Willkommen, mein Kleiner, ich hoffe, dir gefällt es bei uns.«

Jetzt gibt es natürlich keine Außenaktivitäten mehr, ich brächte es nicht übers Herz, den Winzling allein zurückzulassen. Der erkundet jetzt schon ganz munter die Wohnung, kämpft einen heftigen Kampf gegen das Blatt einer großen Zimmerpflanze, springt dabei mit allen vier Pfoten gleichzeitig in die Luft und faucht lautstark. Zum Glück habe ich noch Katzenfutter in allen Variationen, und das kleine Mäulchen kann gar nicht so viel auf einmal schlucken, wie der Kater reinstopft. Das Katzenklo erreicht er dann leider nicht mehr, und die Bescherung landet auf dem Badezimmerteppich. Nun gut, er ist noch klein, er wird es schon noch lernen. Isi und Lasse haben zwischenzeitlich das Interesse an dem Neuzugang verloren und sind nach draußen verschwunden. Karsten sitzt zurückgelehnt auf dem Sofa und schaut mir etwas unsicher entgegen.

»Ich hoffe, ich habe dich nicht allzu sehr überfahren?«

»Doch, hast du, aber auf diese Art lasse ich mich gern einmal überfahren. Der Zwerg ist ja so goldig und noch so winzig, aber ehrlich, ich habe zu schnell Ja gesagt. Der vereinsamt doch so allein? Ich muss ja nun mal arbeiten gehen, und er ist doch noch ein Baby.«

»Ich könnte ihn ja tagsüber mit in die Praxis nehmen und dann abends wiederbringen …«

»Quatsch! Du kannst doch ein Tier nicht wie einen Gummibaum hin- und hertransportieren, abgesehen davon, dass vermutlich selbst der davon eingehen würde. Ich denke, du bist Tierarzt? Müsstest du doch eigentlich wissen.«

»Klar weiß ich das, war eine blöde Idee, gebe ich zu. Ich wollte dir doch nur eine Freude machen. Aber ich weiß, was wir machen: Ich hole dir noch eine zweite Katze dazu, dann können die sich miteinander beschäftigen. In dem Alter geht das noch ohne Probleme …«

»Bist du jetzt völlig durchgedreht? Zwei Katzenkinder in meiner Wohnung? Weißt du, was die in meiner Abwesenheit alles anstellen können? Nach spätestens einer Woche haben die alle Blumen gekillt, die Gardinen zerfetzt und was weiß ich noch alles angerichtet.«

»Also, das glaube ich nicht. Maine Coons gelten als sehr ruhig.«

»Ja klar«, höhne ich, »die liegen den ganzen Tag friedlich zusammen auf dem Sofa und warten, bis ich wiederkomme. Nein, mein Freund, das kaufe ich dir nicht ab. Also, du hast den Kleinen hier angeschleppt, sag du mir, wie das gehen soll!«

Karsten kaut nachdenklich an seiner Unterlippe, während Balou versucht, sich an seinen Hosenbeinen nach oben zu arbeiten.

»Also, zurückgeben kann ich ihn unter keinen Umständen, wer weiß, was dann aus ihm wird. Aber du hast natürlich recht, so lange allein, da kommt der sicherlich auf dumme Gedanken. Warum nicht doch noch ein zweites Kätzchen dazuholen, dann wird das schon gehen.«

»Nein, kommt nicht infrage, das ist Tierquälerei, und da mache ich nicht mit. Zumindest die ersten Wochen müsste jemand über Tag nach den beiden sehen, sie füttern, streicheln, Ansprache bieten und was weiß ich nicht alles. Ich kann das nicht leisten, und meine Nachbarin wird sich darauf auch nicht einlassen, aber …«

»Aber was? Hast du eine Idee?«

»Wie lange, sagtest du, hast du Mittagspause?«

»Ich? Kann ich nie genau sagen, aber so zwei Stunden werden es schon sein. Warum willst du das wissen?«

»Nun, wenn du zwei Katzenkinder bei mir unterbringen möchtest, dann fahr du auch jeden Mittag hierher und kümmere dich um sie. Wie wäre das?«

Schade, dass ich mein Smartphone nicht greifbar habe, sein Gesicht wäre wirklich ein Foto wert. Er ist sichtlich irritiert, kaut erneut auf seiner Unterlippe, sieht erst mich, dann den Kater an und zuckt schließlich mit den Schultern.

»Okay, ich mach's! Zumindest für die ersten Wochen, die wachsen ja wie die Spargel, und dann können sie auch über Tag allein bleiben.«

»Karsten«, sage ich jetzt sehr ernst, »solche Winzlinge sind eine Riesenverantwortung und außerdem mit nicht unerheblichen Kosten verbunden. Die müssen geimpft und gechipt werden, entfloht, entwurmt und was nicht noch alles. Das kostet eine Menge Geld, und ich verdiene keine Unsummen. Futter und Katzenstreu, Spielzeug und Tierarztkosten bei eventuellen Krankheiten habe ich noch nicht einmal erwähnt.«

»Wo ist das Problem? Ich bin Tierarzt, schon vergessen? Ich werde Pate der beiden, und dann bekommen sie alles, was sie brauchen, von mir.«

»Guter Plan. Ich meine, wir kennen uns, lass mich kurz überlegen ... egal, auf alle Fälle noch nicht lange genug, um mich auf einen solchen Deal einzulassen? Das musst du doch selber einsehen.«

»Du bist eine misstrauische Seele, aber gut, wir können das alles schriftlich festhalten, und wenn ich dann nicht halte, was ich versprochen habe, zerrst du mich vor Gericht.«

»Karsten! Jetzt hör auf mit diesen Faxen.«

»Ich meine das ernst, jedes Wort. Ich verspreche dir, mich um die zwei zu kümmern, immer, egal, wie das mit uns weitergeht. Das ist doch für mich überhaupt kein Problem und noch nicht einmal mit Kosten verbunden. In zwei bis drei Monaten haben die sich prima eingelebt und können dann allein bleiben, bis du von der Arbeit kommst. So lange schaue ich mittags nach ihnen. Komm, gib dir einen Ruck und sag Ja! Ich sehe dir doch an, wie gern du den kleinen Kerl behalten möchtest.«

Noch bevor ich antworten kann, krabbelt Balou auf wackeligen Beinchen von seinem Schoß auf den meinen und fällt bei dem Versuch, sich dort hinzusetzen, erst einmal um. Rappelt sich aber schnell wieder auf und beginnt an meinem Pullover in die Höhe zu steigen. Ich helfe nach, indem ich eine Hand unter sein pelziges Hinterteil schiebe. Er beschnuppert meinen Hals, knabbert an meinem Ohr und schnurrt wie eine Nähmaschine. Schließlich reißt er sein rosiges Mäulchen mit vielen spitzen Zähnchen auf, kuschelt sich in meiner Hand zusammen und ist gleich darauf eingeschlafen.

Mein Herz quillt über vor lauter Liebe zu dieser kleinen Kreatur, und ich seufze tief auf.

»Okay, ich weiß zwar, dass es Wahnsinn ist, aber gut, ich bin einverstanden. Ich kriege es ja ohnehin nicht mehr fertig, diese Fellkugel wieder wegzugeben, und das hast du mit Sicherheit genau gewusst.«

»Gewusst vielleicht nicht, aber gehofft«, grinst Karsten, »die Freundin eines Tierarztes sollte nämlich ein Herz für Tiere haben.«

»Ach so, das war ein Test«, tue ich empört, »du warst dir nicht sicher, ob ich mehr für dich werden könnte als eines deiner kurzen Verhältnisse. Das ist hinterhältig, mein Freund, hinterhältig und gemein.«

»Nein, das ist einfach nur Selbstschutz«, rechtfertigt er sich, »du weißt doch, man soll die Katze nicht im Sack kaufen, aber den Kater im Karton lieben oder so ähnlich.«

»Blödmann, wer kann so einem Wollknäuel denn schon widerstehen, vor allem, wenn er ohnehin Katzenfan ist?«

»Tja, nachdem das jetzt geklärt ist, was fangen wir an mit dem angebrochenen Nachmittag?«, fragt er und rückt näher an mich heran.

»Halt, nicht näher kommen, du weckst Balou, außerdem können jeden Augenblick die Kinder klingeln.«

Er antwortet nicht, nimmt mir aber äußerst vorsichtig den schlafenden Kater ab und deponiert ihn auf einem Kissen. Der macht nicht einmal ein Auge auf und schläft selig weiter.

Da es auch nicht klingelt, Karsten aber jetzt damit beginnt, an meinem Ohrläppchen zu knabbern, finden wir noch eine Beschäftigung für diesen Nachmittag.

Meine Nacht ist erwartungsgemäß etwas unruhig. Der kleine Tiger hat stündlich ein neues Problem, entweder will er vom Bett runter oder wieder rauf. Für beides braucht er noch meine Hilfe, und die fordert er mit lautem Maunzen ein. Auch nächtliche Futterspenden werden mit klagendem Miauen eingefordert, und den Weg durch den dunklen Flur aufs Katzenklo möchte er auch nur in meiner Begleitung zurücklegen. Dafür kuschelt er sich dann später warm und flauschig zum Schlafen in meine Halsbeuge, und ich finde wieder einmal, dass Schlaf überbewertet wird.

Ich erwache gegen drei Uhr, weil Balou sich an einem Fauchen versucht, und ich weiß schon, noch bevor ich die Augen aufhabe, dass Granny da ist.

Ich beruhige den kleinen Kater, der trotzdem lieber unter der Bettdecke Schutz sucht, und setze mich auf.

»Moin, Granny. Hast du nach deiner Verlobung nichts anderes zu tun, als harmlose Ururenkelinnen um ihren verdienten Schlaf zu bringen?«

»Du wolltest doch schnell über die Ereignisse informiert werden oder etwa nicht?«, fragt sie etwas pikiert, »ich kann auch wieder gehen, wenn …«

»Nein, nein, sei doch nicht gleich eingeschnappt und erzähl schon.«

GRANNY

Es war ein rauschendes Fest, ein Fest, wie es im kleinen Detmold wohl nicht alle Tage stattfindet. Heinrichs Eltern hatten keine Kosten und Mühen gescheut und das Haus und den Park wundervoll geschmückt. Ich habe die Kerzen nicht gezählt, aber es waren sicherlich Hunderte, und im Garten säumten Fackeln den Weg. Eine Kapelle spielte zum Tanz auf, die großen schweren Teppiche waren aufgerollt und weggebracht worden, das gebohnerte Parkett glänzte wie Speckschwarten, und das Buffet war sicherlich an die zehn Meter lang. Hausmädchen huschten hin und her und bedienten die Gäste, die allesamt wundervoll gekleidet waren und Geschenke überreichten. Es schien ganz Detmold versammelt zu sein, na ja, nicht ganz, aber sicher an die 200 Personen. Heinrich trug einen eleganten Frack und sah umwerfend aus. So umwerfend, dass ich es kaum fassen konnte, dass ich die Braut an seiner Seite war. Ich trug stolz mein champagnerfarbenes Seidenkleid mit der schwarzen Spitze, und meine Schuhe passten jetzt wunderbar. Nachdem alle Gäste eingetroffen waren und ein Glas in Händen hielten, schlug mein zukünftiger Schwiegervater mit einem Löffel gegen das seine. Alle Gespräche verstummten.

»Meine lieben Freunde, Sie alle wissen, warum wir heute Abend dieses Fest feiern, und ich freue mich sehr, dass so viele unserer Einladung gefolgt sind. Meine Gattin und ich haben die Ehre, Ihnen die Verlobung unseres einzigen Sohnes Heinrich mit Fräulein Luise Klewe anzuzeigen.«

Er gab dem Kapellmeister ein Zeichen, und es wurde ein Tusch gespielt.

Dann übernahm Fritz das Wort und wandte sich an die Gäste:

»Luise ist zwar nicht unser leibliches Kind, aber sie ist uns in den vielen Jahren, die wir uns jetzt kennen, wie ein solches ans Herz gewachsen. Ich bin sehr glücklich, sie heute an der Seite ihres zukünftigen Gatten zu sehen. Auf Luise und Heinrich!« Damit erhob er sein Glas, und alle taten es ihm gleich.

Mein Herz pochte so heftig, dass ich befürchtete, es könnten alle hören. Aber Heinrich hielt fürsorglich meinen Arm, und das gab mir Sicherheit. Jetzt schaute er mich an, lächelte, erhob nochmals sein Glas und sagte: »Ich danke Ihnen allen sehr für Ihr Kommen, und freue mich, Ihnen meine bezaubernde Verlobte vorstellen zu können.« Wie vor Wochen im Schlosspark griff er in seine Hosentasche und holte erneut ein kleines Kästchen hervor. Er öffnete es und hielt es mir mit den Worten »Dieser Ring soll dich für immer mit mir verbinden«, hin. Ich wusste nicht, was ich sagen sollte, griff mir mit einer Hand ans Herz und schaute sprachlos auf den funkelnden Diamanten in seinem Bett aus schwarzem Samt.

»Heinrich, er ist wunderschön, ich danke dir von Herzen«, brachte ich dann mühsam heraus, während die Menge begeistert Beifall klatschte. Ich hielt Heinrich meine behandschuhte Linke hin, und er steckte mir den Reif an den Finger, an dem schon der schmale Verlobungsring saß.

Genau in diesem Moment bemerkte ich eine Bewe-

gung in der Menge und sah Kohlenhändler Blancke, der kreidebleich nicht etwa auf uns, sondern auf die Wendeltreppe starrte. Ich hob meinen Blick und sah Hedwig dort oben stehen. Natürlich wusste ich, dass es nicht Hedwig, sondern Emilie war, aber selbst ich bekam einen gehörigen Schreck.

Plötzlich riss sich Blancke mit einem heftigen Ruck von seiner Gattin los und schickte sich an, durch die Menge zur Treppe zu drängen.

Ich reagierte sofort. Ohne auch nur eine Sekunde darüber nachzudenken, hob ich die Hand und bat damit wieder um Ruhe.

»Ich danke Ihnen allen für Ihre Freundlichkeit, möchte aber nicht versäumen, einen ganz besonderen Gast zu begrüßen, die Schwester meiner im vergangenen Jahr verstorbenen Freundin Hermine. Liebe Frau Blancke, ich danke Ihnen, dass Sie und Ihr Gatte heute hier anwesend sind, und bitte Sie, Ihr Glas mit mir zu erheben.« Die Angesprochene lächelte, bemerkte dann, dass ihr Mann auf die Treppe zusteuerte, tat zwei Schritte und erwischte ihn am Arm. Wohl oder übel musste er nun auf sein Vorhaben verzichten und gemeinsam mit seiner Gattin das Glas erheben und mir zuprosten.

Er sah dabei völlig abwesend aus, eine Haarsträhne hing ihm wirr ins Gesicht, und seine Augen huschten immer wieder zur Treppe, auf der es jetzt nichts mehr zu sehen gab. Wenige Augenblicke später bat Heinrichs Vater die Gäste an das Buffet. Ich schüttelte

Hände, lächelte, machte Konversation mit Menschen, die ich nicht kannte, und hielt mich krampfhaft an Heinrichs Arm fest, der immer an meiner Seite blieb. Fritz und Martha drängten sich zu uns, gratulierten noch einmal, beide umarmten und küssten mich und schüttelten Heinrich fest die Hand.

Auch Gottfried und Hermann waren unter den Gratulanten und zwinkerten mir zu, immer sorgsam darauf bedacht, selten zusammenzustehen. Ich war sicher, sie hatten Emilies Auftritt mitbekommen, waren sie doch in unsere Pläne eingeweiht gewesen. Als schließlich die Blanckes an der Reihe waren, fühlte sich die Hand des Kohlenhändlers selbst durch meinen seidenen Handschuh kalt und feucht an. Die Hand eines Mörders. Ich musste mich wieder einmal sehr beherrschen, sie mir nicht an meinem Kleid abzuwischen.

»Ich bin mir sicher, meine Schwester wäre sehr glücklich gewesen, diesen Tag noch miterleben zu dürfen«, sagte seine Gattin. »Sie hatte Sie sehr ins Herz geschlossen, das weiß ich sicher.«

»Ich danke Ihnen für Ihre Worte«, sagte ich leise, »ich wünschte auch, sie wäre noch unter uns und könnte diesen Tag mit uns verbringen. Leider hat das Schicksal anders entschieden, aber ich bin sicher, sie schaut uns von oben zu.«

Ich meinte meine Worte genauso, wie ich sie gesagt hatte. Auch wenn Hermine meinen Otto getötet hatte, so hatte sie es doch aus Liebe zu mir getan. Ich hatte ihr längst vergeben, und ihre Schwester wusste ja ohnehin nichts von ihrer Tat.

Auch mein Bruder Hugo war gekommen, allein, ohne Irma, und ich sah ihm an, dass er sich unter diesen illustren Gästen unwohl fühlte. Auch sein schlecht sitzender Anzug trug wohl nicht dazu bei, lockerer zu werden, und sein Anblick tat mir weh. Ich zog Heinrich mit mir, und gemeinsam gingen wir auf ihn zu, um ihn sehr herzlich zu begrüßen.

»Ich freue mich so, dass du gekommen bist. Du bist mein einziger noch lebender Verwandter, und es bedeutet mir wirklich viel. Ich danke dir.«

Hugo wurde tatsächlich rot vor lauter Verlegenheit, lächelte und sagte gar nichts. Er drehte ein zierliches Champagnerglas in seinen großen Händen, und es schien fast so, als würde er sich daran festhalten.

Ich nahm schließlich auch seinen Arm und wir gingen zu dritt ans Buffet, um uns zu stärken.

Einen Augenblick bedauerte ich, dass mein Heinz all diese Pracht nicht sehen konnte, aber natürlich war ein solches Fest für ein Kind seines Alters ungeeignet. Er war bei seinem Kindermädchen besser aufgehoben, aber ich nahm mir vor, ihm morgen alles sehr genau zu beschreiben und vielleicht auch eine Portion von der süßen Nachspeise für ihn einpacken zu lassen.

Nach dem Essen wurde zum Tanz aufgespielt, und ich war sehr dankbar um die Einlegesohlen, ohne die meine Füße wohl noch heftiger geschmerzt hätten, als sie es nach vielen Tänzen ohnehin taten.

Als ich in Heinrichs Arm durch den Saal schwebte, flüsterte er mir ins Ohr: »Du duftest unglaublich verführerisch, und so langsam verfluche ich diese Feier. Ich wäre sehr viel lieber mit dir allein, mein Herz.«

»Psst«, machte ich und schaute mich erschrocken nach eventuellen Zuhörern um. »Du bist frivol, mein Lieber, deine Eltern haben sich unglaubliche Mühe gegeben, für uns eine so schöne Feier auszurichten, und da hast du solche Gedanken …«

»Kannst du bei deiner unsterblichen Seele beschwören, nicht auch so ein klitzekleines bisschen daran gedacht zu haben?«

Heinrichs Augen funkelten spitzbübisch, und ich musste lachen.

»Nein, kann ich nicht. Ich gebe zu, der Gedanke ist mir ganz flüchtig auch schon einmal gekommen. Ach, Heinrich, ich liebe dich über alle Maßen, dein Ring ist wunderschön, diese Feier ebenfalls, deine Eltern sind so nett zu mir, und all die vielen Leute, die gekommen sind. Ich glaube, ich war noch nie so glücklich.«

»Wenn es nach mir geht, wirst du das auch dein Leben lang bleiben, meine Liebste. Ich werde jedenfalls alles dafür tun, was in meiner Macht steht. Aber sag mir, wonach duftest du so süß?«

Ich schaute ihn an, antwortete aber nicht, und er begriff.

»Ah, ich verstehe! Die geheimnisvolle Ururenkelin, stimmt's?«

Ich nickte, und er packte mich etwas fester und wirbelte mit mir durch den Saal.

Als schließlich Emilie und Karla auftauchten, um ebenfalls zu gratulieren, bemerkte ich Karlas ungewohnt interessierten Blick und wusste, dass sie informiert war. Sei's drum, ich hatte es nicht verhindern können. Ich nickte Emilie unauffällig zu und drückte ihre Hand. Sie grinste, und ich konnte sehen, wie sehr sie ihren Auftritt genossen hatte.

Kurz nach Mitternacht begannen die ersten Gäste aufzubrechen, und wir standen mit den Gastgebern an der Tür, um alle persönlich zu verabschieden. Die verschiedenen Kutschen fuhren vor, Pferde wieherten, Peitschen knallten, Menschen lachten und winkten. Mir taten die Füße weh, und ich hätte alles für fünf Minuten Ruhe gegeben, aber daran war noch lange nicht zu denken. Kurze Zeit, nachdem die Blanckes sich verabschiedet hatten, gab es im hinteren Teil des Parks einen Tumult, und ich griff erschrocken nach Heinrichs Arm.

Stimmengewirr drang undeutlich zu uns herüber, und ich meinte, Blancke darunter auszumachen.

»… kriege dich noch … verdammte Hexe … warte es nur ab …«, verstand ich, dazwischen beruhigende, mir unbekannte Stimmen.

»Was ist da los?«, fragte Heinrichs Vater und spähte hinaus ins Dunkle.

»Keine Ahnung«, antwortete mein Bräutigam, der aber wohl genau ahnte, was da vor sich ging. »Ver-

mutlich hat einer der Gäste ein bisschen mehr getrunken, als er vertragen kann. Wird schon nichts Schlimmes sein.«

In diesem Augenblick kam ein Einspänner mit ungebührlicher Geschwindigkeit die Auffahrt herab, und ich erkannte Blancke, der auf das arme Pferd einschlug.

»Was ist denn in den Kohlenhändler gefahren?«, fragte Heinrichs Mutter irritiert. »Der fährt ja, als säße ihm der Leibhaftige im Nacken, hoffentlich kippt der Wagen nicht am Ende noch um.«

Zum Glück entging ihr, dass in diesem Augenblick die als Hedwig verkleidete Emilie durch die Gartentür zurück ins Haus schlüpfte.

Nach einer halben Stunde waren alle Gäste abgefahren, und auch wir bedankten uns noch einmal für dieses wunderschöne Fest. Diesmal blieb auch Heinrich im Haus seiner Eltern, küsste mich nur kurz zum Abschied, bevor ich mit den Deppes in die Kutsche stieg. Natürlich war an Schlaf für mich jetzt überhaupt nicht zu denken, ich musste unbedingt mit Emilie reden und sie offensichtlich auch mit mir. Ihre Zimmertür war nur angelehnt, und als sie mich hörte, öffnete sie sie weiter und zog mich an der Hand hinein. Sie war ganz außer Atem vor lauter Aufregung und lief unruhig hin und her.

»Hast du mich auf der Treppe gesehen? Ich sah doch wirklich sehr echt aus, oder? Ich meine, der Blancke ist ja vor Schreck fast in Ohnmacht gefallen und hätte bald geschrien.«

»Ich habe dich gesehen, was glaubst du, warum ich plötzlich die Blanckes persönlich angesprochen habe? Der wollte dir hinterher, das war ganz schön gefährlich, meine Liebe. Zum Glück hat ihn aber Martha noch zu packen bekommen, und er musste wohl oder übel von seinem Vorhaben abrücken. Aber was war im Garten los? Wir haben vorne nur den Lärm gehört und dann gesehen, wie Blanckes Kutsche in halsbrecherischem Tempo die Einfahrt entlangfuhr.«

»Na ja, ich dachte, ich könnte die Gelegenheit noch einmal nutzen. Es war dunkel, trotz der vielen Fackeln konnte man nicht allzu weit gucken, außerdem waren ja überall Menschen. Ich habe aber nicht damit gerechnet, dass Blancke so heftig auf mich reagieren würde. Ich hatte mich hinter einem Baum versteckt, und als er gerade in seine Kutsche steigen wollte, bin ich hervorgetreten und habe ihn mit verstellter Stimme gerufen.«

»Du hast was? Du hast ihn gerufen?«

»Ja, ich habe ganz dumpf und tief gerufen: ›Mörder, gemeiner Mörder, deine Seele ist auf immer verloren.‹«

Emilie wollte sich gar nicht beruhigen, so sehr musste sie über ihren gelungenen Streich lachen, aber mir war nicht zum Lachen zumute. Ich stellte mir vor, was passiert wäre, hätte Blancke sie zu packen bekommen. Ich kam aber nicht dazu, ihr Vorhaltungen zu machen, sie redete schon weiter.

»Er ist zur Salzsäule erstarrt, kann ich dir sagen,

und ich bin schnell wieder hinter meinen Baum getreten. Hätten die Kutscher der hinteren Fahrzeuge nicht geschimpft, weil es nicht voranging, ich weiß nicht, was er getan hätte. So hat er seinen armen Bediensteten wohl vom Bock gezerrt, ist selber aufgestiegen und losgerast. Ich habe die Peitsche knallen hören und den Mann schimpfen. Ich selber bin in einem großen Bogen zurück ins Haus gelaufen, und niemand hat mich gesehen.«

»Zum Glück nicht, ich mag mir gar nicht ausmalen, was alles hätte geschehen können. Niemand wusste, was du vorhattest, also hätte dich auch niemand beschützen können. Das war unglaublich leichtsinnig von dir, aber auch sehr mutig. Ich bin sicher, der feige Mörder gesteht bald seine verruchte Tat.«

»Ja, das glaube ich auch, der ist völlig durcheinander und kann sich das alles nicht erklären. Wir haben noch zwei Messer, das sollte ihm den Rest geben, und notfalls lasse ich mich noch einmal als Hedwig sehen.«

»Weißt du, ich finde es trotzdem sehr schade, dass dieser schreckliche Mensch diesen schönen Abend überschattet hat. Heinrichs Eltern haben alles so wundervoll arrangiert, sich so viel Mühe gegeben, ich habe ein richtig schlechtes Gewissen.«

»Ach, das musst du nicht, die haben sicherlich nichts bemerkt, und so wie du den ganzen Abend gestrahlt hast, wissen sie auch, dass es dir sehr gefallen hat.«

»Das hat es in der Tat, auch wenn ich mich so im Mittelpunkt der vielen Leute manchmal richtig fehl am Platz gefühlt habe. Zum Glück ist Heinrich nicht von meiner Seite gewichen.«

»Das haben wir gesehen, und Karla hat schon gemeint, ihr Bruder sei wohl an deiner Seite festgenäht worden«, lachte Emilie. »Wir haben übrigens verabredet, in den nächsten Tagen mit unseren Eltern über unsere Berlinpläne zu sprechen. Hermann hat uns versprochen, dass er für uns eine Arbeit findet, die uns ernährt. Wohnen könnten wir erst einmal bei ihm, er hat Platz genug, aber das könnte natürlich auch Gerede geben. Du weißt schon, zwei Frauen und nur ein Mann, und der ist nicht einmal mit einer der beiden verheiratet. So weltoffen ist nicht einmal Berlin. Nein, wir werden uns wohl nach einer eigenen Wohnung umschauen müssen oder die erste Zeit eben in einer Pension leben. Finanziell sind wir ja beide gut gestellt, haben unser Erbe, und ich glaube nicht, dass Papa oder Karlas Vater uns da Steine in den Weg legen werden. Was meinst du dazu?«

»Fritz bestimmt nicht, da bin ich sicher, und Karla hat ja zur Not noch Heinrich als Unterstützer an ihrer Seite. Ich drücke euch beiden fest die Daumen, dass alles gut geht. Werdet ihr etwas sagen? Ich meine …?«

»Über unser Liebesverhältnis? Nein, werden wir nicht, es geht einfach niemanden etwas an, außerdem will ich nicht schuld sein, wenn meine Mutter vor moralischer Empörung einen Schlagfluss bekommt.«

Emilie verzog das Gesicht zu einer Grimasse, und ich musste unwillkürlich lachen. Sie hatte natürlich recht, Martha Deppe würde das nicht verstehen und sich große Sorgen um ihren guten Ruf machen. Warum sollte man ihr das antun?

»So, meine liebe Luise, ich bin todmüde und muss ins Bett. Wie ist das mit dir?«

»Genauso, aber vielleicht kann ich vorher noch kurz meiner Ururenkelin vom heutigen Abend erzählen.«

»Toll, das hat ja alles wunderbar geklappt«, sage ich und unterdrücke mit Mühe ein Gähnen. So spannend Grannys Geschichten sind, gegen mein Schlafbedürfnis kommen sie heute nicht an. »Emilie ist echt mutig und scheint die ganze Angelegenheit eher für ein spannendes Abenteuer zu halten. Du solltest sie unbedingt im Auge behalten, sonst geht das irgendwann noch schief.«

»Sage ich doch auch immer zu ihr, aber sie lacht mich nur aus. Sie glaubt einfach nicht, dass der Blancke im Notfall nicht davor zurückschrecken wird, auch ihr etwas anzutun.«

»Dazu darf es nicht kommen, ihr müsst das Spiel endlich zu einem Ende bringen. Entweder er ist jetzt langsam mürbe und macht einen Fehler oder er ist abgebrühter, als ihr angenommen habt, dann habt ihr verloren.«

»Wir haben noch zwei Messer, die wir irgendwo hinlegen müssen, wo er sie findet, und dann ist es so weit, dann wird ihn sein schlechtes Gewissen niederstrecken. ›Gottes Mühlen mahlen langsam, aber sie mahlen gerecht.‹«

»Aha! Was ist daran gerecht, dass die arme Hedwig vergewaltigt und umgebracht wurde? War sie der Kollateralschaden auf dem Weg zu Blanckes Bestrafung? Merkwürdige Auffassung von Gerechtigkeit.«

»Die Wege des Herrn sind unergründlich, und es steht uns Menschen nicht zu, sie zu hinterfragen«, empört sich Granny.

»Wie praktisch«, höhne ich, »einfach alles hinnehmen und es dem lieben Gott in die Schuhe schieben. Nein, liebste Granny, das ist nicht mein Ding. Dass Hedwig sterben musste, hat kein Gott zu verantworten, auch nicht nur ein Mensch, sondern viele Menschen. Alle die, die zugelassen haben, dass man Abhängige behandeln konnte, wie es einem gerade gefiel. Dass es wichtige und weniger wichtige Menschen gibt, Mächtige und Machtlose, Arme und Reiche und so weiter. Warum konnte Hedwig sich in ihrer Not an niemanden wenden? Warum hat ihr niemand geholfen? Also hör mir auf mit dem göttlichen Ratschluss. Diesen Scheiß hat die Menschheit ganz allein zu verantworten, und wenn es deinen Gott da oben wirklich gibt, dann muss er ziemlich entsetzt sein über das, was er da erschaffen hat. Vermutlich guckt er schon lange nicht mehr hin, weil ihm sonst nur schlecht wird.«

»Kind, du versündigst dich, es steht dir nicht zu, Gottes Wege …«

»Jaja, ich weiß. Lassen wir das Thema, das ist einfach zu viel für einen Sonntagmorgen kurz nach vier Uhr!«

»Gut, ich habe dir erzählt, was du wissen wolltest, dann lasse ich dich jetzt schlafen.«

Sie ist weg, bevor ich noch ein einziges Wort sagen kann. Typisch, sobald ich ihre Sicht der Dinge kritisiere, ist sie beleidigt und haut einfach ab.

Diesmal lässt sie sich eine ganze Woche nicht wieder sehen, und ich bin froh, dass Balou, Karsten und Kater Nummer zwei mich ablenken.

Ja, es zieht tatsächlich ein zweiter Kater bei uns ein, und die Kids sind vor lauter Begeisterung völlig überdreht. Karsten bringt den Zwerg am Sonntagnachmittag, und er sieht Balou zum Verwechseln ähnlich. Zumindest solange man ihm nicht in die Augen schaut, denn das neue Katerchen hat eindeutig einen Silberblick.

»Der schielt«, sage ich zu Karsten und halte ihm den Mini hin.

»Stimmt doch gar nicht«, kommt es gleich aus drei Kehlen und klingt, als hätte ich etwas besonders Gemeines von mir gegeben.

»Stimmt doch«, verteidige ich mich, »macht aber

nichts, sieht sehr niedlich aus. Wir könnten ihn ja Sheila nennen oder Marty oder so.«

»Nein, der soll Mogli heißen«, schreit Isi, und Lasse übertönt sie mit »Shir-Khan«.

»Wie wäre es mit Kaa, allein dieser hypnotische Blick spricht doch dafür, oder?« Ich versuche, mich durchzusetzen, habe aber natürlich keine Chance. Karsten, dieser Verräter, schlägt sich auf die Seite der Kinder und ignoriert meinen Vorschlag.

»Ich finde Shir-Khan ein wenig lang, aber Mogli ist toll. Was meinst du, Lasse, wärst du mit Mogli auch einverstanden?«

Der Gefragte überlegt einen Augenblick und nickt dann zustimmend.

»Prima, dann sind wir uns ja einig, jetzt haben wir Balou und Mogli, das passt doch ganz wunderbar zusammen.«

Ganz so wunderbar wie die drei finde ich es nicht, wobei mir die Namen herzlich egal sind. Aber die kleinen Fellnasen toben bereits derart durch die Wohnung, dass ich ernsthaft um meine Einrichtung fürchte. Mogli hängt ganz oben in der Wohnzimmergardine, und Balou hangelt in der Zimmerpflanze herum. Das kann ja heiter werden, wieso habe ich bloß zugestimmt? Wie sagt meine Mutter immer: ›Es gibt auf Erd' kein schlimmer Leid, als wat der Mensch sich selbst andeiht‹. Recht hat sie!

Na ja, ich gebe es zu, diesen zwei Katzenkindern zuzuschauen, erwärmt vermutlich jedes Herz, sie sind einfach unwiderstehlich. Der Neuankömmling ist kein bisschen ängstlich, hüpft auf jeden Schoß, haut sich den Bauch voll mit Katzenfutter und erledigt sein Geschäft brav in der Katzenkiste und nicht davor.

Heute finden Karsten und ich keine Gelegenheit, uns ein bisschen miteinander zu beschäftigen, es regnet, und keines der Kinder verlässt das Haus. Sie hängen auf dem Sofa rum und schauen KiKa. Rückzug auf den Balkon ist auch nicht machbar, da werden wir nass, bleibt nur die Küche, um zumindest ohne die großen Kinderohren ein paar Worte miteinander zu wechseln.

Karsten verspricht noch einmal, morgen und den Rest der Woche mittags herzukommen und nach den Katzen zu schauen, und ich händige ihm meinen Zweitschlüssel aus, auch wenn ich so ein klitzekleines mulmiges Gefühl dabei habe. Na ja, was soll passieren? Reichtümer, die er klauen könnte, besitze ich nicht, und nach einem irren Stalker sieht er jetzt auch nicht gerade aus. Wir vereinbaren, uns am kommenden Freitag bei mir zu treffen, da die Kids dann beim Vater sind.

Fünf lange Tage ohne ihn. »Nur wer die Sehnsucht kennt, weiß, wie ich leide.« Steht vermutlich auch in der Bibel.

Ich habe aber gar nicht so viel Zeit zu leiden, denn mein Job hält mich gerade gewaltig auf Trab. Mein Chef hat mal wieder ausgesprochen schlechte Laune, und da kann man ihm einfach nichts recht machen. Er meckert an jedem Wort herum, das ich schreibe, Verbesserungsvorschläge hat er aber auch keine. Dann soll doch bitte demnächst er die gefühlte 500. Sitzung des Denkmalpflegevereins spannend in 30 Zeilen niederschreiben. Es gibt Dinge, die einfach nicht gehen.

Zu Hause erwartet mich dann ein nicht ganz so großes Chaos wie befürchtet, zumindest kann ich keine irreparablen Schäden entdecken, bis ich ins Schlafzimmer komme. Auf meinem Nachttisch hat wohl mal ein Rosenstrauß gestanden, der jetzt allerdings im Zimmer verteilt liegt, dafür schwimmt mein Bett. Oh nee, diese kleinen Ungeheuer, aber wer stellt denn auch eine mit Wasser gefüllte Vase in erreichbare Nähe von acht munteren Pfötchen?

Ich schmelze trotzdem umgehend dahin, und als dann auch noch eine SMS mit Herzchen kommt, bin ich endgültig bis über die Haarspitzen verliebt. Als wir später telefonieren, erwähne ich das Rosenunglück mit keinem Wort, bedanke mich aber überschwänglich für diese nette Geste.

Bis Freitag passiert nichts weiter Erwähnenswertes. Balou und Mogli sind munter, wie kleine Katzen sein sollen, aber mit dem Balkon muss ich mir etwas einfallen lassen. Es ist nämlich absehbar, dass die beiden Neugiernasen auf und davon sind, sobald eines der Kinder vergisst, die Balkontür zu schließen. Das geht mal gar nicht, die sind noch viel zu jung für die große weite Welt. Darum verbringen Karsten und ich am Freitag viel Zeit mit dem Anbringen eines Katzennetzes, aber erst, nachdem wir uns zwei wundervolle Stunden miteinander beschäftigt haben. Ich kann jetzt daher aus eigener Erfahrung sagen, dass Sex im Beisein von zwei Kätzchen einen sehr eigenwilligen Charme hat. Irgendwie war immer einer von beiden genau da, wo er überhaupt nicht sein sollte, und auch kleine Katzen haben schon ausgesprochen spitze Krallen. Als dann ein Kater in meinen großen Zeh beißt, ist Schluss mit lustig, sie bekommen beide Schlafzimmerverbot. Sie rächen sich auf ihre Weise und verteilen den Inhalt meines Mülleimers in der gesamten Wohnung. Als ich die Bescherung später sehe, bin ich aber viel zu zufrieden mit dieser Welt, um das dramatisch zu finden. Nachdem wir aufgeräumt und auch das Netz ordentlich befestigt haben, brauchen wir dringend wieder eine schöpferische Pause, und wo könnte man die, frisch verliebt, wohl besser genießen als im Bett.

Auch das Wetter meint es das gesamte Wochenende ausgesprochen gut mit uns: Es regnet in Strömen, und so haben wir überhaupt keinen Grund, die Wohnung auch nur einmal zu verlassen. Wir rufen den Pizzalieferdienst, essen im Bett und sind einfach glücklich, uns gefunden zu haben. Nur dass Granny sich überhaupt nicht sehen lässt, macht mir zunehmend Sorgen, über die ich mit Karsten nicht sprechen kann. Er soll mich für sexy und unwiderstehlich halten, nicht für verrückt.

Als am Sonntag die Kids zurückkommen, zeigt sich auch die Sonne, und wir gehen wieder einmal Eisessen. Danach verabschiedet Karsten sich, er muss Rechnungen schreiben und die Praxis für den morgigen Montag herrichten. Meine Wohnung kommt mir jetzt seltsam leer vor ohne ihn, merkwürdig, wie schnell ich mich an seine Gegenwart gewöhnt habe.

Als krönender Abschluss dieses wunderschönen Wochenendes erscheint auch Granny gegen 22.30 Uhr, und ich bin so erleichtert, sie gesund und munter zu sehen, dass ich ganz vergesse, mich wegen der fortgeschrittenen Uhrzeit zu beklagen.

»Mensch, Granny, bin ich froh, dass du da bist. Ich habe mir die ganze Woche Sorgen gemacht, wo hast du denn bloß gesteckt?«

»Gestern Abend hast du dir gar keine Sorgen gemacht, mein liebes Kind, da hast du nicht einmal bemerkt, dass ich da war«, sagt sie leicht süffisant, und ich merke, wie ich knallrot anlaufe.

»Du warst gestern Abend hier? Im Schlafzimmer? Du hast mich und …«

»Ja, natürlich habe ich euch gesehen, aber sei beruhigt, es gehört nicht zu meinen Gepflogenheiten, Menschen in solch intimen Augenblicken zu beobachten, daher bin ich, so schnell es eben möglich war, wieder gegangen.«

»Was meinst du genau mit ›so schnell es eben möglich war‹? Wie lange genau warst du da?«

»Kind, das weiß ich doch nicht, ich habe nicht auf die Uhr gesehen. Ich habe meine Augen geschlossen und darauf gewartet, gehen zu können, muss aber sagen ...«

»Was? Was musst du sagen?«

»Ich wollte sagen, dass dein neuer Freund wirklich sehr nett aussieht, mehr nicht.«

»Aha, du hast ihn also sehr genau betrachtet, ja? Schämen solltest du dich, liebste Granny.«

»Ich bin verlobt, da schaue ich mir keine anderen Männer mehr an, vor allem keine, die gänzlich unbekleidet sind.«

»Ist klar, du Ausbund an Tugend, aber jetzt erzähl schon, was es Neues gibt im alten Detmold.«

GRANNY

Es gibt sehr interessante Neuigkeiten, das Oberste Gericht in Berlin hat dem Anspruch derer zu Lippe-Biesterfeld auf den Fürstenthron entsprochen, und der neue Regent wird am 17. Juli feierlich in Detmold willkommen geheißen werden. Natürlich wird ein derartiges Ereignis entsprechend begangen, die ganze

Stadt wird geschmückt, und von überallher werden Gäste erwartet. Hochrangige Gäste aus dem In- und Ausland, Fürsten, Politiker, Honoratioren, alle werden kommen, es wird wundervoll werden. Ich habe schon ein Kleid für diesen besonderen Tag in Auftrag gegeben, und wir sind alle sehr aufgeregt. Natürlich nicht nur, weil der neue Regent kommt, auch, weil wir diesen Tag dafür ausgewählt haben, dem Blancke das letzte Messer nicht nur einfach zu präsentieren, sondern es ihm von der vermeintlichen Hedwig vorführen zu lassen. Emilie wird die Menschenmenge ausnutzen, sich ihm zeigen und in dem Moment das Messer wie zum Stoß hochhalten.

Irma hat meinem Bruder erzählt, am Abend meiner Verlobung sei Blancke wie von Sinnen gewesen, völlig verstört, er habe geschrien und geweint, und seine Frau habe ihn überhaupt nicht beruhigen können. Sie selber habe sich gefürchtet, er habe ausgesehen wie vom Teufel besessen.

Am Dienstag hat wohl der Herrgott persönlich Gottfrieds Schritte gelenkt, als er just in dem Moment durch die Schülerstraße ging, als Blancke Dr. Pohlmann aufsuchte. Offensichtlich hat seine Gesundheit also bereits gelitten. Gottfried sah von Weitem, wie er vor dem Doktorhaus von seinem Einspänner sprang und hineinging. Es war ihm daher ein Leichtes, ungesehen sein Messer unter die Decke zu schieben. Er musste danach nur in einem Hauseingang abwarten, bis Blancke wieder herauskam, auf den Bock stieg und sich auf das Messer setzte. Gottfried hat mit viel Genugtuung in der Stimme erzählt, wie der Mann unter sich gegriffen habe und sich den Beweis seiner furchtbaren Schuld dann vor die Augen hob. Er sei halb bewusstlos gewesen, und Gottfried hat befürchtet, er würde von der Kutsche stürzen.

Am Mittwoch gab es dann bei uns eine heftige Diskussion, in der vor allen Dingen Fritz ungewohnt laut wurde und Martha weinte. Emilie hatte sich endlich ein Herz gefasst und ihren Eltern von ihren Berlinplänen erzählt. Natürlich konnte keiner verstehen, warum sie aus ihrem Elternhaus ausziehen und die Sicherheit einer Familie aufgeben will. Ich versuchte vergeblich, ihren Standpunkt zu verteidigen, Fritz hörte nicht einmal hin.

»Meine jüngste Tochter allein in Berlin, unverheiratet, also ohne männlichen Schutz. Das geht nicht, das erlaube ich nicht! Hast du gehört, Emilie, das verbiete ich dir. Du brichst deiner Mutter das Herz, das musst du doch einsehen. Aber selbst wenn dir die Meinung deiner Eltern einerlei ist, was willst du tun in der Hauptstadt? Wovon willst du leben?«

»Ach, Papa, ich werde doch gar nicht allein sein, Karla wird mit mir kommen, und wenn Luise und Heinrich verheiratet sind, ziehen sie doch auch nach Berlin. Ich bin jung, ich bin gesund, ich kann arbeiten, wenn du mir kein Geld geben willst. Ich will nicht heiraten, wollte es nie, das weißt du schon lange.«

Fritz schaute seine Jüngste an, als habe er sie noch nie zuvor gesehen. Auf seinem Gesicht spiegelten sich die unterschiedlichsten Gefühlsregungen wider, während Martha in ihr Taschentuch schluchzte.

»Du willst nicht heiraten, aber du willst mit deiner Freundin Karla zusammen in Berlin wohnen, in einer Großstadt voller Gefahren. Ist dir klar, was dir, was euch da alles zustoßen kann? Deine Mutter und ich werden keine ruhige Minute mehr haben, willst du das?«

»Nein, Papa, das will ich natürlich nicht, aber du siehst das alles zu schwarz. Viele Frauen leben heute in den Städten, auch unverheiratet, und sie verdienen sich ihren Lebensunterhalt selbst. Nicht alle haben schließlich das Glück, aus einem wohlhabenden Elternhaus zu stammen.«

»Ja, genau, das ist ein Glück, ein Glück, das du mit Füßen treten willst. Ich verstehe dich nicht! Warst du nicht glücklich hier? Haben wir nicht alles getan, um dir ein schönes Leben zu ermöglichen? Warum willst du uns das jetzt so vergelten?«

Emilie schwieg und kaute auf ihrer Unterlippe. Schließlich hob sie den Kopf und schaute ihrem Vater in die Augen. Ich hielt den Atem an, sie würde doch nicht …?

»Weil ich nicht ein Leben lang nur eure Tochter sein kann, darum. Ich will ein eigenes Leben führen, herausfinden, wie das ist, auf eigenen Füßen zu stehen, für sich selber verantwortlich zu sein. Nicht

immer neue Bewerber kennenlernen müssen, die ich nicht mag und die ich nicht heiraten will. Nicht immer neue Ausreden erfinden, um ihre Anträge mit sorgsam gesetzten Worten auszuschlagen, ich bin es einfach müde, den Männern wie ein Stück Vieh präsentiert zu werden.«

»Emilie! Du redest irre, wer hätte dich je wie ein Stück Vieh …«

»Du weißt genau, wie ich das meine, Papa. Meinst du, ich merke nicht, wie oft du ältliche Junggesellen, Witwer, Mitgiftjäger und sonstige mögliche Kandidaten in dieses Haus bittest? Angeblich wegen irgendwelcher Geschäfte, aber im Grunde genommen geht es doch immer um das Gleiche: mich endlich unter die Haube zu bringen. Gib es doch zu, ich bin kein Kind mehr, das nicht merkt, was um es herum vorgeht. Das alles will ich hinter mir lassen, ich will nicht länger die unverheiratete Tochter der Deppes sein. Ich werde nach Berlin gehen, egal, was ihr davon haltet.«

Auch Emilie war jetzt heftig geworden, ihre Wangen hochrot und die blauen Augen blitzend vor Entschlossenheit.

»Gut, dann tue, wonach es dich offensichtlich so dringend verlangt, aber komme nicht auf die Idee …«

»Nein, Fritz, bitte nicht! Sprich nicht etwas aus, was dir schon bald bitter leidtun könnte.«

Das war der erste Satz, den Martha von sich gab, aber er fiel zur rechten Zeit. Sie kannte ihren Mann gut genug, um zu wissen, wie verletzt er war, wie bitter ihm die Pläne seiner jüngsten Tochter aufstoßen mussten. Sie verhinderte mit ihrem Einwurf, dass er Dinge sagte, die er nicht wirklich so meinte. Wir erfuhren das Ende des Satzes nicht mehr, denn er ließ den Kopf hängen und schwieg.

Dann sagte niemand mehr etwas, ich auch nicht, denn ich wusste einfach nicht, was.

Emilie und ich gingen schließlich hinauf in ihr Zimmer, und hier ließ sie den Tränen, die sie sich während der Auseinandersetzung mit ihrem Vater verboten hatte, endlich freien Lauf.

»Ach, komm, nun weine nicht, er wird sich wieder beruhigen, und am Ende wird alles gut, da bin ich ganz sicher.«

Ich nahm sie in den Arm, und sie legte den Kopf an meine Schulter.

»Meinst du?«, schniefte sie, »er muss ja glauben, ich wollte vor ihm davonlaufen. Vielleicht sollte ich ihm doch sagen, welchen Grund ich wirklich habe? Was meinst du?«

»Du weißt, ich mag keine Lügen, aber manchmal kann die Wahrheit sehr verletzen. Nein, ich glaube, es ist besser, er erfährt es nicht, jedenfalls jetzt noch nicht. Er hat schon genug zu verdauen, wir verlassen ihn schließlich alle.«

»Nicht alle, nur ich. Du bist ja noch eine ganze Weile hier, und selbst wenn du mit Heinrich nach Berlin ziehst, bleibt Heinz hier wohnen. Sie werden also nicht allein sein.«

»Ja, das stimmt, aber darüber habe ich noch gar nicht mit ihnen gesprochen, nur mit dir. Sie wissen bislang nur, dass ich irgendwann mit Heinrich nach Berlin gehen werde.«

»Vielleicht sollten wir ihnen vorschlagen, mit uns zu kommen, was meinst du?«

»Nein, besser nicht, sie würden dort nicht glücklich werden. Deine Mutter braucht Detmold zum Leben. Hier kennt sie jeden und alles, das gibt ihr Sicherheit. Sie hat ihren Platz in der Welt hier gefunden, du findest deinen in Berlin. Komm, lass uns einen Spaziergang machen, frische Luft wird dir jetzt guttun.«

»So ändern sich die Zeiten und die Sitten, heutzutage sind die meisten Eltern froh, wenn sie ihre längst volljährigen Kinder endlich loswerden, die es sich im ›Hotel Mama‹ so richtig gemütlich gemacht haben. Zu deiner Zeit war das eine Vollkatastrophe.«

»Ein Mädchen aus gutem Hause blieb so lange bei seinen Eltern wohnen, bis es heiratete, dann war der Ehemann für es verantwortlich.«

»Hmm, daher kommt auch dieses denkwürdige: ›Wer übergibt diese Frau dem Manne‹, oder so ähnlich. Das muss man sich mal auf der Zunge zergehen lassen, als wären die Frauen unmündige Wesen, die nur von einem Aufpasser zum nächsten gereicht werden konnten. Schrecklich!«

»So schrecklich war das nun auch nicht, oder findest du es etwa schön, für alles allein verantwortlich zu sein? Für deine Kinder zum Beispiel?«

»Nee, das ist bestimmt nicht immer toll, aber auf alle Fälle besser, als entmündigt einem Mann überlassen zu werden, der dann nach Gutdünken über mich und ein eventuell vorhandenes Vermögen verfügen kann. Ein unerträglicher Gedanke.«

»Ich finde den Gedanken, Heinrich überlassen zu werden, wundervoll und überhaupt nicht unerträglich. Ich kann es gar nicht erwarten, mit ihm verbunden zu werden, und Fritz wird mich stellvertretend für meinen Vater vor dem Altar an ihn übergeben.«

Granny sah träumerisch in die Ferne und wollte ganz offensichtlich von meinen Emanzipationsgedanken nichts wissen.

»Wieso bist du eigentlich so lange nicht gekommen? Warst du sauer auf mich?«

»Sauer? Wie meinst du das? Ich habe mich die letzten Tage etwas unwohl gefühlt und musste das Bett hüten, darum komme ich erst jetzt, wo es mir wieder besser geht.«

»Oh, du warst krank?«

»Nun, zumindest war mir oft übel, und ich hatte Kopfschmerzen, vielleicht eine leichte Verkühlung.«

»Na, wenn es weiter nichts war, dann bin ich beruhigt. Aber über euer Vorhaben bin ich doch ziemlich besorgt. Stell dir bloß einmal vor, nicht nur Blancke sieht, wie Emilie als Hedwig verkleidet das Messer zückt. Am Ende glaubt noch jemand, sie wolle euren neuen Fürsten killen oder so was.«

»Nein, nein, wir haben das alles ganz genau überlegt, Hermann und Gottfried werden rechts und links von ihr stehen und auf sie aufpassen, außerdem werden die Blicke der Zuschauer sicherlich auf die Parade gerichtet sein. Schließlich will jeder den neuen Regenten sehen und nicht eine bucklige Frau mit karottenfarbenen Haaren.«

»Dein Wort in Gottes Ohr, Granny, trotzdem wäre mir wohler, ihr hättet einen weniger von 100 Zufällen abhängigen Plan.«

»Haben wir aber nicht, und die Zeit drängt. Gottfried und Hermann müssen zurück zu ihren Aufgaben, und Emilie und Karla bereiten ihren Umzug nach Berlin vor. Wir können nicht mehr länger auf eine bessere Gelegenheit warten, du hast selbst gesagt, dass wir das Schauspiel nun zu einem Ende bringen müssen. Auch Heinrich wird ab dem 20. Juli für mindestens drei Monate in die Hauptstadt zurückkehren, dringende Amtsgeschäfte machen das unumgänglich. Ach, ich darf gar nicht daran denken, wie schrecklich ich ihn vermissen werde! Mir ist schon wieder ganz elend beim Gedanken daran.«

Granny sieht in der Tat krank aus, sie ist blasser als gewöhnlich und hat tiefe schwarze Ringe unter den Augen.

»Sag mal«, beginne ich vorsichtig, als mir so ein Verdacht kommt, »ist dir häufig übel, musst du dich vielleicht sogar übergeben?«

»In der Tat, ich habe mir wohl den Magen verdorben«, bestätigt Granny mit Leidensmiene.

»Bist du dir sicher, dass es dein Magen ist und nicht etwas, das ein bisschen tiefer liegt?«

»Tiefer? Was meinst du?«

»Dass du schwanger sein könntest!«

»Schwanger? Du glaubst, ich bekomme ein Kind?«

»Möglich wäre es doch! Oder auch nicht, schließlich hast du doch die Pille genommen.«

»Nun ja, schon, zumindest einige Male. Aber in letzter Zeit hatte ich ja keine Gelegenheit, mich allein mit Heinrich zu treffen …«

»Was willst du denn damit sagen? Du musst die Pille täglich nehmen, ob du ihn nun triffst oder nicht, sonst bist du nicht geschützt, das habe ich dir doch x-mal erklärt!«

»Du hast gesagt, ich muss sie immer nehmen, und das habe ich getan. Immer, wenn ich mit Heinrich zusammen war, also, wenn wir uns geliebt haben, habe ich eine genommen, sobald ich wieder zu Hause war.«

»Granny! Jetzt sag mir bitte nicht, du hast die Pille nur dann geschluckt, wenn du Sex mit Heinrich hattest und sonst nicht?«

»Doch, natürlich, sonst wäre sie schließlich viel

zu schnell alle gewesen, ich wollte sparsam mit ihr umgehen.«

»Oh Gott, ich werd nicht wieder, wie kann man denn nur so naiv sein? Man muss sie jeden Tag nehmen, jeden gottverdammten Scheißtag, sonst kommt dein gesamter Zyklus durcheinander, und eine Schwangerschaft wird nicht mehr verhindert. Ich habe dir das mehrfach gesagt, aber du hast mich darauf hingewiesen, du seist kein Kind, dem man alles dreimal erklären müsse.«

Granny ist jetzt noch bleicher geworden und starrt mich voller Entsetzen an. Sie muss sehr erschrocken sein, denn nicht mal meine kräftigen Flüche entlocken ihr eine Reaktion.

»Gütiger Gott, was mache ich denn jetzt nur?«

»Wann hattest du denn deine letzte Monatsblutung?«

»Ich weiß es nicht mehr genau, es ist schon eine Weile her. Lass mich überlegen … Es muss im Mai gewesen sein, noch bevor ich Heinrich kennengelernt habe.«

»Du bist also entweder ziemlich überfällig oder schwanger. Dann musst du dich mit der Hochzeit aber sputen, zumal dein Verlobter demnächst für drei Monate nach Berlin verschwindet.«

»Oh Kind, das ist entsetzlich, das gibt einen Skandal, ich bekomme zum zweiten Mal ein Kind und bin nicht verheiratet! Was soll ich denn jetzt nur machen?«

»Na, noch ist es ja nicht sicher. Ich hole morgen

in der Apotheke einen Schwangerschaftstest, danach sind wir schlauer.«

»Einen Test? Was testet man damit denn?«

»Nun, ob du tatsächlich schwanger bist oder ob ein anderer Grund für das Ausbleiben deiner Periode verantwortlich ist. Kann auch einfach sein, dass es durch die unregelmäßige Pilleneinnahme kommt. Wenn nicht, kann ich dir leider auch nicht helfen, da musst du dann wohl durch.«

»Das überlebe ich nicht, das kann ich den Deppes nicht antun, Heinrichs Eltern, Heinrich selber, oh, das wäre so schrecklich!«

»Ach, Granny, nun komm, das haben schon ganz andere überlebt. Immerhin bist du doch verlobt, und dein Heinrich wird dich dann eben schnell heiraten. Was soll's? Komm morgen Abend wieder, dann habe ich den Test besorgt.«

»Ist gut, Kind, und bis dahin werde ich zu meinem Herrgott beten, dass er diesen schweren Kelch an mir vorübergehen lässt.«

»Tu das, aber hättest du die Pille genommen, wäre das meiner Meinung nach sicherer gewesen.«

Keine Ahnung, ob sie mich noch gehört hat, sie ist schon wieder verschwunden.

Natürlich halte ich mein Versprechen und kaufe den Test. Komme mir ein bisschen blöd dabei vor, und kann mich gerade noch zurückhalten, um nicht zu sagen: »Ist nicht für mich, ist für meine Ururgroßmutter.«

Granny steht schon im Flur, als ich von der Arbeit komme, und schaut mich flehend an. Ich nicke ihr beruhigend zu, kann ihr aber jetzt die Handhabung nicht erklären, da schließlich vier große Ohren in der Nähe sind. Erst als ich die Kids in die Badewanne verfrachtet habe, finde ich ein paar Minuten Zeit und instruiere Granny sehr genau.

»Also, du nimmst das Teil mit, so verschlossen, wie es jetzt ist. Morgen früh nach dem Aufstehen packst du es aus und pinkelst drauf. Hast du das verstanden? Halte es einfach in den Strahl, mehr nicht. Dann leg es ab und warte fünf Minuten, erscheinen dann zwei blaue Streifen, fang an Babysachen zu häkeln, wenn nicht, sei froh und lach. Dann bist du nämlich nicht schwanger, nur durcheinander. Hast du alles verstanden?«

Sie nickt und starrt auf die längliche Schachtel, als läge ihre gesamte Zukunft darin.

Da ich jetzt wirklich keine Zeit habe, mich weiter mit ihr zu beschäftigen, zieht sie es vor, wortlos wieder zu verschwinden. Ururgroßmütter können einen ganz schön auf Trab halten, echt.

Zwei Kinder und zwei kleine Katzen auch, von neuen Lovern gar nicht erst zu reden. Meine Kids wollen aus der Wanne, haben Hunger, streiten um das Fernsehprogramm und darum, ob sie noch rausdürfen oder nicht. Balou und Mogli toben durch die Wohnung, als gäbe es kein Morgen mehr, und zu allem Überfluss ruft auch noch Karsten an, um zu fragen, wie es mir geht. So nett ich das ja finde, aber der Zeitpunkt ist denkbar ungünstig gewählt, und so wimmle ich ihn mit ein paar warmen Worten ab und vertröste ihn auf später.

Ich kann mir gut vorstellen, dass manche Menschen glauben, ich sei nicht ganz dicht. Da lerne ich endlich mal einen netten Mann kennen, der aufmerksam, einfühlend und moralisch integer ist, und ich stoße ihn dauernd vor den Kopf, anstatt ihm den roten Teppich auszurollen. Da könnte durchaus was dran sein, trotzdem kann ich manchmal nicht anders. Ich bin oft so geschafft, dass ich nicht einmal mehr reden möchte, egal worüber und mit wem. Dann möchte ich mich nur mit einem Buch auf meiner Couch zusammenrollen und die Welt da draußen vergessen. Nein, ich bin nicht depressiv, nur manchmal fertig mit den Nerven. Ich glaube, das muss ich Karsten irgendwann einmal erklären, damit er nicht den Eindruck gewinnt, es hätte etwas mit ihm zu tun.

Ich ergreife die Gelegenheit, als er später wieder anruft, und sage ihm, in welcher Situation ich gerade war, als er es vorhin das erste Mal versucht hat.

»Verstehe ich doch, kein Problem, ich bin keine Mimose und auch nur sehr selten beleidigt. Außerdem bin ich hartnäckig, wenn ich etwas will, du kannst dich also beruhigt darauf verlassen, dass ich so lange wieder anrufen werde, bis du Zeit für mich hast.«

»Wunderbar, du bist einfach unglaublich, und wenn es dich nicht gäbe, müsste man dich dringend erfinden«, lache ich erleichtert, und wir schaffen es dann wieder einmal, bis um halb zwei zu quatschen.

Die Quittung bekomme ich, als der Wecker klingelt. Ich kriege kaum die Augen auf und bin hundemüde. Nee, eher katzenmüde, denn die beiden kleinen Chaoten haben mich im Zehnminutenrhythmus geweckt. So geht das nicht weiter, heute Abend werde ich sie daran hindern, in mein Schlafzimmer zu kommen, auch wenn ich dann vermutlich nicht besser schlafen werde, sondern immer mit dem Ohr an der Tür.

Vorher kommt aber Granny, perfekt getimed, kaum dass die Kinder im Bett sind.

Sie zieht den Test aus ihrer Tasche und hält ihn mir auffordernd hin, ich nehme ihn mit spitzen Fingern entgegen.

»Äh, nur der Kontrollstreifen, ansonsten nix zu sehen, also auch nix schwanger, Glück gehabt, meine Liebe.«

»Ja, ich habe die ganze Nacht darauf gestarrt, aber es sind keine weiteren Streifen gekommen, nur dieser eine. Vielleicht ist er kaputt?«

»Eher nicht, die sind ziemlich zuverlässig, außerdem wäre dann auch kein Kontrollstreifen aufgetaucht, du kannst dich entspannen, alles ist gut.«

»Oh Kind, da fällt mir wirklich ein Stein vom Herzen. Kann ich ihn bitte wiederhaben, falls ich ihn noch einmal benötige?«

»Nee, nee, den kannst du nicht noch einmal benutzen, der hat seinen Zweck erfüllt und kommt in die Tonne. Besser in meine als in deine, wo ihn womöglich noch jemand findet. Das würde denjenigen doch vor ein ziemliches Rätsel stellen, denn Schwangerschaftstest sind noch nicht erfunden, wie du weißt.«

Damit schmeiße ich das Teil in den Müll.

»Du hättest auch nicht die ganze Nacht auf das Ergebnis warten müssen, was nach fünf Minuten nicht da ist, kommt auch nicht mehr. Habe ich dir gesagt, aber du hörst mir halt nie genau zu. Und für die Zukunft noch einmal zum Mitschreiben: Du nimmst die Pille ab sofort täglich. Nein, halt, nicht sofort, erst, wenn du deine nächste Periode bekommst. Hast du das verstanden? Das ist ganz, ganz wichtig, dann aber jeden verdammten Tag, nicht nur an Tagen mit Sex, sondern immer.«

»Ja, das habe ich wohl verstanden, aber dann sind diese Tabletten sehr schnell alle, und was wird dann?«

»Gute Frage. Darüber habe ich noch nicht nachgedacht. Ohne Rezept gibt es die Pille nicht, und da ich sie ja jetzt selber brauche, kann ich sie dir nicht geben. Hmm, da ist guter Rat aber wirklich teuer. Dann nimm sie nicht, du bringst damit nur deinen Hormonhaushalt noch mehr durcheinander. Wie wäre es denn mit Präservativen, gibt es die zu deiner Zeit schon?«

»Prä…, du meinst Gummis? Ja, die gibt es, aber die nimmt kein Mann gern, da fühlt er nichts.«

»Na ja, die waren vermutlich auch noch von etwas anderer Qualität als heutzutage. Heute benutzt man sie allein schon, um sich vor Aids und anderen sexuell übertragbaren Erkrankungen zu schützen. Die sind so dünn, dass der Mann sie gar nicht spürt, außerdem gibt es sie in den unterschiedlichsten Qualitäten und Geschmacksrichtungen.«

»Geschmacksrichtungen? Aber Kind, du bist schon wieder frivol.«

»Nein, nur realistisch, tu nicht so moralisch, ich kenne dich schließlich schon etwas länger. Also was ist? Präservative oder Enthaltsamkeit bis zur Ehe, was ist dir lieber?«

»Nun, dann natürlich lieber diese Gummis. Hast du welche?«

»Habe ich, warte, ich hole sie dir … Hier, acht Stück kann ich dir abtreten, das muss erst einmal reichen. Und Granny, bitte jedes Mal ein neues nehmen, nicht aus Sparsamkeitsgründen auswaschen und wiederverwenden. Hast du das verstanden?«

»Habe ich, aber ich weiß wirklich nicht, was Heinrich dazu sagen wird.«

»Nun, wenn er vor der Wahl steht, bin ich ziemlich sicher, wofür er sich entscheiden wird«, lache ich und drücke Granny die Teile in die Hand.

Sie beäugt sie misstrauisch, verstaut sie aber dann doch in ihrer Handtasche.

»Da das nun geklärt ist, kannst du dich ja ganz auf den 17. konzentrieren und bitte, bitte seid vorsichtig, ich möchte nicht, dass meine Ururgroßmutter vorzeitig ums Leben kommt.«

»Ich tue doch gar nichts, Emilie trägt das Risiko ganz allein, sie ist ausgesprochen mutig und verdient meinen vollen Respekt.«

»Schon, aber wenn es brenzlig wird, kann ich mir lebhaft vorstellen, wie du mit deinem Regenschirm auf jemanden losgehst …«

Granny lacht und schüttelt den Kopf.

»So etwas tut eine Dame nicht, aber ich verspreche, vorsichtig zu sein. Drück du uns dafür bitte die Daumen, dass alles so klappt, wie wir es geplant haben.«

»Das kannste aber singen, dass ich das tun werde, und komm umgehend, sobald ihr es geschafft habt. Versprochen?«

»Natürlich. Sobald ich kann, komme ich, und bis dahin übe dich in Geduld, mein Kind.«

»Geduld ist mein zweiter Vorname, liebste Granny, aber du strapazierst sie manchmal über alle Maßen. Also mach dich auf in deine Zeit und grüße deinen Heinrich von mir.«

Ich sehe gerade noch das Lächeln auf ihrem Gesicht, dann ist sie auch schon wieder weg.

Da sie die nächsten drei Tage vermutlich nicht wieder auftauchen wird, verabrede ich mit Karsten für Freitag ein gemeinsames Abendessen bei mir. Er freut sich hörbar und fragt, ob er etwas mitbringen soll. Soll er nicht, ich will ihn mit einem tollen Menü überraschen, auch wenn ich noch keinen Plan habe, woraus das bestehen könnte.

Der Schutzpatron alleinerziehender Mütter ist mir gnädig, sowohl Lasse als auch Isi sind zum außerhäuslichen Übernachten beim besten Freund bzw. der besten Freundin eingeladen. Für Lasse das erste Mal, und ich kann nur hoffen, dass er nicht doch noch vor dem Nachtisch wieder abgeholt werden möchte.

Ich bin jetzt nicht so die Hobby-Köchin, dazu habe ich viel zu wenig Zeit, aber ich bemühe mich um eine gesunde, schmackhafte Ernährung und koche täglich frisch. Zugegeben, es gibt häufig Nudeln in den verschiedensten Variationen, aber auch Suppen, Spinat mit Spiegelei und andere Dinge, die nicht ein abendfüllendes In-der-Küche-Stehen erfordern. Ein ganzes Menü kommt in meinem Repertoire allerdings nicht vor, also bemühe ich meine Mutter.

»Na, alles klar bei euch?«, frage ich, als ich sie schließlich am Telefon habe.

»Geht so.«

Ups, was ist denn mit der los? Zu spät für Midlife-Crisis kann diese ungewohnt kurze Antwort nur eines bedeuten: Ehekrach. Ich verstehe ohnehin nicht, wie man gefühlte 100 Jahre mit ein und demselben Menschen unter einem Dach leben kann, ohne sich gegenseitig an die Gurgel zu gehen.

»Was ist los, du bist doch sonst nicht so kurz angebunden?«

»Nix, was soll schon los sein?«

»Ach, nun komm, ich kenne dich schließlich schon ein Weilchen, wer hat dich geärgert? Dad?«

»Wer sonst? Natürlich, aber was soll's, er ist, wie er ist, und das wird im Alter offensichtlich auch nicht mehr anders werden. Was gibt's denn bei dir? Wie geht es deinem unbekannten Verehrer?«

»Och, so weit gut, wir wollten demnächst auch mal zusammen vorbeikommen«, schwindle ich, denn darüber habe ich mit Karsten noch überhaupt nicht gesprochen. Klingt so nach offiziellem Anstandsbesuch, schrecklich. »Jetzt wollte ich aber mal fragen, ob du mir ein Menü empfehlen kannst, das nicht allzu viel Arbeit macht?«

»Dafür aber mächtig Eindruck schindet? Lass mich mal nachdenken. Du könntest als Vorspeise …«

Nach einer Dreiviertelstunde gebe ich auf, alles, was Mam vorschlägt, übersteigt entweder mein Budget, meine Zeit oder mein Können. Daher verabschiede ich mich von Mam und meinen Menüplänen und beschließe, Züricher Geschnetzeltes zu servieren. Zum Nachtisch gibt es dann eben Eis aus der Truhe oder mich, das muss reichen.

Karsten kommt pünktlich, was ihm Bonuspunkte einbringt, ich liebe Menschen, die nicht immer auf sich warten lassen.

»Bin ich zu früh?«, fragt er und nimmt mich erst

einmal sehr liebevoll in den Arm. In einen, genauer gesagt, denn den anderen hält er auf seinem Rücken versteckt. Ich luge über seine Schulter und entdecke eine Schachtel mit Trüffelpralinen, der Abend ist gerettet, ich würde sterben für Trüffelpralinen.

Nach einer ganzen Weile widmen wir uns dann den Essensvorbereitungen, und Karsten besteht darauf, zu helfen. Ich erteile ihm den Auftrag, den übervollen Mülleimer hinauszubringen, was eigentlich Lasses Job gewesen wäre.

In der Zwischenzeit putze ich Salat, für den ich mich dann beim Einkaufen doch noch entschieden habe, schneide Champignons in Scheiben, und als ich gerade mit den Zwiebeln beschäftigt bin, fällt mir auf, dass Karsten schon ziemlich lange weg ist. Ich stecke den Kopf durch die Küchentür und entdecke ihn auf der Wohnzimmercouch.

»Hey, kneifen gilt nicht, du hast deine Hilfe angeboten, jetzt halt dich auch dran. Ich brauche dringend einen geprüften Zwiebelwürfler.«

Er antwortet nicht, schaut mich nur wortlos und irgendwie merkwürdig an.

»Was ist los mit dir? Ist dir an der Mülltonne ein Gespenst begegnet oder warum bist du plötzlich so merkwürdig drauf?«

Jetzt steht er immerhin auf und kommt in meine Richtung.

»Nein, kein Gespenst, aber das hier ist mir begegnet, und dafür hätte ich jetzt gern eine Erklärung.«

Damit hält er mir die Schachtel mit Grannys Schwangerschaftstest hin.

Bei dem Gedanken, jetzt zu sagen: »Ach, der war für meine Ururgroßmutter, keine Sorge«, muss ich so lachen, dass ich mich verschlucke und eine ganze Weile huste, bevor ich mich so weit gefasst habe, dass ich der Situation ins Auge sehen kann.

»Und? Das ist ein Schwangerschaftstest, hast du noch nie einen gesehen?«

»Was das ist, sehe ich selber, aber wie kommt der in deinen Müll?«

»Ich wüsste jetzt zwar nicht, was dich das angeht, aber bitte, er ist von meiner Freundin Anke, die war vor ein paar Tagen hier. Ist das etwa verboten?«

Sein Gesicht bekommt wieder Farbe, und er wirkt deutlich verlegen.

»Okay, wenn das stimmt, ist es natürlich etwas anderes. Ich dachte nämlich, also, ich habe halt angenommen ...«

»Dass ich den gebraucht habe? Quatsch, wie kommst du denn bloß darauf? Entspann dich wieder, alles ist gut.«

Puh, das ist ja noch mal gut gegangen, denke ich und beginne damit, das Fleisch anzubraten. Nein, ich will ihm nichts von Granny erzählen, immer noch nicht. Vielleicht später einmal, sehr viel später.

Nicht ganz so viel später liegen wir gemütlich in meinem Bett und quatschen. Ich muss schon sagen, dieser Mann ist nicht nur ein begabter Zwiebelwürfler, auch in der horizontalen Disziplin hat er einiges drauf. Der weiß wirklich, was Frauen glücklich macht.

»Äh, wo sind die denn alle hin?«

Ich schrecke aus meinen wohligen Gedanken auf und schaue ihn verwirrt an.

»Wer? Wer ist wohin?«

»Na, die Kondome, ich habe doch das letzte Mal eine Großpackung mitgebracht und jetzt liegen hier nur noch drei?«

»Die habe ich meiner Ururgroßmutter mitgegeben, damit sie nicht demnächst wieder einen Schwangerschaftstest braucht«, ist als Antwort keine Option, daher zucke ich scheinbar desinteressiert mit den Achseln und sage:

»Keine Ahnung, vermutlich hat Lasse sie gefunden und als Luftballons benutzt. Hoffentlich hat das nicht die ganze Nachbarschaft mitgekriegt.«

»Luftballons? Meinst du echt? Ach, du Scheiße, der kommt aber auf Ideen. Dann solltest du über einen sichereren Aufbewahrungsort nachdenken. Stell dir nur vor, er hätte uns gar keine übrig gelassen.« Sein Grinsen verrät, was er als Nächstes vorhat.

Ich bin aber irgendwie nicht mehr so ganz bei der Sache, mir ist nämlich plötzlich siedendheiß eingefallen, dass Granny schon einmal in meinem Schlafzimmer war, als wir gerade total beschäftigt waren. Ich gucke mich daher etliche Male vorsichtig um, kann sie aber zum Glück nicht entdecken.

Als es mir dann endlich doch noch gelingt, mich fallen zu lassen, klingelt das Telefon, und ein heulender Lasse will sofort nach Hause kommen. Gegen bereits vorhandene Kinder schützen eben auch keine Kondome.

Granny kommt am Sonntag, als ich bereits im Bett liege, alleine, zum Glück.

Sie sieht übermüdet aus, hat tiefe Ringe unter den Augen und ist offensichtlich von irgendetwas sehr betroffen.

»Granny, was ist los? Ist dir was passiert? Rede!«

»Wenn du mich auch einmal zu Wort kommen lassen würdest, käme ich vielleicht dazu, dir zu erzählen, was du wissen möchtest.«

GRANNY

Der Tag, an dem unser neuer Regent in Detmold eintraf, war warm und sonnig, richtiges Kaiserwetter, und kein Einwohner Detmolds fehlte, den neuen Herrscher willkommen zu heißen. Die Lange Straße war dicht gesäumt mit Menschen, und jeder war bemüht, möglichst weit vorne zu stehen, um nur ja nichts zu verpassen.

Ich stand mit Heinrich, seinen Eltern und den Deppes in der Nähe des Marktplatzes und war ungeheuer aufgeregt. Heinrich legte mir immer wieder seinen Arm um die Schulter oder drückte meine Hand. Ich hielt nach Emilie Ausschau, konnte sie aber nicht entdecken, sosehr ich mich auch anstrengte. Schon kamen die ersten Berittenen in Sicht, gefolgt von den farbenprächtigen Lippischen Schützen. Kutschen mit den Ehrengästen, Diplomaten und hochstehenden Bürgern passierten die Zuschauer, die jubelten und Fähnchen oder Taschentücher schwenkten. Sie schienen vergessen zu haben, dass sie die zu Lippe-Biesterfeld eigentlich gar nicht haben wollten. Ich hielt mich zurück, suchte mit den Augen die Menge ab, und dann endlich entdeckte ich Emilie, die am Fuß der Rathaustreppe stand. In unmittelbarer Nähe erkannte ich Gottfried, Hermann konnte ich nicht entdecken. Ich signalisierte Heinrich, wo die vermeintliche Hedwig war, und er nickte mir zu. Die fürstliche Kutsche, die von sechs Pferden gezogen wurde, war noch etwa 100 Meter entfernt, und die Menschen reckten schon die Köpfe und achteten sicherlich nicht auf das, was hinter ihnen geschah. Ich war trotzdem sehr beunruhigt, denn noch hatte ich weder Blancke noch Hermann entdecken können. Erst als die Regentenkutsche vorbeigefahren war, sah ich Emilie, die jetzt ganz allein auf der höchsten Treppenstufe stand. Mir blieb buchstäblich das Herz stehen, als ich sah, wohin sie ihren Blick richtete. Blancke stand flankiert von Hermann etwa 20 Meter links von uns und hatte Emilie offensichtlich noch nicht entdeckt. Jetzt sah ich, wie Hermann ihn ansprach und auf die Rathaustreppe wies. Blancke nahm den Blick von der Straße und schaute in die Richtung, wurde kreidebleich, öffnete den Mund zu einem Schrei. Plötzlich stieß er die Menschen in seiner unmittelbaren Nähe zur Seite, wohl um auf die gegenüberliegende Straßenseite zu gelangen. Einige versuchten noch, ihn aufzuhalten, aber er riss sich los und schrie offenbar etwas, was ich auf die Entfernung nicht verstehen konnte.

Mein Blick irrte zu Emilie, die unbeeindruckt auf der Treppe stand und jetzt auch noch das Messer in der hocherhobenen Hand hielt. Ich presste Heinrichs Hand und biss meine Lippen blutig, hatte aber überhaupt keine Möglichkeit, irgendetwas zu tun. Es passierte dann genau in der Sekunde, als ich meinen Blick von Emilie losriss, um wieder nach Blancke zu schauen. Offensichtlich nicht mehr Herr seiner Sinne und blind für alles andere, rannte er offenen Auges direkt vor einen Zweispänner. Die Pferde, vermutlich schon beunruhigt durch die vielen Menschen, den Lärm und die geschwenkten Fahnen, gerieten in Panik, eines stieg mit schrillem Wiehern in die Höhe, und Blancke verschwand. Für einen Augenblick dachte ich, ich würde ihn auf der anderen Straßenseite sehen, aber das war ein Irrtum, er war es nicht. Auch Emilie war verschwunden, dafür kamen Gottfried und Hermann aus verschiedenen Richtungen zu uns gelaufen.

»Es hat ein furchtbares Unglück gegeben«, keuchte Hermann, »ein Mann ist unter scheuende Pferde geraten und wurde zu Tode getrampelt. Ich stand fast unmittelbar daneben, wollte ihn sogar noch aufhalten, als er plötzlich über die Straße laufen wollte, es ist mir aber nicht gelungen. Er hat sich losgerissen, und dann ist das Pferd gestiegen, er muss sofort tot gewesen sein.«

»Weiß man schon, wer der Unglückliche war?«, fragte Gottfried, seiner Rolle angemessen.

»Nein, ich denke nicht, man kann ihn ja kaum noch erkennen, es war ein furchtbarer Anblick, und alle Menschen stehen unter Schock.«

»Gott sei seiner armen Seele gnädig«, sagte jetzt Heinrich, und alle, die es gehört hatten, nickten.

»Wie furchtbar, ausgerechnet an einem solchen Tag, was mag ihn denn nur dazu bewogen haben, unbedingt während der Parade über die Straße zu laufen?«, wollte jetzt Fritz wissen.

»Das weiß nur der Herrgott allein«, antwortete ich leise, »es muss aber wohl etwas Wichtiges gewesen sein.«

Nun, wie die Menschen so sind, vergaßen sie den Unfall schnell, vergaßen, dass ein Mensch ums Leben gekommen war, und feierten die Ankunft ihres neuen Fürsten. Dazu waren sie schließlich hergekommen, und es gab für die meisten sehr selten einen Grund zum Feiern. Wer wollte es ihnen also verdenken?

Da wir uns aus der Menge nicht befreien konnten, blieben wir an Ort und Stelle stehen, und nach ein paar Minuten kam auch Emilie zu uns. Ich weiß nicht, wie sie es geschafft hatte, die Straße zu überqueren. Sie war blass und sichtlich erschüttert.

»Habt ihr es mitbekommen?«, fragte sie so arglos wie möglich, »ein Mann ist unter die Hufen eines scheuenden Pferdes gekommen und wurde zu Tode getrampelt! Ich habe gerade Leute reden hören, es sei der reiche Kohlenhändler gewesen.«

»Der Blancke?«, nahm jetzt Heinrich den Faden auf.

»Ja genau, Blancke hieß er wohl, den Namen haben sie genannt.«

»Wie furchtbar, dann muss ich unbedingt zu seiner Frau, zu seiner Witwe, ich kenne sie gut, sie ist doch Hermines Schwester. Die Ärmste muss ja vollkommen von Sinnen sein vor lauter Kummer.« Beschwörend blickte ich zu Heinrich auf, und der nickte mir zu.

»Natürlich, mein Herz, das versteht sich doch von selbst. Ich werde dich begleiten, sobald wir eine Gelegenheit haben, von hier wegzukommen.«

»Gut«, sagte Fritz, »mir ist zwar irgendwie nicht mehr nach Feiern zumute, aber ich muss mich zeigen, hilft alles nichts. Treffen wir uns doch später im ›Detmolder Hof‹, ich sehe mal, ob wir noch einen Tisch bekommen können.«

»Gute Idee, da kommen wir doch gleich mit«, stimmte Heinrichs Vater zu und griff nach dem Ellbogen seiner Gattin.

Heinrich legte einen Finger auf die Lippen, zu viele fremde Ohren waren noch in unmittelbarer Nähe, gab Hermann und Gottfried ein Zeichen, Emilie schloss sich uns an.

Erst als wir in einer Seitengasse ankamen, in der keine Menschenseele zu sehen war, trauten wir uns, zu reden, zumindest zu flüstern, denn der Schreck saß uns wohl allen in den Gliedern.

»Er war ein durch und durch verderbter Mensch«, sagte Hermann entschieden, und Gottfried nickte energisch mit dem Kopf.

»Er hat bekommen, was er verdient hat«, stimmte Emilie zu. Heinrich nickte nur, und auch ich fühlte nichts als große Erleichterung.

»Der Herr selber hat über ihn gerichtet«, sagte ich daher, »auch wenn er dazu zwei Pferde gebraucht hat.«

Die vier Menschen sahen mich an, als hätte ich meinen Verstand verloren, brachen aber dann in ein so lautes Gelächter aus, wie es nur die Befreiung von einer großen Angst auszulösen vermag.

Als Granny geendet hatte, schwiegen wir beide eine ganze Weile, dann sagte sie:

»Habe ich dir nicht von Anfang an gesagt, dass der Herr uns helfen wird? Nun, er hat geholfen, auf eine sehr nachdrückliche Art. Ich bin kein rachsüchtiger Mensch, aber um diesen Blancke kann ich nicht trauern, ohne zu heucheln. Er hat Leben genommen, Menschen genötigt, erpresst, und nun ist er tot. Möge ihm die Erde leicht sein.«

»Amen! Du hörst dich schon an wie der Pfarrer auf dem Kirchhof, Granny. Trotzdem, ihr habt mehr Glück als Verstand gehabt, wäre das Pferd nicht gewesen, hätte er Emilie vielleicht in die Finger gekriegt, und dann?«

»Kind, es ist alles gut gegangen, der liebe Gott verlässt die Seinen nicht in der Stunde der Not.«

»Aha, und wie geht es jetzt weiter? Mit dir und Heinrich, mit Emilie und Karla? Und nicht zuletzt mit mir und dir?«

Granny lächelt ein bisschen wehmütig und zögert mit der Antwort.

»Nun, um Blancke müssen wir uns ja jetzt keine Sorgen mehr machen, der wird begraben und vergessen. Ich habe Martha einen Besuch abgestattet und bin sicher, sie wird jetzt ein besseres Leben haben als an seiner Seite. Ich habe ihr, ohne Namen oder Details zu nennen, erzählt, dass ihr verstorbener Gatte einen Brief entwendet hat, der für seinen Besitzer von großer Wichtigkeit ist. Sie gestattete mir sofort, in seinem Kontor danach zu suchen. Es dauerte eine Weile, aber dann habe ich ihn gefunden und Hermann und Gottfried übergeben, denen damit eine sehr große Last von den Schultern genommen war. Irma hat mir gestanden, dass mein Bruder sie um ihre Hand gebeten hat. Zum Glück, wenn du mich fragst, er braucht endlich eine gute Frau, die sich um ihn kümmert. Karla und Emilie ziehen demnächst nach Berlin, Heinrich und ich werden im nächsten Frühling heiraten, und wir, meine liebe Sabrina, werden uns irgendwann wiedersehen, da bin ich ganz sicher.«

»Das kannst du gar nicht, schließlich passiert nicht jeden Tag ein Mord in Detmold, den du unbedingt aufklären willst. Du sagst das nur, um mich zu beruhigen, gib es zu.«

»Nun ja, natürlich weiß ich es nicht mit Sicherheit, aber ich hoffe es aus tiefstem Herzen.«

»Ich auch, ich kann mir nämlich ein Leben so ganz ohne dich nur noch schwer vorstellen, jetzt, wo ich mich endlich an dich und deine Bibelweisheiten gewöhnt habe. Etwas ganz anderes«, frage ich nach einer kleinen Pause, »hattest du eigentlich schon mal Gelegenheit, mit Heinrich über die Kondome zu reden?«

Granny läuft doch tatsächlich rot an, nickt aber und sagt:

»Ja, das habe ich, und er hatte auch gar nichts dagegen, sie zu benutzen. Ach, Kind, ich gebe zu, dass die Liebe ohne die ständige Angst vor einer verfrühten Schwangerschaft doch sehr viel mehr Vergnügen bereitet.«

»Na siehste. Das ist doch ein triftiger Grund, immer mal bei mir vorbeizuschauen, du brauchst schließlich Nachschub. Hier habe ich eine Vorratspackung für dich besorgt, aber, wie ich dich kenne, hält die nicht lange, sobald Heinrich aus Berlin zurück ist. Ich weiß, Granny, ich weiß, ich bin frivol, musst es mir gar nicht erst sagen.«

Sie sagt auch gar nichts, schaut mich nur an. Viel Wärme liegt in ihrem Blick, und ich gehe zu ihr und umarme sie herzlich. »Mensch, bin ich froh, dass du nicht länger so eine Unberührbare bist, Granny, und wer weiß, vielleicht kannst du bei deinem nächsten Besuch sogar Kaffee mit mir trinken?

Bis dahin mach's gut, tu nichts, was ich nicht auch täte, und pass auf dich auf.«

Sie nickt, drückt mich noch einmal an sich, dann ist sie verschwunden, und ich bleibe allein zurück.

DANKSAGUNG

Auch zum Ende des 2. Grannybandes möchte ich mich bei ganz vielen Menschen für Hilfe, Anregung, Mutmachen und Korrektur bedanken. Ganz vorn auf meiner Liste steht meine Autorenkollegin Christine Krüger, die mich immer mit konstruktiver Kritik unterstützt und so manchen Fehler im Umgang mit Pferden und Kutschen korrigiert hat.

Auch meiner Tochter und meinen beiden Enkelkindern schulde ich Dank, da sie mir oft geholfen haben, den richtigen Ton und die richtigen Worte zu finden.

Meinem Mann danke ich für seinen Glauben an mich und meine Geschichten und natürlich meinem Hund Ben, der oftmals viel zu kurz gekommen ist.

Dass Frau Claudia Senghaas, Cheflektorin des Gmeiner-Verlages erneut die vielfältigen Korrekturen meines Buches übernommen hat, ist ein Glück, für dass ich gar nicht dankbar genug sein kann. Ihre Fähigkeit, immer noch ein besseres, treffenderes Wort zu finden und einfach nichts zu übersehen, ist unglaublich!

Weitere Krimis finden Sie auf den folgenden Seiten und im Internet:

WWW.GMEINER-SPANNUNG.DE

ANGELIKA GODAU

Granny, ein Mord und ich

978-3-8392-1727-6 (Paperback)
978-3-8392-4717-4 (pdf)
978-3-8392-4716-7 (epub)

»Wenn ›Granny‹ und ihre Ur-Ur-Enkelin Sabrina sich zusammentun, um einen Mord aufzuklären, dann ist das dramatisch, lustig und macht absolut süchtig.«

Einbrecher! Dieser Gedanke lähmt die 34-jährige Journalistin Sabrina, als sie aufwacht und eine Fremde in ihrem Schlafzimmer sitzen sieht. Als diese dann auch noch behauptet, ihre Ur-Ur-Großmutter zu sein, ist sie sicher, über Nacht den Verstand verloren zu haben. Dabei will ›Granny‹ doch nur Hilfe bei der Aufklärung des ungefähr 120 Jahre zurück liegenden Mordes an ihrem geliebten Kabinettsminister. Dazu müssen sich die beiden völlig unterschiedlichen Frauen zusammenraufen, und ›Granny‹ gefällt fast nichts an der modernen Zeit.

GMEINER SPANNUNG

CHRISTINE RATH
Heidezauber

978-3-8392-1813-6 (Paperback)
978-3-8392-4883-6 (pdf)
978-3-8392-4882-9 (epub)

»Eine spannende Liebesgeschichte über große Gefühle und mysteriöse Intrigen vor der atemberaubenden Kulisse Sylts«

Tiefviolett leuchtet die Heide vor dem Reetdachhaus in Kampen. Hier hat Lisa die glücklichsten Urlaubstage erlebt. Als ihr geliebter Vater stirbt, soll sie dessen letzten Wunsch erfüllen und ein geheimnisvolles Päckchen an eine gewisse Alma überbringen. So reist Lisa noch einmal auf die Insel, auch um wieder neue Kraft zu schöpfen. Am Strand lernt sie Sven kennen, der sie magisch anzieht und zugleich verunsichert. Als Lisa kurz darauf den alten Johann, ein Sylter-Original, verletzt und bewusstlos auffindet, wird sie misstrauisch. Sie forscht nach und kommt schließlich hinter ein düsteres Geheimnis.

SYLVIA GRÜNBERGER
Flugmanöver

978-3-8392-1811-2 (Paperback)
978-3-8392-4879-9 (pdf)
978-3-8392-4878-2 (epub)

»Für alle, die vom Fliegen träumen«

Claudia Kalser fliegt die Cessna 414 eines kleinen Wiener Luftfahrtunternehmens namens Lufttaxi und erlebt dabei des Öfteren die seltsamsten Dinge mit ihren Passagieren. Doch diesmal wird es keine lustige Anekdote für ihre Freunde geben.

Das mysteriöse Verhalten der Tochter eines Fluggastes ruft bei ihr ausnehmend starke Skepsis hervor und regt sie zu Nachforschungen an. Was sie dabei entdeckt, erschüttert die Pilotin und ihre Kollegen. Gemeinsam mit einem Privatdetektiv kommen sie einem unaussprechlichen Verbrechen auf die Spur.

Das Neueste aus der Gmeiner-Bibliothek

Unser Lesermagazin

Bestellen Sie das kostenlose Krimi-Journal in Ihrer Buchhandlung oder unter www.gmeiner-verlag.de

Informieren Sie sich …

www … auf unserer Homepage: www.gmeiner-verlag.de

@ … über unseren Newsletter: Melden Sie sich für unseren Newsletter an unter www.gmeiner-verlag.de/newsletter

f … werden Sie Fan auf Facebook: www.facebook.com/gmeiner.verlag

Mitmachen und gewinnen!

Schicken Sie uns Ihre Meinung zu unseren Büchern per Mail an gewinnspiel@gmeiner-verlag.de und nehmen Sie automatisch an unserem Jahresgewinnspiel mit »mörderisch guten« Preisen teil!